중국모순(茅盾) 문학상수상작

모슬렘의 장례식

The Funeral Ceremony of Moslem

2

곽달 장편소설 김주영 옮김

전예원

모슬렘의 장례식 ❷

차 례

8
우울한 연가

4월의 연원은 봄빛이 완연했다. 청명 때의 잔잔한 비가 내려 수풀이 우거진 아름다운 작원(勺園), 위수원(蔚秀園), 경춘원(鏡春園), 낭윤원(朗潤園), 승택원(承澤園)과 미명호를 둘러싼 숙춘원(淑春園) 그리고 기복을 이룬 나지막한 산과 구불구불한 호숫가를 촉촉히 적셔 이제는 새파란 융단이 깔렸다. 키가 늘씬하게 빠진 백양나무와 흐느적거리는 버드나무 그리고 휘청거리는 홰나무, 어여쁜 은행나무들도 새파란 새옷으로 단장을 하였다. 기둥과 처마에 채색으로 단청을 그린 정자와 누각들이 녹음 속에서 울긋불긋 어울려 더욱 돋보였다. 발긋발긋한 복숭아꽃과 새하얀 배꽃, 그리고 자주색 라일락, 연노랑색 개나리꽃이 여기저기에서 피어나고 있었다.

초안조는 겨울방학 동안에 노신의 「분월(奔月)」을 번역하던 것을 끝내고 몇 번이나 고친 후에야 원고를 마무리지었다. 그러고 나서 계속하여 「치수」와 「채미(采薇)」를 서둘러 번역하였다. 개학 전에 초고는 완성했으나 아직 다듬지 못했다. 그는 차라리 그냥 놔두었다가 「고사신편」 중 여덟 개의 이야기를 다 번역한 다음 처음부터 총괄적으로 다듬고 윤색할 작정이었다. 그래서 그는 또 「주검(鑄劍)」의 번역을 시작하였다. 그러나 개학을 하자 진도가 많이 느려졌다. 그는 일학년의 영어선생일 뿐만 아니라 그들의 반주임이어서 16명의 학생들을 지도해야 했다. 마치 그가 학생이었을 때 엄 교수님이 그들을 지도한 것과 같았다. 그는 어릴 때에 이미 이런 노래를 배운 바 있다.

「우리는 조국의 꽃봉오리고 선생님은 부지런한 원예사이다…….」

그러나 오늘에 와서야 그는 원예사의 참뜻을 알 것 같았다.

16명의 학생들은 바로 열여섯 그루의 나무들이다. 그들은 전국의 천만 명의 경쟁자 중에서 엄격히 선택되어 온 묘목이었다. 재목이 될 수 있는가 없는가는 본인들의 능력과 부지런한 노력을 제외하고도 원예사인 그의 노력이 필요하다. 그들은 초안조의 정력과 시간, 그리고 진정한 사랑을 필요로 한다. 그는 오 년 후에 이 16명의 학생이 모두 재목감이 되고 하나의 폐품도 나오지 말기를 진심으로 바랐다. 그것은 나라에서 급히 필요한 외국어 인재를 양성하거나 선생의 직업적인 영예감을 만족시키기 위해서뿐 아니라 학생들 자신을 위한 것이기도 하였다. 그렇지 않다면 학생들에게 미안할 일이며 자식의 전도와 운명을 자신에게 맡긴 학생의 부모들에게도 미안한 일이다. 언젠가 그는 비재 앞에서 꽃을 가꾸는 아저씨가 가느다랗고 약한 꽃나무를 뽑아버리면서 이렇게 말하는 것을 들었다.

「이건 안 되겠구나. 아무래도 제대로 크지 못할 바엔 뽑아버리는 게 낫지. 괜히 다른 꽃의 양분이나 빼앗지 않도록.」

그는 가슴이 아팠다. 그것도 나무 한 그루이니 자랄 권리와 꽃을 피울 권리가 있다. 그런데 바꾼다고? 누가 그것을 대신할 수 있는가? 아저씨가 떠난 후 그는 버려진 작은 나무를 주워다가 자기 숙소 앞 창문 아래의 빈 땅에 심어놓았다. 겨울이 가고 봄이 와서 그 나무에도 꽃이 피었다.

비록 작고 가냘프게 피었지만 그래도 봄의 기대를 저버리지 않았다.

내년 봄에는 더 화사하게 필 것이다. 그 나무는 반에서 영어기초가 가장 나쁜 나수죽을 생각게 했다. 반 년간의 노력을 거쳐 그녀도 이젠 웬만한 수준을 따라잡았고 야심만만하게도 이학년 때에는 한신월과 사추사를 따라잡겠노라고 다짐하였다. 한신월과 사추사도 물론 제자리걸음하면서 그녀가 따라잡거나 추월하도록 기다리지 않을 것이다. 그들은 과목공부에도 열심이지만 과외시간에는 영문판 문학명작들을 읽고 있다. 이 모든 것들이 초안조를 흐뭇하게 했다.

매일 오전 네 시간의 영어수업은 초안조에게 매우 벅찬 분량이었다. 일반 열독, 정독, 과문분석, 문법해석, 구두어연습을 하면서 열여섯 그루의 나무에 수분과 영양분을 공급해주었다. 네 시간 수업이 끝나면 그는 목 안이 아프고 몸이 나른하였다.

교수식당에서 점심을 부랴부랴 먹고 나서 그는 호숫가의 작은 길을 따라 비재로 걸어갔다. 부드러운 봄비를 촉촉히 맞으면서 호숫가의 버드나무와 울긋불긋한 꽃들을 보니 마음도 상쾌해졌고 피곤도 얼마간 가신 것 같았다.

자그마한 서재로 돌아온 그는 첫눈에 창문 밑에 심은 꽃나무 가지를 보았다. 작은 잎사귀와 작은 꽃송이가 물방울을 달고 있었다. 마치 생명의 노랫소리를 듣는 듯했다. 그는 책장 위에 있는 화분통을 조심스레 내려놓고 브라질목에 새 물을 갈아주었다. 그 신기한 나무토막 위에는 푸른 잎이 많이 자라 있었고 연한 가지 끝으로 꽃봉오리를 내밀고 있었다.

이제 그는 일을 시작하려 책상 앞에 앉았다. 오후에는 영어 수업이 없어 자기 일을 할 수 있었다. 그는 원래 낮잠을 자지 않으므로 지금부터 시작하면 한밤중까지 일하고 저녁도 식당에 가서 먹지 않았다. 방금 점심식사 때 찐빵 몇 개를 사왔다. 책상 위에『노신전집』을 펼쳤다. 「주검」을 펼치자 그의 마음은 곧 가라앉았다. 그 시퍼렇고 투명하며 차디찬 빛이 번쩍이는 보검을 대할 때마다 그는 마치 신성한 것을 대하는 듯하였다. 노신의「주검」은 그가 열 몇 살 때 읽어본 적이 있다. 간장(干將) 막야(莫邪)가 검을 만드는 이야기는 어렸을 때 만화책에서 보았다. 그 책의 감동은 아무리 여러 번 읽어도 사라지지 않고 나이가 듦에 따라 더욱 강렬해진다. 노신이 이 소설에서 애써서 표현한 인물은 미간척(眉間尺)과 그 신비한 흑색인이었다. 그러나 초안조가 만나고 싶은 갈망을 느끼는 사람은 한번도 소설에 얼굴을 드러내지 않는 부친 간장(干將)이었다. 검을 만들고 그 검에 죽은 간장은 어떠한 기질에 어떤 형상을 가진 인물이었을까? 그는 아들에게 검을 남겨주었지만 유감과 한도 남겼으며 영원히 이룰 수 없는 소망을 남겨주었다. 아들은 아버지가 필요했다. 미간척의 마음속에는 아버지에 대한 뚜렷한 형상이 있었을까? 모친의 묘사와 서술만 듣고 추측할 수 있었을까? 마치 초안조 자신이 어린 시절에 몇십 번이나 아버지를 추측해 보았듯이 말이다. 아아, 아버지.

노신이 창조한 그 흑색인은 미간척에게 아버지를 돌려주려고 하였는지도 모르지. 그는 형태도 모양도 없는 사람이다. 어둠 속에 숨어 있어 목소리는 마치 올빼미 같고 두 눈은 반딧불 같다.

「당신은 나를 위하여 복수하기를 원합니까? 용사여!」

「아, 그런 칭호로 나를 괴롭히지 말아라.」

「그럼 당신은 우리 고아와 과부를 동정합니까?」

「아, 다시는 그런 모욕스런 얘기는 입 밖에 내지도 말아라.」

그는 냉정하게 말했다.

「정의를 받들고 동정하는 것은 예전에는 깨끗했다. 그러나 지금은 귀신의 빚을 만드는 자본일 뿐이야. 나의 마음에는 네가 말하는 그런 것이 없다. 나는 오로지 너를 위해 복수하는 것이다!」

「그럼 당신은 무엇 때문에 저를 도와 복수하려는 것이에요? 당신은 저의 아버지를 아세요?」

「나는 지금까지 너의 아버지를 잘 알고 있단다. 마치 지금 너를 잘 알고 있는 것처럼 말이다. 그러나 내가 복수하려는 것은 그를 위한 것이 아니다. 총명한 애야, 알려주마. 너는 모를 거다. 내가 얼마나 복수를 잘하는지? 너의 것은 바로 나의 것이고 그는 바로 나다. 나의 영혼에는 이렇게 많은 사람들과 나 자신이 만들어놓은 상처가 있단다. 난 이젠 나 자신을 증오한다!」

뜻밖에도 그는 오직 노신만이 써낼 수 있는 부친이다.

초안조는 숙연히 원고지를 펼쳤다. 영어 역문에는 미간척의 머리가 땅 위의 푸른 이끼 위에 떨어지자 그는 손에 있던 검을 흑색인에게 넘겨주는 것으로 되어 있다.

그는 한손으로 검을 받고 한손으로 머리칼을 움켜쥐어 미간척의 머리를 들고서 그 뜨거우나 죽은 입술에 두 번이나 입을 맞추고 쌀쌀하고 날카롭게 웃었다.

어제 저녁에는 여기까지 번역하였다. 지금 계속 번역해야 할 것은,

웃음소리는 즉시 삼나무 숲속에 퍼졌다. 깊은 곳에서 한 무리 반딧불 같은 눈빛이 깜박이더니 가까이 다가온다. 굶주린 승냥이의 씩씩거리는 숨소리도 들린다. 첫 입에 미간척의 검은 옷을 찢어버리고 두번째 입을 떼니 신체도 보이지 않았고 핏자국도 삽시간에 핥아버렸다. 뼈를 씹는 소리만이 간간이 들렸다.

이 단락은 전편의 정수였다. 초안조가 처음 「주검」을 읽고 한 무리 반딧불 같은 눈빛을 보았을 때 심한 무서움을 느꼈다. 그 후로는 잊을

수 없는 단락이다. 이 단락의 문자를 영문으로 바꾸어놓기는 힘들지 않으나 노신의 풍격과 노신의 문체를 생생하게 그대로 옮겨놓는다는 것은 쉽지 않았다. 중국 번역계의 선배이면서 북경대학의 초대총장인 엄복이 말한 것처럼 번역에는 세 가지 어려움이 있다. 신(信), 달(達) 아(雅)가 그것이다.

즉 글이 정확하고 순탄하며 우아해야 한다는 것이다. 그런데 조경침은 원문과 틀릴지언정 글이 순탄해야 한다고 주장했다. 노신은 조경침과 맞서서 순탄하지 않을지언정 정확해야 한다고 주장하였다. 그 문제들은 지난 몇십 년간 토론의 대상이 되어왔으며 이는 번역이라는 것이 그만큼 힘든 작업임을 알 수 있게 한다. 지금 그는 노신의 작품을 순탄하지 못할지언정 정확하게 번역하려 해도 힘든데 하물며 신, 달, 아의 경지에 이르자면 더욱 힘들 것이다. 초안조는 손에 든 펜을 놓았다. 그는 숙고할 필요를 느꼈다.

똑, 똑, 똑.

문을 두드리는 사람이 있었다.

「들어오시오!」

그는 여전히 사색에 잠긴 채 대답하였다.

들어온 사람은 정효경이었다. 남자 같은 군복을 입고 바람을 일으키며 들어왔다. 손에는 돌돌 만 종이를 들었는데 그 모양은 영화에서 여전신원이 장관에게 보고하러 들어오는 자세를 연상시켰다. 부모의 유전인자를 물려받아서인지 아니면 일부러 그러는 건지는 알 수 없지만 정효경은 언제나 자기가 병사인 것처럼 행동한다. 사람들도 이젠 이에 습관이 되었다. 사실 그녀의 부모는 전방에서 싸운 군인도 아니었다. 아버지는 군대의 정치간부였고 어머니는 군대 문공단의 연출자였다.

「정효경 학생?」

초안조가 책상에서 일어났다.

「선생님, 강의준비를 하십니까?」

정효경은 책상 위의 영문 원고지를 대충 살펴보았으나 무엇을 썼는지 알 수 없었다. 선생님의 사업을 방해했다는 미안함도 느끼지 않았다. 그녀는 자기가 온 이유를 설명하기에 바빴다.

「전 반의 상황을 선생님께 말씀드리기 위해…….」

「그래요? 좋습니다.」

초안조는 원고지를 거두어서 서랍 속에 넣었다. 그는 정효경에게 한신월에게처럼 역문을 들추어보게 하고 싶지 않았고 또 자기가 수업 외 시간에 무엇을 하는지 알게 하고 싶지도 않았다. 그의 번역서가 정식으로 출판되기 전에 더 많은 사람들이 이 일에 관심을 가지게 할 필요가 없었다. 왜냐하면 어떤 사람들은 글쓰는 것과 명성을 떨치려는 것이 필연적 관계가 있는 듯이 보기 때문이다.

「앉으시오.」

그는 단 하나뿐인 의자를 내어주고 자신은 침대에 앉았다. 자기의 상상을 '반딧불 같은 눈빛'과 '신, 달, 아'에서 끌어오려고 애썼다. 그는 열심히 정효경의 사업회보를 들었다.

「최근에 저는 반의 많은 학생들과 개별담화를 했습니다. 여러 사람들이 형세교육을 받고서 기본상 국가의 일시적인 경제곤란에 대하여 정확한 인식을 가지고 있습니다. 특히 국가장학금을 받고 있는 노동자 농민의 자녀들은 누구도 자유시장에 가서 물건을 사지 않습니다. 그건 비록 작은 일이지만 당에 대한 감정문제이고 입장문제입니다. 우리가 고난의 시험 앞에서 당과 한마음 한뜻이 될 수 있는가 하는 문제이며 혁명의 이름으로 과거를 생각할 수 있는가 없는가 하는 문제입니다.」

정효경의 창백한 얼굴이 격동으로 붉어졌다. 크지 않은 눈에는 정의롭고 늠름한 빛이 어렸다. 그녀는 경건한 마음으로, 혁명에 배를 곯는 것이 요구된다면 굶는 것도 물론 혁명이며 영광스러운 것이라고 믿었다. 마치 모든 종교의 신도들이 보통 사람이 참기 힘든 간난신고를 참아낸다면 자기가 추구하는 목표와 가까워진다고 믿는 것과 같았다.

「형세는 아주 엄중합니다.」

그녀는 탁자를 가볍게 치면서 말했는데 정치가 같은 분위기를 풍겼다.

「우리가 당면한 것은 자연재해뿐이 아닙니다. 더 중요한 것은 흐루시초프 동무와의 원칙분기입니다.」

초안조는 크게 놀라지 않을 수 없었다. 이제까지는 누구에게서도 감히 소련의 지도자들에 대한 불공한 말을 들어본 적이 없었다. 중국사람들의 눈에는 흐루시초프도 레닌, 스탈린과 같이 신성한 인물이었다. 그건 워낙 이치에 맞게 생성된 사실이어서 그 누구도 의심한 바 없었는데 어떻게 원칙분기가 거론되게 되었는가? 그는 놀라움을 감추지 못하고 망연하게 이 젊은 무산계급을 바라보기만 하였다. 정효경은 아주 적은 수의 학생당원 중의 한 사람이었다. 그녀가 한 말은 자신이 창조한 것이 아니라 당내에서 전달된 새 정신일지도 모른다. 아니면 그녀 부모에게서 얻어들은 소식일지도 모르지.

「음, 이 점은 선생님만 아시면 됩니다. 더 많은 사람들에게 말할 필요가 없지요.」

정효경은 더 이상 말을 잇지 않고 여기서 갑자기 말을 끊으면서 의미심장한 여운을 남겼다.

초안조는 그녀가 무엇 때문에 그에게 보통 사람에게 알릴 수 없는 비밀을 누설하는지 알 수 없었다. 그리고 말을 할 듯 말 듯하는데, 무슨 사명을 지니고 초안조에게 '이슬비'를 내려주는지? 아니면 좀 안다고 자랑하는 것인지? 그러나 초안조는 물어볼 수도 없었다. 그녀의 엄숙한 어투와 낯빛은 당외 군중인 당신에게 이만한 신임과 대우도 대단하니 잘 듣기만 하라고 말하는 것 같았다.

「전체적으로 볼 때 우리 반의 상황은 비교적 좋습니다.」

정효경은 의자를 약간 움직이면서 금방 가졌던 자세를 고치고 어투도 조금 부드럽게 말했다. 그녀는 화제를 국제공산주의운동으로부터 그녀가 있는 작은 단체로 끌어왔다.

「자산계급 가정출신의 사추사나 지주 가정출신의 백수례에게서도 원칙적으로 불만스런 언론은 발견되지 않았습니다. 그들은 정치문제에 대해 모두 조심합니다. 그러나 공부는 열심히 하지요.」

「그건 좋지요.」

초안조는 저도 모르게 조심스레 말했다.

「학생들은 모두 이십 세가 되지 않은 청년들이라 사상은 아직 단순합니다. 내 보기에는 모두들 열심히 공부하는 것 같습니다.」

「그런데 문제가 생겼습니다.」

「무슨 문제요?」

「남학생들 중에서 건강하지 않은 정서가 있습니다.」

정효경의 표정이 또 엄숙해졌다. 그녀는 걱정스러운 듯이 말했다.

「그들은 뒤에서 여학생들에 대해 수군거린답니다. 그리고 별명도 짓고 점수도 매긴대요. 누가 이쁘면 5점을 매기고 누구의 형상은 곤란하다면서 3점을 매긴답니다. 심지어 사추사와 한신월 두 사람을 놓고 무슨 선발을 한답니다. 한신월의 아름다움은 천연적인데 사추사의 아름다움은 꾸민 것이라면서, 하나는 고상하고 우아하며 티끌 하나 묻지 않은 흰 연꽃 같으나 하나는 화려하고 귀한 티가 나며 붉은 모란꽃 같다고요. 그리고 둘 다 비록 이름난 꽃이지만 비교해 보아 모란은 좀 속되어 보인다고 한대요. 선생님, 글쎄 들어보세요. 얼마나 추접스러운가!」

초안조는 아무 말도 하지 않았다. 정효경의 이야기는 시작은 그렇게도 거창하더니 실제의 낙착점은 이렇게 시시한 것이었으므로 들을 흥미가 없게 하였다. 그의 학생시절에도 반의 남학생들이 숙소에서 이와 유사한 화제를 말하는 것을 들었다. 그는 물론 그런 이야기에 끼여들지 않았다. 여학생들을 꽃으로 비기는 것은 그들의 인격을 존중하지 않는 것 같아서였다. 지금 그의 반학생들도 그러는 모양이다. 스무 살 전후의 남자애들은 그런 문제에 관심이 많다. 배워주지 않아도 그때는 다 그렇다. 그는 금방 정효경이 한신월의 이름을 부르자 마음이 약간 떨렸다. 반 전체에서 가장 우수하고 그가 가장 아끼는 학생이 해를 입는 것을 바라지 않았다. 물론 남들이 그렇게 마음대로 그의 다른 우등생인 사추사를 평가하는 것도 싫었다. 그러나 그 평가들을 들어보니 별 악의가 없고 또 대체로 합당하다고 생각되었기 때문에 무슨 의견을 표하지 않았다.

「문제는 당준생이 이 말을 사추사에게 고스란히 알려준 게 잘못이었어요. 두 사람의 연애관계는 벌써부터 공개되다시피 한 건데 사추사가 당준생도 그런 의논에 참여한 것을 알자 자존심이 상해서 홧김에 당준생을 차버렸지요. 지금 당준생은 머리까지 빡빡 깎았어요.」

「머리를 깎다니?」

「오전의 영어시간에 선생님은 보지 못했습니까? 아 참 모자를 썼었지요.」

「그래요? 난 주의하지 않았지.」

초안조는 말했다.

「머리를 깎는 것은 무슨 뜻이지요?」

「선생님은 생각도 못 하셨지요?」

정효경은 탁자를 손으로 톡톡 치면서 말했다.

「그건 출가하여 승려가 되겠다는 표시래요.」

초안조는 픽 웃고 말았다. 그는 그의 두 꼬마 상해 고향친구가 이런 장난을 할 줄은 몰랐다. 여기까지 말이 나오자 분위기는 약간 가벼워졌다.

「우습지요?」

정효경은 쓴웃음을 짓고 말했다.

「이런 일이 20세기 60년대의 대학생들에게 발생한다는 것이 너무도 슬픈 일이에요. 더욱 심한 것은,」

그녀는 웃음을 거두고 말했다.

「당춘생은 이로 인해 의기소침해져서 어제 오후에는 다른 반의 몇몇 실연당한 남학생들을 불러다가 몸에 침대보나 마대조각을 걸치고 머리에는 파나마 밀짚모자를 쓰고 서로 손잡고 학교 서대문 화표 앞에서 기념사진까지 찍었대요. 높은 소리로 노래까지 부르면서요.」

「무슨 노래를?」

「전세계 프롤레타리아는 연합하자.」

정효경은 여기까지 말하면서 몹시 분해 하였지만 초안조는 참지 못해 큰 소리로 웃었다.

「그건 별일 아닙니다.」

그는 말했다.

「젊은 사람들은 정서가 불안정하여 아주 쉽게 충동을 느끼지요. 잘만 이끌어 준다면 건강하게 자랄 수 있습니다. 내가 당춘생을 만나서 말해 볼게요. 오, 참, 그러구 우리는 그의 적극성을 발휘하게 할 수 있지요. 그의 연기재능을 문예활동에 쓰게 합시다. 5·4 건교경축일도 다가오는데.」

「글쎄요, 저도 그렇게 생각했지요. 그보고 학교의 경축 만회에서 뭘 좀 하라구 하니 거드름을 피우면서…….」

「학생들은 어떤 프로그램을 준비하고 있습니까?」

초안조는 흥미있게 물었다.

「저…….」

정효경은 왼쪽 손에 쥐고 있던 종이말이를 상 위에 놓으면서 말했다.

「우리 전업의 특징을 발휘해서 영어로 연극을 해보려 합니다.「햄릿」의 한 단락을.」

「오? 참 재미있겠는데!」

초안조는 학생들이 이렇게 대담하게 회화연습을 하는 것이 기뻤다. 그는 희망찬 눈길로 정효경을 보면서 말했다.

「학생이 연출할 겁니까?」

「네.」

정효경은 당연하다는 듯이 머리를 끄덕이고서 말했다.

「요즘 과외시간에 줄곧 준비를 했습니다.」

그녀는 종이말이를 만지작거렸다.

「배역은 다 맞추었습니까?」

「아니예요. 힘들어요.」

정효경은 두 손을 벌리고 마치 큰 연출자나 천군만마를 이끄는 장군처럼 말했다.

「16명 학생이 다 참가해야 하고 군중배우들은 다른 반 학생들을 청해야 되겠습니다. 마침 대사가 없어 말하지 않아도 되니까요. 문제는 주요배역인데요, 힘들어요.」

「그럼 누구에게 햄릿 배역을 맡기겠습니까?」

「글쎄요. 그게 바로 처음 부딪친 난제입니다. 12명 남학생들 중에서 골라보았지만 키가 작지 않으면 풍채가 없고 그렇지 않으면 대사를 제대로 하지 못하구요.」

「그렇다고 다른 반의 학생을 청해올 수도 없겠구. 햄릿보고 러시아말을 하게 할 수는 없지요.」

초안조도 그녀를 위하여 열심히 생각해주었다.

「그렇다고 주역을 대충 맞출 수 없지요. 저는 재삼 고려하여 보았는데 마침내 가장 마땅한 사람을 골랐습니다. 마침 우리 반 사람입니다.」

여기까지 말하고 정효경은 입을 다물어버렸다.

「오? 누군데요?」

초안조는 의아해서 물었다.

「바로 선생님이에요!」

정효경은 이상야릇하게 웃었다. 그녀도 정색하지 않을 때가 있었다.

「뭘? 안 돼요, 안 돼!」

초안조는 깜짝 놀랐다. 그는 재빨리 거절하였다.

「난 안 됩니다. 나는 여태 무대에 올라가보지 못했고 처음 강의할 때도 얼굴을 붉혔는데.」

「이젠 선생님도 습관이 되지 않았습니까?」

정효경은 마치 하급생을 설복하고 격려해주는 듯이 말했다.

「선생님의 영어수준은 더 말할 것도 없구요. 모습이나 체구나 기질도 아주 합당합니다. 선생님께서는 반의 학생들을 실망시키지 말기를 바랍니다. 이건 우리 반이 처음으로 전교 선생님과 학생들 앞에서 선을 보이는 것이구요. 건교 경축일날 많은 선배 동창들과 장관들도 오셔서 우리의 공연을 볼 테니 실패해서는 안 됩니다. 초 선생님의 짐이 무겁습니다.」

「안 됩니다.」

초안조는 그래도 자기는 안 된다고 생각하였다. 전업을 제외하고는 다른 모든 일에 자신감이 부족하였다. 그는 흥분해서 일어나 정효경에게 따졌다.

「나의 기질이 어떻게 햄릿과 같습니까? 그 인물은 비록 겉으로는 우유부단한 것 같지만 사실은 아주 강하고 심각하고 커다란 폭발력을 지니고 있습니다. 그가 미친 듯이 가장하고 지껄이는 말들은 하늘과 땅과 신령을 놀라게 합니다. '당신은 울 줄 압니까? 싸울 줄 압니까? 단식할 수 있습니까? 자기의 몸을 찢을 수 있습니까? 당신은 식초 한 단지를 마실 수 있습니까? 당신은 악어 한 마리를 삼킬 수 있습니까? 나는 다할 수 있지요.'」

그는 방금 들었던 팔을 내리면서 어쩔 수 없다는 듯이 웃었다.

「바로 이런 걸 제가 어떻게 합니까? 나는 그런 미친 듯한 기분을 표현해내지 못합니다.」

「아니예요. 금방 그 한 단락의 연기가 아주 좋았어요!」

정효경도 흥분해서 탁자를 한번 내리쳤다. 그 모양은 마치 큰 연출자가 배우를 고를 때 그 자리에서 결정을 내리는 듯하였다. 그녀는 자신을 좋은 말[馬]을 고를 줄 아는 백락(伯樂)의 위치에 놓고 있었다.

「됐어요. 햄릿에 대해서는 이젠 한시름 놓았어요.」

더 의논할 여지가 없게 말했다.

「학생은 다시 고려해 보시오. 남학생들 중에서 더 합당한 사람을 고르는 게 좋겠습니다.」

초안조는 여전히 동의하지 않았다.

「당준생이 어때요?」

「안 돼요, 절대 안 돼요!」

정효경은 한마디로 일축해버렸다.

「남자란 게 핼쑥한 얼굴에 허리는 뱀처럼 꼬면서 걷는 게 도무지 안 돼요. 더군다나 지금 정서까지 불안하고 회화도 제대로 유창하게 하지 못해서 나는 그에게 기껏해야 재수없는 폴로니어스나 시킬 거예요. 별로 할 일도 없어요. 햄릿한테 단번에 찔려 죽어요. 그러면 끝이에요.」

「다른 배역들은 다 있습니까?」

「대체로 모두 배치되었습니다.」

정효경은 손가락을 꼽으면서 말했다.

「덴마크왕은 백수례에게 하게 했습니다. 그는 출신이 나빠 영웅적인 인물을 하려고 안 해요. 스스로 나쁜 역을 하겠다고 자청했거든요. 덴마크왕은 그 학생의 우유부단한 기질과도 비슷하지요. 왕후는 제가 맡을 수밖에 없어요. 나수죽을 시키니 싫다고 해요. 사추사를 시키니 싫대요. 모두 그 사악한 여인 역을 하기 싫은 모양이죠. 뭐 어때요? 연극인데. 나는 사추사의 진심을 알지요. 그녀는 오필리어 역을 하고 싶은 거지요.」

「그럼 누가 오필리어 역을 맡았지요?」

초안조가 갑자기 물었다.

「물론 한신월이지요!」

정효경은 주저없이 말했다.

「그애의 생김새와 기질이 모두 좋아요. 순결하고 천진하고 또 쉽게 감정을 드러내지 않으며 약간 수줍은 듯하고 우울한 기분이 있는 것이 오필리어와 비슷하거든요. 아주 비슷하지요!」

「네, 그 학생이 오필리어 역을 해요?」

초안조가 중얼거렸다. 찬성하는 건지 반대하는 건지 분간하기 힘들었다.

「제가 이미 그애와 말을 했어요. 그애도 동의했거든요.」

정효경이 말했다.

「지금은 선생님께 달렸습니다. 선생님께서 그애와 연극을 한다면 배합이 아주 자연스러울 겁니다.」

「무엇 때문에요?」

초안조는 갑자기 크게 놀랐다. 그는 정효경이 무엇 때문에 자연스러울 것이라는 말을 하는지 몰랐다.

「그건 간단하지요.」

정효경이 숨김없이 말했다.

「두 주요 배역의 구두어가 전 극단에서 가장 좋다는 것은 모두 잘 아는 것이니까요. 말이 막히거나 서투르지 않을까 하는 걱정은 하지 않아도 되거든요. 두 사람은 주요한 정신을 인물내면의 감정표현에 두면 되거든요. 그럼 성공할 수 있지요.」

「음…….」

초안조는 깊은 생각에 잠겼다. 자기가 이미 배역을 맡은 것 같은 생각이 들었다.

「아닙니다. 너무 고통스럽습니다. 이 극은 너무 고통스럽습니다. 저 보고 그녀의 장례에 나타나 무덤 안에 뛰어들라구요? '대체 누구기에 그렇게도 요란스럽게 한탄하는가? 그 비분강개의 소리에는 하늘의 유성들조차 운행을 정지하겠구나. 나는 덴마크의 왕자 햄릿이다!' 이건 …… 너무 고통스럽습니다.」

「Very good!」

정효경은 미소를 지으면서 말했다.

「바로 그런 감정이 필요합니다. 고통스러울수록 좋지요.」

그녀는 책상 위에 놓은 종이말이를 앞으로 밀어놓으면서 말했다.

「대본은 이미 찍었습니다. 먼저 보십시오. 그건 선생님께서는 힘들지 않을 테니까요. 셰익스피어의 작품을 선생님은 이미 암기하고 계시잖아요. 시간을 내어 한신월과 맞추어보세요.」

초안조는 등사기로 찍어낸 대본을 보고서 안절부절못하였다.

「그래 학생은 억지로 맡기는 겁니까?」

「맞아요.」

정효경은 단호하게 말했다.

「저는 각 배우들에게 명확하게 말했거든요. 이것은 정치임무라구요. 반 전체의 영예를 위하여 잘해야 한다구요.」

초안조는 할 수 없이 한숨을 쉬었다. 임무이고 또 정치인 이상 더 의논할 여지가 없었다. 이것이 바로 정효경이 그와 반나절 동안 빙빙 돌면서 정치에 대해 말한 진정한 목적이란 말인가? 재미있는 것은 정효경이 선택한 작품은 지금 한창 유행하는 「혁명의 명의로」가 아니라 「햄릿」인 것이다. 여기에는 특별히 혁명적인 것은 보이지 않았다. 아직 유치한 꼬마 혁명가여!

정효경은 승리를 얻고 돌아갔다. 그녀는 신바람나게 숙소로 갔다. 숙소에는 신월이 혼자만 있었다. 그녀는 지금 연출자가 준 대본을 들고 그럴 듯하게 대사를 외고 있었다.

처녀여, 처녀, 그대는 죽었도다.
다시는 돌아오지 않을 것이다.
머리에는 푸른 풀을 이고
발밑에 돋은 푸른 이끼가 자라고
아하…….

정효경이 뛰어들어와서 소리쳤다.
「아니, 아름다운 오필리어!」
한신월이 그녀를 돌아다보더니 계속 아래의 대사를 외웠다.

눈처럼 흰 천이 시체를 덮었고
새빨간 생화는 비처럼 쏟아지네.
꽃송이엔 방울방울 눈물이 떨어지고
사랑하는 이는 무덤을 떠나네.

정효경은 그녀의 어깨를 치면서 말했다.
「아니, 난 너와 대사를 맞추는 게 아니야. 너한테 알려주려고 왔어.

햄릿이 생겼다!」

「생겼다고?」

신월이의 감정도 갑자기 극중을 떠나서 현실로 돌아왔다. 남자 주역의 선택은 그녀가 아주 관심을 갖는 문제였다. 비록 모든 것이 연극에 불과하지만 그녀는 보기만 해도 흉측한 사람이 무대 위에서 그녀에게 '난 확실히 그대를 사랑한 적이 있습니다.'라고 말하면 자기도 반드시 대본대로, '네 정말입니다, 왕자님. 당신은 제가 당신이 저를 사랑했음을 믿게 했지요.'라고 대답해야 하는 것을 상상하기조차 싫었다. 그녀는 참기 힘들어 급히 물었다.

「누가 햄릿을 맡았어?」

「너 좀 맞추어보렴!」

정효경은 일부러 시미치를 떼었다. 그녀는 자기가 배우를 고르는 수준이 얼마나 높고 얼마나 힘들었으며 그녀의 권위가 얼마나 높은가를 과시하고 싶었다.

「이 햄릿은 가장 풍채가 늠름하고 문학수양도 가장 깊으며 기질도 내성적이고 영어도 가장 잘하는 사람이야. 이제 금방 연기력을 살펴보았는데 참 좋았어. 내 생각에는 아름다운 오필리어도 마음에 들어 할 거야.」

신월이는 정효경이 이렇게 한바탕 떠들어대니 망연해졌다. 그녀는 반의 12명 남학생들을 다 생각해 보았지만 누가 그렇게 가장, 가장, 가장인지 알 수 없었다. 그녀는 참지 못하겠다는 듯이 말했다.

「도대체 누구야? 맞지 않으면 난 안 할 테야.」

「초안조!」

정효경이 돌연 선포하였다.

선생님이 그 자리에 없으니 대담하게 이름을 불렀다. 별것 아니야. 아무튼 극단 안에서는 모두 자기 말을 들어야 하니까.

「아니, 초 선생님!」

신월이는 놀랍기도 하고 기쁘기도 하였다.

「아이구, 난 왜 그 생각을 못 했을까? 동창들만 생각하고…….」

「그분은 우리의 동창이 되고 싶다고 말하지 않았어?」

정효경은 의기양양하여 말했다.

「나는 말이야 그가 대비하지 않을 때 별안간 들이쳤거든. 나의 혁명 전략이 초 선생님을 꼼짝달싹 못 하게 하였지.」

「그분이 응낙하셨어?」

신월이가 걱정되어 물었다.

「그럼 응낙했지!」

정효경은 감정이 고조되어 말했다.

「우리 이 극은 이미 절반이 성사된 셈이야. 아이구 5·4절이 곧 다 가오는구나. 너는 시간을 내어 대사를 외고 될 수 있으면 초 선생님과 같이 연습해라. 그렇게 되면 감정의 교류가 생기고 극중으로 들어갈 수 있지.」

「시름 놓아.」

신월이도 유쾌하게 대답하였다.

「나는 최선을 다하여 네가 맡긴 정치임무를 완수할 것이야.」

복도에서 급한 발소리가 들리더니 숙소 문이 쾅 하고 열렸다. 나수 죽이 황급하게 뛰어들어와서 신월이와 부딪쳤다.

「아니, 애, 나수죽.」

정효경이 그녀에게 말했다.

「넌 말이야 아쉬운 대로 내 옆에서 궁녀역을 해, 응?」

나수죽은 그녀를 거들떠보지도 않고 숨이 차 헐떡거리며 떠들었다.

「빨리! 빨리! 한…… 신월.」

신월이 놀라면서 물었다.

「무슨 일이야? 왜 이렇게 급해?」

나수죽은 급할수록 말을 똑똑히 하지 못했다.

「전화…… 너보고 빨리 돌아오래! 너의 아빠가…… 중상을.」

「아?!」

신월이는 갑자기 벼락을 맞은 듯 얼굴에는 혈색이 사라졌다. 대본도 손에서 떨어졌다. 그녀의 두 손은 얼음처럼 차디차지고 온몸도 부들부들 떨렸다. 그녀는 황급히 나수죽의 팔을 잡고 말했다.

「어째서…… 어째서.」

「구체적인 상황은…… 나도 미처 묻지 못했어…… 전화가 너무 급했고, 너네 아빠 직장에서 걸려온 거야.」

「우리 아빠가…… 지금 어디 있대?」

「이미…… 동인병원에 모셔갔대!」

정효경은 침착하게 말했다.

「한신월, 너 빨리 가보렴! 어떤 상황이 발생해도 침착해야 해.」

신월이는 다른 생각을 할 사이도 없이 숙소 밖으로 뛰쳐나갔다. 중상? 아빠가 어찌하여 중상을 입어? 화상? 깔려서 상했을까? 어디를 다쳐서 상했을까? 아빠의 직장일은 그런 위험도 없는데. 어떤 상황이 발생하여도…… 그 말의 뜻은 무엇인가? 그녀는 감히 더 생각할 수 없었다. 무슨 상황이 발생했을까? 아버지의 중상이 어떤 정도일까? 아, 모든 것이 가능하다. 운명은 본디 사람을 동정하지 않는다!

그러나 아빠를 잃을 수 없다. 그녀는 어릴 때부터 자애로운 아빠를 많이 따랐다. 첫번째 영어선생도 아빠였고 견결히 자기를 지지하여 북대에 보낸 것도 아빠였다. 아빠는 가정의 기둥이셨다. 아빠, 아빠!

신월이는 27재를 뛰쳐나와 남대문을 나와서 32선 버스역으로 달려갔다. 머리에는 온통 두 글자뿐이었다. 중상! 중상! 아, 그녀는 아무것도 생각하고 싶지 않았다. 빨리 아빠를 보고 싶었다!

한자기는 꼼짝달싹 못 하고 동인병원의 응급실에 누워 있었다. 그는 머리와 팔, 다리, 가슴…… 어디건 불로 지지는 것같이 아팠다. 두 손이 그의 가슴을 만지고 차가운 청진기가 그의 가슴에서 오갔다. 그는 눈을 감고 있었다. 떠볼 힘조차 없었다.

「상처를 닦아내고 진통제와 파상풍 예방주사를 놓으시오.」

그는 의사가 하는 말을 들었다.

「그리고 엑스선 투시로 갈비뼈 골절 상황을 확인해야 합니다.」

「알라여! 갈비뼈도 부러졌어요?」

이건 고모의 목소리였다. 당황한 목소리에 울음이 섞여 있었다.

「가족들은 조금 조용히 하십시오. 너무 흥분해서 그러시면…….」

「우리가 어찌 흥분하지 않을 수 있겠어요?」

이것은 아내의 목소리다.

「의사 선생님, 우리 식구가 살고 죽는 것은 모두 저분에게 달려 있어요. 그가 만약…… 우리는 어쩌겠어요.」

그녀는 말도 채 못하고 슬프게 울었다.

「엄마는 참, 또 울어요? 울어서 무슨 소용이 있어요?」

이건 아들의 목소리였다.

「여기서 떠들지 맙시다. 의사 선생님께서 조용히 치료하시게.」

「천성아, 넌 엄마 마음을 몰라!」

아내의 목소리가 또 들렸다.

「네 아버지 출근만 하면 어느 날이고 이 엄마 마음이 따라가지 않았겠니? 아버지가 힘들 것 같고 차에 칠 것 같기도 하였지. 이젠 육십이 다 된 양반이니 뭐든 조심해야지. 그렇게 조심하라고 말했는데 내 말을 듣지 않더니, 오늘은 어떻게 된 일인지.」

한자기의 가슴에 별안간 통증이 일었다. 저도 모르게 신음소리를 냈다. 그는 속으로 말했다. 울려면 울어! 나무라긴 누굴 나무라? 네 말을 들었기에 내가 이 꼴이 되었지! 그는 이 재난이 생기기 전의 일들을 생각해냈다.

오늘 오전 그는 평소와 마찬가지로 사무실 책상 앞에 앉아서 재스민차를 뜨겁게 한잔 마시고 나서 책상 위에 있는 두꺼운 자료들을 보고 있었다. 그것은 그가 1951년 특수공예품 수출공사에서 일을 하기 시작하면서부터 처리하고 모아온 주보옥기의 완전한 기록이었다. 물론 그의 집 밀실에 감추어둔 소장품은 여기에 포함되지 않았다. 그의 기진재는 해방 전에 벌써 파산해 문을 닫았으며 소장품들은 모두 분실되었다. 동업자들은 모두 그렇게들 알고 있었다. 그가 옥기 감정면에서 명성이 높았기에 해방 후 국영공사에 초빙되어 국가 공무원이 된 것이다. 그런데 그 후 공사합영운동 중 가산이 그보다 훨씬 적은 가게 주인, 작업방 주인들은 모두 자본가나 소업주가 되어 천대를 받게 되었다. 어떤 사람들은 이렇게 감탄하였다.

「한 선생은 정말 시국을 잘 아는 호걸이야. 파산도 제때에 맞게 했으니!」

그러나 그는 속이 뻔했다. 그것은 역사의 오해일 뿐이지 일부러 혁명의 투기를 한 것이 아니다. 그러나 그의 귀중한 진보들은 그 때문에 보존되었다. 기세가 대단했던 사회주의 개조도 그를 건드리지 못했다. 그는 속으로 기뻐했다. 그러나 한없는 걱정을 남겼다. 만약 그의 밀실이 세상에 드러나면 그는 끝장을 보는 날이 오는 것이다…… 그는 늘 살얼음을 밟듯이 전전긍긍하며 일했다. 항상 자신이 그물에서 빠진 고기와 같았다. 언제 어디서 그 그물이 그를 거두어들일지 몰랐다. 그때 가면 그의 모든 위장이 벗겨질 테니 어떻게 사람 노릇을 한단 말인가? 그는 그날이 오는 것을 겁내면서도 항상 그때가 오기를 기다리는 것 같았다. 그는 그물 밖에서 자각적으로 이용당하고 제한을 받고 개조를 받는 배역을 잘하였다. 자본가 모자를 쓴 사람들과 같았다. 그가 그렇게 조심스레 기다린 결과 기다림이 더 길어지고 더 고통스러웠다. 그렇게 가슴을 조이면서 지내온 십 년 동안 두꺼운 자료를 모아왔다. 그것도 특수공예품공사의 진귀한 문헌이 되었다. 최근 몇 년간 그의 나이가 많아지니 상사는 가게에서 사들이고 수출을 결정하는 힘든 일을 시키지 않았다. 그에게 일상업무는 맡지 말고 몇십 년간의 풍부한 감정경험을 정리하여 동료들의 업무상 참고로 쓰게 하라고 하였다. 또한 그것은 후세사람들에게 남길 가치가 있는 것이기도 하다고 말하였다. 그는 두꺼운 자료를 꺼내서 그 중 대표적이고 비교적 높은 예술수준과 문물가치가 있는 것을 골라서 하나하나 기재하고 분석하였다. 그 책의 이름은 「변옥록」으로 달았다. 그는 이미 한 절반을 끝냈다. 그러나 완전히 업무를 떠난 것도 아니었다. 그의 사무실과 업무실은 벽 하나를 사이에 두고 있는데 새롭고 힘든 문제가 생기면 동료들은 여전히 그에게 와서 가르침을 얻었다. 그도 일손을 놓고 그들과 같이 감상하고 연구하기를 좋아하였다. 이것도 그의 평생의 취미였고 가장 큰 낙이기도 하였다. 또한 지금 쓰고 있는 책에 새로운 자료를 공급하기도 하였다.

지금 그는 확대경으로 묵옥함연계어 사진을 자세히 들여다보고 있었다. 그가 오년 전 가게에서 손수 사들인 것인데 지금은 고궁박물관의 소장품이 되었다. 그 계어(쏘가리)는 몸통이 까만데 입에 문 연꽃만은 눈처럼 하얗다. 색을 따라 교묘하게 만든 것이 다듬은 기술도 노련하고 조형도 우아하였다. 원래 기록을 보니 제작년대가 송대였다. 그는 사진을 몇 번이나 들여다본 후 그때 내린 판단이 틀림없다고 생각하고 「변옥록」에 넣기로 결정하였다. 그는 신중하게 써넣었다. 묵옥함연계어, 송대.

「얼치기야, 자네 재간은 사부님한테서 배운 거야, 아니면 사모님한테서 배운 거야?」

문 밖에서 경리의 목소리가 들려왔다. 한자기는 우스갯소리를 잘하는 경리가 또 얼치기를 놓고 장난하는 줄 알았다. 얼치기는 어느 직원의 별명이다. 나이도 어리지 않지만 감별력이 부족해 옥기 감정을 할 때 늘상 웃음을 자아내는 기막힌 일들을 저질러서 동료들에게서 얼치기라고 불린다. 그는 감별력이 없어도 성격만은 소탈하여 별명을 불러도 성내지 않는다. 금방 경리가 사모님한테서 배웠느냐고 말한 것도 그가 옛날 스승을 모시고 재간을 배울 때 아무것도 배우지 못했다고 공개적으로 비웃는 말이므로 다른 사람 같으면 야단났겠는데 이 얼치기만은 대수롭지 않게 여겼다. 그가 하는 말이 들려왔다.

「왜요, 경리님? 예리한 눈으로 창록을 본다고 내 이 눈도 괜찮아요.」

「무얼 떠벌리고 있어? 그래 이게 창록이야?」

「창록이라고는 말하지 않았어요. 이건 벽옥이지요. 제가 어제 말했잖아요. 참!」

「이게 어디 벽옥이야? 분명히 비취인데. 얼치기 같은 게, 자넨 정말 얼치기야!」

얼치기는 여전히 불복하였다.

「알려드릴까요? 비취는요, 가짜이기 쉽거든요. 푸른 옥돌, 푸른 마노, 그리고 푸른 오팔도 비취로 팔 때가 있어요. 경리님은 무엇이나 비취라고 보지 마세요. 이것은 옥패예요. 무슨 비취라구!」

「자네 정말 가짜도 진짜고 진짜도 가짜인 셈이네. 가짜한테 속더니 이젠 진짜도 가짜로 보네 참!」

경리는 말했다.

「좀 자세히 보게나, 이 안에 색줄이 있지 않나? 벽옥 안에 색줄이 있어?」

얼치기가 말했다.

「옥을 판명하자면 사흘이 걸린다고 우리 이걸 불에 넣고 태워볼까요? 가짜라면 불에 태우기만 하면 푸른색이…….」

「썩 걷어치워. 점점 더 엉뚱한 소리만 하네. 이건 창록도 석랍도 아닌데 태우기는 뭘 태워?」

젊은 사람들이 와 하고 웃어댔다.

여기까지 듣고 한자기는 저도 모르게 열린 문을 사이에 두고 말했다.

「전등불 아래서 보면 될 걸 그러는구먼. 비취는 불 밑에서 보면 더 푸르고 벽옥은 불 밑에서 잿빛으로 보이는데.」

얼치기가 그쪽에서 말을 받았다.

「자, 자, 우리 권위 있는 분을 청해다가 감정하잔 말이야, 만약 이게 비취라면 나는 말이야, 진짜 이름을 지우고 호적이나 공작증에 모두 얼치기라 써넣을게.」

그들은 말하면서 건너왔다. 경리는 손에 든 물건을 책상 위에 놓으면서 말했다.

「한 선생 좀 보세요. 외국 손님들이 이 비취패물을 사려고 기다리는데 이 얼치기가 상표에다 벽옥패라고 써넣은 게 아니겠어요.」

얼치기도 재빨리 변명하였다.

「외국 사람과 장사한다구 그 사람들을 속일 수는 없지요. 무엇이면 무어라 해야지요.」

한자기는 흥미있게 그 동그란 패물을 받아보았다. 영롱하고 새파란 것이 티끌 하나 없이 맑았다. 사랑스러웠고 절친한 정감이 손바닥을 통해 폐부까지 스며왔다. 그 물건…… 그건 옥의 질도 가공기술도 대단히 좋은 비취패였다. 연대로 볼 때 필연코 건륭시대의 것임을 의심할 바 없었다. 그는 말을 하려다가 움찔했다.

「이건 어디서 사들인 거지?」

그가 갑자기 물었다.

얼치기가 대답했다.

「어떤 사람이 가지고 와서 팔았지요…….」

「어떤 사람인데?」

「모르겠어요. 기억나지 않아요.」

「언제지?」

「작년이지요. 작년 여름예요.」

작년 여름? 한자기는 급히 확대경을 들고서 다시 비취패를 들여다보았다. 순간 그의 눈은 마치 불에 데인 듯 아파왔고 심장도 쪼그라드는 것 같았다. 금방 자기가 내린 판단이 증명된 것이다. 바로 작년 여름, 그는 영원히 그날 저녁을 기억하고 싶지 않았다. 아내는 그를 핍박하여 밀실의 문을 열게 하였다. 아내는 그를 강박하여 물건 하나를 꺼내게 하였다. 그녀는 그것을 내다 팔아 아들의 결혼비용으로 쓰려고 하였다. 한자기는 자기의 생명이나 심혈과 바꾼 소장품을 보니 어느 것도 아쉬워서 꺼낼 수 없었다. 그러나 아내는 그를 핍박하여 퇴로가 없는 궁지로 몰아넣었다. 딸이 대학에 갈 권리를 얻게 하기 위하여 그는 할 수 없이 살을 도려내야 했다. 상, 주, 진, 한, 당, 송, 원, 명…… 그는 정말 꺼낼 수 없었다. 그것들은 그의 눈이고 심장이었다. 고르고 고르다 그 중에서 그때와 비교적 가까운 청대 옥기 하나를 꺼내서 보았다. 바로 그 청나라 건륭 비취패였다. 그것을 손에서 한참 만지다가 눈 딱 감고 아내에게 건네주었다. 가져가! 내게는 이 물건이 없었다고 생각하지. 영원히 다시 보고 싶지 않아. 이미 깨어졌다고 생각하지. 그렇게 생각하면 내 마음은 덜 괴로울 거야!

그런데 어찌 알았으랴. 아내가 어떤 우둔한 바보한테 부탁했던지 북경에 그렇게 많은 골동품 상점에는 가지 않고 굳이 그가 일하는 공사로 와서 얼치기한테 옥으로 잘못 팔렸으니. 지금 그 물건이 그의 손 안에 있다. 그는 자기가 도려낸 가슴살을 감정하면서도 모르는 척해야 했다.

한자기는 가족을 잃어버리고 자기의 손발을 끊는 듯한 고통을 참아야 했다. 이 고통은 누구에게도 말할 수 없고 누구에게도 발견되어서는 안 되는 것이었다. 그는 묵묵히 확대경을 내려놓고 비취패도 책상 위에 놓았다. 차갑고 떨리는 손가락을 펴 그것을 약간 밀어놓으며 한마디도 하지 않았다.

얼치기가 급히 물었다.

「한 선생님, 똑똑히 보았지요? 벽옥이에요? 비취예요?」

한자기는 대답하지 않았다. 지금 그것을 돌이라고 하든 흙이라고 하든 중요하지 않았다. 중요한 것은 이것이 이젠 그에게 속하지 않는다는 것이었다. 그렇다면 왜 옥을 목숨처럼 사랑하는 사람을 괴롭히는지 모르겠다.

경리는 멍해졌다.

「한 선생, 당신은 옛날 북경 장안에서 유명한 옥왕이었는데 어째서 비취와 옥을 가려내지 못하지요? 불가사의한 일입니다. 다시 한번 보시지요. 외국 손님이 사려고 기다립니다. 오후에 오겠답니다.」

예리한 칼날이 한가지의 심장을 찌르는 것 같았다. 그가 지금 무슨 옥왕인가? 하늘 아래 어디에 이렇게 나약하고 굽실거리면서 살아가는 왕이 있단 말인가? 옥노(玉奴)가 될 자격도 없다!

「못 팔아! 건륭 비취패를 어떻게 판단 말이오?」

그의 손이 무겁게 책상을 내리쳤다. 분해서 책상을 치는 거동은 경리와 얼치기를 놀라게 하였다. 그렇다. 한자기는 직장에서 일한 십 년 동안 한번도 화를 내지 않았다. 그런데 이번만은 사람들 앞에서 예의를 잃은 것이다.

얼치기는 멍해져서 책상 위의 비취패를 가져갔다. 경리는 한자기가 성을 냈다고 나무라지 않았다. 경리는 걸어나가면서 흥분해 얼치기에게 말했다.

「어때? 생강은 그래도 늙은 것이 매워. 한 선생이 아니었다면 이 비취패도 잃어버릴 뻔했어. 자네 들었지? 건륭년 것이야!」

업무실 쪽에서 또 웃음소리가 났다. 몇몇 젊은이들이 경리와 같이 얼치기를 놀려대고 있었다. 그보고 빨리 공작증이나 호적의 이름을 고치라고 야단이었다. 그 유쾌한 웃음소리 속에서 한자기는 자신의 온몸이 무너져내리는 것 같았다.

그는 점심시간까지 기다리지 않고 몸이 불편하다면서 경리에게서 휴가를 받았다. 경리는 돌아가서 잘 쉬라고 하면서 매일 나올 필요없이 집에서 자료를 정리해도 괜찮다고 말했다.

그는 정신이 몽롱하여 사무실을 나왔다. 밖에는 한창 이슬비가 내리고 있었다. 우산을 지니지 않아 비를 맞으면서 집으로 가려 하였다. 비는 많이 내리지 않아서 별일없었다. 그는 오히려 비가 억수로 쏟아지기를 바랐다. 비가 마음속 가득한 울분과 고통을 모두 씻어주면 통쾌할 것 같았다. 그는 머리를 숙이고 계단을 내려갔다. 바깥의 시멘트 계단은 비에 젖어 미끄러웠다. 난간을 잡고 천천히 내려갔다. 보슬비가 그의 눈을 어렴풋이 가로막았다. 눈앞에 그 비취패가 흔들리는 것 같았다. 그리고 발밑은 구름을 딛는 것 같았고 솜 위에서 걷는 듯했다.

「한 선생, 잠깐 기다리시오!」

뒤에서 경리가 부르는 소리가 들렸다.

정신이 어렴풋한 가운데 그는 깜짝 놀랐다. 머리도 돌리기 전에 발이 허공을 디뎠다. 그는 몸을 가누지 못하고 거꾸로 떨어졌다.

「한 선생, 한 선생!」

그는 축축히 젖은 단단한 시멘트 계단을 따라 아래로 굴러떨어졌다. 머리가 돌아가고 눈이 어지럽더니 아무것도 알 수 없었다.

그는 깨어났다. 자기한테 무슨 일이 생긴 것도 알았다.

아내의 울음소리를 들었다. 아내는 원망하면서 따져 물었다.

「모두 당신들이 억지로 일을 시킨 탓이에요. 이렇게 연세가 들었는데도 무리하게 일을 시키면 되나요?」

「아니예요, 한씨 아주머니.」

경리의 목소리였다. 경리도 이 자리에 있었구나.

「제가 한 선생보고 집에 가서 쉬라고 했어요. 그런데 우산을 가져가지 않았기에 쫓아가서 우산을 드리려 했어요. 누가 알았겠어요, 그때 …… 아이 참! 한씨 아주머니, 상부에서도 어떤 대가를 치러서라도 한 선생을 치료시키라고 했어요. 이분은 국보이십니다. 걱정 마세요, 너무 초초해 마시고.」

초조하게 굴지 말아야지. 이 지경이 되었으니 초조하게 굴면 안 되지. 한자기는 속으로 말했다. 이럴 때까지 나에게 국보라는 칭호를 주니 고맙다만 사실 내 이 국보도 일찍 깨버려야 해. 깨버리면 아무 가치도 없을 것을 내 한평생 죽을 둥 살 둥 모르고 뛰어다녔지. 팽팽 조인 줄이 끝내 끊어진 거야. 아무 때건 이럴 때가 있는데. 이번에 넘어진 것이 목숨까지 빼앗을지도 모르지…… 죽을 수 있을까? 사는 것이 너무 힘들어. 속으로 그렇게 많은 고통을 안고서 입으로는 아무 말도 못하는 것이 죽은 것과 무엇이 다른가? 죽으면 모든 근심걱정과 번뇌도 없어지고 무엇이든 알 필요가 없으니 얼마나 좋을까? 그러나…… 죽을 수 없지. 어떻게 그 옥들을 버리고 죽을 수 있단 말인가? 어떻게 딸을 버리고 죽을 수 있단 말인가? 딸은 아직도 사 년이 있어야 대학을 졸업하는데!

버스에서 내리자 신월이는 동인병원 쪽으로 죽어라고 뛰었다. 얼굴은 창백하고 호흡도 급해졌으며 입은 옷도 다 젖었다. 내리는 이슬비에 줄줄 흐르는 땀에 그리고 얼굴에서 흘러내리는 눈물에 푹 젖었다.

그녀는 뛰면서 찬 빗물에 무릎 관절이 아픈 것도 가슴이 답답한 것도 심장이 미친 듯이 뛰는 것도 아랑곳하지 않았다. 이렇게 빨리, 이렇게 급하게 뛰어본 적이 없었다. 그 길은 너무 멀었다!

그녀가 병원문에 들어서면서 응급실이 바로 눈에 띄자 거기로 뛰어갔다.

어떤 사람이 그녀의 허리를 잡았다. 아, 고모였다.

「고모…… 고모…… 아빠는?」

그녀는 숨을 가쁘게 쉬면서 물었다.

「신월아, 왔구나!」

고모는 큰 소리로 울었다.

「너의 아빠 갈비뼈가…….」

「네?」

신월이는 고모를 밀치고 응급실로 뛰어들어갔다.

안에는 많은 사람들이 서서 웅성거렸다. 엄마, 오빠, 흰 가운을 입은 의사와 간호원, 아버지 직장의 상사가 있었다. 아버지는?

아버지는 침대에 누워서 눈을 감고 꼼짝도 하지 않았다. 평소 거무스레하던 얼굴이 종잇장처럼 새하얗게 되어 있었다. 머리와 팔과 가슴에 붕대를 감고 있었는데 흰 침대보에 피가 묻어 있었다.

「아빠!」

심한 아픔이 그녀의 심장을 찢었다. 그녀는 의식을 잃고 땅바닥에 넘어졌다.

「신…… 신월이냐?」

한자기가 별안간 움직이면서 목멘 소리로 불렀다.

「신월아!」

「움직이지 마세요. 조용히 하세요!」

간호원이 그에게 말했다.

「신월아, 신월아!」

그녀의 가족들이 당황했다.

신월이는 그들의 부름소리도 듣지 못하고 푹 젖은 몸으로 쓰러져 있었는데 아무 소리도 내지 못했다.

「신월아!」

천성이가 뛰어가 땅에 꿇어앉아 신월이의 머리를 안고 소리쳤다.

「신월아, 깨! 아빠는 괜찮아. 어서 일어나!」

신월이는 깨어나지 못했다. 그녀의 하얀 얼굴은 자주색으로 변했고 퍼렇게 된 입술에서는 분홍색의 피가 배어나왔다.

의사와 간호원들이 총총히 뛰어오더니 응급처치를 시작하였다.

청진기가 신월이의 흉부에서 오르내렸다. 혈압기에 나타난 숫자는 60/40.

「의사 선생님, 의사…….」

고모는 긴장하여 온몸을 떨었다. 얼굴을 온통 눈물로 적셨고 말도 제대로 하지 못했다.

「의사 선생님…… 이애는.」

한씨 부인도 당황해 옆에 서서 소리쳤다.

「이애는 아버지와 마음이 통해 있어요. 너무 놀라 이리된 걸 거예요!」

「심장의 리듬이 고르지 않고 잡음이 있습니다. 폐 안에 물집이 가득 생겼는데…….」

의사의 얼굴은 무섭게 일그러졌다. 청진기를 내리고 간호원에게 분부하였다.

「급성 심장쇠약이오. 환자를 침대에 절반 앉는 자세로 누이고 즉시 산소호흡을 시키고 정맥주사를 놓으시오.」

「네? 심장쇠약이라구요?」

천성이는 동생을 침대에 안아 뉘었다. 그의 팔이 떨리고 입술도 떨렸다. 동생의 병이 그를 멍청하게 만들었다.

「이앤 아직 열여덟도 되지 않았는데 어떻게…… 쇠약해질 수 있어요?」

의사와 간호원들은 설명할 겨를도 없이 긴장해서 신월이를 처치하고 있었다.

「알라여! 이 아이가 이게 무슨 고생입니까!」

고모는 급해서 발을 구르며 한씨 부인을 껴안았다. 두 여인은 무서워서 떨기만 하였다.

한씨 부인은 고모의 손을 잡고 말했다.

「보세요, 이게 어찌된 일이에요? 하루에 둘씩이나 드러누우니. 살라는 거예요, 죽으라는 거예요?」

「신월아…… 신월아…….」

한자기가 몸부림치면서 불렀다.

「말도 하지 마시고 움직이지도 마세요.」

간호원이 그를 누르면서 말했다.

「당신은 우리와 잘 맞춰 치료해야지, 움직이면 부러진 뼈가 내장을 찌를 수 있어요.」

그때 한자기의 오장육부를 찌르는 것은 부러진 뼈가 아니라 애지중지하는 딸의 병이었다. 자기 때문에…….

신월이는 아무 의식도 없이 비스듬히 누워 있었다.

큰 포탄 같은 산소통이 밀려왔다. 간호원이 호스를 꽂았다. 쉭 하는 소리가 나더니 산소기류가 그녀의 폐로 들어갔다. 간호원이 재빨리 그녀에게 주사를 놓았다. 그리고 그녀의 사지에 번갈아 지혈대를 동였다.

천성이는 여동생의 얼굴을 뚫어지게 바라보면서 눈 한번 깜빡이지 않았다. 사내는 눈물을 쉽게 흘리지 않는다고 천성이는 습관적으로 모든 것을 참는 고집센 사람이었으나 오늘은 뜨거운 눈물을 흘렸다.

「왜 이애한테 알려주었어요? 아버지 일은 저를 찾으면 되는데. 신월이는 이런 자극을 이겨낼 수 없습니다. 당신들은 참 우둔하군요. 누가 이애에게 전화를 걸었지요?」

「내가…… 내가 걸라고 했소.」

경리가 힘없이 말했다.

「가족에게 빨리 알리려고 하다가 자네 아버지의 노트에서 그 전화번호를 찾아냈소. 아이구! 누가 이 처녀에게 심장병이 있을 줄 알았겠소?」

「함부로 말하지 마세요!」

가슴이 터질 듯이 아픈 천성이는 누구도 두려워하지 않았다.

「내 동생은 병이 없어요! 누가 애한테 병이 있다고 했어요?」

경리는 다시 말을 하지 못했다. 불행한 것은 의사가 이렇게 말한 것이었다.

「현재의 증세를 보아서는 환자의 심장은 일찍부터 심각한 문제가 있던 것 같습니다.」

천성이, 한씨 부인과 고모는 모두 멍해졌다.

「환자의 가족에 심장병의 내력이 있습니까? 환자의 부모는…….」

「없어요!」

한씨 부인이 말했다.

「나와 그애 아버지는 모두 없어요!」

「없지요.」

고모도 보충하여 말했다.

「우리 식구들은 한번도 그런 병에 걸려본 적이 없어요.」

「그럼, 환자가 풍습병에 걸린 적이 있습니까? 다시 말하자면 규칙적으로 관절이 아픈 적이 있습니까?」

「없어요.」

한씨 부인이 대답하였다.

「아이구, 그런 적이 있어요.」

고모가 말했다.

「이애가 어렸을 때 나와 한방에서 잤는데 날씨만 바뀌면 다리가 아프다고 했어요. 내가 주물러주고 따뜻하게 해주면 며칠 지나서 나았거든요. 별로 큰일이 아니라고 생각했지요. 선생님 그것도 문제가 됩니까?」

의사는 명확한 대답을 하지 않고 말했다.

「먼저 관찰해봅시다. 이 환자는 입원해서 전반적인 검사와 치료를 해야 할 것 같습니다.」

신월이가 차차 깨어났다. 속눈썹이 파르르 떨리더니 눈을 뜨려 하는 것 같았는데 뜨지 못했다. 입술을 움직이면서 말하려고 했으나 말하지 못했다. 나지막하게 겨우 들리는 소리를 내었다.

「아빠…….」

「알라여! 좀 나아졌어요.」

고모가 눈물을 흘렸다.

「신월아, 아빠 근심하지 말아. 좀 나아진 것 같애?」

한씨 부인이 입을 딸의 귓가에 대고 말했다.

「신월아, 엄마가 여기에 있어. 눈뜨고 엄마를 보렴.」

눈물이 말을 삼켜버렸다.

「환자와 말하지 마시오. 환자는 절대적인 안정이 필요합니다.」

의사가 말하면서 간호원들에게 손을 저었다.

「환자를 진찰실에 들여보내시오.」

환자 침대의 고무바퀴가 천천히 움직였다. 포탄 같은 산소통도 신월이와 함께 방을 나갔다.

가족들의 마음도 그녀를 따라나갔다.

엎친 데 덮친다고 한씨집에 두 재앙이 한꺼번에 닥쳤다. 마음속에 깊은 상처를 입은 이 집 사람들이 그것을 견뎌낼 수 있는가는 전혀 아랑곳하지 않고.

봄날의 밤은 시원하고 고요하였다.

이슬비는 이미 그치고 공기는 습기가 꽉 차서 길가의 나무에 스며들고 있었고 건물 앞 화단에는 짙은 꽃향기가 싱그러운 나뭇잎의 냄새와 함께 천천히 퍼져가고 있었다.

얇은 구름이 밤하늘에 떠가면서 약간씩 몽롱한 달을 드러내 보였다. 한 조각의 하현달이었는데 달빛이 고요하고 쌀쌀하였다. 활등의 윤각은 뚜렷했으나 활시위 부분은 어슴푸레해지면서 차차 하늘에 녹아들었다. 한 달도 절반이나 더 지나니 동그랗던 달도 빛을 찬란하게 뿌리던 짤막한 시간이 총총히 지나가 버려서 이젠 금세 줄어들고 있었다. 마치 바다의 조수에 조금씩 침몰되는 것 같았다.

싸늘한 달빛이 동인병원의 정문을 비추고 있었다. 정문에는 벌써 붉은 종이에다 금빛 글씨로 '5·1절을 영접한다'고 쓴 플래카드가 걸려 있었다. 구급차와 작은 승용차가 총총히 들락날락하고 있다. 응급실 문 앞에는 눈에 띄는 붉은 등이 걸려 있었다. 고요한 밤이건만 병원은 편안히 잠들지 못했다. 아무 때건 별안간 들이닥치는 환자들을 맞아들여야 했다.

달빛은 얄따란 커튼을 뚫고 외과병실로 비쳐들었다.

병실은 조용해졌다. 같은 병실의 환자들이 모두 일찍 잠에 들어서 고르게 코를 골고 있었다. 오직 한자기만이 아직 잠에 들지 못하고 고통에 시달리고 있었다.

그의 상처는 생각보다는 중하지 않았다. 여러 가지 방법으로 자세히 검사한 결과 그의 머리는 뇌진탕이나 뇌출혈이 오지 않았고 팔다리도 부러지지 않았다. 오직 갈비뼈 하나가 부러졌는데 살도 찌르지 않고 내장과 흉막도 찌르지 않았다. 그가 쇼크를 일으킨 것은 과로로 인한 긴장 탓이었고 머리의 피도 다행히 찰과상이었다. 핏자국을 다 닦은 후에 간호원들은 아주 쉽게 그의 상처를 처치하였고 싸매고 나니 일이 끝난 것이다. 갈비뼈가 부러진 것도 다행히 끊어지지 않았으므로 고정시키는 방법을 쓰니 정상적인 호흡과 음식을 먹을 수 있고 약간씩 움직이는 데는 별 장애가 없었다. 의사가 말했다.

「당신은 식구들을 많이 놀라게 하였습니다만 사실은 어떤 위험도 없었습니다. 만약 입원을 원하지 않는다면 약을 가지고 집에 가서 요양하십시오. 며칠 지난 후 다시 검사하면 되니까요. 아무 문제도 생길 것 같지 않습니다.」

그런데 공사의 경리가 의사한테 더 입원하게 해달라고 요구했다. 만일 무슨 일이라도 생겨서 이 국보를 잃는다면 큰일이라면서 말이다. 하여 한자기는 외과 병실로 와 있게 되었다.

한자기가 넘어져서 다친 후 이런 결과가 있게 된 것은 불행 중 다행이라고 말할 수 있었다. 응당 기뻐해야 할 일이다. 그러나 그가 지금 걱정하고 근심하는 것은 자신이 아니라 보배인 딸이었다. 싱싱하고 활발하던 신월이가 별안간 그의 앞에 쓰러질 줄은 그 누구도 생각하지 못한 일이었다. 그리고 그런 뜻밖의 사건 덕분에 신월이에게 일찍부터 그런 병이 있는 줄을 발견하리라고 생각하지 못했다. 너무도 무서운 일이다. 응급실에서 뜻밖에 의사가 환장의 심장은 일찍부터 심각한 문제가 있은 것 같다고 말했을 때 그는 하마터면 기절할 뻔했다. 어떻게 그럴 수 있는가? 어떻게? 지금 딸애는 진찰실에 누워 있는데 자기는 외과 병실에 와 있다. 마음이 서로 이어져 있는 부녀가 헤어져 있어야 했다. 그는 신월이가 누워 있는 진찰실이 여기서 얼마나 떨어져 있는지 몰랐다. 그는 딸의 목소리를 듣고 싶었다. 나지막하게 아빠 하고 부르는 소리가 듣고 싶었다. 신음소리도 좋을 것 같았다. 그에게는 위안이 될 것 같았다. 그러나 들리지 않았다. 아무 소리도 들을 수 없었다.

그는 자신이 미워지고 후회스러웠다. 아버지라는 자신이 왜 조금도 딸의 병을 발견하지 못했을까? 그는 아내를 나무랐다. 엄마라는 게 남자보다 자상하지 못하고 그래 무얼 생각하고 있었어? 아이 병을 지체하여 이렇게 되었으니. 아내는 그의 침대 옆에서 눈물을 흘리면서 신월이가 그런 병에 걸릴 줄은 생각도 하지 못했고 전혀 몰랐다고 했다 …… 그렇다. 한씨 부인도 모르고 식구들도 모두 몰랐다. 아내만 나무랄 일이 아니다.

「후유! 당신, 가보시오. 여기서 울지 말고. 여기는 아무도 오지 말고 모두 신월이에게 가보시오!」

그는 아내를 좇아보냈다. 그는 딸에게 식구가 필요할 때 엄마가 곁을 지키고 있어 딸이 따스함을 느끼도록 하였다.

지금 그는 혼자서 침대에 누워 자기의 상처투성이인 마음을 괴롭히고 있었다. 십팔 년의 세월이 그의 눈앞에서 거슬러 흘러갔다. 그는 고생도 많았고 기쁨도 많았던 중년시절로 다시 돌아간 듯했다. 딸은 불행한 때에 태어났으나 아직 불행이 무엇인지 알지 못했다. 그녀의 초롱초롱한 큰 눈은 웃음을 띠고 있었다. 어리고 순결한 동심은 본능적으로 이 세상은 아름답고 인생은 찬란한 것으로 알았다.

찬 바람이 창문 틈새로 스며들어왔다. 커튼이 가볍게 움직였고 달빛도 어른거렸다. 그는 또 그 잊지 못할 달밤이 생각났다.

그해 그는 마침 마흔 살이 되었다. 달빛 아래에서 배회하는 마음은 두렵고 불안스러웠다. 그의 마음은 창문 안에서 흘러나오는 신음소리에 조여들었다. 열 달 잉태에 하루 아침 분만한다고 새 생명이 곧 태어나게 되어 있다. 그는 안절부절못하였다. 묵묵히 모자의 평안을 빌었다.

끝내 아기의 쩌렁쩌렁한 울음소리를 들었다. 그는 미친 듯하였다.

「오, 딸이에요!」

그는 아이 받는 사람이 그에게 말하는 소리를 들었다. 너무도 기뻐서 취한 것 같았다.

「딸? 그럼 신월이라 부르지.」

그는 소리쳤다. 그때 하늘에는 예쁘장한 초생달이 떠올라와 있었다. 사실, 그는 이 이름을 오래 전에 지어놓고 있었다. 그에게는 이미 하늘의 별이 있었으니 이번 것은 물론 달이어야지.

열여덟번째 되는 해가 왔는데 그의 신월이가 쓰러진 것이다.

걸음소리, 낮은 걸음소리가 들려왔다. 사각사각 치맛자락이 스치는 소리도 들렸다. 누가 왔을까? 그는 눈을 떴다. 몽롱한 달빛등에 호리호리한 여자의 모습을 보았다. 흰 치마를 입고 그한테로 사뿐사뿐 걸어왔다…… 아, 신월이냐! 아니, 그는 소리를 내지 않았다. 그의 신월이가 아니었다. 당직 간호원이었다.

어린 간호원이 손전등을 들고 가볍게 병실을 한바퀴 돌고서 조용히 나가려고 하였다.

「동무.」

한자기가 불렀다.

「3호 환자, 무슨 일이 있으세요?」

간호원이 돌아서서 그에게로 다가왔다.

「좀 물어볼 것이 있습니다.」

한자기는 급히 말했다.

「심장병은 어떻게 걸리는 겁니까?」

「심장병?」

간호원은 약간 골치 아프다는 듯이 어슴푸레한 그림자를 보면서 말했다.

「당신은 전신검사를 했지만 심장병이 없었어요. 잘 쉬세요. 이젠 밤이 깊었어요.」

하고는 가버리려 하였다.

「아니, 내가 아니라.」

그는 힘들게 그녀를 불러세우고 말했다.

「나는 그저 묻고 싶었습니다.」

「이유도 없이 그걸 알아 뭘해요?」

어린 간호원은 노인이 상처는 심하지 않은데 정신이 좀 정상인 것 같지 않다고 생각하였다.

「난…… 나에게는 딸이 있는데 아가씨 또래 정도되지요. 그런데 그 애가…… 심장병에 걸렸어요.」

한자기는 몸매가 날씬한 처녀를 바라보면서 눈물로 목이 메어 말을 더 잇지 못했다.

어린 간호원은 침묵을 지켰다. 그녀는 가지 않았다. 어슴푸레한 불빛 속에서 자애로운 아버지의 마음을 보았다.

「네. 그것도 어떤 상황인가 보아야지요.」

그녀는 말했다.

「예를 들면 유전적으로 가능성이 있지 않은지요?」

「없어요.」

한자기는 단호하게 대답하였다.

「나와 그애 엄마는 모두 심장병이 없어요.」

「음.」

간호원이 생각을 해보더니 말했다.

「부모가 심장병이 없어도 자식이 생길 수도 있지요. 만약 엄마가 임신 때 무슨 전염병에 걸렸거나 영양실조 혹은 마음이 답답하고 우울했다면 태아가 선천성 심장병에 걸릴 수 있지요.」

「네.」

한자기는 망연하게 대답하였다. 그는 신월이가 출생하기 전의 일을 애써 생각해 보았다. 그러고는 간호원이 말한 것과 대조해보니 그런 것 같기도 하고 아닌 것 같기도 해 아리송하였다. 신월이가 출생한 그 시대는 임산부가 영양실조나 마음이 답답하고 우울한 것을 피할 수 없던 때였다. 그렇다고 꼭 선천성 심장병에 걸린단 말인가?

「아니 그런 것 같지 않아요.」

그는 말했다.

「나의 딸은 유아시절에 아주 엄격한 신체검사를 받았습니다. 그때는 심장에 문제가 없었지요. 그 병원은 심혈관 계통의 병원으로 유명했습니다. 절대 소홀하지는 않았을 겁니다.」

그래 아직도 똑똑하게 기억하고 있다. 그때 그 전문가는 영어로 그에게 말했다. 이렇게 아름답고 건강한 딸이 있음을 축하합니다.

「그럼 후천성일 수도 있지요.」

간호원은 자기가 배운 얼마되지 않는 기초지식을 생각해내려고 애썼으나 노인의 질문에 시원한 대답을 하기는 힘들었다. 그녀는 곧 곤경에서 빠져나오는 방법을 생각해냈다.

「환자를 보지 않고는 판단하기 힘들어요. 좋은 방법은 노인께서 따님을 데리고 병원에 와서…….」

「왔어요, 이미 와 있어요. 진찰실에.」

한자기는 슬프게 탄식했다.

「그래요. 그럼 병원 의사 선생님을 믿으세요. 내과의 노의사 선생님은 이름있는 심장병 전문의예요. 그분들이 노인의 따님을 잘 치료해줄 거예요. 초조하게 생각하지 마세요. 빨리 주무셔야죠. 당신도 환자인데요!」

간호원이 가벼운 걸음으로 떠나갔다. 한자기는 그녀의 뒷모습이 문밖으로 사라지자 속으로 한탄하였다. 어째서 하필이면 내 딸이 그런 병에 걸렸을까?

그는 도저히 잠을 이룰 수 없었다. 그의 마음은 병실을 떠나 딸을 찾아 헤맸다.

진찰실의 창문에는 아직도 전등불이 비치고 있다.

금속으로 된 받침대에는 링거병이 걸려 있었다. 고무줄이 링거병으로부터 이어져 내려와서 중간에 끼운 유리 호스로 약물이 떨어지는 것을 바라볼 수 있었다. 고무줄은 신월의 팔과 이어져 있었다. 그녀의 팔은 힘없이 침대가에 놓여 있었는데 가늘고 창백한 손은 까딱도 하지 않았다.

산소호흡을 시키는 고무줄이 콧구멍에 꽂혀 있었다. 그녀의 상반신은 침대에 기대 있고 얼굴은 한쪽으로 돌려졌는데 얼굴의 자주색도 이젠 많이 사라졌고 호흡도 고르고 편안히 잠이 든 것 같았다.

천성이는 동생의 침대가에 앉아서 유리 호스 안에서 떨어지는 약물방울을 들여다보았다. 똑똑 떨어지는 약물방울이 그의 마음을 치는 듯하였다.

그는 이렇게 몇 시간이나 앉아 있었다. 날이 저물자 엄마와 고모를 집으로 보냈다.

「가세요. 모두 집에 돌아가세요. 여기서 울기만 하시고 무슨 도움이 되나요? 괜히 의사들을 골치 아프게나 하면서. 여긴 저 혼자면 돼요. 가세요!」

그가 두 노인들에게 너무 무례하게 구는 것 같았지만 누구도 탓하지 않았다. 지금이 어느 때인가? 누구인들 짜증이 나지 않겠는가. 그의 거친 말에는 짜증도 있고 사랑도 있었다. 그는 엄마와 고모도 드러누울까봐 겁났다. 모두 예순줄의 사람들인데 또 무슨 일이나 생기면 이 집은 더 지탱하기 힘들 것이다. 아버지가 드러누웠고 동생이 쓰러졌기에 그는 장자인 자기에게 얼마나 무거운 짐이 놓여 있는가를 알고 있었다.

진숙언도 그의 옆에 앉아 있었다. 퇴근 후에 그녀는 집에 먼저 가지 않고 한씨댁에 들러서 5·1절에 신월이가 집에 오느냐고 물으려 하였다. 그런데 이렇게 큰일이 벌어지고 있을 줄은 몰랐다. 그녀는 집으로 돌아가지 않고 다급히 병원으로 왔다.

「신월아, 신월아.」

그녀는 친구의 이름을 나지막하게 불렀다. 신월의 무섭게 변한 얼굴과 자는 듯 마는 듯한 쇠약한 모습을 보니 두 눈에서 눈물이 흘렀다. 그녀가 얼마나 부러워하던 신월인가? 청춘의 힘이 솟구치던 신월이가, 누구보다도 행복하던 신월이가 어떻게 드러누울 수 있단 말인가? 그녀는 믿을 수 없었다. 신월의 두 손을 쓰다듬어주면서 얼굴을 신월이의 귓가에 대고 말했다.

「신월아, 내가 왔어. 숙언이야.」

「그애 깨우지 말아. 겨우 잠이 들었는데 부르지 말라니까.」

천성이는 마치 여동생의 보호신마냥 지키고 서서 그 누구도 동생을 건드리거나 귀찮게 굴지 않도록 했다. 그는 진숙언에게도 추방령을 내렸다.

「보았으면 됐어. 어서 집에 가보지.」

「천성 오빠, 제가…… 제가 어떻게 가겠어요?」

숙언이는 눈물을 닦으면서 말했다.

「여기서 이애를 보게 해주세요. 이애를 보면…….」

날도 이젠 저물었으니 그녀를 쫓기는 힘들 것 같았다. 천성이는 목을 꼿꼿이 세우고 다시는 말이 없었다. 숙언이도 말없이 의자 하나를 옮겨다가 신월이의 침대 옆에 앉았다.

그녀와 천성이는 처음 둘이만 있는 것이다. 처음으로 얼굴을 맞대고 말한 것 같다. 그전에 숙언이가 신월이를 찾아가면 천성이는 언제나 못본 체하였기에 말을 할 수가 없었다. 겨울방학 때 신월이가 남몰래 한씨 부인의 뜻을 그녀에게 알려주었을 때 그녀는 깜짝 놀랐고 얼굴을 붉혔다. 그녀와 천성이가…… 이상한 것은 한씨댁과 가까이 지낼수록 천성이를 자주 보게 되었지만 한번도 그쪽으로는 생각해보지 않고 그저 신월이의 오빠이니 자신의 오빠처럼 생각했을 뿐이라는 것이다. 그녀는 한참 말없이 있다가 신월이에게 물었다.

「너의 오빠는 아직 애인이 없어?」

「물론 없지. 그렇지 않으면 내가 어떻게 너한테 묻겠니?」

「이건 네 오빠의 뜻이냐?」

「비슷해. 오빠는 엄마 말을 잘 듣거든. 엄마는 너의 대답을 기다리고 있어.」

그녀는 또 침묵을 지켰다. 그녀는 진실하게 천성이를 연애 상대자로 생각해보았나 천성이에 대하여 아는 것이 너무 적었다. 아무리 생각해도 이 사람은 성격이 소극적이고 의기소침하여 말하기 싫어하는 것을 빼놓고는 사람은 진솔한 것 같았다. 별로 나쁜 데가 없었다. 그녀는 한씨댁 큰아버님과 큰어머니의 온정을 잊을 수 없다. 그리고 신월이와도 가장 친한 사이였다. 한씨댁의 행복하고 정감이 넘치는 분위기를 생각하고 한숨을 쉬면서 집을 사랑하여 그 집 지붕의 까마귀까지 좋아한다고 그녀는 말했다.

「호! 이것도 알라의 뜻인지 모르지.」

후에 신월이는 그 대답을 엄마에게 전해주었고 엄마는 또 천성이에게 말해주었다. 그때부터 두 사람 사이에는 보이지 않는 붉은 줄이 이어져 있었다. 그 후 한씨댁에 가서 천성이만 보면 얼굴이 붉어졌다. 그러니 말은 더 할 수가 없었다…… 지금 그녀는 처음으로 천성 오빠라고 불렀고 대담하게 그의 옆에 남아 있겠다고 하였다. 모든 것이 신월이를 위해서였다. 신월이가 앓으니 그녀는 아무것도 아랑곳하지 않았다.

그들은 그렇게 앉아 있었다. 말없이 두 사람의 눈은 신월이만 바라보았다. 그들을 위하여 붉은 줄을 이어준 꼬마 중매쟁이가 아름다운 소망을 안고 단순한 열정으로 그들을 위하여 행복한 미래를 계획하여 주더니 자기는 재난 속에 떨어져 있다.

링거병의 약물이 천천히 떨어져 내렸다. 그들 손목시계의 바늘은 총총히 돌고 있었다. 이젠 새벽 두시가 되었다. 두 사람은 누구도 피곤을 느끼지 못했다. 온통 신월이 근심뿐이었다. 환난은 사람의 사상을 단순하게 하고 우정은 사람의 영혼을 깨끗하게 한다.

당직 간호원이 와서 말없이 신월이의 얼굴색을 들여다보고 청진기를 가슴에 대보고 혈압을 쟀다.

「의사 선생님, 상태가 어떻습니까?」

숙언이는 옆에 서서 나지막하나 안타깝게 물었다. 그녀는 상세한 대답을 얻으려고 일부러 간호원을 의사라고 불렀다. 마치 골동품 상점에서 사람들과의 관계를 조심스레 처리하려고 자기보다 사흘 먼저 들어온 젊은이에게 사부님이라 부른 것과도 같았다.

「약간 나아졌어요.」

간호원이 한마디만 했다.

숙언이와 천성이는 동시에 숨을 내쉬었다.

약간 나아졌다는 것이 바로 좋은 소식이었다.

간호원이 신월이에게 주사를 놓았다.

「의사 선생님, 그건 무슨 주삽니까? 특효약입니까?」

「네, 특효약이지요. 이뇨제예요.」

두 사람은 또 안도의 숨을 내쉬었다. 그들은 비록 이뇨와 심장이 무슨 관계가 있는지는 몰랐지만 특효라는 말만 들어도 희망이 생겼다.

「의사 선생님, 그럼 이앤 내일이면 나아지겠지요?」

천성이가 캐물었다.

「내일이오? 내일 당신들은 입원수속을 해야 하는데요.」

간호원은 아무 표정도 없이 말했다.

「네? 입원이오? 좀 나아졌다고 하지 않았습니까?」

천성이가 놀라며 물었다.

「이건 잠시 환자의 심장쇠약을 해결할 뿐입니다. 병은 입원해서 치료해야지요. 종합검사도 하고…… 앞으로 일이 적지 않습니다. 심장병이 어떻게 그리 쉽게 낫겠습니까? 잘못하면 한평생을 망칠 일이 될 텐데!」

천성이는 맥없이 의자에 털썩 주저앉았다.

간호원이 검사를 끝내고 환자 카드에다 기록하였다. 링거병에 아직도 약물이 남아 있으니 나가버렸다.

「한평생을 망친다? 한평생?」

천성이는 중얼거렸다. 커다란 두 눈에는 공포가 서렸다. 그는 원래는 무서움을 모르는 사람이었다.

「천성 오빠.」

숙언이는 신월의 침대 난간을 잡고서 슬프게 눈물을 닦았다.

「신월이가 어떻게 심장병에 걸릴 수 있어요?」

「심장?」

천성이는 고통스레 머리를 들고서 망연하게 천장에 달려 있는 전등을 바라보았다. 그는 비분에 섞인 한탄을 하였다.

「사람의 심장이 얼마나 크겠어? 고통을 얼마나 담을 수 있겠어? 그애는 너무 고통스러웠어. 너무도…….」

그는 본능적으로 여동생에게 심장병을 가져다준 것이 고통이라고 생각했다.

「고통이오?」

숙언이는 의아스럽다는 듯이 말했다.

「신월이가 무슨 고생을 했어요? 우리 동창들 중에서 그애처럼 행복한 애는 없어요. 가정에서나, 학교에서나, 정신적으로나 물질적으로 남들에게 없는 것도 그애에게는 다 있었는데. 한 사람에게 있어야 할 것이 그애에게는 다 갖춰 있는데요.」

「아니야, 넌 몰라. 넌 아무것도 몰라!」

천성이는 머리를 숙이고 두 손으로 머리를 싸쥐고 말했다.

「그애도 몰라. 불쌍한 나의 동생은 자기가 무엇 때문에 그렇게 고통스러운지도 몰라.」

숙언이는 그의 이상야릇한 말을 알아들을 수 없었다. 마치 헛소리를 하는 것 같았다. 그녀는 천성이를 측은한 눈으로 바라보았다. 오빠가 여동생을 너무 아끼고 걱정하다가 얼이 빠진 것 같았다. 신월이에게는 이렇게 좋은 오빠가 있으니 얼마나 좋으랴.

「이것도 팔자겠지요.」

그녀는 할 수 없다는 듯이 천성이를 위안하였다.

「신월이 팔자가 너무 좋으니 알라께서 그런 고통을 주었는지…….」

「뭐야?」

천성이가 별안간 머리를 들고 화가 치밀어 말했다.

「넌 그애 팔자가 너무 좋은 게 나빠?」

「저도 그애가 좋기를 바라요!」

숙언이의 눈에는 눈물이 어렸다.

「만약 알라께서 병을 나에게 주고 내가 신월이를 대신해서 고통을 받을 수 있다면 저는 달갑게 받겠어요.」

그녀는 가볍게 몸을 굽혀 침대가를 짚고 진정어린 눈으로 잠든 신월이를 바라보았다. 눈물이 방울방울 새하얀 침대보에 떨어졌다.

신월이는 편안히 잠들어 있었다. 신월이는 이 고요한 밤에 친구가 그녀를 위해 얼마나 경건히 기도하고 있는지도 몰랐다.

「숙언아…….」

천성이는 불안스레 일어나서 그녀의 옆에 가서 가볍게 불렀다. 여동생을 대신해서 고통을 달게 받겠다는 그녀가 그의 마음을 떨리게 하였다. 그가 가장 어려울 때 이 사람이 그의 어깨를 짓누르는 짐을 같이 떠메려 하고 있다.

저녁 무렵, 두 처녀애가 박아댁의 대문을 나섰다. 그들은 정효경과 나수죽이었다. 그들의 얼굴에는 검은 구름이 드리웠다. 그들은 연원으로 돌아가고 있었다. 올 때에는 반의 16명 학생의 열여섯 개 물음표를 가지고 오고, 갈 때에는 한씨 부인이 준 커다란 느낌표를 지니고 갔다.

초안조가 27재 건물 앞에서 왔다갔다하고 있었다. 그는 분명히 그들을 기다리고 있었다.

「어때요?」

그는 급히 다가와서 물었다.

「신월 학생의 집에 도대체 무슨 일이 생겼어요? 그녀의 아버지께서는…….」

어느 학생의 학부형도 그를 이처럼 초조하게 만들지 않을 것이다. 한신월이 늘 아버지를 외워서 참 좋은 분이라고 생각했기 때문일지도 모른다. 신월이는 아버지를 잃어서는 안 되지. 사람은 아버지가 없어서는 안 돼…… 그러나 정효경과 나수죽은 완전히 예상밖의 대답을 하였다.

「심장병? 그녀가 심장쇠약이라구?」

초안조는 자기의 귀를 의심하였다.

「그애 엄마가 알려주던데요.」

나수죽이 말하면서 땀을 닦았다.

「그런데 학생들은 왜 병원에 가보지 않았지요?」

초안조는 두 학생의 머리가 너무 단순하다고 생각했다. 그렇게 먼 곳까지 갔다 와서 이 몇 마디만 전해주다니. 그가 알고 싶은 것은 이것보다 훨씬 많았다.

「그애 엄마가 그러시는데.」

정효경이 숨차 하면서 말했다.

「한신월은 이미 입원하여 병실에 있대요. 오늘은 방문하는 날이 아니어서 들어갈 수 없어요.」

「언제 방문할 수 있답니까?」

「매주 화, 목, 토요일 오후면 된대요. 내일이면 되지요.」

나수죽이 재빨리 말했다.

「우리는 시간을 잘 맞추지 못했어요. 내일 가면 좋았을걸.」

「알았습니다.」

초안조가 말했다.

「학생들은 오늘 수고 많았습니다. 빨리 가서 저녁식사하시지요, 식당문이 닫힐지도 모르니. 저녁 자습시간에는 공부하지 말고 푹 쉬시오.」

초안조는 묵묵히 비재에 돌아왔다.

그는 책상 앞에 앉아서 탁자등을 켰다. 상 위에는 아직도 미처 다 번역하지 못한 노신의 「주검」이 펼쳐져 있다.

5·1절과 5·4절이 다가오니 학교에서 서방언어학과에 이르기까지

그리고 반에서 회의를 많이 열었다. 그는 영어선생이기도 하고 반주임이기도 했으므로 어느 일이나 참여해야 했다. 그는 또 자신이 참여한 일은 성실히 해야 직성이 풀리므로 그의 나머지 시간은 번역에 돌릴 사이가 없었다. '하하, 사랑하네 사랑하는가 사랑하지……'까지 번역하다가 중단되었다.

그는 원고지를 펼쳐 계속하려고 하였다. 그 노래는 번역이 참 힘들었다. 리듬감은 강한데 가사는 알 듯 말 듯하고 몽롱한 것이 어떻게 해석했으면 좋을지 몰랐다. 소설 중에서도 이것을 광기의 노래라고 했었다. 노신 선생도 생전에 친구에게 쓴 편지에서 이렇게 말했다.

「그 중의 노래는 뜻이 뚜렷하지 않다. 왜냐하면 괴상한 사람과 괴상한 머리가 부른 노래여서 우리 보통 사람들은 이해하기 힘들다.」

노신이 물론 자기의 작품을 모를 리 없다. 노래는 비장하고 처량하면서도 열렬한 감정이 내포되어 있어 독자로 하여금 박자를 맞추면서 같이 부르게 한다. 그러나 그 노래의 형식은 아주 황당무계하다. 노신은 작가의 깊은 뜻을 황당한 형식 속에 감추어 알 듯 말 듯한 예술효과를 만들어낸 것이다. 마치 셰익스피어가 만들어낸 덴마크 왕자의 얼토당토 아니하면서도 사람의 마음을 격동시키는 광기어린 소리와 같았다.

대본 「햄릿」이 그의 앞에 놓여 있었다. 원고지를 놓고 대본을 펼쳤다. 정효경이 가져온 후 한번도 자세히 보지 않은 것이다. 손이 가는 대로 한 장 펼치니 오필리어라는 이름이 눈에 띄었다. 대본 위에 신월이의 모습이 떠올랐다. 그녀는 조용히 그를 바라보고 있었는데 얼굴에는 옅은 애수가 떠올라 있었다…… 아니야, 그녀는 비극스런 모습이 되어서는 안 돼! 그녀가 학교를 떠난 지 사흘이 되었다. 사흘 동안 그는 영어시간에 그녀가 열심히 강의를 듣는 모습을 보지 못했고 미명호가에서 그녀가 천천히 산책하면서 책을 읽는 모습을 보지 못했다. 그의 서재문을 노크하면서 초 선생님… 하고 부르는 소리도 듣지 못했다. 이 사흘이 너무 길었다. 겨울방학 한 달보다 더 긴 것 같았다. 겨울방학이 되자 그녀는 기뻐하면서 집으로 갔다. 그는 그녀가 방학 동안 무슨 책을 읽고 무슨 일을 하였는지 알고 있었다. 그러나 이번에 그녀는 총총히 떠나더니 다시 돌아오지 않았다. 그는 그녀가 무슨 심각한 문제에 부딪쳤으리라고 추측하였다. 그렇지 않고는 사흘이나 결석할 수 없고 전화도 걸지 않을 리 없다. 그는 모든 가능성을 다 생각해보았다. 그녀는 아버지가 상처가 중해 위험할 것까지도 생각했으나 그녀가 앓으리라고는 전혀 생각하지 못했다. 그렇게 중한 병일 줄은 더욱 몰랐다. 신월이에게 심장병이 있다고? 평소에 그녀는 건강이 좋았다. 체력단련이나 노동에도 모두 참가하였다. 간혹 숨이 차 하였는데 여자애들이 그럴 수도 있지 않는가? 그러나 지금 그녀는 병원에 누워 있다. 정말 이해할 수 없는 일이다.

초안조는 평소처럼 공부에 전념할 수 없었다. 그는 마음이 답답해서 일어났다. 책상과 방문 사이의 작은 공간에서 왔다갔다하면서 아무런 의미도 없이 망연하게 책들을 바라보았다. 푸른 잎이 돋아나서 막 꽃을 피우려는 책상 위의 브라질목을 바라보다가 책 위에 놓인 바이올린을 보았다. 어디서나 신월이의 그림자가 어른거리는 것 같았다. 그는 건강하고 싱싱한 신월이를 보았다. 그녀가 쓰러질 리 없어! 초안조는 이렇게도 생각해보았다. 혹시 의사가 오진했을 수도 있고 아니면 병세가 정효경과 나수죽이 말하는 것처럼 심하지 않을 거야. 그들도 신월이를 보지 못했으니까.

이튿날 아침, 그는 여느 때처럼 침착하게 영어교실로 들어갔다. 거기에는 15명 학생들이 그를 기다리고 있었다.

오후 세시에 정효경과 나수죽은 그물 망태에다 어디서 무슨 재주로

샀는지 알 수 없는 과일을 넣고 총총히 동인병원에 도착하였다. 입원실 수위 노인이 무뚝뚝하게 그들을 가로막았다.

「누굴 찾는 거야?」

「109호 병실의 한신월을 찾아요.」

나수죽이 대답했다. 노인은 느릿느릿 작은 패들을 걸어놓은 칠판을 훑어 한신월의 이름을 찾았다.

「패가 없군. 안에 방문하는 사람이 있는 모양이야. 한 번에 두 사람씩 들어가게 되어 있는데 패 두 개가 다 없는데그래.」

「그럼…… 우린 헛걸음을 했네요.」

나수죽이 실망하여 말했다.

「좀 기다려.」

노인이 천천히 말했다.

「안에서 나오면.」

「할아버지!」

정효경이 학생증을 꺼내 보이면서 말했다.

「우리는 북대에서 왔어요. 반을 대표해서.」

「어떤 대표라 해도 안 돼. 이건 병원규칙이야!」

노인은 거들떠보지도 않았다.

정효경은 분해서 낯이 하얗게 질렸다. 그녀가 평소에 드나드는 ××원도 경위병들에게 머리만 끄덕이면 되었다.

「할아버지, 한번만 사정 좀 봐주실 수 없겠어요? 우리는 먼 길을 걸어서…….」

나수죽은 상대방을 감동시켜 보려고 하였다.

「안 된다면 안 되는 거야!」

노인은 조금도 양보하지 않았다. 그는 안경을 쓰고 신문을 보기 시작하였다.

그들은 할 수 없이 기다릴 수밖에 없었다. 속으로는 신월이를 방문한 두 사람이 늦게 나온다고 원망하기도 하였다.

그때 신월이의 침대 옆에 앉아 있었던 사람은 숙언이와 초안조였다.

초안조가 들어올 때는 숙언이가 신월이에게 우유를 막 먹이고 난 후였다. 그녀는 아주 천천히 먹었다. 숙언이는 한술 한술 신월의 입에 다 떠넣어 먹이고 나서 따뜻한 젖은 수건으로 얼굴을 닦아주고 조용히 누워서 아무 생각도 하지 말라고 하였다.

같은 병실의 환자 중에 한 사람은 자고 있었으며 다른 두 침대는 비어 있었다. 병세가 중하지 않아 밖에 바람 쐬러 간 것 같았다.

신월이는 눈을 감고 비스듬히 상반신을 일으켜 베개에 기대고 있었다. 얼굴의 자줏빛은 이젠 사라지고 말쑥한 상아빛을 회복하였다. 입은 약간 다물고 호흡도 고르고 힘들어 하지 않았다. 한 손은 얼굴에 다른 한 손은 침대에 놓고 있었다. 마치 힘든 길을 걸은 사람처럼 피곤해하였다. 그녀는 잠시 눈을 붙이고 쉬고 있었는데 자세는 편안해 보였다.

그때 초안조가 왔다.

그는 가볍게 노크를 하였다. 들어오는 발걸음소리도 아주 낮았다. 그러나 신월이는 그 소리를 들었다.

「숙언아, 오빠가 왔어?」

그녀는 낮은 소리로 물었다.

숙언이는 대답하지 않고 낯선 사람만 바라보았다. 초안조는 숙언이에게 손을 흔들면서 신월이를 깨우지 말라는 눈짓을 했다.

신월이가 눈을 떴다. 그녀의 눈은 흥분의 빛으로 반짝였다.

「아, 초 선생님…….」

「신월 학생.」

초안조는 미안해 하였다.

「끝내 깨웠구먼.」

「아니예요, 전 자지 않았으니까요.」

신월이는 웃으면서 말했다.

「그러지 않아도 반의 생각을 하고 있었습니다. 선생님이 오셔서 반가워요.」

「신월이 동창들도 신월이를 그리워하고 있습니다.」

초안조는 몸을 굽혀 그녀의 침대 옆에 섰다.

「학생이 아프다는 말을 듣고 모두 걱정해요.」

「이젠 괜찮아요. 저 때문에 걱정 말라고…….」

신월이는 약간 헐떡거렸다. 잠깐 쉬었다가 말했다.

「저는 아빠의 상처를 보고 놀랐을 뿐이에요. 지금은 아빠의 상처가 중하지 않고 위험이 없다니 시름 놓았어요.」

「기분이 어때요?」

「전 나았어요. 보세요, 좋아졌지요?」

「오…….」

초안조도 가볍게 숨을 내쉬었다.

「그럼 다행이지요.」

「초 선생님 앉으세요.」

숙언이가 의자를 가져왔다.

초안조는 조심스레 처녀를 바라보면서 그대로 서 있었다.

「저는 신월이의 동창입니다.」

숙언이가 소개하였다.

「일찍부터 신월에게서 선생님에 대한 말을 많이 들었어요.」

「네.」

초안조는 의자에 앉았다.

「고맙습니다. 이렇게 신월이를 보살펴주어서.」

신월이도 기뻐하며 말했다.

「숙언이는 저의 친언니와 같아요. 보세요, 저에게는 이렇게 좋은 동창이 있어요.」

입원실 밖에서는 멀리서 온 두 여학생이 초조히 기다리고 있었다.

방문객들이 늘어나기 시작하였다. 모두 그 노인 앞에 모여서 환자의 이름을 말하고 패를 받아갔다.

나수죽이 별안간 나서더니 패를 건 칠판을 보면서 말했다.

「내과 104호의 장국량 두 사람이에요!」

장국량이라 쓴 패 두 개가 건너왔다. 나수죽은 받아쥐고 정효경을 끌고 안으로 잽싸게 뛰어들어갔다.

「아니, 장국량은 누구야?」

정효경은 어리둥절했다.

「누군가는 상관없어. 우린 신월이만 보면 되지.」

나수죽은 자기의 성공적인 재주를 퍽 흡족해 하였다.

「이렇게 하면 어떡해?」

「뭐가 안 돼? 너도 영리하게 머리를 좀 써야 해.」

두 사람은 마치 그물에서 빠져나온 고기들처럼 내과 병실로 재빨리 뛰어갔다.

그들은 초안조처럼 침착하지 못했다. 문 밖에서 벌써 소리쳤다.

「한신월!」

방안의 사람들은 누가 왔는지 알아챘다. 초안조가 문을 열어주니 나수죽이 놀란 듯이 떠들어댔다.

「어머, 초 선생님!」

「내가 학생들보다 한걸음 빨랐네.」

초안조가 말했다.

이때 나수죽과 정효경의 관심은 초안조에게 있지 않았다. 그들은 급히 신월이의 침대가로 달려가서 서로 앞질러 말했다.

「신월아, 너 때문에 우리는 깜짝 놀라 죽을 뻔했어!」

「너 좀 나았니?」

「좋아졌어.」

신월이도 흥분하여 그들을 바라보면서 숙언이에게 말했다.

「숙언아, 이애는 우리의 Monitor이고 얘는 바로 '누가 또 고양이 고기 훔쳤어'란 그애.」

숙언이가 알아듣고 웃었다.

「난 이젠 고양이 고기 훔치지 않아.」

나수죽이 웃으며 말했다.

「신월아, 네가 우스갯소리를 할 줄 몰랐구나. 난 네 심장이…….」

「아, 그애 심장은 별일없어요.」

숙언이가 나수죽의 말을 가로챘다.

「의사 선생님 말씀이 자극을 받아서 맥박이 빨리 뛰었대요. 지금은 괜찮아요.」

「그럼 다행이구나!」

나수죽은 고개를 돌려 정효경을 바라보며 혀를 쏙 내밀었다.

「괜히 놀랐네.」

「나는 반의 동창들을 대표하여 너에게 위문을 표시한다.」

정효경이 손에 든 과일꾸러미를 침대가의 탁자 위에 놓으면서 신월이에게 말했다.

「너의 병이 나았으니 우리 반의 영예를 지키게 되었구나. 난 정말 햄릿의 공연에 지장이 있을까봐 걱정했어.」

여학생들이 모여서 재잘거리니 초안조는 할 말이 없었다. 그는 약간 망설이더니 말했다.

「학생들은 이야기를 나누세요. 난 먼저 가야겠습니다. 신월 학생,

우선 병치료를 잘하고 학교 일은 아직 생각하지 마시오. 그리고 두 학생도 너무 길게 말하지 말고, 환자가 쉬게 하시오.」

「압니다, 압니다. 걱정 마세요, 선생님.」

나수죽은 선생님이 빨리 가기를 바랐다. 그러면 더욱 마음대로 말할 수 있으니까.

「선생님, 가시겠어요?」

신월이가 초안조를 바라보면서 말했다.

「선생님, 시간이 나시면 또 오세요. 아니, 오지 마세요. 선생님은 너무 바쁘시니까.」

「바쁘기야 바쁘지만…… 또 보러 오겠습니다.」

초안조는 신월이를 바라보더니 돌아서서 가벼운 걸음으로 나갔다.

선생님의 모습이 문 밖으로 사라지자 신월이의 마음이 허전해졌다. 그녀는 선생님의 번역이 어디까지 갔는지도 미처 물어보지 못했다.

그러나 이 허전한 마음도 두 동창생의 열정 때문에 금방 사라져버렸다. 정효경은 금방 선생님이 앉았던 자리에 앉아서 그녀에게 가장 관심 있는 일을 말했다.

「너 알고 있니? 지금 동창들은 연극에 쓸 도구들과 의상준비에 정신없어. 대사도 거의 외고.」

「초 선생님의 준비는 어떻게 되었고?」

신월이가 물었다.

「선생님은 문제없어. 셰익스피어의 명작들을 워낙 줄줄 외니까 아무 걱정할 것 없어.」

정효경이 자신있게 말했다.

「지금은 오필리어가 어떻게 되는가에만 달렸어. 어떤 사람은 나보고 미리 준비를 하라고, 후보 배우를 고르자면서 사추사보고 오필리어의 대사를 외게 하라고 했어. 글쎄, 정 안 되면 그렇게라도…….」

「난 할 수 있어.」

신월이가 말했다.

「나는 곧 퇴원하게 될 거야. 시간이 넉넉해.」

「그래, 오늘 너의 상태를 보니 나도 시름이 놓이는구나.」

정효경은 단호하게 말했다.

「난 지금 결심했어. 후보 배우를 두지 않을 거야. 오필리어를 다른 사람이 맡을 수도 있고 사추사도 괜찮지만 그렇다고 수준을 낮출 순 없지. 햄릿은 전세계에서 공연되니 오필리어도 각각 다르지, 나는 꼭 너 같은 멋이 좋아. 신월아, 모든 희망을 너에게 걸고 있어.」

신월이의 얼굴이 약간 뜨거워졌다. 동창들의 신임이 그녀를 흥분시켰다.

「걱정마, Monitor. 난 해내고 말 거야. 어때 대본을 가져 왔어? 난 여기서.」

「대본? 있지, 가져 왔어.」

정효경은 호주머니에서 작게 접은 대본을 꺼내서 펼쳐 보였다. 그 위에는 그녀가 그려넣은 부호와 무대제시가 촘촘히 씌어 있었다.

신월이는 대본을 받아 가슴 위에 놓고 만족하게 웃었다. 그녀의 마음은 날개가 돋친 듯하였다. 학교의 강당에서 자신이 어떻게 오필리어의 배역을 공연하는가를 상상해보았다. 그녀로서는 처음 무대에 올라 영어로 공연하는 것이다. 긴장하지 않을까? 아니, 아니야. 초 선생님이 말했지만 가장 중요한 것은 자신감이라 했었지. 그래 맞았어. 초 선생님도 무대 위에 있는데 뭐가 겁나, 선생님과 같이 공연하는데.

소녀의 마음속은 찬란한 햇빛이 비치었고 아름다운 무지개가…….

초안조는 바로 연원으로 돌아가지 않았다. 그는 병실에서 나오자 사무실로 들어가서 신월이의 주치의를 만나겠다고 간청하였다. 간호원이 그를 심장병 전문의인 노의사에게 데려갔다.

오십대의 여의사였는데 얼굴이 단정하고 친절하였다.

「당신은 한신월의 가족입니까?」

「아닙니다. 저는 그 환자의 선생님입니다. 상세한 상황을 알고 싶습니다.」

「음.」

노의사는 안경을 쓰고 책상 위의 두툼한 카드 중에서 한신월의 것을 찾아냈다.

「우리는 사실대로 환자에게 알려주지 않았습니다. 가족들이 부탁했거든요. 환자가 너무 어리기 때문에 말입니다…….」

「저도 그렇게 생각했습니다.」

초안조는 속이 떨려서 중얼거렸다.

「저도 그녀의 말을 다 믿지는 않았지요. 의사 선생님, 그럼 무슨 다른 병이라도……?」

「그녀는 풍습성 심장판막증에 걸렸습니다.」

노의사는 카드를 펼치고 말했다.

「이첨판(二尖瓣)이 좁아지고 약간 닫히지 않습니다. 이미 오래된 것 같습니다.」

「병이 위험합니까?」

초안조가 다급히 물었다. 그는 의학에 대해서는 깜깜했다.

「아주 위험하지요. 물론 아주 위험하지요.」

노의사가 말했다.

「심장은 사람의 모든 기관 중에서 가장 중요한 자리를 차지합니다. 온몸의 혈액순환의 본부지요. 이첨판은 좌심방과 좌심실 통로의 문과 같지요. 이첨판이 좁기 때문에 문이 잘 열리고 닫히지 않아서 혈액의 흐름이 정상이 아니지요. 갑자기 발작할 때 곧바로 응급처치를 하지 못하면 죽지요.」

「아!」

초안조의 마음은 무거운 타격을 받았다.

「그렇게 심한 병이 왜 우리의 학생모집 신체검사 때는 발견되지 않았을까요?」

「그렇게 대충 하는 검사는 보통 믿을 수 없습니다.」

노의사가 엄숙하게 말했다.

「선생님이나 부모들이나 너무 등한했습니다. 이애 같은 병은 쉽게 발견될 수 있었을 텐데요. 일찍 치료했더라면 좋았을걸.」

「그렇군요.」

초안조는 아주 부끄러웠다.

원예사로서 자기는 직책을 다하지 못했다.

「의사 선생님들이 제때에 처치하셨으니 망정이지.」

그는 노의사께 감사를 드리고 싶었다.

「환자는 이번에 급성발작을 일으켰을 뿐입니다. 우리가 처치한 것은 그녀의 심장쇠약을 좀 해결했을 뿐이지 그녀의 병은 그대로 있습니다.」

「그럼 얼마 동안의 시간이면 치료할 수 있겠습니까?」

「그 문제는 지금 대답해 드리지 못하겠습니다. 왜냐하면 환자가 지금 풍습활동기에 처해 있어 수술치료는 불가능합니다. 우리는 보수 치료밖에 할 수 없지요. 그녀의 병세는 아직 안정되지 않았습니다. 필요한 수치도 많이 얻지 못했습니다. 긴 시간의 관찰을 통해야만 알 수 있지요. 한 달 내지 두 달은 입원해서 치료해야 할 것 같습니다.」

「한두 달이오? 그녀는 아직 학기중인데요! 공부는 어쩌고요…….」

초안조는 급해졌다.

「공부는 지금 고려할 수 없습니다. 당신 선생님들이 늘 학생들에게 말하는 것처럼 신체는 혁명의 본전이라구, 그녀는 지금 반드시 침대에 누워서 휴식해야 합니다.」

「저는 그녀가 그 말을 듣지 않을 것 같아서요…… 그녀가 어떻게 학교를 떠나고 사랑하는 전업을 떠나겠습니까?」

「그래서 선생님과 부모들의 도움이 필요합니다. 약물치료와 정신치료는 똑같이 중요합니다. 그녀의 정서를 자극하는 일이 절대 없어야 합니다. 너무 심한 슬픔과 생각 혹은 흥분이 모두 치료에 방해가 됩니다.」

「그건 우리가 꼭 지키지요.」

초안조는 간절하게 노의사를 바라보면서 말했다.

「한신월은 우리 반의 가장 우수한 학생입니다. 그녀에게는 우수한 외국어 인재가 되는 조건이 구비되어 있습니다. 저는 그녀가 뒤떨어지게 할 수 없습니다. 의사 선생님, 이 교원의 간청을 들어주십시오. 어떻게 해서라도 이 학생을 꼭…….」

「그건 더 말할 필요가 없습니다.」

노의사는 자애로운 눈으로 초안조를 바라보면서 말했다.

「의사가 아이들을 사랑하는 마음을 믿으세요. 저도 교원 노릇을 해보았고 저에게도 아이가 있습니다.」

초안조는 무거운 마음을 안고 의사와 작별인사를 하였다.

그는 일부러 신월이의 병실 문 앞에 가서 한동안 귀기울여 보았다. 안에서는 아무 소리도 없었다. 그제야 그는 천천히 그 자리를 떠났다. 그녀를 다시 깨우고 싶지 않았다.

거리에 나오니 날이 어두웠다. 가로등이 켜지기 시작하였는데 동남쪽 하늘에는 하현달이 구름을 비집고 나와서 몽롱한 달빛을 뿌렸다. 그렇게도 희미하고 쌀쌀하였다…….

9
꽃은 피고 꽃은 지고

민국 25년(1936) 봄, 눈 같은 해당화가 피고 석류꽃이 만발할 때였다. 한자기의 식구들은 두렵고 불안하고 무거운 분위기 속에서 아들 천성이의 첫돌을 맞고 있었다. 어떤 손님도 청하지 않고 의식도 없이 고모가 만든 맛국물국수를 먹었다. 모두들 말없이 먹으면서 이런 난리판에 태어난 이 아이가 건강하게 자라기를 바랐다. 작년의 옥전시회는 아름다운 꿈과 같았다. 한자기는 그 꿈이 언제까지 지속될지 몰랐다. 그가 갖은 고생을 하며 이어온 가업을 완벽하게 아들에게 넘겨줄 수 있을지가 걱정되었다.

인력거 하나가 문 앞에 서더니 뜻밖에 사이먼 헌트가 찾아왔다.

「헌트 선생님, 오늘은 아들놈의 첫돌입니다. 찾아주셔서 고맙습니다.」

한자기는 사이먼 헌트를 객실로 청했다.

「국수를 맛보시는 게 어떻겠습니까? 생일을 축하하는 장수면입니다.」

「네, 참 좋지요!」

사이먼 헌트는 미안해 하면서 말했다.

「죄송합니다. 생일선물도 가져오지 않았는데.」

한자기는 웃으면서 말했다.

「금년은 작년처럼 벌이지 못했습니다. 친구들에게도 알리지 않았습니다. 그러니 그런 말씀 마세요. 우리의 십여 년의 우정이 무슨 선물보다도 귀중합니다.」

그 말은 진정어린 말이었다. 그들 두 사람은 그 말에 들어 있는 뜻을 잘 알고 있었다. 십일 년 전에 사이먼 헌트의 격려가 없었더라면 한자기가 그렇게 당돌하게 회원재를 떠나지 못했을 것이고 사이먼 헌트가 큰 돈을 먼저 지불해주지 않았더라면 그도 그렇게 빨리 기진재를 세울 힘이 없었을 것이다. 가게를 연 후 얼마 동안 그는 여전히 옥을 깎고 다듬어서 팔았다. 자본을 축적한 후에는 작업방을 철수하고 외국장사를 위주로 하는 회원재와 감히 어깨를 겨루는 옥기점이 되었던 것이다. 두 사람이 처음에 한 약속을 지키기 위해서 한자기는 사이먼 헌트의 옥결대로 세 개를 모방하여 만들었는데 어찌도 신통한지 진짜를 가려내기 힘들 지경이었다. 이렇게 하여 사이먼 헌트의 고물복원(古物復元)의 소망도 풀어주었다. 한자기는 사이먼 헌트에게 원래의 옥결을 그에게 넘겨달라고 간청하였다.

「헌트 선생님, 저는 당신을 위하여 열 개, 백 개의 복제품을 만들어 드릴 수 있습니다. 그 국보만은 남겨주십시오. 당신은 알지 않습니까? 저는 하려는 일은 꼭 해내는 사람입니다. 그것을 위해서라면 저는 어떤 대가도 아끼지 않을 겁니다. 그렇지 않고서는 박아댁 옛 주인에게 미안하지요. 그 노인이 평생에 모은 보물이 다 흘러나가는 것을 눈뜨고 볼 수 없습니다. 저는 제 힘껏 그것들을 모두 찾아오렵니다.」

한자기의 진정이 사이먼 헌트를 감동시켰다. 한자기는 보물을 깨버리고 팔아먹는 포수창과는 얼마나 다른가! 헌트는 그 옥결을 한자기에게 넘겨주었다. 우정을 위하여 한자기는 헌트가 산 가격보다 훨씬 더 높은 값을 치렀다. 십 년 후에 한자기는 끝내 그의 풍부한 소장품과 뛰어난 감상력으로 북평의 옥왕이 되었다. 여기에는 사이먼 헌트의 도움이 절대적이었다고 말하지 않을 수 없다.

고모가 국수 한 그릇을 가져왔다. 사이먼 헌트는 맛있게 먹으면서 말하였다.

「장수면이 참말 맛있네요. 아쉬운데요. 내년의 생일날에는 먹을 수 없게 되었어요, 한 선생.」

「그건…… 무슨 뜻입니까?」

한자기는 멍해졌다.

「저는 돌아가렵니다.」

사이먼 헌트가 젓가락을 놓고 말했다.

「중국의 정세는 매우 불안합니다. 들리는 말에 의하면 귀국 정부에서 동경에 일본과 우호조약을 체결하겠다고 발표했다는군요. 모든 서방의 이익집단이 중국을 떠나도록 압력을 가하고 사방의 상업권리와 조계지를 일본에게 넘겨주겠다고 약속했답니다. 일본의 외무 당국은 물론 기꺼이 동의했지만 일본 황군은 거절했습니다. 일본군의 욕심은 무력으로 전 중국을 정복하려는 데 있습니다. 지금 독재통치도 달갑게 받으려던 중국사람들도 공포에 떨고 있습니다.」

한자기는 묵묵부답이었다. 사이먼 헌트가 말한 모든 것들이 바로 그가 걱정하는 일이었다. 원래 정치에 관심이 없던 그도 정치의 시달림에서 벗어날 수 없게 되었다. 근 몇 달 동안 그도 편안히 앉아 장사와 그의 소장품에 열중할 수 없었다.

「지금 많은 서방 인사들도 모두 이 골치 아픈 곳을 떠나려 합니다.」

사이먼 헌트는 계속해서 말했다.

「저는 이번에 귀국하면 언제 다시 올는지 모르겠습니다. 우리들의 무역도 계속하기 힘들게 되었습니다.」

한자기는 한탄만 하였다.

「이건 당신이나 제가 어쩔 수 있는 일이 아닙니다. 그저 그럭저럭 운명에 맡길 수밖에 없습니다. 우리의 운명은 남들의 손에…….」

「아닙니다, 한 선생.」

사이먼 헌트가 말했다.

「당신은 무엇 때문에 자기의 운명을 자기 손에 장악하지 않습니까?」

「그건…… 어떻게 가능합니까?」

한자기는 머리를 저었다. 그도 본래는 운명에 끌려다니는 사람이 아니었다. 십여 년간 그가 한 모든 일도 운명과 싸운 것이었다. 그는 간난신고도 참아내었고, 끝내 강대한 적수를 물리치고 가지고 싶었던 모든 것을 가지게 되었고, 스스로가 스스로를 장악하게 되었다. 그러나 지금 그가 당하고 있는 위협은 포수창이 아니라 전 북평과 전 중국이 위기에 처한 것이다. 국사를 의논하지 말라고 하는 세월에 한 상인으로서 그가 무슨 힘으로 운명과 싸우겠는가?

「한 선생은 손자병법에서 말한 36계 중에서 떠나가는 것이 상책이다 하는 것을 생각해보지 않았습니까?」

사이먼 헌트는 파란 눈을 깜박이면서 말했다. 이 영국사람이 중국고전을 인용하는 것은 마치 자기집 보배를 헤아리듯이 익숙하였다.

「가다니요? 저는 당신처럼 훌쩍 떠나버릴 수 없어요. 저는 중국사람인데 어디로 가겠습니까?」

한자기는 눈앞이 망연해졌다.

「저와 같이 영국으로 갑시다. 당신의 사업을 계속할 수 있습니다.」

헌트가 두 손을 내밀고 손짓을 해가며 말했다.

「산 첩첩, 물 겹겹 이젠 길도 없다 했는데 버드나무 우거지고 꽃이 만발하더니…….」

그는 다음 말이 곧 생각나지 않아 낑낑거렸다.

「또 한 마을이 저기 보이네.」

한자기가 쓴웃음을 지으며 말했다.

「그 또 한 마을엔 저는 갈 수 없을 것 같아요. 여기에 가게가 있고 집이 있고 아내와 자식이…….」

헌트는 동감할 수 없다는 듯이 말했다.

「아닙니다. 상인에게 가장 중요한 것은 자본입니다. 자본만 있으면 모든 것이 있게 됩니다. 당신은 부인과 아들을 데리고 갈 수 있습니다. 집을 옮기는 셈이지요. 영국의 너른 땅에 당신이 발붙일 곳이 없겠습니까?」

「아, 저는…… 그것은 생각해보지 못했습니다.」

한자기는 사이먼 헌트가 자기에게 들려준 상황은 모두 해외기담일 뿐 근본적으로 가능하지 못하다고 생각하였다.

「저는 이곳을 떠날 수 없습니다. 당신도 알다시피 기진재의 오늘이 있게 된 것은 정말 쉽지 않았습니다. 여기에는 우리 수세대 사람들의 피땀이 있고 이것도 역시 조상들의 소망입니다. 금방 일어나려고 하는데 어찌 버릴 수 있겠습니까? 그리고 이 저택도 말입니다. 저의 이 저택에 대한 감정도 남들이 이해하지 못합니다. 저는 떠날 수 없습니다.」

헌트는 할 수 없다는 듯이 어깨를 으쓱이더니 말했다.

「중국사람들은 향토 집념이 아주 대단합니다. 못 들었습니까? '엎어진 둥지에 성한 알이 없다'고. 귀국 정부에서 일본의 침략에 한걸음 한걸음 양보하고 있어 오늘은 동삼성과 차하얼, 화북을 내놓았고 내일은 북평을 내놓을 겁니다. 그래 누가 북평에 기진재나 박아댁이 있다고 보아주겠습니까? 전쟁의 불꽃이 이곳 북평까지 번진다면 당신의 모든 심혈도 모두 잿더미가 될 텐데!」

한자기는 온몸에 소름이 끼쳤다. 그는 고통스럽게 눈을 감고 손으로 양미간을 꾹 눌렀다. 그도 마치 그 비참한 장면을 보는 것 같았다.

「당신은 아직 몰랐지요?」

사이먼 헌트가 낮은 소리로 말했다.

「고궁박물관의 진보들도 이미 비밀리에 24만 점이나 실어갔습니다. 기차로 여섯 량을 실었습니다.」

「네? 어디로 실어갔습니까?」

「상해로요. 만일을 위해서지요. 지금은 영국, 프랑스 조계에 보관되어 있지요. 이건 저의 친구가 알려준 믿을 만한 소식입니다. 정세의 변화에 따라 그 물건들은 다른 곳으로 옮겨질 수도 있습니다. 보자하니 귀국 정부도 북평에 대해 이젠 희망을 가지고 있지 않습니다. 그런데 당신은요? 지금 보니 작년에 연 옥전시회도 시기를 잘못 선택한 것 같습니다. 소장품을 모두 내보여서 여러 사람들이 다 알게 되었거든요. 일단 국세가 변하면 당신은 그것들을 감추려 해도 늦지요.」

한자기는 깜짝 놀랐다. 옥감상에는 명수이나 정치에는 깜깜한 그가 얼마나 우둔한 일을 했는가? 작년에 어깨가 으쓱해져서 연 옥전시회에서 옥왕의 칭호를 얻었지만 그것이 이렇게 자신을 궁지로 몰아갈 줄은 몰랐다.

「선생님, 그럼 어떻게 할까요?」

「일이 생기기 전에 먼저 손을 써서 감추어야지요. 다른 데로 옮기세요.」

헌트가 말했다.

「만약 저를 믿는다면 제가 도와드리지요. 북평호텔에 바로 영국의 통제융여행사의 판사처가 있어 기차표, 배표, 화물운송 등 모든 것을 처리해 줍니다. 당신은 나와 같이 가면 편리할 것입니다. 당신이 그렇게 하는 게 좋다고 생각하면 제가 좀 기다려주겠습니다.」

「음…….」

한자기는 마음이 흔들리기 시작하였다.

「고맙습니다. 다시 잘 생각해보겠습니다. 그 일은 너무도 큰일이어서 말입니다.」

사이먼 헌트가 일어나 작별인사를 하면서 말했다.

「저는 너무 오래 기다릴 수 없으니 빨리 결정을 내리시오. 친구여! 홍문연의 항우의 교훈을 잊지 마시오. 지금 저는 범증의 역을 하고 있습니다. 당신은 빨리 결단을 내려야 합니다.」

그가 오른손을 들어 엄지손가락과 집게손가락을 쥐어 보였는데 그것은 마치 옥결을 쥐고 있는 것 같았다.

헌트 선생을 전송하고 한자기는 묵묵히 들어와서 울안의 해당나무 밑에 한참이나 서 있었다. 해당화도 이젠 제철이 지나 바람이 불자 꽃잎이 팔랑팔랑 떨어졌다. 마당 안에 떨어진 꽃은 마치 흰 눈처럼 얄따랗게 쌓였다. 한자기는 떨어진 꽃잎을 밟으면서 마음이 처량해졌다. 만물이 다 이렇구나. 꽃이 피고 나면 꽃이 지기 마련이구나. 내년에 꽃이 다시 필 때면 박아댁의 주인은 어디에 있을지?

한씨 부인은 그가 소침해 하는 것을 보고 물었다.

「아이 생일날에 온종일 얼굴을 찡그리고 왜 그래요? 그 서양 사람은 왜 찾아왔지요?」

한자기는 말 한마디 없이 앉아서 한숨을 쉬고 있었다. 자기가 생각하고 있는 것을 어떻게 아내에게 똑똑히 말해야 할지를 몰랐다.

날이 저물 무렵에 옥아가 갑자기 돌아왔다. 길에서도 걸음을 서둘렀는지 얼굴에는 땀투성이였다. 털조끼는 벗어서 손에 쥐고 부채처럼 흔들고 있었다.

「오늘은 토요일도 아닌데 어떻게 집에 왔니?」

한씨 부인은 그녀가 숨차 하는 것을 보고 무슨 급한 일이 생긴 줄로 만 알았다.

「아니, 천성이 생일이 아니예요? 일부러 돌아왔는데 내일 중요한 과목도 없어 괜찮아요.」

「음, 그래도 이모가 천성이를 끔찍이 생각하는구나.」

한씨 부인은 웃으면서 말했다.

「고모님, 천성이를 안아오세요.」

「그러지.」

고모가 대답하면서 동채에서 천성이를 안아내왔다. 금방 돌이 지난 천성이는 어찌나 씩씩하고 튼튼한지 마치 두서너 살되는 아이만큼 되어 보였다. 걸으려고 야단이었다. 고모가 허리를 붙잡아주니 그는 포동포동한 두 손을 내밀고 옥아에게 뒤뚱거리며 걸어갔다. 입을 벌려 이모, 이모 하고 귀엽게 말했다.

「아이구, 천성아. 요 귀염둥이야. 이모는 너 생각이 나서 미칠 뻔했어!」

옥아는 조카를 안고서 그 얼굴에 대고 입을 맞추었다.

「천성아, 이모가 너에게 생일선물을 가져왔어.」

옥아는 호주머니에서 정교한 비단함을 끄집어내더니 안에서 새파란 여의를 꺼내어 천성의 목에 걸어주었다.

「이쁘구나, 참 이뻐. 이렇게 단장하니 우리 천성이가 더 이쁘구나.」

고모는 기뻐서 입도 다물지 못했다.

한씨 부인은 그 여의를 들고 보더니 말했다.

「비취구나. 넌 왜 애에게 이렇게 비싼 물건을 사주니?」

「이건 산 것이 아니예요. 내가 연대에 합격했을 때 오빠가 준 그것이에요. 천성이를 줍시다. 얘는 우리 기진재의 꼬마주인인데, 모든 것은 이애에게 속해야지.」

옥아는 천성이에게 입을 맞추면서 말했다.

「푸른색은 평화와 생명을 상징한다. 이모는 네가 행복하게 자라고 만사가 뜻대로 되길 바란다.」

그렇게 말하는 옥아의 커다란 두 눈에서 눈물이 굴러 떨어졌다.

한씨 부인은 천성이를 받아 안으면서 웃었다.

「얘 좀 봐. 미친 사람처럼 웃다가 울다가, 왜 그래?」

옥아는 손수건을 꺼내 눈물을 닦았다. 두 눈이 붉어졌다.

한자기는 의아스럽다는 듯이 물었다.

「너 오늘 웬일이야?」

옥아는 억지로 웃으면서 말했다.

「별일 아니예요…… 그저 가슴이 답답해서요. 천성이를 보니 많이 나아졌어요. 아이들 대에는 행복하기를 바라요. 우리처럼…….」

「너희 학교에 무슨 일이 생겼니?」

한자기는 옥아가 좀 이상한 것 같아서 물었다.

옥아는 눈물어린 눈을 들고서 말했다.

「우리 반 동창이 한 사람 실종되었어요.」

「아이구! 강물에 빠졌어? 아니면 목을 맸어?」

고모가 말했다.

한씨 부인은 꺼림칙하다는 듯이 고모를 흘겨보았다. 아들의 생일날에 그런 불길한 말을 듣는 것이 싫었다.

「아니예요. 경찰이 잡아갔어요.」

옥아가 말했다.

「무엇 때문에?」

고모가 또 물었다.

「그가 항일을 선전했다구요.」

「벼락 맞을 놈들이!」

고모는 분해서 욕을 했다.

「일본놈 편이나 들고. 나도 일본놈을 욕했어. 날 잡아가라지!」

「됐어요, 고모님. 떠들지 말고 식사준비나 해야지요. 이젠 모두 배도 고파요.」

고모는 분이 삭지 않아 투덜거리면서 나갔다. 한씨 부인은 어두운 표정을 짓고 옥아에게 물었다.

「네가 말하는 그 사람은 남자냐?」

「남자예요. 우리 반에서 공부를 제일 잘하는 학생이에요.」

옥아가 눈물을 닦으면서 말했다.

한씨 부인은 움찔 놀라면서 물었다.

「너하구는 아무 연관이 없지?」

「무슨 연관이에요? 모두 중국사람이지.」

「내 말은…….」

「뭘 말이에요? 언니는 아무것도 모르면서 마구 추측이나 하고. 그 사람은 정직한 사람이에요. 학생들이 모두 그를 존경해요. 그가 선전삐라를 뿌렸다고 붙잡아갔어요.」

「너하고 상관만 없으면 돼.」

한씨 부인이 시름이 놓였다는 듯이 말했다.

「다 큰 처녀애가 밖에서 일이나 저지르지 말고 공부나 잘해.」

「공부요?」

옥아는 흥! 하고 콧소리를 내고 나서 말했다.

「인심이 흉흉한데 어떻게 공부를 해요? 정말 작년 겨울 거리에 나가 시위한 학생들이 말한 것처럼 이 큰 화북땅에 책상 하나 제대로 놓을 수 없다고요.」

「그래 넌 어쩌려구?」

한씨 부인은 성이 나서 그녀를 흘겨보았다.

「집에서 아껴 먹고 아껴 쓰면서 널 공부시키는데 넌 호강에 겨워 네 신세가 좋은 줄을 모르는구나. 그럼 공부도 하지 말고 집에 와서 나를 도우려무나. 그럼 남을 쓸 필요도…….」

그녀는 네가 나를 돕지 못해 고모를 집에 둔 거야, 남의 식구를 먹여 주면서, 라고 말하려다가 고모가 불쌍한 사람이고 일년 동안 아이를 보아주고 밥을 짓고 옷을 빨고 무슨 일이나 다하고도 돈 한푼 받지 않으면서 여기를 자기 집으로 알고 있으니 그런 말은 차마 할 수 없었다. 고모가 들으면 얼마나 기분이 상하겠는가?

옥아는 냉소적으로 말했다.

「연경대학이란 새장도 이젠 진저리나는데 언니는 저를 가정의 작은 새장에 가두어 넣으려고요? 그만두세요.」

「무슨 정신나간 소리를 하고 있어?」

한씨 부인은 동생이 점점 빗나가는 말만 하니 화가 나서 말했다.

「집도 새장이야? 내 곧 너에게 새장을 찾아주마. 중매쟁이를 청해서 마땅한 자리를 찾아서 시집보내야지 안 되겠다. 할 일이 없어 일만 저지르니.」

「그만두세요. 언니, 전 언니처럼 집안이나 돌보는 아낙네가 되지 않을 거예요. 전 평생 시집도 안 가고 밥짓고 아이 낳는 기계가 되지도 않겠어요. 전 누구도 사랑하지 않을 거예요!」

옥아는 마치 언니에게 고집을 부리는 것 같기도 하고 또 말이 나온 김에 속에 있던 울분을 토하는 것 같기도 하였다. 옥아는 말하다가 눈물을 뚝뚝 흘렸다.

「언니가 좇을 필요없어요. 제가 가면 되지요.」

한씨 부인은 낯색을 흐리면서 말했다.

「점점 더 하네. 어디로 간단 말이야?」

옥아는 눈물을 닦으면서 말했다.

「걱정 마세요. 여기 공기가 너무 답답해 죽을 지경이에요. 나는 이 세상을 떠나서 멀리 떨어진 곳에 숨어버릴 거예요.」

한자기는 옆에 서서 이제껏 말이 없었다. 옥아의 말은 그가 듣기에 알 듯 말 듯하였다. 일년이 거의 되는 동안에 시국의 변화는 그녀로 하여금 답답하고 우울하게 하였다. 그러나 옥아의 감정이 예민해진 것은 단지 그것 때문만은 아닌 것 같았다. 그 남학생의 실종과 무슨 관계가 있는 것인지도 모른다. 옥아는 이젠 아이가 아니라 다 큰 처녀이니 대학에서 남녀학생이 함께 있으면서 그 남학생과 무슨 감정이 생겼는데 이 돌연한 변고로 자극을 받은 것일지도 모른다. 만약 그렇다면 그것도 골치 아픈 일이다. 그것은 그녀의 공부에 지장을 줄 뿐 아니라 심지어 그녀의 앞으로 인생길에 검은 그림자를 드리워줄 것이다. 오빠로서 어떻게 그녀를 도와주어야 한단 말인가? 여기까지 생각하고 그는 말했다.

「바보 같은 계집애야, 너는 너무 환상을 좋아하는구나. 이 세계 어디에 세상과 떨어진 곳이 있겠니? 사람은 현실 속에서 살아야 해. 오늘 점심때 헌트 선생도 나보고 영국에 가라고 권고하더라.」

「영국이오?」

옥아는 울음을 뚝 그쳤다. 두 눈을 크게 뜨고 그를 바라보면서 말했다.

「영국에는 일본사람이 없겠지요? 학생을 잡아 가두는 경찰도 없겠지요? 갑시다. 우리 갑시다. 헌트 선생과 말했어요?」

「아니.」

한자기는 그녀가 그 문제에 이토록 큰 흥취를 가질 줄 몰랐다.

「난 아직 네 언니와 상의하지도 않았다. 내 보기엔…….」

그의 말이 채 끝나기도 전에 한씨 부인이 그의 말을 가로챘다.

「무엇이? 무엇이라구? 하나도 아직 말리지 못했는데 당신은 또 왜 이래요? 글쎄 그 서양인이 당신과 쑥덕거리는 게 이상스러웠지. 그게 무슨 놈의 바보 같은 궁리예요? 영국? 우린 중국에서 잘 지내고 있는데 왜 뚱딴지 같은 영국에 가요?」

「아직도 잘 지내고 있다네? 내년만 되면 언닌 자장면도 먹지 못하게 될 거예요. 참 우매하다. 북평이 당장 일본 것이 될 텐데!」

옥아는 언니가 너무도 세상에 어두운 것이 안타까웠다.

한씨 부인은 우매하다란 말이 무슨 뜻인지 몰랐다. 걱정한다는 뜻인 줄로 알았다.

「아무리 그렇기로 중국의 그렇게 많은 군대들이 일본놈이 쳐들어오게 가만두겠어? 싸우지 않고?」

「언니도 참.」

옥아는 비웃듯이 말했다.

「항일 삐라도 뿌리지 못하게 하는데 싸우기는요? 우리의 군대가 정말 싸웠다면 큰언니의 남편과 아이도…….」

고모가 국수를 들고 들어오는 것을 보고서는 말끝을 삼켜버렸다. 그러나 고모는 이미 들었다. 그녀는 한씨 부인의 품에서 천성이를 받아 안고서 말했다.

「내 아이도 첫돌이 되었을 텐데. 그애의 생일은 천성이보다 사흘 앞섰지. 아이구, 일년 동안 아빠를 따라다니면서 얼마나 고생하는지? 두 부자가 어떻게 지내고 있는지?」

하면서 눈물을 흘렸다. 옥아가 말했다.

「그만두세요. 큰언니는 아직도 기다리세요? 일본놈들은 사람을 죽여도 눈도…….」

말을 절반 했는데 한자기가 눈짓을 하자 더 말하지 않았다.

고모는 소매 끝으로 눈물을 닦으면서 말했다.

「그러지는 않겠지? 일본사람도 부모가 낳은 사람이니. 어찌 한 살도 되지 않은 아이에게 손을 댈까? 나는 꿈에 그애를 늘 보곤 하지. 포동포동 살이 쪘더구먼, 천성이처럼. 난 기다리겠어. 기다리노라면 우리 모자도 만나겠지? 일본사람이 북평성에 들어오면 난…… 난 사람을 내놓으라고 할 거야!」

국수가 사발 안에서 불어서 떡이 되었지만 누구도 먹을 마음이 없었다. 워낙 다른 식구들은 점심에 천성이를 위해 장수면을 먹었지만 옥아가 왔기에 또다시 한 것이었다. 옥아는 한 젓가락 집어서 먹기 시작하였다. 그녀는 배가 고팠다. 그런데 무슨 맛도 나지 않았다. 그녀는 젓가락을 놓고 고모에게 말했다.

「큰언니는 정말 현모양처예요. 아이가 건강하게 자라고 오래오래 살기를 바라요.」

그 말을 하고 나니 옥아는 부끄러워졌다. 아무런 희망이 없는 줄 뻔히 알면서도 거짓말로 이 고지식한 여인을 속인다는 것이 얼마나 잔혹한가.

그래도 고모는 너무나 감동해 하면서 눈물을 닦았다. 그녀의 눈에는 희망이 가득 찼다.

「그래요, 그래. 아이와 어른이 모두 잘 지내기만 바라지. 그들의 소식을 기다리겠어!」

「그럼 잘 기다리세요.」

옥아는 쓴웃음을 지으며 말했다.

「우리는 가겠어요.」

「가다니? 어디로 가요?」

고모는 깜짝 놀랐다.

「하늘 끝까지요. 아무튼 여기서 망국노가 될 수 없어요.」

옥아는 천성이의 손을 끌면서 말했다.

「천성아, 갈까?」

천성이는 조그마한 입을 벌리고 이모의 말을 떠듬떠듬 모방하였다.

「가…….」

옥아는 웃었다. 눈에는 눈물이 반짝거렸다.

「가자, 우린 가자.」

고모는 얼이 빠져버렸다. 속이 허한 것이 어쩔 줄을 몰랐다.

「그건 무슨 말이에요?」

한씨 부인은 고집스레 국수그릇을 들고 먹으면서 고모에게 말했다.

「언니, 그 계집애 헛소리는 듣지도 마세요. 하늘이 무너지면 다 같이 깔리지 우리 한 집만 당하겠어요? 무서워하지 마세요! 어떻게 툭툭 털고 가버릴 수 있어요?」

그러고는 한자기를 흘겨보면서 말했다.

「당신도 그렇지. 서른이 넘은 사람이 자기의견이라곤 하나도 없이 서양 사람 말만 들어요? 당신은 집도 있고 사업도 있고 아내 자식이 있는데 어떻게 가요?」

한자기도 우울하여 말했다.

「글쎄, 나도 그렇게 말했지. 헌트 선생은 온 집이 다 이사가라는구먼.」

「뭐요? 당신 미쳤어요?」

한씨 부인은 남편을 쏘아보면서 말했다.

「기진재를 옮겨갈 수 있어요? 이 집을 옮길 수 있어요? 방안의 옥은 어쩌구? 옮겨가요?」

한자기는 말이 없었다. 그는 젓가락을 만지작거렸다. 그의 마음은 종잡을 수 없이 불안스러웠다.

「흥, 수전노!」

옥아는 입을 삐쭉이고 자기 방으로 돌아가려 했다.

「너, 돌아와!」

한씨 부인은 무섭게 소리를 질렀다.

「옥아야! 너 이젠 다 컸다고 아무 말이나 지껄이는 거야? 네 오빠가 없었으면 우리 집은 벌써 망했을 거다. 너 공부시키고 대학에 보낼 수 있었겠니? 이 집은 오빠가 한푼 한푼 모아서 이룬 거야. 오빠의 피땀이란 말이야! 너 이젠 오빠도 막 욕하는구나. 못하는 말 없이.」

옥아는 멈췄다.

「난 오빠를 말하지 않았어요. 언닌 착각하지 마세요! 난 언니를 말해요. 언닌 수전노예요. 수전노! 금을 안고 우물에 뛰어들어 목숨을 버릴지라도 재물을 버리지 못하는 수전노라구요!」

한씨 부인은 화가 날 대로 났다. 그녀는 젓가락을 상 위에 던지고 고래고래 고함을 질렀다.

「좋다, 좋아. 이젠 점점 말이 아니네. 너 양심이 좀 있으면 생각해보아라. 언니가 너한테 잘못한 것이 무엇인가?」

한자기는 귀찮고 짜증이 나서 홧김에 사발을 땅바닥에 던졌다.

「왜 이래? 왜!」

천성이는 어른들의 싸움소리에 놀라서 와! 하고 울음을 터뜨렸다. 고모는 아이를 달래면서 누구를 말렸으면 좋을지 몰라 뱅뱅 돌았다.

「어이구, 이건 웬일인지…….」

밤이 깊었다. 아주 어두컴컴하게 흐린 밤이었다. 하늘에는 달도 없고 별도 없었다. 봄바람은 시커먼 천지간에서 위풍을 부렸다. 큰바람은 모래먼지를 일구며 창호지를 때렸다.

고모는 동채에서 천성이를 꼭 껴안고 자고 있었다. 오직 꿈속에서만 그녀는 자기에게 속한 생활이 있었다. 그녀는 정말로 똑똑하게 남편을 보았다. 남편은 여전히 그렇게 튼튼하고 본분을 지키고 얼굴에는 믿음직스러운 웃음을 띠고 있었다. 그녀는 그에게 물었다.

「어디 갔댔어요? 일본사람들이 당신을 때렸어요? 괴롭혔어요?」

남편은 웃으면서 말했다.

「그들은 나를 일본에 끌어다가 일을 시키려 했었지. 배가 떠나기 전에 나는 슬그머니 도망쳐 나왔소. 보구려. 아무 일도 없소. 우리 부자는 도처에 다니며 당신을 찾았소. 당신이 이렇게 좋은 집에 있을 줄은 생각도 못했지. 얘야, 빨리 와 엄마라고 불러. 이분이 네 엄마야!」

그녀는 그제야 남편이 남자애의 손을 이끌고 있는 걸 보았다. 이렇게 컸구나. 내 아들이 이렇게 컸나?

「얘야, 엄만 네가 보고파 죽을 뻔했어!」

그녀는 아들을 가슴에 꼭 끌어안고 아름다운 황홀경에 도취되었다……. 자면서도 그녀는 본능적으로 천성이를 쓰다듬었다.

서채에는 아직도 석유등잔불이 켜져 있었다. 옥아는 북평의 봄날을 제일 무서워한다. 북평의 봄은 봄이라 불릴 자격도 없다. 북평은 봄만 되면 큰바람이 불어댄다. 모래먼지가 휘날리는 것이 사람의 마음까지 뒤숭숭하게 한다. 북평의 꽃들은 참 가련하다. 봄계절을 다투어 피어나야 하는데 건조한 공기 속에서 모래바람의 시달림을 받아 하나도 생생한 맛이 없다. 마치 집없는 고아들과 같다. 큰바람 한번 불면 꽃잎이 날아가버려 청춘이 아쉽게도 짓밟히는 것이다. 그녀는 침대에 누워서 바람이 창호지를 핥는 소리를 듣고 있었다. 잠이 오지 않았다. 별안간 뜰안의 해당화가 생각났다. 나무에 겨우 붙어 있는 나머지 꽃들이 바람 속에서 몸부림칠 것을 상상하니 그녀의 마음이 슬퍼졌다. 그녀는 침대에서 일어나 경대 앞으로 가서 거울을 들여다보았다. 거울에 창백하고 여위고 처량한 자기의 얼굴이 보였다. 아니 이것이 나란 말인가? 양빙옥이란 말인가? 일년 전 옥전시회 때만 해도 얼굴에 광채가 그리도 빛나더니 어떻게 이렇게 가련하게 변했는가? 아, 너의 번뇌와 고민, 걱정이 너무 많으나 그 누구에게도 하소연할 수 없으니 말이다!

그녀는 거울 속의 자신을 더 들여다보기 싫었다. 그녀는 미친 듯이 돌아서서 희미한 등불을 멍하니 쳐다보았다. 등이 너무 어둡다. 어두워서 마치 그림자가 사람을 덮치는 것 같고 내리누르는 것 같아서 참을 수 없다. 그녀는 등잔 심지를 비벼서 더 밝게 하였다.

등잔불 옆에는 오래된 신문들이 쌓여 있었다. 그녀는 맥없이 앉아서 별 생각없이 신문을 뒤적거리기 시작하였다. 한 단락의 글이 눈에 들어왔다. 그 위에는 그녀가 붉은 색연필로 줄을 그어놓은 것이 있었다. 장 위원장의 글이었다.

오늘 많은 중국사람들의 태도는 떠가는 대로 가거나 별 감각이 없다. 우리들의 관원들은 위선적이고 탐욕스럽고 타락하였으며 우리의 인민들은 산산이 흩어지는 모래와 같이 나라의 이익에 대해 전혀 관심이 없다. 우리의 청년들은 타락하고 책임감이 없으며 우리의 성인들은 나쁜 습성이 있고 우매무지하다. 부자는 사치가 극도에 달하고 가난한 사람은 비천하게 살고 지저분하고 암흑 속에서 더듬고 있다. 이 모든 것은 권위와 규율을 완전히 실패하게 하고 사회의 동란을 초래한다. 그리고 우리로 하여금 자연재해와 외국의 침략 앞에서 속수무책하게 만든다.

아아! 옥아는 책상 위에 있는 붉은 색연필을 들어서 그 옆의 빈자리에다 숱한 느낌표와 물음표를 그려놓았다. 이것이 바로 위원장 눈에 보이는 중국사람이다. 그러나 사람들은 자신을 모르고 있다. 역사는 또다시 북송(北宋)이 망하던 시대를 되풀이하고 있는데 나는 도망칠 재간밖에 없다. 그 외에 무엇을 할 수 있겠는가? 가련하고 우매무지한 언니여, 언니는 동생이 얼마나 언니를 사랑하고 이 집을 사랑하는지 모르고 있다. 언니 눈에는 돈밖에 없다!

남채 침실에도 등불이 켜져 있었다. 한자기 부부는 마주 누워서 잠들지 못했다. 아직도 대낮에 싸우던 화제를 말하고 있다.

「당신은 옥아 때문에 신경쓸 것도 없어요. 모두 내가 너무 어려서 없게 키워서 저렇게 된 것 같아요. 아버지가 일찍이 돌아가시고 엄마는 재간이 없어서 옥아는 어려서부터 고아처럼 자랐지요. 제가 여덟 살이나 더 먹어서 그애는 나를 엄마처럼 생각하고 마음대로 응석을 부리고 아무 말이나 했거든요. 엄마가 안 계시고 아직 결혼도 하지 않았으니 저하고 당신밖에 믿을 사람이 없어요. 그애가 잘못하는 게 있어도 당신 속상해 하지 마세요.」

한씨 부인은 저녁 무렵 옥아한테 한바탕 성을 내고 나니 지금은 동생이 가여워졌다. 그래서 오히려 한자기를 다독거리는 것이다. 비록 한자기와 옥아는 오누이간이라지만 분명 한 엄마가 낳은 핏줄은 아니었다.

「참 별소리 다하네. 그게 무슨 큰일이라구?」

한자기가 말했다.

「내가 이 집에 오니 그앤 그때 세 살이었지. 그애 크는 것을 다 보아왔소. 내 친동생과 다름이 없어. 사부님이 돌아가실 때가 마침 추석이었는데 나는 당신과 옥아를 데리고 의화원에 놀러가서 사진을 찍자고 약속했지. 그런데 이젠 십칠 년이 지났구먼. 나는 늘 바쁘다 보니 끝내 데리고 못 갔지. 마음속으로는 그애한테 미안해. 그애는 아직 어린애야.」

「어머나, 그런 일까지 기억하고 있어요? 괜찮아요. 의화원은 그애도 이젠 몇 번이나 놀러갔는지 몰라요. 이젠 외국에 놀러가려고 하지 않아요? 그렇다고 그애 하고픈 대로 놔둘 수 있어요?」

「그애가 어디 외국에 놀러가려 하오?」

한자기는 암울한 기분으로 말했다.

「연대 안에서 무슨 소식을 듣지 못하겠소? 공부한 사람들은 견문이 넓고 생각도 많아서 그애 말에도 일리가 있는 것 같소.」

「무슨 일리가 있다구?」

한씨 부인은 돌아누우면서 말했다.

「어린 계집애가 하는 말을 당신은 믿어요? 내 보니까 그 계집애는 이 집을 다 허물어버리고야 시름을 놓을 것 같아요. 우리는 이 집을 위해서 십여 년간 방앗간 당나귀처럼 쉴새없이 일했는데, 어디 그리 쉽겠어요?」

「어이구, 사람이란 게. 목숨만 붙어 있으면 버느라고 헤매지. 죽을둥 살 둥 모르고 돈을 버느라고 야단이지. 돈을 벌면 또 뭣해? 사람이 돈의 노예가 되고 모든 것을 다 잊어버리니. 늙어서 평생을 어떻게 지냈는가 생각해보면 아무 재미도 없을 거야. 마치 사람이 이 세상에 한 번 왔다 가는 것이 돈을 지는 당나귀가 되기 위한 것처럼 말이야.」

「무슨 말을 그렇게 해요? 돈이 많아 홍타령이에요? 돈은 사람의 핏줄이에요. 돈이 없으면 사람은 한걸음도 움직이지 못해요. 저는 이젠 돈없는 것이 진저리가 나요. 그때 우리에게 돈이 있었다면 어찌 그렇게 초라하게 결혼했겠어요? 거지보다도 못하게 말이에요. 아이구!」

한씨 부인은 옛날일을 생각하고 저도 모르게 한숨을 쉬었다.

「그때를 생각하고 지금을 보면 난 만족해요. 돈이 없으면 당신 옥아를 공부시킬 수 있겠어요? 이 집을 어떻게 사요? 그래 그 많은 비싼 옥을 살 수 있었겠어요?」

그 말이 또 한자기의 아픈 곳을 찔렀다. 그는 갑갑하고 짜증이 나서 침대에서 일어나 앉았다.

「그 옥들이 다 나한테는 부담이오. 그것들이 없다면 내가 무엇을 무서워하겠소? 어디도 가고 싶지 않아!」

「부담이 되면 팔면 안 돼요?」

「팔아? 내가 어찌 팔 수 있겠소?」

「아니 팔지 않으면 뭣 해요. 먹지도 마시지도 못하는데 괜히 근심거정만 되고. 팔아서 돈을 호주머니에 차는 게 속이 더 든든하지. 그 서양 사람이 당신의 옥들을 좋아하는데 다 그 사람에게 팔아버리지.」

「어이구, 당신은!」

한자기는 기가 막혀 한숨만 나왔다. 옥기세가에서 자라서 자기와 환난을 같이 겪어온 아내건만 자기를 이해해주지 않으니 답답했다.

「그 물건들은 내가 십여 년 동안 심혈을 기울여서 하나하나 손에 넣은 거요. 그걸 어찌 판단 말이오? 그건 내 목숨이오. 그 옥들이 없으면 난 사는 것도 의미가 없소! 그걸…… 당신조차 몰라?」

「몰라요!」

한씨 부인은 딱 잘라 말했다.

「우리 양씨네는 선조 때부터 작은 가게로 작은 장사만 해왔지 옥을 가지고 노는 그런 인이 박히지 않았어요. 팔 수 있어 돈만 벌면 좋은 것인 줄 알았지. 나의 빠빠와 나의 아빠는 한평생 그렇게 많은 옥기를 만들었어도 다 팔아 식구를 먹여 살렸어요. 하나도 자손들에게 가지고 놀으라고 남기지는 않았지요. 그런데 당신 대에 와서는 누구보다도 통이 커지고 좋은 물건은 팔지 않고 두면서 어째 새끼치기나 하려구 그래요?」

한자기는 그녀와 더 말하고 싶지 않았다. 그는 고통스러운 신음소리만 냈다.

「한숨은 무슨 한숨을 쉬는 거예요? 팔기 싫으면 팔지 마세요. 아무튼 옥이란 것은 둘수록 값이 나가니까. 저도 알아요. 남겼다가 모두 우리 천성이를 주면 되지. 남들이 저를 수전노라 해도 두렵지 않아요.」

「글쎄, 두려운 것은 지키고 싶어도 지켜내지 못하는 거요! 일본놈이 북평까지 쳐들어오면 끝장이오.」

한자기는 입을 다시면서 말했다.

「지금 고궁 안의 보물도 다 옮겨 갔소. 겁이 나서 그러지.」

「그래요?」

한씨 부인은 깜짝 놀라더니 말했다.

「그럼…… 우리도 물건을 어디다 옮길까요?」

한자기는 말했다.

「옮기긴 어디로 옮기겠소? 나한테는 권세도 없고 친척도 없는데 어디에 옮긴단 말이오. 전쟁이 나면 누가 나의 물건까지 돌보아주겠소? 그러니까 헌트 선생이 알려준 그 길밖에 더 없소.」

「외국에 가요?」

한씨 부인은 웅얼거리며 혼잣말로 하였다. 그녀도 이젠 서양사람이 알려준 방법을 생각해보지 않을 수 없었다.

「아, 알라여! 젖먹이 아이를 데리고 어떻게 외국에 가겠습니까? 장사를 버리고 집을 버리고 외국에 가다니, 이…… 이건 무슨 일인가요.」

밖에는 바람이 점점 더 기승을 올렸다. 창호지는 풀무처럼 소리를 내었다. 한씨 부인이 눈을 감고 무서운 바람소리를 들으니 마치 천성이를 안고 바다 위의 큰 배에서 비바람을 맞으며 들까불리고 있는 듯하였다.

「안 돼요. 그건 안 돼요!」

그녀는 무서운 듯 눈을 뜨고 남편의 팔을 꼭 붙잡았다. 마치 손을 놓으면 흉흉한 파도가 삼켜버릴 것처럼.

「우린 못 가요. 천성이는 너무 어리고 그런 고생을 못 해요. 아직 젖을 먹고 있는데, 고모도 데리고 가야지. 또 물건도 그렇게 많지…… 안 돼요. 집에서는 아무리 좋아도 밖에 나가면 첫걸음부터 고생이지요. 우린 어디로 가지 맙시다. 운명에 맡깁시다.」

「운명?」

한자기는 아내의 손을 쓰다듬어 주면서 무슨 말로 위안할지 몰랐다.

「누구도 자기의 운명을 몰라.」

「좋은 일만 하고 앞날은 묻지 말며 알라의 도움을 빕시다.」

한씨 부인은 얼굴을 남편의 어깨에 대었다. 남편의 건실한 근육이 그녀의 마음을 든든하게 하였다. 십년 전에 이 어깨가 양씨댁의 천근 무게의 짐을 메어 그녀는 의탁할 곳이 생기게 되었다. 지금 그녀는 이 어깨에 힘이 빠지지 않고 계속 기진재의 기둥이 되어서 자기들 모자가 안심하고 살 수 있게 하기를 바랐다.

「오빠!」

그녀는 가볍게 불렀다. 그 칭호는 오누이 정과 부부의 정이 얽힌 친밀한 그 무엇이 있었다.

「우린 가지 맙시다. 내 말 좀 들으세요. 여기는 우리 조상의 묘가 있고 우리의 뿌리가 있으며 우리 가게가 있어요. 알라께서 우리 회회들을 돕고 있으니 이겨내지 못하는 재난이 없을 거예요. 알라께서 우리에게 천성이를 주셨잖아요. 우리 앞날은 아직 길어요. 당신도 작년의 오늘 일을 기억하세요?」

「왜 잊을 리가 있겠소?」

한자기는 아내의 머리를 쓰다듬으면서 마음속에 살뜰한 정을 느꼈다. 그들은 결혼한 지 십 년이 돼가지만 밤낮없이 일하다보니 이렇게 정을 나누는 시간도 별로 없었다. 그는 늘 아내를 불평을 늘어놓고 잔소리만 해대는 여자라고만 생각해 왔고 아내가 자기를 이처럼 사랑하는 것은 소홀히 하였다. 그녀는 이처럼 진지하게 자기를 사랑하고 있다. 얼마나 귀한 것인가! 더구나 아들 천성이가 그들 두 사람의 감정을 이어주고 있었다. 아들 말이 나오니 그의 마음은 사르르 녹는 듯하였다.

「작년 오늘 바로 이런 한밤중에 하늘에서 별 하나가 떨어지더니 우리에게는 아들이 생겼지.」

「알라의 연민이…….」

한씨 부인도 흐뭇한 웃음을 띠었다.

「아마 그런 것 같아.」

한자기는 중얼거렸다.

「난 옥마 노인이 아직 떠나가지 않은 것 같아. 마치 여기서 나를 기다리는 것 같거든. 나에게 옥을 주고 집을 주고 천성이를 준 것처럼.」

「길한 사람은 하늘이 돕는다고 이 집은 명당자리예요. 우린 못 떠나가요, 네?」

한씨 부인은 완전히 행복감에 도취되고 말았다. 그녀는 창밖의 무서운 바람소리도 잊어버렸고 남편이 그녀에게 알려준 눈앞에 닥쳐온 위험도 잊어버렸다.

「그래, 가지 말지. 떠나지 말지.」

한자기는 아내를 쓰다듬어 주었다. 부드러운 감정과 아름다운 동경심은 고향을 등지고 떠나려던 그의 원대한 계획을 살살 녹여버렸다.

그들은 껴안고 꿈속에 빠졌다…….

바람이 잦고 날이 개었다. 박아댁의 등나무와 해당나무 그리고 석류나무에 꽃이 피었다. 아롱다롱한 꽃떨기들이 화사하게 빛을 내고 있었다. 천성이도 컸다. 아버지만큼 큰 사내가 되었는데 깨끗한 장삼을 입고 새 중절모자를 쓰고 있었다. 이 젊은 기진재 주인은 아버지보다 더 영준하고 의젓하였다. 그는 한가히 마당 안을 거닐면서 나뭇가지에 활짝 핀 꽃들을 구경하고 있었다. 그는 손을 내밀어 꽃가지를 잡았으나 꽃가지는 눈부신 빛을 내어서 눈을 뜰 수 없었다. 아, 그건 꽃이 아니었다. 초롱초롱 달린 주보옥석이었다. 새파란 비취와 붉은 마노, 흰 양지옥 그리고 자주색 나는 자정, 그 외에도 월광석, 푸른 보석, 붉은 보석…… 마치 하늘의 뭇별처럼 반짝이면서 등나무, 해당나무와 석류나무에 매달려 있었다. 천성이 손을 내밀어 하늘이 준 그 진보들을 따려고 하는데 별안간 돌바람이 휙 하고 하늘에서 불어오더니 모래가 일고 수목이 흔들리더니 집도 흔들거렸다. 광 하는 소리와 함께 모든 것이 사라졌다.

「아…… 아.」

한자기는 꿈에서 놀라 깨어 가쁜 숨을 내쉬었다. 머리와 몸은 축축하게 땀에 젖었다.

「당신…… 이게 웬일이에요?」

한씨 부인도 놀라서 눈을 뜨고 남편의 경황실색한 모습을 보고 무슨 일이 생겼느냐고 물었다.

「가야 해! 그래도 가야 해!」

한자기는 실신한 사람처럼 외쳤다.

북평의 봄은 모래바람 속에서 지나갔다. 무더운 여름이 그렇지 않아도 뒤숭숭한 백성들을 괴롭히고 있다. 모두 뜨거운 가마 위에 오른 개미들처럼 허둥거렸다. 자금이 많은 상가나 은행에서는 뒷길을 마련하고 있었다. 어떤 이는 상해나 홍콩으로 옮겨가고 어떤 이는 해외로 빠져나갔다.

그해 9월 18일 화북의 일본군은 강제로 풍대를 차지하고 노구교로 쳐들어오려고 하였다. 11월 22일에는 상해의 애국지사 심균유, 장내기, 추도분, 이공박, 사천리, 사량, 왕조시 등 7군자가 정부의 감옥에 갇혔다. 12월 12일에는 장학량, 양호성 장군이 섬서에서 병변을 일으켜 세계를 놀라게 한 서안사변이 발발하였다.

사이먼 헌트는 더는 기다릴 수 없었다. 그는 안팎으로 위기에 몰린, 큰 전쟁이 당장 터질 것 같은 이 나라를 급히 떠나려 했다.

한자기도 결국 결심을 내렸다. 그는 헌트 선생과 함께 먼길을 떠나려 했다. 그 고집센 본성이 다시 나타난 것이다. 우직하고 고집센 아내도 더 이상 그를 말릴 도리가 없었다.

그러나 한씨 부인은 죽어도 집을 떠나려 하지 않았다. 때문에 한자기는 할 수 없이 아내와 자식을 두고 그의 목숨보다 더 귀중한 보배들을 가지고 외국으로 가려 했다. 그는 오랫동안 함께 일해온 회계 후 선생과 일꾼에게 기진재를 맡겼다. 그들은 모두 환난을 같이 겪은 친구들이고 그의 충실한 노복들이었다. 그들에게 맡기면 한시름 놓을 수 있었다. 그는 십여 년간 알뜰히 모아온 진품들을 고르고 골라서 부피가 작고 지니기 편리하며 값이 있는 백 개를 나무상자 다섯 개에 넣고 그 외에도 기진재에서 팔 수 있는 옥기도 골라서 함께 가지고 떠났다.

옥아는 그를 따라가려고 하였으나 한씨 부인이 고집스레 말렸다.

「나도 안 가는데 네가 따라가서 뭣 해?」

한자기는 옥아보고 대학공부나 잘 끝내라고 위안하면서 북평에 무슨 일이 나면 곧 집에 들어와서 언니와 함께 있으라고 하였다. 옥아는 홱 하고 돌아서서 서채로 돌아가더니 침대에 머리를 파묻고 울었다.

고모가 천성이를 안고 와서 아버지와 작별인사를 시켰다. 거의 두 살이 되는 천성이는 이젠 제법 많은 말을 할 수 있었다. 그는 아빠의 목을 끌어안고서 응석이 섞인 소리로 말했다.

「아빠는 어디에 가? 맛있는 걸 사다주려고? 난 기다릴 거야.」

한자기는 아들의 따스한 얼굴에 입을 맞추며 눈물을 흘렸다.

「천성아 아빠 기다려 응? 아빠는 곧 돌아올 거야.」

그건 아이를 달래려고 한 말이 아니었다. 그는 그렇게 믿었다. 전쟁이 일어나지 않으면 기껏해야 일년 안팎이면 집으로 돌아올 것이고 만약 국세가 변한다면 물건들을 영국에 보관시키고 재빨리 돌아와서 집을 돌보아야지.

「밖이 너무 추우니 아이를 안고 나오지 마시오. 난…… 가오」

한자기는 다시 애정이 담긴 눈으로 아들과 아내, 그리고 그의 마음을 끄는 박아댁을 바라보더니 이를 악물고 떠나갔다. 그에게는 별안간 이후주(李后主)의 '사당을 떠나는 날이 제일 어찌할 바 모르겠더라' 하던 그 간장이 끊어지는 듯한 글귀가 생각났다. 그의 마음은 한없이 슬펐다. 그는 다시 뒤돌아보지 못했다. 다시 돌아보는 순간에 자기의 결심을 포기할까봐 두려웠다. 물론 이 결심은 바꾸기 힘들었다. 일꾼들이 짐들을 모두 부쳤고 회계 후 선생도 그가 기차타기를 기다리고 있었다.

「근심 말고 가시오, 집 걱정 말고. 어제 저녁 평안경을 읽었으니 알라께서 선생을 도와 평안히…….」

고모의 당부가 뒤에서 들려왔다.

「선생님, 시름 놓고 가시지요. 집안의 일은 제가 있으니.」

후 선생이 말하면서 대문을 닫았다.

한자기는 옥마 노인이 쓴 수주화벽, 명월청풍을 어루만졌다.

가겠습니다. 가야지…….

사이먼 헌트가 정양문역에서 그를 기다리고 있었다. 그들은 그곳에서 기차를 타고 상해에 가서 다시 윤선을 타고 유럽으로 가게 된다. 이렇게 떠나면 어찌 천만리만 되겠는가.

기차의 차장은 금발인 사이먼 헌트에게 깍듯이 대해주었다. 그는 그들을 침대차로 안내하였다. 후 선생은 트렁크를 한자기에게 건네면서 말했다.

「선생님, 평안히 다녀오십시오. 빨리 갔다 빨리 오세요.」

「후 선생, 돌아가시오.」

지금 한자기는 아무것도 보고 싶지 않았고 생각하기도 싫었다. 그는 기차에 올라서 쉬고만 싶었다. 창밖의 정양문 누각을 보면 괜히 마음만 아플 텐데.

침대차 안에 들어간 한자기는 자기가 잘못 들어왔는가 생각했다. 왜냐하면 거기에는 어떤 아가씨가 짐을 가지고 자리에 앉아 있었기 때문이다. 기포를 입은 아가씨는 창밖을 내다보고 있었다.

한자기가 다시 돌아나오려고 하는데 아가씨가 얼굴을 돌렸다.

「안녕, 미스 양! 제가 중국을 떠나기 전에 만날 수 있어 기쁩니다.」

사이먼 헌트가 유쾌히 말했다.

한자기는 깜짝 놀랐다. 옥아였다! 옥아가 여기 나타난 것은 인사하러 온 것이 아니라 그를 따라가려는 것인 줄을 잘 알고 있었다.

「넌 왜 이렇게 떼를 쓰니? 할 말은 다하지 않았어? 너는 나와 다르다고. 난 상인이지만 넌 학생이야. 이학년까지 다녔으니 마땅히…….」

「난 공부하기 싫은 것이 아니예요. 그러나…….」

옥아의 눈은 붉어졌다. 말하다가 그녀는 눈물을 뚝뚝 흘렸다.

「오빠, 난 연대에서 하루도 있기 싫어요. 저를 구해주세요. 저를 데려가세요, 네? 난 오빠밖에 의지할 데가 없어요!」

「그럼…….」

한자기의 어투도 좀 누그러졌다. 봄에 한자기는 벌써 옥아의 감정이 좀 심상치 않음을 알아냈다. 그녀에게 골치 아픈 일이 생겼으리라고 짐작하였으나 오빠로서 물어보기도 무엇해서 놔두었다. 한자기도 옥아에게 환경을 바꾸어주고 싶었지만 그녀를 데리고 출국한다는 것도 현실적이 못 되는 것이다. 아내도 단호히 반대했기에 그도 더 궁리를 안했다. 그런데 지금 옥아는 누구와도 상의없이 이렇게 온 것이다. 그렇다고 쫓으려 하니 차마 그러지도 못할 일이다. 옥아의 고집도 언니보다 못하지 않았다. 그런데 언니처럼 강하지도 못해서 정말 오갈 데 없는 궁지에 몰리면 무슨 일을 저지를지도 모른다.

「사전에 언니에게도 말하지 않고, 언니가 널 찾느라고 얼마나 속을 태우겠니?」

「괜찮아요.」

옥아는 이젠 한자기가 더 이상 자기를 막으려 하지 않음을 눈치채고 눈물을 닦으면서 야릇하게 웃었다.

「천성이의 옷 속에 편지를 넣었지요. 언니는 꼭 찾아낼 거예요.」

기관차가 기적을 울렸다. 바퀴가 움직이기 시작하였다. 논쟁도 이젠 쓸데없게 되었다. 한자기는 맥없이 자리에 앉아서 아무 말도 하지 않았다.

사이먼 헌트는 좋아했다.

「미스 양, 아가씨가 우리와 같이 있으니 먼 여행길도 심심하지 않을 겁니다. 영국에 도착하면 나의 아내와 아들이 여왕을 모시듯 아가씨를 환영할 겁니다.」

「고맙습니다.」

옥아는 말했다.

「당신의 부인은 여왕처럼 아름답겠지요?」

「아니, 예쁘지 않습니다.」

헌트는 어깨를 으쓱해 보이면서 말했다.

「나와 마찬가지로 수수합니다. 그녀는 키가 작고 뚱뚱합니다. 그런데 눈과 머리는 예쁩니다. 새까만 색깔이지요. 그녀도 중국사람입니다.」

「그래요? 참 다행이네요.」

옥아는 흥분해서 말했다.

「우리는 타향에서 고향사람을 만나게 되었네요.」

「그렇습니다. 나의 아내는 영국에서 중국사람을 만나기를 가장 바라고 있습니다. 당신들은 그녀의 친정사람들이니까요.」

「헌트 선생님, 당신은 정말 중국사람 같아요. 당신의 말을 들으면요한 아저씨 같지 않아요!」

「아주 유감스럽게 제 코가 너무 높아서요. 하나님이 나에게 검은 머리와 검은 눈을 주지 않은 것이 원망스럽습니다.」

사이먼 헌트는 한시도 영국사람의 유머 감각을 잊지 않고 있어서 자기를 비웃는 것도 하나의 낙이었다.

「그러나 그 유감도 제 후손에게서 보상을 받았습니다. 하나님은 저에게 멋진 아들을 주셨습니다. 그는 부모의 결점은 닮지 않고 우리의 장점만 닮았지요. 그애는 나처럼 못나지도 않고 엄마처럼 키가 작지도 않고 키가 훤칠하고 어깨가 넓으며 머리는 새까맣고 두 눈은 검은 보석 같아요.」

옥아는 농담 반, 진담 반 섞인 우스갯소리에 깔깔대고 웃으면서 말했다.

「아드님은 영국에서 뭘 하지요? 대학에 다닙니까?」

「대학은 이미 졸업했습니다. 그는 본래 변호사가 되려고 했는데 내가 그애에게 장사를 돌보게 했지요. 나는 늘 밖에 나다니니 헌트 주보점도 돌보는 사람이 있어야지요.」

사이먼 헌트는 흥미진진하게 그에 관한 모든 일을 말하고 있었다.

「그애는 지금 제 고용인이거든요. 이상합니까? 우리 그곳은 젊은 주인이 없어요. 친아들도 제 고용을 받아들여야지요. 내가 주는 월급을 받고, 내가 하나님 만나러 가기 전까지 말입니다. 내가 죽어야 재산을 물려받을 수 있으나 난 더 오래 살기를 원하니. 그애보고 더 기다리라고 할 수밖에 없지요.」

사이먼 헌트와 웃음꽃을 피우면서 이야기를 해대니 옥아도 자기의 번뇌를 잊었다. 그녀는 헌트에게 여러 가지 문제를 물어보았다. 그녀는 낯선 세계를 알고 싶어 마음이 급했다. 그녀에게는 그 세계가 사람을 질식시키는 연대보다 재미있었다.

한자기는 눈을 감고 자는 척하였다. 그는 이 모든 것에 흥미가 없었다. 헌트가 아들 말을 하니 그도 아들 생각이 났다. 천성이는 아직 너무 어려서 꼬마 헌트처럼 가게를 돌볼 수 없다. 천성이도 컸으면 한자기도 많은 걱정을 덜 수 있을 텐데.

기차는 칙칙폭폭 소리를 내면서 앞으로 달려갔다. 북평은 점점 멀어졌다.

암울한 분위기에 싸여 있는 상해에서 사이먼 헌트는 옥아에게 비자와 배표를 얻어주었다. 사흘 후 영국의 여객선 해표호가 그들을 태우고 상해의 항구를 떠났다. 여객 중에는 상해에서 홍콩이나 남양으로 가는 사람도 적지 않았다. 그들의 친척들이 부둣가까지 와서 배웅하고 있었다. 다시 만나요라고 말하며 눈물을 흘리면서 작별하고 있었다. 배가 멀리까지 떠나갔는데도 사람들은 그냥 손을 흔들고 있었다. 한자기는 쓸쓸하게 시선을 돌렸다. 거기에는 자기들을 전송해주는 사람이 없다. 그의 집, 그의 아내와 자식은 모두 북평에 있다.

배는 홍콩을 지나 곧바로 남쪽을 향해 달렸다. 중국대륙이 점차 시야에서 멀어졌다. 기선이 망망한 대해에서 항해하여 어디가 어딘지 알 수 없었다. 푸른 바닷물은 봄빛이 넘실거렸고, 모래알 같은 작은 섬들이 햇빛에 반짝거려서 마치 비취쟁반에 담아놓은 알알의 보석들 같았다. 해오라기가 무리를 지어 머리 위에서 날면서 조금도 무서워하지 않았다. 바다는 해오라기의 자유로운 낙원이지만 사람은 그 길을 빌려 도망가는 피난자였다.

이틀 후 배는 싱가포르에 닿았다. 남양으로 오는 여객들은 흥분해 소리쳤다.

「집에 왔다. 집에 왔다!」

「설쇠러 가자!」

한자기는 그제서야 중국의 음력설이 다가왔음을 기억해냈다. 남양에 온 중국사람들은 이국 타향에서도 중국 설을 쇠려고 한다. 그러나 그는 그 설을 잊을 뻔했다. 금년의 그믐날은 배 위에서 지내야 했다. 박아댁은 얼마나 쓸쓸할까.

싱가포르에는 파란 잔디가 있었다. 높다란 야자나무, 종려나무 그리고 여인초가 호기심이 많은 옥아를 유혹했다. 그녀는 기어코 보고자 하였으나 한자기는 그럴 홍이 나지 않았다. 사이먼 헌트가 흔쾌히 옥아를 따라나섰다. 그들은 반나절이나 돌다가 돌아와서는 그곳은 중국과 별로 다르지 않다고 말하였다. 가는 곳마다 중국사람이고 중국말을 하며 중국옷을 입었으며 가게의 간판도 중국글을 썼더라는 것이다. 마치 이 멀리까지 와서도 아직 중국을 떠나지 못한 것 같다는 것이었다. 그들은 돌아올 때 남양과일을 많이 사가지고 왔다. 무슨 듀리언이며 산죽, 파인애플…….

「과일파는 사람이 그러는데 듀리언은 남양의 과일 중의 왕이래요. 그리고 산죽은 과일 중의 왕후이고, 얼마나 재미나요. 듀리언을 먹지 않으면 싱가포르에 와보지 못한 것과 같대요. 여기 사람들은 듀리언을 제일 좋아한대요. 듀리언이 나면 바지를 벗는다는 말이 있대요. 글쎄, 듀리언을 먹으려고 바지까지 판대요.」

옥아는 웃으면서 구경한 것을 재미나게 말했다. 그녀는 근심걱정 없는 천진한 아이 같았다.

「응, 그래?」

한자기는 고슴도치 같은 듀리언을 바라보고 머리를 저었다.

「나에게는 옥밖에 그런 매력이 없어.」

옥아는 신기해서 듀리언을 쪼개어 먼저 먹어보더니 아직 씹지도 않았는데 메스꺼워서 갑판 위에 던졌다.

「응, 무슨 맛이지? 마치 썩은 두부 같아요.」

사이먼 헌트는 이 장면을 지켜보고 크게 웃어댔다. 그는 워낙 듀리언의 괴상한 냄새를 알고 있었지만 일부러 말하지 않고 재미나는 장면을 기다리고 있었던 것이다.

배는 또 떠났다. 말레이시아 반도와 인도네시아 간의 말래카 해협을 지나서 벵골만으로 들어섰다. 적도와 가까운 바다 위는 무더웠고 해는 마치 하늘에 걸려 있는 불덩어리처럼 기선을 쫓아오면서 불길을 토했다. 온종일 멈추지 않고 도는 선풍기와 유성기에서 들려오는 음악도 사람들의 짜증을 없애주지 못했다. 한자기와 동행들이 머물러 있는 일등칸은 그래도 제일 편안하였다. 깨끗한 방이 있고 넓은 식당에서 먹을 수 있는 네 끼의 밥은 하릴없는 사람들에게는 너무 많았다. 식사 후엔 진한 커피를 마실 수 있었는데 돈을 좀더 쓰면 빙수를 마실 수도 있었다. 음악을 감상하고 영화를 보는 것은 따로 돈낼 필요도 없었다. 그러나 매일같이 이렇게 지내니 그것도 진저리났다. 사이먼 헌트는 배타는 데 익숙해서인지 짜증을 내지 않았다. 그는 늘 웃음을 띠고 배 위에서 사방으로 돌아다녔다. 어떤 나라 사람을 만나도 몇 마디 정도는 할 수 있었다. 몇십 년간 그는 전세계를 거의 돌았다. 장사가 있는 곳이면 그의 발자국이 남겨진다. 그는 여러 나라 말을 할 줄 알았다. 옥아는 그런 안내자가 있어서 마치 고기가 물을 만난 듯이 자유로웠다. 그녀는 영어를 잘하기 때문에 모든 사람들과 자유롭게 말할 수 있었다. 배 위에는 중국으로부터 귀국하는 이탈리아 신부가 있었는데 그는 영어도 하고 중국말도 잘했기에 옥아와 오랫동안 이야기를 했다. 그는 옥아가 기독교인인 줄로 알았다가 후에 옥아가 이슬람교와 기독교 중 어느 것이 진짜인가를 논쟁하자 그 신부는 성을 내지 않고 입을 씰룩거리더니 중국말로 이렇게 대답하였다.

「세계에는 하늘이 하나뿐입니다. 그런데 사람들은 같지 않은 해석을 합니다. 그것도 마치 중국사람들이 말하는 것처럼 신을 경배하는 것이 마치 신이 있듯이 한다는 것입니다.」

옥아는 돌아와서 이 이야기를 우스운 이야기나 들려주듯이 한자기에게 기독교의 신앙은 그렇게도 힘이 없다면서 자기의 노트에 적어넣었다. 한자기는 그 말을 듣고 아무 반응이 없었다. 눈을 감고 의자에 비스듬히 누워서 파도소리만 들을 뿐이었다.

콜롬보에 닿으니 기선이 그곳에서 일을 보아야 하므로 하루를 머물게 되었다. 옥아에게는 구경할 좋은 기회였다. 그녀는 육지에 올라가자고 졸라댔다. 그녀의 추측과는 달리 이번에는 한자기도 흥미가 있었다. 그는 보석도시를 구경하고자 하였다.

실론은 보석 생산지로 이름이 난 곳인데 보석섬이라 불렀다. 콜롬보에서 64킬로미터 떨어진 곳에는 보석도시가 있었다. 한자기는 오래 전부터 그 이름을 들어왔다. 옥기상인인 헌트도 물론 아주 큰 흥미를 가졌다. 세 사람은 서둘러 구경하러 갔다.

보석도시는 정말 그럴 듯하였다. 거리에는 다른 가게는 거의 찾아볼 수 없고 파는 것이 모두 보석이었다. 무지개 같은 첨정보석, 연녹색과 녹색의 해남보석, 붉은 석류보석, 유백색의 장월보석…… 없는 것이 없었다. 듣건대 실론에는 한치 땅마다 모두 보석이 있다고 한다. 아무데나 광산을 세워도 보석을 캐낼 수 있단다. 가장 눈을 끄는 것이 자주색 추옥과 묘안석이었다. 자주색 추옥은 새파란데 밤의 등불 밑에서는 붉은 자줏빛을 내어 그 기묘한 광채 때문에 값이 높아지는 것이다. 묘안석의 희귀한 점은 그것이 햇빛 아래서 눈부신 빛을 반사할 때 광선의 강약에 따라 깜박깜박 하는 것이 마치 고양이눈 같다는 것이다. 실론이 주요 산지이므로 실론 묘안석이라 부른다. 사이먼 헌트는 보석도시의 단골손님이었다. 그는 여기서 싼값으로 원석을 사서 중국에 가지고 가서 가공하여 그것을 유럽에 가져다 팔았다. 이전에 회원재와 기진재에서 그에게 만들어준 것들이 모두 여기서 산 보석들이었다. 지금 한자기는 보석의 거리에 서서 마치 신선경지에 온 것같이 황홀해졌다.

그는 마치 취한 사람처럼 이리저리 다니면서 떠나려고 하지 않았다. 그는 보석거리를 다 사버리고 싶어했다.

그들이 콜롬보 항구로 돌아오니 배가 떠나려고 기적을 울렸다. 선장은 뛰어오는 세 사람을 보더니 우스갯소리를 했다.

「당신들이 일 분만 늦게 왔더라도 우린 떠났을 거요.」

그런데 한자기는 이번 모험에 대해 조금도 후회하지 않고 대답하였다.

「만약 배에 저의 짐이 없다면 전 여기까지 오지 않았을 거요.」

배는 계속 앞으로 나아갔다. 인도반도의 남쪽 옆을 따라 북으로 향하다 봄베이를 지나서 왼쪽으로 돌아 서쪽으로 나가더니 아랍해로 들어갔다.

밤이 깊었다. 검은 파도 위에 뜬 배는 사람들의 각기 다른 희망과 근심을 싣고서 하늘가로 가고 있었다.

선창 안은 조용했다. 한자기는 잠을 이룰 수 없어서 가볍게 선창문을 열고 텅 빈 갑판 위에 나가 섰다. 손으로 난간을 붙잡고 검은 바닷물이 뱃전에 부딪치는 것을 바라보았다. 하늘을 바라보니 초생달이 하나의 옥결 같았고 온 하늘의 뭇별들은 진주를 뿌려놓은 것 같았다. 바다 위의 밤하늘은 모래바람도 먼지도 없이 커다란 묵옥처럼 짙게 빛나고 있었다. 마치 손만 내밀면 닿을 것 같기도 하고 또 마치 신비의 베일에 싸인 듯하였다. 티없이 말쑥한 달과 별도 육지에서보다 더 가까워진 것 같았다.

조용한 달과 별 아래 언뜻언뜻 보이는 아랍반도를 바라보며 그는 오백 년 전 중국사람들의 그 성세호대한 항해가 생각났다. 삼보태감 정화의 선대는 바로 이 항선을 따라 파도를 헤치고 지구의 절반을 넘어서 중국의 문명과 우정을 천하에 전하였다. 그런데 지금 그의 자손은 외국배를 타고 창황히 도망가고 있는 것이다. 역사는 무정한 것.

그에게는 또 한 사람이 떠올랐다. 돈 한푼 지니지 않고 먼 길을 떠난 투러여띵 빠빠였다. 십팔 년 전 그분은 선조의 발자취를 따라 성지 메카를 향해 가셨다. 연로한 신체와 초신을 신은 두 발로 어떻게 그 길을 걸었는지? 그분은 지금은 어디에 계시는가?

배는 남예멘의 뾰족한 모퉁이를 지나 기다랗고 좁은 홍해로 들어섰다. 오른쪽 뱃전을 잡고서 보니 사우디아라비아가 보였다. 사우디아라비아는 무덥고 건조한 곳이었다. 많은 면적은 뜨거운 모래에 덮여 있고 아름다운 풍경도 번화한 도시도 보이지 않았다. 심지어 호수와 강도 없다. 그러나 여기에서 한 위인이 태어났다. 전세계 모슬렘 마음속의 성인인 마호메트가 바로 이곳에서 태어나서 서기 7세기에 이슬람교를 세웠고 큰 호소력으로 그의 나라를 통일시켰으며 세계를 휩쓸었다. 이제는 세계의 3대 종교가 되어서 신도가 억을 헤아리게 되었다. 그것은 기적이 아닐 수 없다. 1300년 동안 메카는 줄곧 모슬렘들이 참배하는 성지가 되었고 건조한 메카에서는 찬므찬므샘이 끊임없이 흘러나온다. 아, 찬므찬므, 그것은 바로 아들 천성이의 경명이었다.

배가 제다 항구에 도착할 때 해가 서쪽에 떠 있어 마침 모슬렘들이 오후예배를 보는 시간이었다. 온 하늘의 붉은 노을이 홍해에 비춰고 하늘과 인간세상은 모두 금으로 만든 세계가 되었다. 예배 종소리가 울리니 부두의 모든 일꾼이 바삐 일손을 놓고 재빨리 땅 위의 흙으로 대정을 하더니 동쪽을 향하여 경건하게 예배를 하였다. 지금 메카는 그들의 동방에 있었다. 모슬렘은 언제나 자기가 있는 곳에서 메카의 방향을 알아낸다. 특이한 힘이 한자기와 양빙옥을 언덕으로 이끌어가서 석양 속에 보이는 사원의 꼭대기를 바라보면서 묵묵히 서서 이슬람경을 읽었다. 십팔 년 동안 한자기는 이미 투러여띵 빠빠가 배워준 예배의식을 거의 잊다시피 하였다. 줄곧 학교에서 공부한 옥아도 엄마나 언니처럼 매일 다섯 번씩 예배를 하지 않았기에 지금 이 두 사람의 자세는 경전에 맞지 않을 것이다. 그러나 그들은 모두 영혼을 흔드는 듯한 전류가 온몸에 퍼지는 것을 느꼈다. 한자기는 몸과 마음이 저렸다. 투러여띵 빠빠가 어느 찾을 수 없는 곳에서 자기를 부르며 기다리는 것 같았다.

제다 항구는 메카에서 300킬로미터 떨어진 곳이어서 그는 거기에 갈 수 없었다. 하물며 지금은 참배하는 계절도 아니었다. 그날 저녁 해표호는 그를 싣고 계속 앞으로 나아갔다. 알라께서 당신께 복을 주실 겁니다. 투러여띵 빠빠여! 당신이 아직 살아계신다면 당신은 가장 행복한 사람일 겁니다. 만약 당신이 이미 돌아가셨다면 신성한 천국에 들어가셨을 겁니다. 제가 당신 곁을 떠나서 당신을 실망시켰지요. 당신의 이브라흠은 당신을 따라 끝까지 가지 않았지만 십팔 년간 저는 다른 신령의 주재를 받아 옥의 노복이 되었습니다.

길고도 힘든 항해가 계속되고 있었다. 해표호는 피곤한 줄도 모르고 앞으로 달렸다. 조용하고 황량한 수에즈 운하를 지나고 지중해를 지나더니 서구라파의 생명선인 지브롤터 해협을 건너서 대서양으로 들어섰다. 거기서 다시 북으로 도니 대브리튼섬이 멀리 보였다.

「집에 다 왔습니다. 집에 다 왔습니다!」

사이먼 헌트가 흥분하여 소리를 쳤다. 그는 친구들을 끌고서 갑판 위로 가더니 손짓발짓으로 자기의 조국을 이야기해 주었다. 해표호는 길게 기적을 울리더니 천천히 템스강에 들어섰다. 런던의 탑교가 양쪽으로 들려지면서 먼곳에서 돌아온 손님들을 위하여 문을 열었다. 엷은 아침 안개 속에서 웨스트민스터 사원의 뾰족한 지붕이 보였다. 웅장하고 힘찬 종소리도 울렸다. 전세계 표준시간으로 쓰이는 그리니치 종소리였다! 런던, 영도 자오선이 지나가는 곳, 지구의 출발점이자 세계시간의 출발점이었다.

중국 장삼을 입은 한자기는 헌트를 따라 말없이 그 낯선 나라의 땅을 밟았다. 안개 속의 런던은 그로 하여금 방향을 분간할 수 없게 하여 마치 꿈속에 있는 듯한 느낌을 주었다. 스쳐 지나가던 영국사람들은 다른 두 동방사람에게 호기심 찬 눈길을 돌렸다. 한자기는 문득 이제는 자기와 같은 사람들을 보기 힘들게 되었음을 느꼈다. 그러나 그는 많은 사람들 앞에서 당황함을 나타내지 않으려고 일부러 홀가분한 듯이 옥아에게 물었다.

「어때? 이젠 소망이 이루어졌어?」

옥아는 대답하지 않고 그의 소매를 잡고 수줍은 듯이 그의 뒤를 따라 걸었다. 마치 처음 도시에 온 시골처녀 같았다.

「왜 어디 불편해?」

한자기가 낮은 소리로 물었다.

「아니.」

옥아는 눈이 붉어졌다.

「난…… 북평이 생각나요.」

한자기도 문득 온몸의 힘이 빠졌다. 그는 긴 한숨을 내쉬었다.

「이럴 바에는 왜 오려고 그랬어?」

헌트의 식구들은 열광적으로 중국에서 온 손님을 영접해주었다. 물론 헌트의 말처럼 여왕을 영접하듯이 요란하지는 않았지만 온 집이 다 떠들썩했다. 그의 식구는 헌트까지 세 사람뿐이었다.

헌트 부인은 복스럽게 생긴 중국여자였다. 나이는 40세쯤 되어 보이고 약간 뚱뚱했다. 폭넓은 긴 치마를 입었는데 키는 약간 작아보였으나 헌트가 형용한 것처럼 수수하지는 않았다. 헌트 부인은 피부가 약간 갈색이 나고 버들잎 같은 눈썹과 예쁜 눈을 갖고 있었는데 한눈에 그녀가 중국 복건 광동 일대의 사람임을 알아볼 수 있었다. 그녀는 총총히 달려나와 멀리서 돌아온 남편을 보고 기뻐 외쳤다.

「아아, 하나님. 끝내 돌아왔군요. 원세개의 손에 죽지 않고.」

그녀는 중국에 대해 아는 것이 너무 적었다. 원세개는 이미 이십 년 전에 죽고 지금의 중국전쟁은 그와는 아무 상관도 없음을 몰랐다.

「아버지!」

젊은 헌트가 엄마 앞으로 나서서 사이먼 헌트의 목을 끌어안고 말했다.

「왜 전보도 치지 않고? 제가 마중갔을 텐데.」

「나도 언제 집에 도착할지 몰랐어.」

늙은 헌트는 자애롭게 웃으면서 아들과 부인에게 말했다.

「바로 이분들이 나의 귀한 친구들이오.」

젊은 헌트가 좋아하며 말했다. 별로 유창하지 않은 중국말이었다.

「아, 알아요. 한씨 부인과 한 선생이지요.」

옥아는 얼굴을 붉혔다.

한자기가 재빨리 해석하였다.

「아닙니다. 여긴 여동생…….」

「여동생? sister?」

젊은 헌트는 알아듣지 못했다.

「한씨 부인의 younger sister, 양빙옥 아가씨다.」

사이먼 헌트가 할 수 없이 상세하게 설명해주었다. 그러고는 웃으면서 아들을 나무랐다.

「넌 덤비기만 하는구나. 중국사람들의 말대로 하면 장씨 모자를 이씨가 쓴 거야!」

「죄송합니다. 아가씨, 한 선생님! 아버지께서 편지에다 똑똑하게 쓰지 않았거든요.」

젊은 헌트는 별로 난처해 하지 않고 여전히 웃고 떠들었다.

「저는 당신들을 진심으로 환영해요. 특히 이 아름다운 아가씨를 말입니다. 하나님이 보증을 설 거예요.」

그는 열정적으로 옥아에게 손을 내밀었다. 옥아는 주저하더니 손을 잡았다. 검은 머리, 검은 눈을 가진 멋진 총각이었다. 처음 만나서인지 그녀는 어색함을 느낄 수밖에 없었지만.

「나는 올리브라고 부릅니다.」

그는 친절하게 한자기와 악수하면서 말했다.

「환영합니다, 중국의 옥왕님.」

옥왕이란 소리가 한자기의 마음을 흔들어놓았다. 금방 있었던 불쾌감도 사라졌다. 그는 두 달 동안의 바다여행 후 처음으로 쾌감을 느꼈다.

헌트 부인은 그제야 손님과 말할 기회를 가졌다.

「자, 들어갑시다. 한 선생, 아가씨.」

한자기는 그녀의 말투가 너무 귀에 익게 들렸다.

「헌트 부인의 고향은……?」

「고향은 복주예요.」

헌트 부인이 말했다.

「그러나 저는 런던에서 나고 자라 한번도 고향에 가보진 못했습니다. 중국 글자도 아는 게 적어요. 어렸을 때 부모님에게서 중국말을 배웠을 뿐입니다.」

「당신의 중국말은 복건말투가 있습니다. 저의 고향은 원래 천주였습니다. 우리는 같은 성의 고향친구입니다.」

「그래요? 그럼 저의 친정식구이네요.」

이 의외의 고향 인연이 한자기와 헌트 부인의 고향에 대한 정을 불러일으켰다.

「앉으세요. 빨리, 고향친구.」

헌트 부인은 특히 흥분되어 있었다.

헌트의 집의 객실은 중국식과 서양식이 한데 섞인 독특한 인상이었다. 서양식의 벽난로와 펜던트 등 그리고 빅토리아 시대의 소파와 명나라식의 탁자와 의자, 진열장이 병존되어 있었다. 사이먼 헌트의 북평의 주택과 비슷하였다. 한자기와 옥아는 중국식 의자에 앉으니 중국에 있는 듯한 느낌도 있었다. 헌트 부인이 차를 따라주었다. 찻잔은 중국의 푸른 꽃무늬 찻잔이었다. 한자기가 들고서 한모금 마셔보니 복건의 철관음 찻잎으로 만든 차였다.

헌트 부인이 다가와 한자기 찻잔에 뜬 찻잎을 들여다보았다. 한자기는 그녀가 손님이 차에 습관되지 않나 해서 그러는 줄 알고 말했다.

「고맙습니다. 아주 좋은데요.」

헌트 부인이 자세히 보더니 말했다.

「아주 좋아요. 보세요, 이 찻잎들이 마침 V자가 되었네요. 당신들이 온 것이 대길해요.」

한자기는 무슨 영문인지 몰라 멍해졌다. 헌트가 웃으면서 말했다.

「이 사람은 지금 점을 쳐주고 있는 것입니다. 이 사람이 하는 것은 중국 고대 갑골점술의 변종일 겁니다.」

한자기는 웃었다. 옥아도 웃었다. 그녀가 영국에 온 후 처음 웃는 웃음이었다.

손님이 차를 마신 후 헌트 부인이 아침을 가져왔다. 영국사람은 아침식사를 저녁식사만큼 중요시한다. 점심은 대충 때우지만 아침에는 보통 밀죽, 튀긴 계란, 빵, 그리고 절인 생선구이와 과일을 먹는다. 오늘은 먼곳에서 온 손님을 접대하려고 헌트 부인은 일부러 생선찜, 버섯볶음, 소고기볶음과 튀긴 닭고기 등 영국요리를 더 준비하여 식탁이 꽉 찼다. 나이프와 포크와 젓가락도 있었다. 식탁 중앙에는 닭모양으로 된 은그릇이 있었는데 스토크꽃 네 송이가 꽂혀 있었다.

한자기는 약간 망설이다가 말했다.

「죄송합니다, 헌트 부인. 미처 알려드리지 못했군요. 우리는…….」

「이슬람이지요!」

헌트 부인이 계속하여 말했다.

「사이먼이 이미 알려주었어요. 마음 놓고 드세요. 우리 집에서는 원래 햄이나 돼지갈비 같은 것을 먹지 않아요. 돼지기름도 쓰지 않거든요.」

「당신도 모슬렘인가요?」

옥아가 물었다.

「아니예요.」

올리브가 웃었다.

「저의 부모님들은 뚱뚱해질까봐 두려워해요.」

헌트 부부가 웃었다. 그들은 외아들을 너무도 귀여워하는 듯했다.

「드세요, 신사 숙녀 여러분. 아버지의 친구이자 어머니의 고향친구이며 우리 집의 손님을 위하여 건배합시다!」

올리브는 말하면서 잔을 들려고 하였다. 그러나 식탁에는 술이 없었다. 그것도 사이먼 헌트의 사전지시가 있어서 헌트 부인이 모슬렘의 금기를 주의한 것이다.

한자기는 주인의 흥을 깨지 않으려고 찻잔을 들었다. 모두 그가 하는 대로 찻잔을 들었다.

「아가씨는 런던에서 대학에 다닐 생각을 하고 있습니까?」

올리브가 옥아에게 물었다.

「그, 그건…….」

옥아는 어떻게 대답해야 할지 몰랐다. 고집을 피워 한자기를 따라 영국에 오긴 했지만 자기도 무엇을 할지 모르고 있었다.

「이애는 중국에서 연경대학을 다니는데 이번에는…… 놀러 왔습니다.」

한자기가 그녀를 대신해서 대답했다. 논다는 말로 핑계를 댈 수밖에 없었다.

「연경대학?」

올리브는 별것이 아니라는 듯이 머리를 저으면서 말했다.

「그런 대학은 들어 보지도 못했어요. 나는 아가씨가 캠브리지나 혹은 옥스포드에 시험치러 온 줄 알았지요. 저는 바로 옥스포드를 졸업했지요. 며칠 후 내가 아가씨를 모시고 저의 모교를 구경시켜 드릴게요. 아가씬 깜짝 놀랄걸요. 옥스포드는 마치 큰 도시 같아요. 세계에서 가장 아름다운 거리가 있거든요. 거리 양쪽의 건물은 12세기에 이 학교가 세워진 후 여태까지의 각 시대 건축양식을 보여주지요. 옥스포드는 가장 좋은 인문사회학과 대학이며 많은 유명인사를 배출했지요.」

사이먼 헌트는 큰소리치고 있는 아들을 쳐다보더니 우스갯소리를 했다.

「그 중엔 너도 있겠지. 그 이름도 영예로운 올리브 헌트 선생 말이야.」

올리브는 어깨를 으쓱했다.

「그렇게 말해도 안 될 건 없지요. 저도 한평생 당신의 고용직원으로 있을 순 없거든요. 어느 날 저의 이름도 옥스포드의 영예를 보탤 수 있을지도 모르지요.」

옥아는 마음이 언짢아졌다. 그녀는 이렇게 말하고 싶었다. 어느 날 나는 당신을 청해서 우리 연대를 구경시킬 거예요. 우리 학교가 얼마나 굉장하다구. 당신은 우리 동방조경 풍치림의 특색이 짙은 연원을 보면 깜짝 놀랄 거예요. 미명호에 드리워진 탑영을 보면 기절할지도 모르지요. 그러나 그녀는 말하지 않았다. 연대에는 그녀의 사랑과 원한이 남아 있다. 그리고 남에게 말할 수 없는 깊은 고통이 남아 있다. 바로 그것 때문에 그녀가 그곳을 떠나서 다시 돌아가고 싶지 않은 것이다. 지금 올리브 헌트 말도 일부러 옥아의 자존심을 자극하려고 한는 것은 아닐 테지만 그의 말 속에서 넘쳐나는 자부심은 옥아가 견디기 힘들었다. 지지 않으려는 본능이 그녀로 하여금 침묵을 지킬 수 없게 하였다. 그녀는 별안간 생각해보지도 않았고 한자기와 상의도 하지 않은 일을 말했다.

「전 옥스포드에 공부하러 왔어요.」

한자기는 속으로 깜짝 놀랐다. 옥아의 출국 동기는 한자기에게는 풀지 못할 수수께끼였다. 이것이 대답인가? 옥스포드에 간다…… 그러면 한자기의 짐은 더 무거워진 것이다.

「그래요? 참 좋아요. 환영합니다!」

올리브는 흥분해서 말했다. 마치 자기가 바로 옥스포드의 총장인 것처럼.

「그런데 옥스포드에 합격하는 것은 아주 힘듭니다. 해마다 영국의 제일 우수한 고등학교 졸업생들이 옥스포드로 몰려오지만 옥스포드는 전국의 통일시험에는 참가하지 않지요. 따로 시험을 칩니다. 한 학기의 보충수업을 들은 학생만이 시험에 참가할 자격이 있지요. 학생모집하는 수준이 아주 높아요.」

「전 자신을 믿어요. 꼭 합격할 수 있을 거예요.」

옥아가 말했다. 올리브는 그녀에게 엄지손가락을 내밀면서 말했다.

「아가씨의 포부에 탄복합니다. 성공을 빕니다! 아가씨가 졸업식날 명예총장의 앞에 꿇어앉아 학위증서를 받을 때 전 시청에 가서 축하를 드릴 거예요.」

옥아는 웃으면서 말했다.

「기다리겠어요.」

두 젊은이의 대화로 식탁은 활기를 띠게 되었다. 그러나 한자기의 마음은 뒤숭숭해지면서 걷잡을 수 없었다. 장래의 모든 것이 아직 미지수인데 옥아는 벌써 자기 일을 결정한 것이다. 한자기는 할 수 없이 제멋대로인 동생에게 코꿰인 소처럼 따라갈 수밖에 없는 처지가 되었다. 정말 그녀를 데리고 온 것을 후회하였다. 옥스포드의 비싼 학비를 자기 같은 유랑자가 어떻게 댄단 말인가?

「한 선생, 당신들 두 분은 모두 큰 포부가 있는 사람들입니다.」

올리브는 흥분해 찻잔을 들어 한자기와 잔을 맞추었다.

「저요? 저에게 무슨 포부가 있겠습니까?」

한자기는 쓴웃음을 지었다.

「금방 낯선 곳에 와서 어떻게 살아갈지도 모르겠는데요.」

「아버지는 편지에 당신이 런던에서 중국 옥기전을 연다고 했던데요?」

올리브가 말했다.

「옥기전이오?」

한자기는 의아스럽다는 듯이 사이먼 헌트를 바라보았다.

「그건 이렇습니다, 한 선생.」

사이먼 헌트의 얼굴에는 신비한 미소가 떠올랐다.

「저에게는 이런 생각이 있지요. 아직 당신과 상의는 못했지만 만약 제가 런던에서 당신을 위하여 국제적인 옥기전람회를 연다면 어떨까요?」

그는 의기양양하여 한자기를 바라보면서 오래 전부터 생각해온 계획을 말했다. 올리브도 옆에서 거들었다.

「저는 런던의 신문여론을 동원하여 런던과 온 영국이 중국의 옥왕을 알게 하겠어요!」

그 찰나 한자기는 마치 지각을 잃은 듯하였다. 그는 자신이 창황하게 도망쳐 나와서 조국과 멀어진 이곳에서 다시 옥왕의 금관을 쓰게 되리라고는 생각하지 못했다. 그는 툭툭 널뛰듯 뛰는 심장을 겨우 억제하면서 일어서서 사이먼 헌트의 손을 잡고 말했다.

「고맙습니다, 친구. 고맙습니다!」

지금은 1937년 봄이다. 초록색 단장을 한 런던은 평화의 분위기가 흘러넘쳤다. 지구의 다른 한쪽에서 일어나는 전쟁, 가령, 일본이 중국을 위협한 일이나 눈앞에 보이는 이탈리아가 에티오피아를 침략한 일, 독일·이탈리아가 연합하여 에스파냐 내전을 무장으로 간섭하는 일도 자기들 영국하고는 아무런 관계가 없는 듯이 생각하였다. 제1차 세계대전의 재난 때문에 전쟁공포증에 걸린 영국사람들은 평화주의의 꿈에 취하고 새로운 경제위기에 대처하기 위해 힘을 모으고 있을 뿐 다른 것은 모두 뒷전이었다.

손님들은 헌트 댁에 짐을 풀었다. 이 고딕식 건물의 주인은 한자기와 옥아에게 따로 방을 내주었다. 사이먼 헌트가 중국을 사랑하고 헌트 부인 또한 고향에 대한 그리움을 갖고 있었기 때문에 방안의 꾸밈새는 모두 동양적이었다. 침대만 서양식이고 나머지 가구들은 모두 중국 것이었다. 벽에는 중국그림이 걸려 있고 장에는 사기와 옥으로 만든 골동품이 놓여 있었으며 창문 커튼도 중국비단이었다. 집에 돌아온 듯한 느낌이었다. 블라인드 창문과 유리전등 그리고 소파가 이곳이 북평이 아님을 알려줄 뿐이다.

헌트 부자는 손님을 모시고 이름이 뜨르르한 런던을 구경시켜주었다. 버킹검 궁전, 국회청사, 웨스트민스터 사원…… 그 모든 것이 먼 곳에서 온 손님들에게 깊은 인상을 남겼다. 궁전 문 앞 황실 근위병들이 물통 같은 모자를 쓰고 금테를 두른 빨간 제복을 입고 정중하게 근무교대 의식을 하는 것이 세계 각지에서 온 여행객들의 시선을 가장 끌었다. 모두들 마치 동화 속에 있는 듯한 느낌을 가졌다. 거리의 영국 신사들이나 부인들은 옷을 단정하게 입고 예의바르게 행동했는데 거리에서 소음은 들을 수 없었다. 런던도 아시아 사람이 상상한 것처럼 그렇게 위풍당당하고 대단하며 호화롭고 금빛찬란한 곳은 아니었다. 가장 번화한 곳일지라도 하늘을 치솟는 높은 건물이 없고, 버킹검 궁전의 외관도 붉은 벽돌과 석회로 된 것일 뿐 별로 눈부신 장식이 없었다. 길가의 조각상들도 말없이 역사를 보여주고 있었다. 런던의 소박하고 장엄한 기분이 친밀감을 느끼게 하여 북평에서 온 손님으로 하여금 큰 차이를 느끼지 않게 하였다. 대영제국의 무한한 대외확장은 그의 본토로 하여금 전통을 고수하는 인상을 바꾸어주지 않았다. 그 점에서 북평과 약간 비슷하다. 같지 않은 것은 동방의 옛 도시 북평은 여러 번 이족 침략자의 발길에 짓밟혔지만 노복의 옷차림으로 바꾸어 입지 않은 것이다. 북평의 상공에는 사막에서 불어온 모래바람이 휘날리고 런던의 상공에는 대서양에서 날아온 수증기가 꽉 차서 템스 강가는 영원히 뽀얀 안개 속에 잠겨 있는 듯하였다. 어쩌다가 구름이 사라지고 해가 떠서 일곱색 무지개가 보이면 영국사람들은 모두 얼굴을 쳐들고 항상 입에 달고 다니는 말인 '오늘 날씨……'를 말한다. 그것은 언어권이 다른 어떤 나라 사람이건 다 알아볼 수 있었다. 하물며 한자기는 십 년 전부터 헌트 선생에게서 영어회화를 배웠고 연대의 우수학생인 양빙옥도 이미 영어를 한어만큼 잘했기에 이 낯선세계도 그들에게는 완전히 낯설지 않았다.

한자기가 가장 재미를 붙인 것은 박물관이었다. 거기에는 대영제국이 세계를 주름잡을 때의 역사가 있었으며 인류문명의 정수도 전시되어 있었다. 특히 한자기의 마음을 감동시킨 것은 그곳에 전시된 중국의 무수한 보물들이었다. 전국시대의 칠기, 한대의 석각, 동진시대 고개지(顧愷之)의 「여사잠도(女史箴圖)」, 북위의 돈황벽화, 당나라의 인물화, 송원시대의 산수화, 청나라 건륭황제의 보좌 등등. 그리고 그가 가장 사랑하는 옥기들은 상주시대부터 명청 각 시대의 정품들이 다 있었고 그와 그의 사부님들이 만든 옥배도 있었다. 기뻐해야 할지 슬퍼해야 할지 모를 일이었다. 북평의 고궁박물원은 이미 텅텅 비었고 중국의 옥왕은 본토에서 설 자리조차 없어서 이국타향에 와서 선조들의 유물과 자신의 작품을 구경할 수밖에 없으니!

명승고적들을 구경한 후 그들은 또 헌트주보상점을 참관하였다.

거리 중심가에 자리잡은 이 삼층 건물은 겉으로 보기에는 소박해서 남들의 주의를 끌지 않았으나 이미 백년의 역사를 가진 전통 있는 건물이었다. 사이먼 헌트의 증조부가 세운 것인데 영국 국왕을 위하여 왕관을 만들었고, 프랑스 총독 부인에게 목걸이를 만들어주었으며, 태국 왕자를 위하여 약혼반지를 만들었으며, 유럽의 많은 박물관에 세상에 드문 진품을 제공하여 주었다. 헌트주보상점이 성공한 비결 중의 하나가 바로 주인이 중국옥기에 대한 특별한 취미를 가지고 있는 것이었다. 옛 창시자인 늙은 헌트도 유명한 중국통이었다. 동방예술이 그의 상점을 신비한 베일에 감싸이게 하였고 많은 동업자 중에서도 특색을 갖고 나중에는 제일 앞서게 되었다. 비결의 두번째는 그에게 민간에 파묻혀 있는 기이한 보물과 기이한 사람을 잘 찾아내는 재간이 있는 것이었다. 그의 말을 빈다면 '손수 야광주 위의 먼지를 털어내는 것이다.' 이것은 보통 한번만이라도 사람을 놀라게 하는 효과를 얻었지만 소비한 자금은 아주 저렴하였다. 비결의 세번째는 상품이 되도록이면 빨리 유통할 수 있게 하였다. 기이한 물건이 일단 좋은 기회를 만나면 제때에 팔아버리지 한자기처럼 소장에는 정신을 팔지 않았다. 그리하여 자금 누적이 급속히 증강된 것이다. 여기에 비기면 한자기는 세상일에 어두워 보이는 것 같다.

헌트 부자는 중국옥기전람을 위하여 바쁘게 보냈다. 일본의 중국침략은 그들의 중요 화물 왕래를 단절시켰지만 그들이 청해온 중국의 옥왕은 세상에 희귀한 진품들을 많이 가져왔으니 그것도 불행 중의 다행이었다. 한자기의 방문은 헌트주보상점의 명성의 제고와 판로의 확장에 중요한 작용을 하게 될 것이다. 때문에 그들은 최선을 다해 한자기를 위하여 여론을 조성해서 그로 하여금 영국에서 발을 붙이고 헌트주보상점의 재신(財神)이 되게 하려고 하였다.

그들이 하는 모든 것은 한자기를 감동시켰다. 이국에서 그는 따스함과 위안을 얻었고 중단된 사업이 다시 일어날 수 있게 되어 기뻤다. 그도 헌트주보상점과 합작하기를 원했다. 그는 서양 사람들에게 유서깊고 신비한 동방문명을 보여주어 자신의 오래된 숙원을 실현하려고 하였다. 그것은 그의 사부님과 옥마 노인이 실현하지 못한 숙원이기도 하였다. 전람회가 성공하면 그는 영예를 얻고 상당한 돈도 벌 수 있어 옥아를 공부시킬 수도 있을 것이다. 옥아가 그와 상의도 하지 않고 옥스포드대학에 가겠다고 말했을 때 놀라긴 했지만 또 막아서는 안 된다고 느꼈다. 사부님은 살아 계셨을 때, 학교에 들어간 작은딸에게 큰 기대를 걸었고 사부님이 돌아가신 후에는 그가 힘들게 창업하면서도 아끼지 않고 동생을 중학교, 대학교까지 공부시켰다. 그는 기진재에서 장인이나 상인뿐만 아니라 꼭 여학자도 나오게 하겠다는 포부를 가졌기 때문이다. 그런데 아쉽게도 옥아가 연대를 이학년 다니다 중퇴하고 공부를 그만두어 너무도 유감스러웠다. 이 유감을 갚으면 한자기도 사부님께 미안하지 않을 것 같았다.

옥스포드대학 시험준비로 옥아는 옥아대로 바빴고 한자기는 그대로 옥전람회 준비관계로 긴장하며 보냈다.

바쁜 중에서도 한자기는 초조한 마음으로 아내와 천성이를 근심하였다. 하늘 저끝에 있는 중국의 전쟁은 어떻게 되었는지 알 수 없었고 한씨 부인이 어린 아들을 데리고 어떻게 지내는지 걱정되었다. 그는 긴 편지를 써서 고향에 보냈다. 그는 아내에게, 이쪽 안부를 다 전한 다음 아내와 천성이를 데려오겠다고 썼으며 이별의 고통을 다시 있게 하지 말자고 약속하였다.

그 편지는 한자기가 오던 길을 거슬러 바다를 건너 얼마나 지나야 박아댁에 도착할지 알 수 없었다.

그해 7월 7일 밤, 일본군은 북평 서쪽에 있는 노구교에서 음험한 목적을 가지고 군사연습을 하였다. 열한시가 되자 일본 통역관이 성문이 닫힌 완평성 아래에 와서 중국군 29군에게 성문을 열라고 호령을 하면서 일본군 도주병을 잡으려 한다고 그 핑계를 대었다. 물론 무리한 요구는 중국 군대에게 거절을 당했다. 일본 통역관은 말했다.

「성문을 열지 않으면 당장 포격을 하겠다!」

그때 일본군의 사다리는 비밀리에 벌써 완평성 벽에 걸려 있었다. 성을 지키던 중국 병사가 성벽으로 올라오는 일본 군대를 발견하고 즉시 총을 쏘았다. 높은 총소리가 북평의 깊이 잠든 밤하늘에 울렸다. 팔년을 지속한 전투가 시작된 것이다!

10
성숙의 계절

봄은 총총히 가버렸다. 병원 입원실 앞마당에는 녹음이 무르익었다. 미풍이 백양나무의 반들반들한 잎사귀를 한들한들 흔들고 수양버들의 기다란 치맛자락을 나부꼈다. 푸른 세계에서는 벌써부터 매미가 울기 시작하였다.

석양이 비치자 나무 그림자가 드리워진 오솔길에 두 여인이 길을 따라 천천히 다가오고 있었다. 한 사람은 푸른 줄무늬의 환자복을 입은 신월이였고 다른 한 사람은 흰 가운을 입은 노의사였다. 그들의 옷이 미풍에 가볍게 날렸다.

「왜 아직도 저를 퇴원시키지 않나요? 아빠도 이미 퇴원했는데 저는 아직도 여기서 쉬고 있으니 웬일이에요?」

신월이는 천천히 걸으면서 손가락으로 환자옷에 달린 끈을 감았다 풀었다 하였다.

「전 벌써 한 달 넘게 쉬었어요. 공부도 지장이 있고 학교 경축모임의 공연도 못 했거든요.」

그녀는 한숨을 쉬면서 계속 말을 이었다.

「얼마나 속상한지 몰라요, 저는 오필리어의 대사까지 다 외웠는데 의사 선생님 때문에…….」

「나 때문에?」

노의사는 자애롭게 웃었다. 그는 신월이가 마치 딸처럼 응석부리는 것 같았다. 한 달 동안에 두 사람간에는 모녀의 정감과 비슷한 감정이 생겨났다.

「나는 말이야, 오필리어가 더욱 건강하고 더욱 아름다워지도록 바라고 그런 거야. 기회는 앞으로 또 있을 테니까. 그까짓 일로 고민할 것 없어. 오필리어는 잊어버려. 내가 보기엔 네가 그 배역을 맡는 게 합당하지 않아. 너무 슬프고…….」

「네? 제가 합당하지 않다구요? 연출자도 제가 가장 이상적인 배우라던데요. 저는 오필리어의 그 순결하고 얌전하며 우울한 분위기를 잘 표현할 수 있다고 생각하는데요.」

신월이는 격해져 노의사와 더 논쟁을 하려다가 그만두었다. 그녀는 우울하게 눈을 내리깔고 말했다.

「그만두지요. 이젠 이미 그르친 일이니 말해도 소용없어요. 선생님은 인문과목을 배우지 않아서 문예작품 속의 인물의 섬세한 감정을 이해할 수 없으실 거예요.」

「그럴지도 모르지. 우리 과학 일꾼들은 늘상 다른 사람들의 눈에는 냉혹 무정하게 보이거든.」

노의사는 온화한 웃음을 띠고 말했다.

「하지만 내가 문학예술과 그렇게 무관한 건 아니야. 셰익스피어만큼은 알거든. 그리고 네가 그렇게 못 잊어 하는 오필리어와도 좀 인연이 있어. 대학에 다닐 때 한번은 학생극단에서 나보고 그 배역을 맡으라고 한 적도 있어.」

「그래요? 선생님도 오필리어역을 맡았어요?」

신월이의 얼굴에는 부끄러움이 떠올랐다. 방금 자신이 한 말은 너무나 당돌한 것이었다. 신월이는 이 나이든 여인이 젊었을 때 학생극단의 적극분자였을 줄 몰랐다. 부끄러움도 호기심 때문에 사라졌다.

「그건 어디서요?」

「런던의 케임브리지대학…….」

노의사는 조용히 말했다. 사람이 나이먹어 옛일을 추억하면 깊은 정감을 가지게 된다.

「네? 영어로요? 너무 근사한데요.」

신월이는 이 노의사가 몹시 부러워졌다.

「그런데 그때 난 그 역을 맡지 않았어.」

「왜요? 선생님도 아프셨어요?」

「아니, 그건 아니야, 나의 건강은 줄곧 좋았지.」

노의사는 천천히 말을 이었다.

「그때 연출자가 나에게 말했지. 이 배역은 극중의 여자 주인공이기에 아주 중요하다구. 동양 처녀가 역을 맡았으니 더욱 이채로울 것이라면서. 나도 한번 해보려고 했지. 나도 꽤 승부심이 강했으니까. 그런데 대본을 쭉 읽고 나서 나의 열정도 식어버렸어.」

「왜요?」

신월이는 이해할 수 없었다. 그렇게 좋은 일에 열정이 식을 사람도 있을까?

「……나는 오필리어가 내 마음속의 이상적인 인물이 아니라고 생각되었지. 그렇게 햄릿을 사랑하면서도 표현할 용기조차 없고 그저 '네, 왕자님' '아닙니다, 왕자님' 하고 말할 줄밖에 모르지. 그리고 궁정 안의 음모와 햄릿의 비극에 대해 순종하고 참을 줄밖에 모르니 나의 성격과 맞지 않았어. 더욱이 유감스러운 것은 셰익스피어도 그녀의 결말을 어떻게 할 도리가 없어 그녀를 미치게 하고 죽게 만들었다는 거야. 이것도 내가 인정할 수 없는 점이었어. 그녀는 그럴 듯하게 죽었지. 거울 같은 물 위에 떠서 머리에는 기이한 화환을 쓰고 옛날 노래를 부르면서…… 참 시적이었지. 아름답기도 하고. 그러나 그 아름다움이 무슨 의의가 있어? 나는 그런 병적인 아름다움과 죽은 아름다움은 싫어. 나는 건강한 인생을 보려 해. 그것이야말로 진정한 아름다움이고 생명의 아름다움이야!」

오십이면 하늘의 뜻을 안다는 나이의 노의사였건만 이십여 년 전 겪은 그 일 때문에 그녀는 흥분했다. 아니, 그것은 그녀가 평생 동안 사색하고 추구해온 것이었다.

「아, 선생님은 오필리어를 그렇게 보세요. 우리 초 선생님의 생각과 똑같네요. 그분도 그렇게 말씀하셨지요. 그때 저는 저를 위안하느라고 일부러 그렇게 말씀한다고 생각했어요.」

신월이는 혼자서 중얼거렸다. 그녀는 노의사의 말에도 일리가 있다고 생각했다.

「그리고 어떻게 되었어요?」

「그리고 나는 그 배역을 맡지 않았어. 나는 연출자에게 그만두겠어요, 전 싫어요 하고 말하고 대본을 돌려주고 말았지」

노의사는 팔을 저어 보였다.

「참 통쾌한데요.」

신월이는 깔깔 웃었다.

「나중에 그들은 다른 사람을 찾았어요?」

「아니, 전쟁형세가 날로 긴장되니 수업하기도 힘들었는걸. 그 일은 그렇게 흐지부지되고 말았어. 그러나 나는 조금도 유감스럽지 않았어. 맨날 훌쩍거리며 우는 오필리어역을 하지 못하는 것이 무슨 유감이겠어? 안 그래?」

「저도 유감이 없어요.」

신월이가 대답했다. 그녀는 노의사가 겪은 그 전쟁을 알지 못했고 런던에 있었던 이젠 역사가 된 학생극단에 대해서도 관심이 없었다. 그녀는 자기 자신의 일을 말한 것이다. 그녀가 병으로 결석하는 바람에 「햄릿」의 여자 주역이 없게 되었으므로 임시로 사추사를 시켰는데 시간이 모자라 정효경은 할 수 없이 계획을 포기하고 말았다. 때문에 학생들은 매우 유감스럽게 생각했다. 그러나 지금 신월이는 별로 유감스럽지 않았다. 그녀는 자신도 모르는 사이에 노의사의 오필리어에 대한 시각을 받아들였다.

「아무튼 다음에 또 기회가 있겠지요.」

그녀가 말했다.

「강하고 용감한 인물을 맡겠어요. 예를 들면 제인 에어 같은 역 말이에요.」

「나도 그러기를 바란다. 네가 강하고 용감한 사람이 되어서 운명에 굴복하지 않기를 바란다.」

노의사가 말했다.

「지금은 우선 감정을 다스리고 의지력을 키워서 질병을 이겨내야지. 빨리 건강을 회복하렴.」

「지금 저는 나은 게 아니예요? 왜 저를 퇴원시키지 않아요?」

「나도 네가 빨리 퇴원했으면 한단다. 어느 의사도 환자를 붙들어 두고 싶어 하지 않아.」

노의사는 잠시 생각해보더니 말했다.

「너의 증세를 보면 여기에 오래 있게 하고 싶지 않아. 만약 새로운 변화가 없다면 일주일 후면 퇴원할 수 있지.」

「아직도 일주일을 기다려야 해요? 전 이젠 참지 못하겠어요!」

신월이가 조급해져서 말했다.

「모르시지요? 우리는 7월에 기말시험을 치는데요. 저는 보충강의를 듣고서 시험에 참가해야 되거든요. 여름방학 후에는 이학년으로 올라가니까 이번 시험은 너무 중요해요. 전 아직 이때까지…….」

「지금까지 이등도 안해 봤지. 나도 알아. 그러니 조급해 하지 말아야지. 여름방학은 아직 멀었는데.」

노의사는 일부러 가볍게 말했다. 그녀는 길가의 의자를 가리켰다.

「이리 와 앉자, 좀 쉬자꾸나. 무슨 일이나 급하게 생각지 말고 천천히 해야지.」

신월이는 다소곳이 말을 들으며 노의사 옆에 앉았다. 그러나 가슴은 두근두근거리면서 불안해졌다.

「조급하지 않으면 안 돼요. 전 내일이라도 학교에 돌아가겠어요.」

「그건 안 돼.」

노의사는 미소를 지으며 말했다.

「네가 퇴원한다 해도 곧 학교에 돌아갈 순 없어. 집에서 좀 쉬면서 매달 나한테 와 검사를 받아야 해.」

「왜요? 전 이젠 다 나았는데.」

신월이가 급해서 일어나려 했다. 노의사는 그녀의 어깨를 눌렀다.

「앉아, 흥분하지 말고. 너의 몸은 입원했을 때보다는 좋아졌지만 아직도 빈혈이 있고 영양실조로 체질이 너무 약해. 장기간의 휴양을 해야 되는 거야. 성급히 학교에 가려 하지 말고.」

「빈혈…… 체질이 약하다구요? 그것도 병이에요?」

신월이는 의아스레 노의사를 바라보면서 말했다.

「선생님은 사실을 저에게 말하지 않았지요? 무언가 속이고 있지요. 의사 선생님, 알려주세요. 정말 제가…… 심장에 아주 중한 병이 있어요?」

노의사의 안색이 별안간 달라졌다.

「그건 누구한테서 들은 말이야?」

「저의 엄마가…… 그러나 저는 믿지 않았어요.」

신월이는 겁에 질려서 물었다.

「선생님, 그것이 정말이에요?」

「너의 엄마가…….」

노의사는 웅얼웅얼하였다. 그녀의 손이 저도 모르게 떨리고 있었다. 한달 동안 그녀가 알뜰히 설계한 치료방안이 이젠 뚜렷한 효과를 거두고 있었고, 그녀는 입술이 마르도록 겨우 환자의 마음을 안정시켰는데 한마디 말 때문에 다 그르친 것이다. 그런데 그 말을 한 사람이 환자의 어머니일 줄이야. 무슨 어머니가 그럴 수 있을까? 노의사의 가슴과 코에서 김이 새어나왔다. 그녀는 분노하였다!

차가운 한류가 신월의 온몸에 퍼졌다. 엄마의 말이 증명된 것이다. 그녀는 천천히 손을 들어 콧등에 난 식은땀을 닦았다. 그러고는 이 자애로운 어머니 같은 의사를 망연히 바라보았다.

「그럼 정말이네요. 만약 그렇다면 엄마는 저에게 응당 알려주어야지요. 선생님, 엄마를 나무라지 마세요. 엄마도…… 저를 아껴서 그런 거겠지요. 선생님도 저를 속일 필요가 없어요. 저는 선생님을 믿어요.」

노의사의 눈에 눈물이 가득 찼다. 그러나 그녀는 눈물을 흘릴 수 없었다. 의사한테는 아무런 의료가치도 없는 이런 액체는 필요없다. 그녀는 억지로 눈물을 참고 홀가분한 웃음을 겨우 짓고 나서 신월의 손을 어루만져주었다.

「좋아, 내가 다 알려주마. 얘야, 너도 나한테 말했지만 그전에 넌 늘 관절이 아프다고 했지? 그건 풍습증이야. 별로 대단한 병은 아닌데 그것이 너의 심장에 영향을 좀 주었지. 그래서 너는 말이야, 이첨판 협소와 약간의 폐쇄 불완전이란 병을 가지게 되었단다.」

「아? 나의 심장이…….」

신월이는 놀라서 눈을 크게 떴다.

「그것도 무서운 건 아니야.」

노의사가 말했다.

「나는 외과 수술로 그것을 교정하려 하고 있어.」

「네?」

신월의 얼굴이 창백해지더니 두 손이 바들바들 떨렸다.

「수술이요? 심장을 수술해요?」

「그렇게 긴장하지 마.」

노의사는 그녀의 손을 잡고 가볍게 쓰다듬어 주었다.

「그런 수술은 국내외에서 성공적인 선례들을 많이 가지고 있단다. 나도 몇 번 해보았지. 믿음이 있어! 수술 후에 너의 병은 완전히 나아질 수 있거든. 그때면 건강한 아가씨가 되지. 얘야, 너의 앞날은 밝아. 그러니 고민할 것 없어. 넌 날 믿지?」

「전…… 선생님을 믿어요.」

신월은 그녀의 말을 믿었다. 공포에 떨리던 마음이 안정되었다.

「그럼…… 언제 수술을 할 수 있어요? 선생님, 꼭 해야 한다면 전 빨리 하기를 원해요.」

「고맙구나, 네가 이해하여 주니.」

노의사의 얼굴에 웃음이 떠올랐다.

「나도 일찍 할 수 있기를 바라지만 아직 너의 풍습증이 완전히 해결된 게 아니라서. 수술은 반드시 풍습활동이 끝난 후 육 개월 지나야 할 수 있어. 난 네가 나에게 그만한 시간을 주기 바란다.」

「육 개월이요? 그럼 전 기말시험에 참가하지 못하겠네요. 이학년에도 올라가지 못하는 게 아니예요?」

눈앞에 보이던 희망이 또 멀어졌다.

「그렇겠지. 그러나 급하게 생각하지 말고 내 말을 들어라. 반드시

의사 말을 들어야 해. 수술에서 성공하자면 넌 마땅히 나와 호흡을 잘 맞춰야 한다, 알았지? 몸을 잘 보신했다가 수술대에 올라야지. 난 이미 너의 선생님과 상의했어. 너의 장래를 위해서는 반드시…….」

그녀는 잠깐 끊었다가 할 수 없이 말했다.

「휴학을 해야 해.」

「아니예요, 저는 휴학하지 않겠어요.」

눈물방울이 신월이의 큰 눈에서 굴러떨어졌다.

「신월 학생.」

그녀의 옆에서 별안간 익숙한 목소리가 들렸다.

신월이가 머리를 들었다.

「아니, 초 선생님!」

신월이와 노의사는 초 선생이 그들의 뒤에 서 있은 지 오래된 것을 알지 못했다. 방문시간이 되자 초안조는 패를 타가지고 병실에서 신월이를 찾았는데 밥그릇을 거두던 고모가 말하기를 노의사와 함께 산책하러 갔다기에 여기까지 온 것이다.

「초 선생님, 전 휴학하지 않겠습니다!」

선생님을 올려다보는 신월이의 눈에서는 눈물이 비오듯 쏟아졌다.

그 순간 초안조는 마음깊은 곳으로부터 나온 그 소리에 정복되었다. 그는 그 요구를 거절할 수 없었다. 그의 마음속에 오랫동안 생각했던 말도 차마 할 수 없어 망설였다. 그러나 안 된다. 지금은 그만둘 수도 없다. 노의사가 이미 말을 했으니 안 된다. 노의사는 의심할 바 없이 정확한 것이다.

「신월 학생,」

초안조는 신월이의 옆에 앉아서 자신의 감정을 억제하면서 되도록 부드럽고 천천히 말하려고 애썼다.

「어떤 선생도 자기 학생이 중도에서 휴학하기를 바라지 않습니다.

하물며 신월이는 아주 좋은 학생이니.」

그는 가장 우수한 학생이라고 하려다가 말을 바꾸어버렸다.

「그러나 그것은 제가 결정할 수 있는 일이 아닙니다. 우리는 과학을 존중해야 합니다. 과학은 우리에게 냉정하게 자신을 보라고…….」

신월이는 침묵했다. 선생님은 원래 이렇게 엄숙한 말로 대화를 하지 않았다. 자신이 X광선 투시기 앞에 서 있는 듯한 느낌이 들었다. 어떤 감정도 그 위에 나타나는 것에 대해 영향을 줄 수 없을 것이다.

「너의 선생님을 믿어야 해. 이분은 의사처럼 너를 책임지니까.」

노의사는 일어서면서 말을 이었다.

「흥분하지 말고, 천천히 말해보시오. 나의 의견을 잘 생각해보고.」

노의사는 가볍게 걸어갔다. 그녀는 선생님을 믿었다.

「노의사는 나보다 학생을 더 잘 알고 있습니다.」

초안조는 노의사의 멀어져가는 뒷모습을 바라보면서 말했다.

「이전에 나는 학생의 장점만 보았지요. 학생은 총명하고 부지런하고 강렬한 사업심도 있고 그건 모두 학생이 남보다 뛰어난 점이지요. 나도 참지 못해 몇 번이나 학생을 칭찬했습니다. 그런데 노의사는 나에게 신월 학생의 결점, 혹은 약점을 볼 수 있도록 했습니다. 바로 나약함 그것입니다. 학생은 몸도 나약하고 감정도 나약합니다. 바로 그렇기 때문에 우리는 잠시 병의 증세를 알려주지 않기로 결정한 겁니다. 이것은 선의적인 기만입니다. 그러나 속임은 오래갈 수 없습니다. 이제 끝내 폭로되었지요. 내가 보기에는 한 사람이 자기의 진실한 상황을 알았을 때 그것이 장점이든 약점이든 기뻐해야 합니다. 왜냐하면 우리가 자신을 알게 되었으니까요. 옛날부터 성공한 사람들은 모두 자신을 잘 아는 사람들입니다. 자기의 약점을 똑똑히 보아야 그걸 극복할 수 있고 운명을 자기 손에 장악할 수 있습니다. 그렇게 되면 앞에 닥쳐오는 어떤 타격과 좌절도 무섭지 않지요. 인생의 길에는 늘 타격과 좌절이 있습니다. 그건 피할 수 없습니다.」

초여름의 저녁은 벌써 무더워졌다. 초안조는 흰 셔츠 소매 끝을 약간 걷어올렸다. 팔과 얼굴에는 땀방울이 돋아났다. 그러나 신월이는 두툼한 환자복을 입었는데도 몸이 선뜩했다. 그녀는 종래로 이렇게 추워한 적이 없었다. 추운 겨울에도 추워하지 않았다. 그녀는 이전에 초선생님을 너그러운 오빠로만 보아왔는데 지금에야 진정 그가 엄한 스승으로 보였다. 스승은 그녀에게 자신을 깨게 하였고 자신을 깨닫게 된 것이 그녀의 마음을 떨게 하였다. 그녀는 별안간 자신이 선생님 앞에서 너무 초라한 것 같았다. 이분은 이렇게 냉정하고 침착하며 훌륭하게 대학공부를 마치고 글을 가르치는 한편 자기 사업에 열중하고 있다. 선생님은 자신을 성공시켰고 남을 성공시키고 있다. 그러나 자기는 이제 일학년까지 공부하고 이렇게…… 그녀는 자신이 반의 15명 동창들과 비길 때도 너무 초라한 것 같았다. 정효경, 나수죽, 사추사…… 그 동창들은 각자가 모두 결점이 있지만 모두 건강한 사람들이다. 모두 평탄한 앞날을 가지고 있다. 그러나 자신은 병자다. 시합은 이제 겨우 시작되었는데 그녀는 경기장에서 나와야 했다. 자신이 튼튼히 지키고 있던 챔피언 자리는 남에게 넘겨주어야 했다.

「안 됩니다. 저는 후퇴할 수 없습니다.」

그녀가 말했다.

「전 여지껏 나 자신에게 후퇴할 길을 남겨둔 적이 없습니다.」

「퇴로는 물론 사랑스러운 것은 아니지요.」

초안조는 웃었다. 그녀의 감정을 북돋우려고 일부러 말했다.

「그렇지만 피하지는 못하지요. 옛말에 벌레가 몸을 굽히는 것은 펴기 위해서라고, 후퇴하는 것도 더 멀리 전진하기 위해서지요. 예를 들면 나도 전업으로 번역할 기회를 포기하고 교사가 되었지만 내가 번역에서 성공을 거두지 못하리라고 말할 수는 없지요. 남보다 힘들고 늦을 뿐이지요. 신월이는 아직 젊어요. 아직 열여덟 살도 되지 않았는데 일년 늦으면 어때요? 내년에 학생은 수술을 하고 자유롭게 되지요. 모든 것이 다시 시작되면 익숙한 길이어서 남보다 더 빨리 걸을 거예요. 졸업할 때도 겨우 스물네 살밖에 안 되는데, 인생은 아주 길어요. 학생은 금방 시작했어요. 수술의 성공을 위하여 장래의 사업을 위하여 일년을 희생하는 것은 가치 있어요!」

「전…… 저는 우리 반을 떠나기 아쉬워요. 정말 아쉬워요.」

신월이는 낮은 소리로 중얼거렸다. 마치 이미 여러 사람들과 작별한 것처럼 아쉬웠다. 그녀는 그녀보다 앞서 달릴 사람들이 부러웠다. 그녀도 그들과 같은 대열에 서서 경쟁하고 싶었지만 그럴 수 없었다. 그녀는 또 선생님을 떠나기도 아쉽다는 말도 하려다가 삼키고 말았다. 그것은 그녀의 마음속에 있는 가장 중요한 말이나 어떻게 표현해야 할지 적당한 말을 찾을 수 없었다.

「물론, 동창들도 신월이와 헤어지기 아쉬워하지요.」

초안조는 일부러 자신은 제외하고 말하였다. 비록 그는 늘 자신을 학생들 중의 한 사람으로 간주했으며 특히 지금에는 더욱 빠질 수 없는 중요한 사람이었지만 그는 여전히 자신을 드러내기 싫었다. 그래야만 그는 마음이 안정되고 자연스러울 것이다.

「함께 거의 일년을 지냈기에 모두들 신월이와 아주 깊은 정을 쌓았지요, 마치…… 형제 자매처럼. 특히 세 여학생들은 신월이가 없으면 적막해 할 것입니다.」

여기까지 말하고 나니 초안조는 갑자기 자신이 너무 처량함을 느꼈다. 하지만 그는 신월의 눈에 눈물이 반짝이는 것을 보고 곧 자신의 감정을 억누르고 말투를 바꾸어서 말했다.

「그렇지만 괜찮아요. 헤어지는 것은 잠시지요. 내년이면 만날 텐데, 맞지요? 그리고 학생이 휴학하는 동안 동창들은 늘 보러 올 거고, 그들은 학생에게 기쁨을 가져다줄 거예요.」

신월의 눈물이 그대로 흘러내렸다. 그녀는 동창들간의 우정을 믿고 있었다. 그러나…… 그녀는 초안조를 보면서 물었다.

「선생님은요?」

「나도 물론이지요.」

초안조는 그녀의 눈에서 반짝이는 것이 믿음이고 우정이라는 것을 알았다. 그는 어깨의 짐을 느꼈다. 자기가 멜 수 있으리라고도 믿었다.

「그런데 내년에는요? 내년…….」

신월의 마음속에는 하고 싶은 말이 너무 많았으나 그것을 뭐라고 똑똑하게 말하기는 힘이 들었다. 초안조는 신월의 심정을 이해하고 곧 대답하였다.

「내년에 나는 또 일학년을 담임할 테니 또 학생의 선생이 될 것입니다.」

사실 일년 후의 학년 배치는 그도 몰랐다. 그러나 그는 주저없이 그렇게 말했다. 그리고 한마디 보충했다.

「나의 경력이 짧기에 일학년들 가르치기가 합당하지요.」

그 보충은 필요가 없었다. 이미 앞의 대답이 신월이에게 아주 큰 위안이 되었기 때문이다. 또한 그녀가 자신의 성격과 달리 퇴로를 선택할 수 있었던 근본원인이기도 하였다. 그녀는 눈물을 닦고서 웃음을 띠며 말했다.

「선생님, 선생님 말씀을 따르겠어요.」

「아니지요, 의사 선생님의 말씀을 들어야지요. 신월이는 강해졌습니다. 선생님은 이런 학생을 좋아합니다.」

초안조는 손을 내밀어 힘있게 신월의 작은 손을 잡아주었다. 그건 신월이나 그에게나 모두 뜻밖이었다.

초안조는 처음으로 진정한 5점을 맞은 시험지를 써낸 손을 잡은 것이다. 그 손은 너무 작고 가늘고 부드러우며 너무 연약하였다.

일주일 후 신월이가 퇴원하였다.

집에서 휴양하고 있던 한자기가 친히 병원에 가서 딸을 맞이하였다. 그들은 특수공예품 수출공사의 승용차를 탔다. 이미 건강을 회복한 아버지를 보자 신월이는 기뻐서 눈물을 흘렸다. 아버지는 얼굴과 팔에 감았던 붕대도 이미 풀어버렸고, 그 자리엔 길지 않은 상처의 흔적만 남아 있었다. 그녀는 시름을 놓았다. 자기의 병도 잊어버렸다.

초안조는 부랴부랴 병원으로 찾아왔다. 물론 신월이의 퇴원수속 때문이 아니었다. 그 일들은 천성이와 숙언이가 다 맡아하였다. 초안조는 노의사의 주의를 듣고 싶었다. 그는 신월의 정서가 안정되어 있는가를 직접 보고 싶었던 것이다.

초안조와 노의사는 신월이를 승용차에까지 바래다주었다. 노의사는 자애로운 웃음을 띠고 신신당부하였다. 신월이는 말을 잘 들었고 정서도 안정되어 있었다. 이는 그녀로 하여금 이후 치료방안에 믿음을 가지게 하였다.

「의사 선생님, 또 뵐게요!」

신월이가 차 안으로 들어서면서 노의사에게 말했다. 그 소리에는 아쉬움과 함께 기쁨이 가득 차 있었다. 퇴원하는 것은 기쁜 일이 아닐 수 없었다. 비록 다시 와야 하지만.

「또 보자.」

노의사는 손을 들었다. 많은 심장을 구해준 손이었다. 의사는 환자와 다시 만나기를 바라지 않는다. 그녀는 모든 환자들이 건강해져 자기와 작별하기를 바랐다. 그러나 이 처녀는 아직 끝나지 않았다. 신월이가 매번 와서 진찰할 때마다 나아지고 내년 봄에 수술할 수 있다면 수술하여 성공하면 그때서야 다시 만날 필요가 없게 된다.

초안조가 차의 문을 닫아주었다.

「초 선생님, 타세요!」

신월이가 옆으로 앉으면서 자리를 내주었다.

「초 선생님.」

한자기는 감격스런 눈으로 초안조를 바라보았다.

「딸애가 선생님께 폐를 끼쳐 죄송합니다. 저의 집에 가셔서…….」

「그렇게 말씀하지 마십시오.」

처음 신월이 아버지를 본 초안조는 쑥스러워하였고 당황해 하였다. 노인이 젊은 자신에게 존댓말을 쓰는 것도 민망스러웠다. 그러나 지금은 이 어른에게 이전부터 경모해온 마음을 표시할 때가 아니다.

「신월이가 순조롭게 퇴원하니 마음이 놓입니다. 신월이는 집에 가서 푹 쉬어야 합니다. 오늘은 제가 폐를 끼치지 않겠습니다. 다음에 다시 한번…….」

「며칠 후 꼭 오세요, 네?」

신월이가 말했다.

「그럼 꼭 가지. 번역에 문제가 생기면 찾아가서 상의해야지.」

초안조는 손을 흔들었다. 차는 떠나갔다. 병원문을 나서서 왼쪽으로 돌더니 등단거리를 지나서 넓은 장안거리로 들어갔다.

날씨가 참 좋았다. 하늘은 씻어낸 듯 깨끗하고 푸르렀다. 자금성의 붉은 성벽과 황금색 기와는 햇빛 아래서 빛났다. 천안문 성루 위에는 붉은 기가 나부꼈고 길가에도 채색 깃발이 걸려 있었다. 어느 나라 수상을 영접한 것이 틀림없다.

입원할 때 신월이는 너무도 촉박하고 처참하였는데 오늘 이렇게 편안하고 의젓하게 퇴원하여 집으로 돌아가는 것이다. 승용차가 채색 깃발 밑을 달렸다. 마치 귀빈을 맞이하는 것처럼.

승용차는 장안거리를 따라 줄곧 선무문까지 달려서 거기서 회맥수

거리로 굽어들어 다시 남쪽으로 달렸다.

박아댁 문 앞에서 한씨 부인과 고모는 목이 빠지게 기다리고 있었다.

「신월아, 네가 왔구나. 그렇게 속을 태우면서.」

고모의 환영식은 끌어안고 우는 것이었다. 마치 오랫동안 헤어져 있은 듯이 말이다. 신월이가 병원에 입원해 있던 한 달 동안 그녀는 이틀이 멀다 하고 병원에 다녔다. 가족의 다른 사람들도 바꾸어가면서 신월이를 방문하였기에 집보다 병원이 더 북적거릴 정도였다.

신월이도 고모의 어깨에 기대어 울었다. 그녀도 집에 돌아온 것이 기뻤다.

「됐어요, 그만 우세요.」

한씨 부인도 눈물을 닦으면서 말했다.

「아이가 무사히 집에 왔으니 기쁜 일인데!」

온 식구들이 즐겁게 문으로 들어섰다. 한자기는 기사를 남채 객실로 모셔서 차를 대접하고 있었고 다른 식구들은 신월이를 둘러싸고 서채로 들어갔다.

서채는 깨끗하게 정돈되어 있었고 유리창도 환하게 닦여졌다. 방바닥도 금방 걸레질하였고 침대보도 새로 갈아놓았다. 신월이를 맞느라고 집에서는 꽤 신경을 쓴 것 같았다.

「역시 집이 좋아요!」

신월이는 자기 침대에 앉아서 감동하여 말하였다.

「이건 모두 숙언이가 정돈해 놓은 거야.」

한씨 부인은 벙글벙글 웃으면서 말했다.

「요즘 집에도 사람이 누워 있고 병원에도 하나 누워 있으니 숙언이가 양쪽으로 뛰어다니며 고생했지.」

「별일도 아닌데요.」

숙언이는 신월이의 어깨를 잡으면서 말했다.

「신월이는 저를 친언니처럼 대해주는데 내가 그리 하는 것은 마땅한 일이에요. 큰어머니는, 그렇게 부담갖지 마세요.」

「좋아, 나도 사양하지 않겠어.」

한씨 부인은 시원하게 말했다.

「숙언아, 넌 이제부터 여기를 네 집처럼 생각해라. 퇴근하면 와서 신월이와 같이 이 방에 있으렴. 저녁에 약먹고 체온재고 하는 일들을 좀 거들어주렴. 일자무식인 우리들보다 낫지 않아.」

「참 좋지요.」

신월이는 진숙언의 손을 잡았다.

「엄마가 생각을 참 잘하셨네요. 나도 숙언이와 같이 있고 싶어요.」

「숙언아, 오늘 가지 말고 여기서 밥먹자. 내 지금 가서 하마. 신월이 입맛이 나게 해 주어야지. 병원의 그 소금기 없는 음식만 먹었으니 쯧쯧.」

고모는 또 분주히 나가셨다.

「아니, 고모님.」

진숙언이 고모를 불렀다.

「지금도 소금을 적게 먹어야 해요. 의사가 주의했어요.」

한씨 부인이 웃으면서 말했다.

「이것 보게, 말하는 게 꼭 간호원 같네.」

「전 간호원 노릇을 잘할 거예요.」

진숙언이 말했다.

「큰어머니, 마음 놓고 신월이를 저한테 맡기세요.」

「그럼, 그럼.」

한씨 부인은 주저없이 대답하였다.

「이젠 늙었어. 무슨 일도 할 수 없게 되었어. 이 집은 다 너한테 맡기고 싶구나.」

「큰어머니도…….」

진숙언은 그 말을 알아들었다.

「그럼 이젠 큰어머니라 부르지 말아야지?」

고모가 웃으면서 말했다. 신월이도 진숙언의 손을 잡아끌면서 웃으면서 말했다.

「빨리 빨리 어머니라고 불러봐, 응!」

진숙언은 얼굴을 붉히며 고개를 숙였다. 아직은 차마 부를 수 없었다. 모두들 바깥방에 천성이가 서 있는 줄은 까맣게 잊고 있었다. 그때 천성이가 몸을 홱 돌려 밖으로 나가면서 얼굴을 붉히고 한마디 던졌다.

「금방 퇴원하고 온 환자를 세워놓고 무슨 헛소리들 하고 있어요!」

서채의 여자들이 모두 웃어버렸다.

그날 저녁 진숙언은 신월이와 함께 서채에서 잤다. 신월이가 약을 먹자 두 사람은 침대에 누워서 소곤소곤 귓속말을 하기 시작하였다.

「얘, 숙언아. 우리 오빠와 어느 정도까지 말이 있었어?」

「말…… 무슨 말?」

「너희들 두 사람의 일이지.」

「못…… 못 해 보았어. 난 그분하고 몇 마디 못 했는데 그것도 모두 너에 관한 말이었지. 오늘 퇴원수속을 하는데 약과 영수증을 주면서 받아 두어!라고 해서 난 받아들었고, 가자! 하니 난 뒤따라갔지.」

진숙언은 차분하게 기억하였다. 그녀와 천성이 사이엔 그뿐인 듯하였다.

「진찰실에서 너를 지킬 때도 너에 대해 말했지.」

「뭘 말했어?」

신월이가 물었다. 그녀는 여태까지 오빠가 자기에 관해서 말하는 걸

들어보지 못했다. 오빠는 성격이 내성적이어서 말하기를 싫어하지만 속은 뻔하였다. 신월이는 자신이 오빠의 마음속에 어떤 모습인가를 알고 싶었다.

「음, 뭐 별 말하지도 않았어.」

진숙언이 말했다. 그녀는 신월이가 입원한 첫날 저녁 천성이 불안해 보이는 정서로 자꾸 신월의 고충을 되풀이하던 게 생각났다. 그러나 숙언은 그 말이 무슨 뜻인지 알 수 없었기에 신월에게 말하는 것이 합당치 않은 것 같아서 딴소리를 하였다.

「그는 네가 어렸을 때부터 총명하고 귀여웠으며 부모님이 너를 애지중지했다고…….」

「아니, 너희들이 그런 말을 뭐하려고 해?」

「그럼, 무슨 말 하니?」

「너희들의…… 애정을 말해야지.」

신월이는 나직하게 속삭였다. 만약 앞에 있는 사람이 단짝 친구가 아니고, 방에 불도 꺼져 있지 않았다면 그녀는 이 단어를 부끄러워서 입밖에 내지도 못했을 것이다.

「애정?」

진숙언이 혼잣말을 하였다. 만약 불이 켜져 있었다면 신월이는 그녀의 붉어진 얼굴을 보았을 것이다.

「이 나이가 되도록 누가 나에게 애정에 대해서 말해준 적이 없어. 너 좀 말해봐, 도대체 무엇이 애정이지?」

「나…… 나도 잘 모르겠어.」

신월이는 낮은 소리로 말했다. 어린 소녀가 자신이 겪어보지 못한 그 크나큰 문제에 대해 명확한 정의를 내린다는 것은 힘든 일이었다.

「가능하게는 두 사람이 같은 취미가 있고 같은 이상이 있고, 서로 이해하고 서로 믿어주며 서로 의지하고 서로 도와주고 부추겨주며 서로를 떠날 수 없는 사이겠지?」

「음, 그렇다면 나와 네 오빠도 마치 그런 것 같기도 하고 또 그렇지 않은 것 같기도 하고…….」

「응?」

「너도 한번 생각해보렴. 그분은 돈을 찍어내고 나는 골동품판매 매장 앞에 서 있는데 무슨 공통의 취미나 이상이 있겠니? 하물며 안 지는 오래되었어도 진정으로 접촉하고 이해한 것도 적은데…… 그러나 난 그가 너를 그렇게 아끼고 사랑하는 걸 보면 이 사람은 어찌 이리 나와 같을까? 하고 생각하곤 한단다. 그럴 때면 두 사람이 가까워진 듯하기도 하고…….」

「그럼 내가 너희들의 두 마음을 이어주었구나? 참 기쁘다, 숙언아. 우린 이제부터 내내 같이 살자꾸나. 참 좋지? 내 알려줄까. 우리 오빠는 말이야, 온 천지에서도 찾기 힘들어. 그가 너를 좋아하면 심장이라도 꺼내줄 사람이야.」

「응, 나도 그렇게 보았어. 그분은 좋은 사람이야.」

남채 동쪽의 침실에서 한씨 부인은 옷을 입은 채로 침대에 누워 아들 일을 생각하고 있었다. 진숙언이 어머니란 소리를 부끄러워하지 못했지만 한씨 부인은 이미 그 기쁨을 맛보았다.

「애 아빠, 잠들었어요?」

그녀는 앉으면서 저쪽에 대고 물었다.

「아니.」

한자기는 서쪽 방에서 힘없이 대답하였다.

두 사람은 여전히 각 방을 쓰고 있다. 한자기가 퇴원하여 집에 돌아왔을 때 잠시 그 습관은 깨어졌었다. 그날 아들과 승용차 기사가 그를 부축하여 집에 들어와서는 그를 동채 침실에 뉘었던 것이다. 그는 뭐라고 말할 수 없어서 가만 있었다. 첫 며칠 동안 아내는 그가 침대에서 내려올 때 잡아주는 등 시중을 알뜰하게 들었다. 천성이와 숙언이도 들락날락하면서 심부름을 하니 약을 먹거나 식사하거나 차 마실 때도 침대에서 내려오지 않았다. 공사에서도 끊임없이 병문안을 오니 체면 때문에 서재의 소파에 가서 누울 수 없었다. 한씨 부인은 십여 년간 멀어졌던 거리가 가까워진 듯 남편 옆에 가까이 있을 수 있어 내심 기뻤다. 부부는 늘그막에 말동무라고. 사람은 본능적으로 고독을 무서워하고 친구가 필요한 것이다. 한씨 부인도 예외가 아니었다. 이번 일로 그녀는 남편의 중요함을 알게 되었고 남편을 잃는 공포를 느껴 보았으며 남편에 대한 깊은 애정을 확인했다. 재난이 그녀를 도와준 셈이다. 그녀는 밤낮으로 남편 옆에서 시중들 수 있었고 옛날처럼 자식들에게 그들의 금간 관계가 발각될까봐 숨기려고 애쓸 필요도 없었다.

그런데 그런 것은 얼마 유지되지 못하였는데, 한자기가 약을 다 먹고 다른 사람의 시중이 필요없게 되자 고집스레 자기의 서재로 옮겨갔다. 한씨 부인이 말려도 쓸데없었다. 난 조용한 게 습관이 되었어, 난 당신이 코를 골면 잠이 오지 않아, 더구나 난 저녁에 늦도록 책을 보니 당신 휴식에 지장이 있어. 그 말들은 모두 핑계였다. 한씨 부인은 속이 뻔했다.

「아이쿠, 그 마음을 끝내 녹이지 못하는구나. 부부정이라곤 눈곱만치도 없구나!」

한씨 부인은 탄식하였다. 모든 것이 원래대로 되었다. 아니 오히려 원래보다도 못해졌다. 오늘 딸이 퇴원하였으니 말이지, 평소에는 남편 얼굴에서 웃음이라곤 볼 수 없었다.

마음대로 하라지. 아무튼 십여 년, 아니 몇십 년이 지나 한씨 부인은 이제 알 만큼 알았다.

한자기는 그녀가 모든 것을 다 장악할 수 있는 사람이 아니었다. 사람은 틀어질 수 있지만 마음이야 틀어질 수 있으랴!

한씨 부인은 그 일은 더 생각지 않았다. 그녀는 남편하고 의논할 일이 있었다. 불러도 오려는 기미가 없으니 할 수 없이 자기가 가야 했다. 속으로 이번에는 당신이 지난번처럼 건너와서 애걸할 때와는 다르지, 내가 당신께 도움을 구해야겠으니 하고 생각했다.

「무슨 일이오?」

한자기는 별 관심 없이 물었다. 그는 아직 눕지 않고 의자에 앉아서 책상 등불에 책을 보고 있었다. 책 이름은 『내과개론(內科槪論)』이었다. 한씨 부인은 물론 그것이 무슨 책인지 알지 못했다. 그녀는 소파에 앉아서 웃는 얼굴로 말했다.

「딸이 집에 왔는데 한가하게 책 볼 여가가 있어요?」

「한가하게 책?」

한자기는 낯색이 침울해서 말했다.

「난 이제부터 한가할 시간이 없어.」

「참 그래요. 나도 걱정이 한 가지 일뿐이 아니예요.」

한씨 부인은 대뜸 그 말을 받았다.

「바로 당신과 천성이 일을 의논하려구요. 빨리 해치우고 시름을 놓아야지.」

「뭐?」

한자기는 책을 상 위에 놓으면서 말했다.

「신월이는 아직 병중에 있고 금방 퇴원했는데 당신은 잔치할 생각을 하고 있소? 당신은 어떻게 그렇게 기쁜 일이 많소? 참 한가하구만.」

「글쎄, 신월이가 앓으니 오히려 조급해요.」

한씨 부인이 말했다.

「그런데 병이란 게 걸리기 쉽지 낫기가 어디 쉬워요. 천천히 치료해야지. 서둘러도 소용없어요. 수술은 내년에나 한다면서? 오빠 일을 그 때까지 미룰 수는 없지요. 천성이도 스물여섯이에요. 내년에는 스물일곱이니 넘길 수는 없지요. 나도 뒤죽박죽이에요. 금년엔 일이 너무 뒤틀리니까. 당신이 넘어졌지, 신월이가 병에 걸렸지. 우린 왜 이렇게 불행한지 모르겠네요. 액막이를 좀 하려구요. 잔치를 좀 그럴 듯하게 하여 나쁜 기분을 다 털어버리려고요.」

한자기는 얼굴을 찌푸리고 묵묵부답이었다.

그는 아내가 어떻게 액막이를 생각할 수 있는지 알 수 없었다. 우매해서 그런지? 아니면 정말 어리석은지?

한씨 부인은 남편이 아무 말이 없자 자기 말을 들어주는 것이라 생각하고 말했다.

「내가 보기에는 이렇게 하는 게 좋을 것 같아요. 준비할 것은 일찍 준비해서 그때 가서 헤매지 않게요. 아무튼 돈은 이미 마련해 놓았으니까.」

「돈! 돈!」

한자기의 마음속에서 분노가 불처럼 일어났다. 그는 주먹으로 책상을 내리쳤다. 돈, 무슨 돈이야? 건릉 비취패가 그의 눈앞에 어른거렸다. 시멘트 계단도 눈앞에서 흔들리며 보였다. 재난이 바로 그 때문에 일어나지 않았는가! 그는 심지어 자기가 죽지 않고 그의 목숨과 바꾸어온 돈으로 잔치를 벌이는 꼴을 보는 게 원망스러웠다. 그러나 그 사실을 말할 수 없었다. 아내가 알아서는 안 되고 남들에게는 더더욱 자기가 넘어진 것이 그 비취패와 관계 있음을 말할 수 없었다. 반드시 그 비밀을 지켜야 했다. 그건 너무도 고통스러운 것이었다.

「돈, 돈, 당신은 돈말고 아는 게 뭐야!」

그는 힘없이 말했다. 그러나 이것도 본의가 아니었다. 부부간에 진실한 말도 할 수 없는 지경이라 그는 더 말하기조차 싫었다.

「돈이 없으면 아무 일도 못 하지 뭐예요?」

한씨 부인은 남편이 돈이 아까워서 그러는 줄로 알고 이렇게 타일렀다.

「돈은 당신 것이지만 당신 아들에게 쓰는 것도 못마땅해? 아들딸을 위해서인데 무슨 방법이 있죠?」

「아들딸을 위해서라구?」

한자기는 쌀쌀하게 그녀를 보면서 말했다.

「당신 마음이야 몽땅 아들한테 가 있지 언제 딸을 생각해보았소? 지금 신월이가 어떤 상황에 있소? 당신이 모르는 바도 아니면서. 학교에 간 지 일년도 안 되어 병 때문에 나앉게 되었는데, 그 다음은 어떨지 알 수도 없는 처지인데, 당신은 마치 아무 일도 없는 듯 대수로워하지 않고 아들 장가보내는 것을 사람 목숨보다 더 중히 여기니.」

「뭐요? 당신 양심이 있어요? 알라께서는 아실 거예요!」

한씨 부인은 억울한 듯이 말했다.

「내가 숙언이를 맞아들이려고 하는 것도 신월이를 위해서인데.」

「신월이를 위해서라구?」

한자기는 마치 괴상한 이야기를 듣는 것 같았다.

「어이구, 남자들의 마음은 저렇게 무심하다니까. 당신도 생각해보아요. 신월이가 휴학하고 집에 틀어박혀 있으면 얼마나 답답하겠어요? 숙언이는 그애의 오랜 친구이니 둘이서 함께 있으면 말도 하고 위안도 하며 보살펴줄 테니 우리보다는 낫지 않겠어요.」

「그것도 일리 있는 말이야.」

한자기의 말투가 그제서야 부드러워졌다.

「그래서 말예요, 오늘 숙언이보고 남으라 했어요. 두 계집애가 모두 좋아하더군요.」

「음.」

한자기가 망설이더니 말했다.

「그런데 그것도 장기적인 대책은 아니야. 아직 결혼 전인 처녀보고 우리 집에 늘 있게 할 수도 없고…….」

「글쎄 말이에요. 천성이도 그렇게 말하더군요.」

「천성이? 그앤 생각이 어떤데?」

「그애는요.」

한씨 부인은 더 이상 조급해 하지 않았다.

「금방 저녁밥을 먹은 후 내가 동채에 가서 천성이한테 물었죠. '애, 숙언이가 네 동생의 친구가 되어 주니 얼마나 좋니?'라고요. 그는 '좋기는 한데 남들이 뭐라 할까봐 겁나요. 괜히 남의 처녀를……' 하고 말하더군요. 내가 말했죠. '아무튼 너희들이 안 지 하루 이틀도 아니니까. 그리고 서로 싫은 것도 아니니 이젠 더 끌지 말고 잔치를 하는 게 어때?'」

「천성이가 뭐라 했소?」

이제는 한자기가 급해졌다.

「저도 그애 대답을 기다렸지요. 그앤 수줍어 해서 마음을 잘 알 수 없어서 다시 물으니 그제야 속말을 하더군요. '그녀가 내 동생에게 잘 해주니 난…… 결혼하길 원해요!'라고요. 보세요, 이젠 다 되었잖아요.」

「천성이는 참 좋은 아이야.」

한자기는 긴 한숨을 내쉬었다.

「이미 말이 다 되었으니 더 끌지 말아야지. 먼저 그애들보고 혼인신고를 하라고 하지.」

「그야 물론이지요.」

한씨 부인도 진지하게 말했다.

「그리고 옛날 법대로 제대로 약혼식을 해야지요. 언제 제가 숙언이 엄마와 상의해서 중매쟁이를 찾아야지요. 비록 서로 연애한 것이라지만 그래도 격식대로 해야지요.」

한자기의 여위고 지친 얼굴에도 웃음이 피어올랐다. 그는 아내가 그런 좋은 생각을 한 것이 고마웠다. 아들의 중대사가 해결되고 딸도 휴학하는 동안 좋은 친구가 있어서 적막하지도 않게 되었으니 얼마나 다행스러운가. 그것이 딸에게는 참 좋은 것이다. 바로 『내과개론』에서 말한 아주 중요한 정신요법이었다.

부모들의 마음이란 참 이상한 것이다. 늙은 부부는 오랫동안 마음이 맞지 않아 서로 소 닭 보듯 했는데 이번 재난을 겪고 나서는 서로 일치한 그 무엇을 찾은 듯하였다.

아들딸을 위하여 회갑이 멀지 않은 두 늙은이들이 분주히 서두르기 시작하였다. 약혼예물을 사고 옷을 사고 가구를 사고 혼례에 필요한 모든 것을 사들이느라고 바삐 보냈다. 오래된 박아댁이 잔치 없이 조용히 지낸 지 근 이십 년이 되었는데 이제 갑자기 대사를 벌이게 되었다. 이제 한씨 부인은 잔치를 멋들어지고 그럴 듯하게 하여 재수없는 기분을 모두 쓸어버리고 싶었다. 알라여, 한씨집 아들딸에게 건강과 행복을 주소서! 이것이 경사스럽고 아름다운 날의 시작이 되어 그 동안의 불행은 여기서 종결되게 하소서!

연원 비재 그 서재의 초안조는 아직도 노신의 시를 번역하지 못했다. 이 시는 너무 난해했다. 모르는 것은 아닌데 이해가 힘들었다. 모르면 아무런 느낌이 없으므로 무관심하겠는데, 이해가 힘든 것은 사색하게 하고 이해하려고 애쓰게 한다. 그는 마치 이해한 것 같았다. 그 청검의 차가운 빛, 그 머리의 뜨거운 피가 그의 마음을 꽉 틀어쥐었다. 그 청검을 들고 언뜻언뜻 나타났다가도 사라지는 흑색인——그의 상상 속의 아버지는 '내 영혼에는 남들과 나 자신이 남긴 상처가 이처럼 많다. 나도 이젠 나 자신을 증오한다!'라는 알 수 없는 말을 하여 그를 괴롭힌다. 그 비장한 노래는 바로 흑색인의 마음속에서 우러나온 것인데 말할 수 없고 써낼 수도 없다.

「써낼 수 없을 때는 억지로 하지 말라.」

노신의 말이다. 원고를 쓰기 시작한 지도 이젠 꽤 되었다. 요 두 달 남짓한 동안 그는 저녁시간에 집중하여 번역하기도 힘들어졌다. 그런데 외문출판사의 편집진은 죽으라고 재촉한다. 노신의 소설을 다 번역하기 전에 이 여덟 편의 「고사신편」만 먼저 완성하면 단행본으로 출판하겠다는 것이었다. 그 단행본은 32절의 크기로 이름난 화가가 그린 삽화를 끼워서 출판하는데 외문출판사의 금년의 중점서적이라고 했다. 이 책은 전세계에서 발행된다고 한다. 글쓰는 사람에게 이보다 더 큰 유혹이 있을 수 있겠는가? 초안조가 오랫동안 꿈꾸어오던 것이 드디어 실현되게 되었다. 이건 그가 처음으로 출판사의 요청을 받고 번역하는 것이며 그의 첫 역저이다.

이후의 멀고 긴 역저 생애 중에 이것은 그의 첫 이정표가 될 것이고 그는 여기서부터 출발하여 미래를 향해 나아갈 것이다. 그가 어찌 주저하고 멈출 수 있으랴! 그러나 역저를 고대하고 있는 편집진은 어찌 알 수 있으랴? 지금 힘들게 검을 주조하고 있는 초안조의 마음을…….

신월이가 학교를 떠난 지 이젠 두 달이 넘었다. 휴학한 지도 한 달이 되었다. 그 낮과 밤 동안에 그녀의 선생님의 마음속에 어떤 폭풍이 일었는지 누구도 몰랐다. 신월이는 그의 권고를 받고서야 휴학을 결정하였다. 그리고 그가 직접 교무처에 가서 휴학수속을 해주었다. 신월이는 그의 반에서 가장 우수하고 전도가 유망한 학생이었는데 이제는 다시 그 반에 속할 수 없게 되었다. 작년에 그녀를 맞은 것도 초안조이고 금년에 그녀를 전송한 것도 초안조였다. 맞아들이고 보내는 것 사이에는 큰 차이가 있다. 선생으로서 그는 큰 고충을 느꼈다.

신월이가 휴학한 후 그는 주일마다 보러 갔다. 그는 그녀에게 선생을 떠나지 않았고 학교를 떠나지 않았으며 무리를 떠난 고독한 기러기가 아님을 느끼게 하려고 애썼다. 신월이를 보러 갈 때면 그는 언제나 사전에 대화의 내용을 잘 생각해보고 어느 한마디라도 그녀의 감정을 자극하여 병세가 중해지지 않도록 배려했다. 항상 생각을 솔직하게 말해온 초안조에게는 너무도 힘든 일이었지만 계속 그렇게 하려고 결심하였다. 내년 수술이 성공할 때까지. 기다리는 것은 지루하지만 반드시 조심조심 걸어나가야 했다. 눈앞의 상황으로는 신월이의 정서도 비교적 안정되고 퇴원 후의 진찰에서도 중요한 수치들이 거의 정상에 가까워지고 풍습활동은 통제되었지만 노의사는 낙관하지 않았다. 의사가 필요로 하는 것은 장기간의 안정상태였다. 수술 전에 병이 재발된다면 아주 불리한 것이다. 그러나 누가 병의 재발을 피할 수 있다고 보증할 수 있겠는가? 누구도 하지 못한다. 아주 훌륭한 의사도 환자에게 백 퍼센트 장담을 하지 못한다. 병마란 무정한 것이다. 그것은 어떤 협상도 지키지 않고 흉흉하게 달려든다. 하물며 지금 나약한 여자애한테 덮치고 있으니.

초안조의 생각이 멀리로 달아났다. 그는 편안하게 번역을 할 수 없어서 책상등을 꺼버렸다.

창밖에는 꽃가지가 밤바람에 흐느적거린다. 아, 바로 약하고 작다고 뽑혀버렸던 그 꽃나무다. 길가에 버려져서 거의 죽어가더니 지금은 저렇게도 싱싱하게 살아 있다. 그런데 무엇 때문에 엄격한 선택을 받은 훌륭한 새싹 신월이가 그런 재난을 당했을까? 꽃봉오리는 아직 피어나지도 않았는데 가지가 벌써 꺾여졌다. 꺾여진 것은 다시 이을 수 있을까? 누구한테 물어야 해? 원예사에게? 원예사가 대답할 수 있을까?

이런 생각을 하고 있자니 방안이 너무 무덥고 갑갑하여 그는 문을 열고 밖으로 나왔다. 어둠 속에서 오솔길을 따라 돌다리를 지나서 작은 섬으로 올라갔다. 작은 섬도 침묵을 지키고 미명호도 말이 없었다. 캄캄하게 흐린 하늘에 별도 달도 없었다. 공기는 축축하고 밤바람은 더웠다. 폭우가 올 것 같았다. 어두컴컴한 밤에 푸르디푸르던 나무나 화사하게 꽃피웠던 꽃나무도 그 빛을 잃었다. 마치 검은 구름처럼 호숫가를 짓누르는 것 같았다. 무덥고 컴컴한 그 밤에 그는 별안간 찬 기운이 뼛속까지 스며드는 것 같았다. 그는 다시 주위의 시커먼 괴물들을 보기 싫었다. 머리를 숙이고 되돌아가다 보니 단단한 물건이 그를 막았다. 그는 깜짝 놀라 서버렸다. 그것은 돌계단이었다. 정자 옆에 있는 계단 중 제일 낮은 것이었다. 정자에 올라서 미명호의 전경을 보려면 이 계단을 밟는 것이 첫걸음이 된다. 신월이도 이미 학업의 첫걸음만 떼고 아쉽게도 서버린 것이다. 작년 가을 그녀는 이 돌계단 위에 앉아서 사색에 잠겨 자신의 학업과 인생을 생각했다. 그녀는 고집스레 말했다. 「사람의 영혼은 평등합니다.」 그래 맞아, 사람과 사람은 평등한 것이다. 사람간의 구별은 자기의 가치를 발굴하고 보여주는 데 들이는 노력이지 사람 자체는 아니다. 기독교인들은 하나님 앞에서 사람마다 평등하다고 믿고 있다. 유물론자들은 진리 앞에서 사람마다 평등하다고 인정한다. 그런데 지금 병마가 나타났다. 무엇 때문에 사람들은 병마 앞에서는 평등하지 않은가? 세계에는 흉악무도한 사람이나 음험하고 간교한 사람이나 취생몽사하는 사람도 적지 않은데 병마는 도리어 그들은 놔두고 순결하고 착하고 나약한 여자애를 해치려는가?

어둠 속에서 그는 그녀의 순결하게 맑고 큰 눈을 보았다. 그 눈은 그에게 묻고 있었다.

「선생님, 제 생일날 꼭 오시지요?」

그는 이렇게 말했다.

「물론이지요, 꼭 갈게요!」

그녀는 웃었다. 그러고는 이렇게 당부하였다.

「다 번역한「주검」도 가지고 오세요.」

아, 주검…….

또 초생달이 보였다. 태양의 빛이 아직 완전히 사라지기 전에 벌써 서남쪽의 불그스레한 하늘에 떠올랐다.

온 식구들이 식탁에 둘러앉았다. 식탁 중간에 정성스럽게 만든 동그란 박스가 놓여 있었다. 한자기가 천천히 뚜껑을 여니 눈처럼 흰 케이크가 보였다. 그 위에는 붉은색 크림으로 영문자를 써놓았다.

Happy Birthday!

「아니, 아빠…….」

신월이가 나직하게 불렀다.

「이건 아빠가 너를 위해 주문한 거야. 작년 생일에 후유…… 금년에는 꼭 해야지. 그래야 아빠가 안심이 된단다.」

한자기는 눈을 내리깔고 말했다. 하나도 자랑하는 빛이 없다. 아버지는 영원히 아들딸에게 자신이 은혜를 베풀었다고 자랑하지 않는다. 하물며 그는 신월이에게 해준 것이 너무 적어 늘 미안한 마음을 느꼈다. 그 미안한 마음은 말로써 나타낼 수 없는 것이다. 또 눈으로도 드러낼 수 없었다. 때문에 그는 딸이 자기의 눈을 보는 것이 겁났다. 딸이 자신의 웃는 얼굴에서 감추어진 고통을 발견할까봐 두려웠다. 그는 머리를 숙이고 작은 초들을 하나하나 케이크 주위에 꽂았다. 그 모습은 젊은 한자기가 사랑하는 옥기를 정성들여 조각하던 그때를 방불케 하였다. 하나를 꽂을 때마다 입으로 가볍게 하나, 둘…… 하고 세었다. 그는 마지막 하나까지 꽂고 나서 열여덟 하고 말하고 두 손을 거두어서 꼭 쥐더니 중얼거렸다.

「내 딸이 열여덟이 되었구나!」

한씨 부인이 웃으면서 말했다.

「아빠 좀 보렴, 마치 어린애처럼 장난하고 계시네.」

고모가 부엌에서 뛰어나와 들여다보더니 말했다.

「이건 서양 것이지? 난 이젠 맛국물까지 다 만들었는데.」

「서양 것이든 중국 것이든 모두 좋으라고 하는 것이죠. 얘가 좋아하기만 하면 우린 두 가지 다 합시다.」

한씨 부인이 너그럽게 말했다. 작년 생일에 비하면 그녀는 많이 넉넉해진 셈이다. 신월이가 앓기 때문이기도 하지만 케이크는 이슬람 식품가게에서 만들었기에 비록 서양식이라도 살 수 있었던 것이다.

「고모님.」

진숙언이 식탁 옆에서 일어나 고모를 따라 부엌으로 가면서 물었다.

「맛국수에 소금을 많이 넣었어요?」

「걱정마.」

고모가 웃으면서 말했다.

「난 내 성을 잊어버릴지언정 신월이가 소금을 피해야 한다는 것은 잊지 않을걸. 오늘 맛국물도 두 가지로 만들었지. 그리고 국물을 좀 넉넉하게 만들었어. 이웃에도 좀 보내야지. 우리 신월이의 장수면을 맛보게.」

신월이의 마음은 뜨거워졌다. 고모의 마음은 늘 그녀와 이어져 있다.

옆에 앉은 천성이는 줄곧 말이 없었다. 그는 오늘은 여느 때보다 일찍 집에 돌아왔고 이발까지 했다. 집에 오자마자 동채에 들어가 깨끗한 새 흰 셔츠로 갈아입었다. 그는 얼굴을 들고 여동생에게 말했다.

「신월아, 너한테 줄 선물 하나 준비했어.」

「오빠, 돈은 주지 마세요.」

신월이는 지난번 생일 때의 일을 떠올리며 말했다.

「전 지금…….」

말은 더 이상 이어지지 않았다. 이제는 학교에 가지 않으니 돈이 필요하지 않았다. 그것은 그녀가 하고 싶지 않은 말이었다.

「돈이 아니야.」

천성이 재빨리 말했다. 여동생은 생각이 얼굴에 곧 나타나므로 그는 보기만 하면 안다. 그는 동생이 가슴 아픈 말을 더 할까 두려워서 곧 호주머니에서 뭔가를 꺼내 신월이에게 건네주면서 말했다.

「작은 거야.」

「아, 이건 참 재미있네요!」

신월이는 그것을 받아 들여다보고 좋아 야단이었다.

「숙언아, 보렴.」

진숙언이 들여다보더니 말했다.

「야! 이건 참 좋은 거구나.」

한씨 부인은 깜짝 놀랐다. 한자기도 멍해졌다. 그것은 비취여의였다. 천성이가 어렸을 때 목에 걸었던 것이다. 그것을 보니 마치 별안간 이십여 년 전으로 돌아간 것 같았다. 아니, 이십여 년도 더 지났다. 천성이도 이젠 스물여섯이니까.

「그걸…… 너 아직도 갖고 있었어?」

한자기가 중얼거렸다.

「두었지요. 신월이를 주려고.」

천성이가 말했다.

「오늘 주겠어요.」

한씨 부인은 그 말을 듣고 언짢은 기색으로 천성이를 흘겨보았다.

「그애한테 하필 그걸 줘? 그건 네가 어렸을 때 생일날 목에 걸었던 장수패물이야. 두었다가 후손들에게 넘겨주는 건데.」

「무슨 후손에 넘겨주기는?」

천성이는 눈을 부릅뜨고 말했다.

「난 후손이 없을지언정 신월이의 만사가 뜻대로 되었으면 좋겠어요.」

진숙언이 얼굴을 붉혔다. 그녀는 말을 할 수 없었다.

「닥쳐! 헛소리 그만해!」

한씨 부인이 성을 성을 냈다.

「너에게 왜 후손이 없어?」

고모가 재빨리 뛰어나왔다.

「아이구, 천성이 얘는 좋은 말도 듣기 좋게 못 하니. 얘 뜻은…….」

「오빠, 난 싫어요.」

신월이는 그 비취여의를 돌려주려 했다. 엄마의 말이 그녀의 마음을 찔렀다. 보니까 엄마는 옛날에 오빠 생일을 굉장하게 치러준 것 같다. 장수패물까지 있으니. 나는 왜 없을까? 오빠 것이니 오빠에게 돌려주어야지. 나는 오빠와 무엇이든 다투어서 가지고 싶지 않아. 더구나 후손이……. 모처럼 벌인 생일 파티가 금방 깨지게 되었으니 한자기의 마음은 헝클어진 삼단 같았다.

「가져, 가져!」

고모가 누구보다도 허둥거렸다. 그리고 누구보다도 판을 잘 수습한다. 그녀는 천성이가 말을 하기 전에 신월이의 손을 막으면서 환하게 웃음을 짓고 말했다.

「너 들었지? 네 오빠는 네가 만사 뜻대로 되길 바라고 있어. 참 좋다, 그 말이. 참 길한 말이야. 넌 말이야, 오빠의 튼튼한 것을 닮아서 건강해져야지. 오빠를 보렴, 소처럼 건장하잖니.」

그러고는 한씨 부인을 보면서 말했다.

「신월이 엄마, 안 그래요?」

「참, 그건 생각 못 했구먼요.」

한씨 부인은 고모가 이 정도까지 말하니 거기에 장단을 맞추지 않을 수 없었다.

「신월아, 그 여의를 받아라. 너도 이후부터 오빠처럼 건강하면 엄마도 얼마나 좋겠니?」

그 말을 듣자 숙언이가 참지 못하고 웃음을 터뜨렸다. 그녀는 여의를 누가 가져야 할는지는 알 수 없었지만 만약 신월이가 천성이처럼 건강하다면 얼마나 우습겠는가고 생각하니 웃음이 나온 것이다. 그녀가 웃자 식탁의 분위기가 바뀌었다.

한자기는 오늘의 흥을 깰까봐 조마조마하던 차라 얼른 신월이에게 말했다.

「신월아, 비취여의를 받아라. 그건 오빠가 준 것이니까 아빠, 엄마가 준 것이기도 하지. 우리 옥기업의 말을 빌린다면 녹색은 청춘과 평화 그리고 활기를 상징한단다. 바로 우리 집 식구들이 너한테 바라는 것이 아니겠니?」

신월이는 비취여의를 들고 감격해 아버지와 오빠를 바라보았다.

한자기는 흐뭇하게 웃었다.

「자, 생일 촛불을 켜자.」

「아니, 잠깐만요.」

신월이가 말했다.

「초 선생님이 아직 오시지 않았으니…….」

「그래?」

한자기는 망설이면서 말했다.

「선생님께서 바쁘신데 오실 수 있겠니?」

「꼭 오실 거예요.」

신월이는 기다리자고 고집하였다.

「오겠다고 했으니 꼭 오실 거예요!」

「이제 곧 날이 어두워질 텐데. 국수를 언제 삶어?」

고모는 솜씨를 빨리 자랑하고 싶어서 안달이었다. 그녀는 심지어 속으로 선생을 나무라기까지 했으나 말은 하지 않았다. 물론 신월이의 기분을 상하게 하고 싶지 않아서이다.

그때 문소리가 났다. 진숙언이 뛰어가서 문을 열었다. 온 사람은 바로 초안조였다.

「초 선생님!」

신월이는 너무나 신났다.

「초 선생님.」

식구 모두 초 선생님이라 불렀다. 마치 그들 여럿의 선생인 듯이.

「큰아버지, 큰어머니.」

초안조는 예의를 갖춰 모두에게 인사를 하였다. 하나도 선생의 틀이 없었다. 마치 신월의 보통 동창인 듯 겸손하였다. 지금은 영어수업 시간도 아니고 그의 작은 서재에 있는 것도 아니다. 신월의 집에 와서 그녀의 가족들과 마주 앉은 그는 어색해 하고 조심스러워하였다.

「신월 학생, 열여덟 살 생일을 축하합니다. 동창들도 모두…….」

「고맙습니다. 앉으십시오.」

한자기는 아주 예의 바르게 대했다. 진숙언이 재빨리 의자를 선생님 옆에 옮겨놓았다. 자리에 앉으라고 권하는 바람에 초안조는 말을 채 하지 못했으나 지금 다시 생각해보니 그 말을 하지 않은 것이 잘되었다 싶었다. 시험에 대한 말은 하지 않는 게 좋을 것이다. 그는 들고 온 물건을 옆의 빈 의자에 내려놓으면서 말했다.

「나는 반의 전체 학생들을 대표하여 신월이를 보러 왔습니다. 학생들이 이걸 신월이에게 보내던데요.」

그는 두루마리를 하나 꺼냈다. 신월이는 그것이 무엇인지 알 수 없었다. 초안조는 두루마리를 폈다. 그것은 영보재(榮寶齋)에서 사온 사금전(灑金箋) 종이였는데 거기에는 미끈하게 쓴 붓글씨가 있었다.

이미 왔으니 안착하여야 합니다. 스스로 조급해 하지 말고 신체 내에 저항력이 천천히 자라서 병과 싸우게 하여 마지막에는 병을 이기는 것이 만성병을 대처하는 방법입니다.

모 주석께서 왕관란 동지에게 써주셨던 글을 옮겨서 한신월 학생에게 증송함.

아래에는 15명 학생의 사인이 있었다. 정효경의 이름이 맨 앞에 있었다. 그 눈에 익은 글씨체는 정효경의 것임을 신월이는 대번 알아보았다.

오직 정효경만이 이런 선물을 생각해낼 수 있다. 어디에서 베껴왔는지 알 수도 없는 모택동의 이 글은 모택동 선집에도 없다. 식구들이 모두 모인 가운데 신월이가 나직하게 읽었다. 동창들의 진정에 그녀는 감동하였다.

「아니!」

고모가 듣고 퍽 대견해서 말했다.

「모 주석까지도 우리 신월이를 걱정하고 있구나. 편지까지 써보낸 걸 보니? 보렴.」

그 말은 여러 사람의 웃음을 자아냈다.

초안조는 두꺼운 종이 박스 하나를 조심스레 상 위에 놓으면서 말했다.

「신월 학생, 이건 내가 주는…….」

「초 선생님도 생일 케이크를 사오셨어요?」

신월이가 기뻐하며 물었다.

「죄송해서 어떻게…….」

한씨 부인은 재빨리 인사를 했다. 사실 그 케이크가 이슬람 것이 아니면 다시 가져가게 해야 하지만 인사는 제대로 해야 했다.

「아닙니다.」

초안조가 쑥스러워하면서 말했다.

「그건 사온 것이 아닙니다.」

그는 종이 박스를 열었다. 필세에다 키운 브라질목이었다.

「어머, 너무 좋아요! 선생님이 제일 아끼는 것을 저한테 주시네요!」

신월이의 흥분은 한씨 부인의 예상 밖이었다. 모두들 가까이 와서 그 푸른 식물을 구경하였다. 아니 화분 아닌가? 별로 예쁘지 않은 꽃이었다. 그리고 돈주고 사온 것도 아니고 엄 교수가 초안조한테 준 것을 초안조가 다시 신월이에게 선사한 것이다. 사람마다 모두 자기의 안목으로 가치를 판단할 수 있으나 제대로 그 가치를 파악하기는 쉽지 않았다.

자주색 필세 안에는 맑은 물이 담겨 있었고 그 안에 짧은 나무 토막이 있었는데 흙도 비료도 없이 신기하게 살아 있다. 연한 새싹이 두꺼운 껍질을 뚫고 나와 씩씩하게 자라났다. 지금 그 가지가 더 튼튼해졌고 잎도 더 푸르렀다. 가지 끝에 돋아난 꽃봉오리도 끝내 활짝 피었다. 새하얗고 작은 꽃들이 점점 가지에 박혀 있었는데 짙은 향기가 방안에 퍼졌다. 브라질목, 생명의 나무이고 청춘과 힘의 화신이다. 초안조의 모든 뜻이 바로 여기에 있었다. 그는 어떤 부연 설명도 할 필요가 없었다.

「고맙습니다. 정말 고맙습니다, 초 선생님.」

한자기는 말했다. 그는 이 젊은 학자가 스승이 되기에 정말 손색없음을 느꼈다. 이 선생님이 신월이에게 힘과 희망을 가져왔다.

「한퇴지가 말하길 스승이란 도리를 전하고 학문을 가르치며 의혹을 깨우쳐주는 사람이라고 했지요. 신월이가 당신 같은 스승을 만난 것이 큰 행운입니다.」

「아닙니다.」

초안조는 겸손하게 말했다.

「큰아버님의 가정교육이 좋았습니다. 신월 학생은 장래에 꼭 성취할 것입니다. 이 학생은 아주 강인하고 마음속에 원대한 포부가…….」

신월이는 자주색 필세를 만지면서 선생님을 바라보았다. 그녀는 선생님한테서 자신의 내일을 보았다.

「선생님,「주검」역문을 가져오셨습니까?」

그녀가 갑자기 물었다.

「아, 가져왔지요. 어제 저녁에야 끝냈지요.」

초안조가 가방에서 큰 봉투를 꺼내어 신월에게 주었다.

「학생은 저의 첫번째 독자입니다.」

신월이는 급히 그 안의 원고지를 꺼내려 하였다. 초안조는 웃으면서 말렸다.

「후에 보시오. 지금은 먼저 생일잔치를 해야죠.」

「그래요, 촛불을 켭시다!」

진숙언이 유쾌히 소리치면서 성냥을 탁자 위에 놓았다. 모두들 식탁에 둘러앉았다. 정감이 넘치는 분위기였다.

「응…….」

신월이가 성냥을 들고서 상기된 표정으로 익숙한 얼굴들을 돌아보더니 말했다.

「초 선생님은 오늘 저녁 가장 귀한 손님이니 선생님께서 저의 생일 촛불을 켜주세요. 어때요?」

「제가요?」

초안조가 머뭇거리더니 사양하지 않고 성냥을 받았다. 성냥개비를 가볍게 긁자 불이 밝게 붙었다. 초안조는 약간 떨리는 손으로 초에다 불을 붙이기 시작하였다. 하나, 둘…….

열여덟번째까지 다 붙여놓았다. 열여덟 개 자그마한 불덩어리가 신월이의 눈 안에 비쳐들었다. 신월이는 촛불을 바라보고 가족들과 선생님을 바라보았는데, 눈에서는 반짝이는 눈물방울이 사르르 굴러떨어졌다. 열여덟 살이다. 십팔 년은 지나가버렸다. 그녀의 생명의 제십구년이 시작되었다. 그녀 앞에는 암흑이 있되 불빛도 보일 것이며, 재난이 있으나 그것을 헤쳐나갈 힘도 주어질 것이었다.

자기 전에 약을 먹은 신월이에게 진숙언은 누우라고 재촉하였다. 신월이가 너무 피로할까봐 걱정되었다. 저녁때 그녀는 신월이의 옷을 빨려고 했는데 고모에게 그녀의 옷까지 빼앗기고 말았다. 고모는 두 처녀애를 다 아껴주었다. 진숙언은 할 일이 없으니 불을 끄고 신월이의 옆에 앉았다.

달빛이 서재로 비쳐들어, 어슴푸레 탁자 위에 놓인 브라질목이 보였다. 신월이는 그것을 방안의 가장 좋은 자리에 놓고, 물을 갈아주었다. 푸른 잎과 꽃 그리고 그 향기가 7월의 밤에 시원한 바람을 안겨주는 것 같았다.

「이젠 초 선생님이 학교에 돌아갔겠지?」

신월이가 마치 숙언이에게 묻는 듯이 중얼거렸다.

「응, 이제 도착했을 거야. 걱정 마, 남자가 뭐가 걱정돼?」

진숙언이 말을 이었다.

「참, 너희 초 선생님은 학생한테 정말 잘 대해주시더구나.」

「그럼, 그는 나의 선생님이니까.」

신월이의 뿌듯해 하는 목소리다.

「선생이라고 다 같아? 우리 중학교 때의 반주임을 보렴, 한번도 웃는 얼굴로 나를 대한 적이 없어. 내가 언제 그 집에 빚이나 졌는지.」

숙언의 말에 신월이는 대답이 없다. 그녀는 반주임이 숙언이한테 어떻게 나쁘게 대했는지 생각이 나지 않았다. 아마 숙언이가 자신의 출신성분이 나빠 늘 남이 자기를 멸시한다고 의심하는지도 몰랐지만 신월이는 이에 대해 말하기 싫었다. 숙언이가 다시 옛날일을 생각하게 하고 싶지 않았다.

진숙언은 계속 하고 싶은 말을 하였다.

「별 재간도 없으면서 폼만 재고. 어떻게 초 선생님과 비하겠어? 초 선생님을 보렴. 말하는 게 어쩜 그리 점잖아 보이니.」

진숙언도 옛날 선생님에게 무슨 감정이 있는 것이 아니라 초 선생님과 비교할 따름이었다. 같은 반주임이지만 너무도 차이가 많았다.

「그렇게 비교하는 것이 아니야.」

신월이가 웃으며 말했다.

「초 선생님은 북대의 수석학생이고 엄 교수님이 제일 좋아하는 제자니까.」

「글쎄 말이다, 그런 것 같아. 나이도 많지 않은데 그렇게 침착하고 의젓한 게 말이다. 금년에 스물 몇이지?」

「스물…….」

신월이는 한참 생각했다.

「그분이 스물네 살에 졸업했으니까 금년에 스물여섯이지. 어머나!」

그녀는 놀란 듯이 숙언이의 손을 쳤다.

「오빠와 동갑이구나!」

「그와 동갑이라구?」

진숙언도 놀랐다. 그녀는 속으로 천성이와 초 선생님을 비교해보았다.

「두 사람은 너무도 같지 않아.」

「내가 너에게 말한 것처럼 사람은 함부로 비교하는 게 아니야!」

신월이는 오빠와 초 선생님을 비교하고 싶지 않았다. 두 사람은 모두 친할 수 있고 존경할 만한 사람들이다. 그들은 모두 신월이에게 잘 해주고 그녀가 좋아하는 두 사람에게는 공통점이 있다. 굳이 두 사람의 다른 점을 찾는다면…….
「사실 그들은 기질이 다를 뿐이야. 생김새로 말하자면 우리 오빠도 미남이지.」
진숙언이 웃어버렸다.
「자기 오빠 편을 드느라구 그렇게 야단이야? 나도 오빠가 못났다고는 말하지 않았어. 이런 여동생이 있는데 누가 감히 오빠가 나쁘다는 소리를 하겠니? 너 좀 말해보렴. 두 사람의 기질이 어떻게 다른가?」
「우리 오빠는 소박하고 온후하며 고집스럽지만, 초 선생님은 침착하고 얌전하며 또 겉은 유순하나 속은 강직스러운 맛이 있어.」
신월이의 말이다. 그녀가 다른 사람의 기질을 평가하기는 이번이 처음이었다. 그러나 두 사람에 대해 잘 알고 있었기에 평도 아주 타당하였다.
「기질은…….」
진숙언은 신월이가 한 말을 곰곰이 생각해보았다. 소박하고 온후하다는 말도 좋지만 어쩐지 침착하고 얌전하다는 말보다는 못한 것 같았다. 곧 시집가게 될 숙언이는 마음이 혼란스러워졌다. 그것은 남들은 눈치채기 힘든 것이다. 신월이 같은 단짝도 그녀가 무엇을 생각하는지 알 수 없었다. 신월이는 분명 천성의 동생이었고 또 오빠를 사랑한다. 진숙언 자신도 자신의 감정을 제대로 말하기 힘들었다. 기껏 한다는 말이 그랬다.
「사람은 왜 서로 다른 기질을 가지고 있지?」
「그건 타고난 걸 거야.」
신월이가 말했다.
「강산은 변하기 쉬워도 성미는 고치기 힘든다란 말이 있지. 사람의 기질은 날 때부터 타고나는. 물론 가정이나 학교, 그리고 사회환경의 영향도 중요하지. 어려 버림받은 왕자도 훌륭한 농사꾼이 될 수 있어.」

「초 선생님의 집은 무얼한데 ?」

「그분 어머니는 선생님이시래.」

「응. 그렇구나, 교육가의 자식이니.」

「그런데 그분이 선생이 된 것은 가정영향을 받은 게 아니야. 학교에서 원했고 학생들이 그를 요구하니까.」

신월이가 말했다.

「그분은 본래 번역사업에 종사하려 했지. 그렇지만 지금도 그분이 훌륭한 번역가가 되기엔 손색이 없을걸. 그분은 지구력이 있고 의지력도 강하고 또 그렇게 깊은 지식과 문학소양이 있으니.」

「아니, 그럼 아까 가져온 것이 그분이 번역한 것이야?」

「응, 그분의 책이 금년 말이나 내년 초에 출판된대.」

「아 참 대단해.」

진숙언이 감탄하였다.

「난 여태까지 책을 쓰는 사람을 본 적이 없어.」

「아까 보지 않았니?」

신월이가 말했다.

「책이 나오면 그분보고 너한테 한 권 선사하라고 할게, 어때?」

「아니야.」

진숙언은 말했다.

「나는…… 싫어. 너한테 있는 걸 보면 되지.」

「넌 정말.」

신월이가 웃었다.

「그분을 그렇게 어렵게 생각할 것은 없어. 그분은 참 편한 사람이야. 수업시간에는 선생님이지만 평소에는 학생들의 친구야. 무엇이든 다 말해주지. 그분의 선생님, 그분의 학생시절, 희극, 영화, 음악에 대해서 말이야. 물론 문학에 대해서도 많이 말하지. 그분이 가장 좋아하는 것은 문학이야. 국내외의 많은 문학작품들에 아주 익숙하지. 어떤 것은 줄줄 욀 수 있지.」

「욀 수 있어?」

「음, 못 믿겠어?」

「믿지. 내가 어찌 안 믿겠어? 네가 말한 것은 난 다 믿어.」

신월이는 마치 숙언이가 믿지 않을까봐 걱정된다는 듯이 장황하게 설명하기 시작하였다. 이런 말을 하기만 하면 그녀의 마음은 유쾌해졌다. 마치 자신이 연원에 돌아간 것처럼…….

「어느 날 나의 영문판 『바이런 시집』을 동창들이 빌려보더니 잃어버렸어. 나는 아까워서 죽을 뻔했지. 그 책도 겨우 구한 것이라 서점에서 다시 살 수 없었지. 그 며칠 동안 난 속이 타서 호숫가를 거닐고 있다가 초 선생님을 만났어. 그분은 내가 책을 잃어버렸다는 말을 듣고서 아쉬운 듯이 말했어. '나한테도 없어요. 안 그러면 신월이에게 주겠는데. 어떻게 할까? 내가 대신 보상해주지.'」

「보상? 어떻게 보상하는 거야?」

「나한테 시를 외워주었지.」

「아!」

「그건 이상한 일이 아니야. 그분은 그렇게 할 수 있어. 왜냐하면 그분은 바이런을 아주 좋아했기에 너무도 그 시인을 잘 알고 있었지. 그분은 이렇게 말했지. 바이런의 시와 바이런 본인은 같습니다. 천지영혼의 화합이고 조물주가 인류에게 준 선물입니다. 그의 시를 읽으면 그의 격정을 느낄 수 있지요. 마치 뜨거운 용암이 화산에서 터져나오는 것 같고 파도가 줄기차게 해안을 치는 것 같습니다. 나는 바이런의 큰 재주, 큰 힘, 큰 말투에 탄복됩니다. 이 세 가지 큰 것이 없다면 그도 유명한 시인이 될 수 없었겠지요.」

진숙언은 얼빠진 듯이 듣고 있었다.

「우리는 호숫가에서 천천히 걸었지. 걸으면서 그분은 그 책의 시를 한 수 한 수 나한테 외워주었어.」

신월이는 눈을 감고 정말 미명호 가에서 거니는 듯한 느낌에 잠겨 말했다.

「그분은 먼저 영어로 그 다음에는 한어로 외웠지. 엄 교수님이 번역한 거지. 그분은 외는 게 아니었어. 시구가 마치 샘솟듯이 솟아나왔지.」

하이데에게는 걱정이 없었다.
하늘에 대고 맹세하는 것도 바라지 않았다.
그녀는 이제까지 들어본 적이 없기 때문이다.
그 누가 순결한 소녀를 속일 수 있다고
혹은
결합도 언약의 예식이 필요하다고
그녀는 마치 작은 새처럼 진지하고 무지하여
즐겁게 자기의 배우자에게로 날아갔다.
이제껏 중도에서 마음이 변하리라고는 생각도 하지 않았다.
때문에 충정이란 말이 필요없었다.

천지와 날씨는 이렇게 편안한데
하이데와 돈후안은 죽음을 생각하지 않았다.
세월을 원망하지도 않았고
세월이 흐름도 두려워하지 않았다.
그들은 한 쌍의 나무랄 데 없는 연인들이었다.
서로 마주 보는
서로가 상대방의 거울이었다.

눈 안에 감춘 무한한 애정은

반짝반짝 빛나는 보석으로 변했다.

「그분은 바로 그렇게 가볍게 낭송해 주어서 내 마음속의 번뇌를 쓸어버렸고 시집을 잃은 안타까움도 보상을 받게 해주었어. 나는 말이야, 심지어 그 책을 잃어버린 것을 다행이라 생각했어. 잃었기에 그렇게 풍부한 보상을 받았으니.」

신월이는 조용하게 말했다. 지난 일들이 뚜렷하게 그녀의 앞에 떠올랐다. 그건 결코 꿈이 아니었다. 모두 그녀가 체험한 영원히 잊을 수 없는 일이었다. 열여덟 소녀의 마음은 마치 거울처럼 순결하고 맑았다. 거기에 찍힌 자국은 한평생 지워지지 않을 것이다.

진숙언도 완전히 도취되어 버렸다.

언젠지 모르게 두 처녀의 대화도 끝났다. 진숙언은 잠이 들었는데 꿈에 천성이를 만나서 시를 외워달라고 졸라 두 사람이 하마터면 싸울 뻔하였다.

깊은 밤중에 한자기가 깨어나 보니 서채의 꺼졌던 등불이 또 켜져 있었다. 그는 방을 나와서 서채 낭하로 가서 가볍게 물었다.

「얘들아, 신월아, 숙언아, 어째 아직도 자지 않고 있어? 밤새지 말아. 밤을 새면 안돼.」

안에는 전등불이 켜져 있었으나 대답이 없었다. 한자기는 불안해졌다. 얼굴에는 저도 모르게 식은땀이 났다. 무슨 일이 일어난 게 아닌가? 그는 두근거리는 가슴을 안고 문을 열고 들어갔다.

신월이가 얼굴에 미소를 띤 채 달콤하게 자고 있었다. 베개 옆에 놓인 손에는 「주검」의 역문 원고가 쥐어져 있었다. 한자기는 밝게 웃음을 지었다. 그는 원고를 딸의 손에서 살짝 빼내고 책상등을 끄고는 서채를 나왔다. 침실로 돌아오니 잘 생각이 없어졌다. 책상등을 켜고 원고지를 펼쳤다. 그는 흥미진진하게 젊은 학자의 두번째 독자가 되어버렸다.

가을이 되었다. 낭하 앞의 석류가 무르익었다. 석류나무는 금년에 열매가 많이 열렸다. 크기도 예년보다 컸다. 서리가 내린 후 청동색이 나던 석류가 입을 벌려서 알알이 무르익은 보석 같은 씨를 드러내보였다. 석류가 벌어져 씨가 차면 대길할 징조였다. 천성이와 숙언이의 잔칫날이 왔다.

그날, 날이 새자 고모는 뜨락을 깨끗이 쓸었다. 그녀는 흐뭇한 마음으로 하인이기도 하고 주인이기도 한 자기의 직책을 수행하고 있었다. 그녀가 박아댁에 온 지 이십오 년 만에 처음으로 잔치를 하는 것이다. 그녀에게는 기쁜 일도 잔치를 할 일도 평생 있을 수 없었다. 친아들은 어디에서 떠돌아다니는지 알 수 없다. 그애도 이젠 천성이만큼 자랐을 테니 장가도 들었겠지만 이 에미는 복이 없었다. 오늘 같이 기쁜 날에 고모는 해씨나 마씨집의 슬픈 일은 생각하지 않았다. 그녀는 양씨와 한씨집을 자기 집으로 삼았다. 자기의 젖을 먹고 자란 천성이를 아들처럼 생각했고, 지내보니 진숙언도 자기와 한씨 부인을 모두 똑같이 시어머니로 대해주었다. 그 때문에 그녀는 얼마나 감격했는지 모른다. 오늘 그녀는 다른 때보다 일찍 일어나서 아침예배를 드리고 부엌 안의 그릇들을 다시 정돈해 놓았다. 뜨락도 어제 말끔히 쓸었으나 오늘 다시 쓰니 그렇게도 기쁘고 흐뭇할 수가 없었다.

서재에서 한자기도 말끔하게 새 옷으로 갈아입었다. 감색 나사제복과 나사모자로 단장하고 늘 신던 헝겊신도 벗고 새 구두를 신었다. 면도까지 하여서 아주 젊어보였다. 그는 일부러 모자 챙을 아래로 당겨 이마의 허물을 덮어버렸다. 오늘 같은 경사에 불쾌한 일들을 생각하지 않으려고 애썼다.

서채 낭하에 깨끗이 세수하고 난 신월이가 나왔다. 길고 검은색 바지에 커피색 윗옷을 입었고 반들반들 닦은 구두를 신었다.

「신월아, 아직 일찍이야. 좀더 자려무나.」

고모가 환하게 웃으면서 말했다.

「오늘 같은 날에 더 잘 수 있겠어요?」

신월이도 웃으면서 말했다. 그러고는 고모 손에서 빗자루를 빼앗으려 하였다.

「그만둬. 네가 어떻게 쓸겠니?」

고모는 신월의 손을 밀치며 말했다.

「무리하면 안 돼. 푹 쉬고서 잔치구경이나 하렴.」

「내가 어찌 구경만 할 수 있어요?」

신월이가 말하면서 동채로 뛰어가서 창문을 두드리며 소리쳤다.

「아이구, 신랑이 아직도 자고 있어요? 빨리 일어나세요!」

안에서 천성이가 웅얼거리는 소리가 들렸다.

「졸려 죽겠는데…….」

신월이는 즐겁게 창문을 치면서 말했다.

「기쁜 일이 생기면 기분이 상쾌하다는데 졸리긴 뭐가 졸려요? 빨리 일어나세요. 오빠한테 인사하러 왔는데.」

천성이는 꾸물거리며 일어나 문을 열었다. 잠이 채 깨지 않은 두 눈을 비비면서 투덜댔다.

「이른 아침부터 귀찮게 구네.」

한씨 부인이 싱글벙글 웃으면서 남채 낭하에서 걸어와 아들의 귀를 당기면서 달콤하게 말했다.

「희한하다. 널 귀찮게 굴지 않고 누구를 귀찮게 굴겠니? 아들아, 오늘부터 넌 진정한 사내 대장부야. 빨리 양치질하고 세수하고 새 옷을 갈아입으려무나.」

「빨리!」

신월이도 오빠를 재촉하였다.

「조금 있다 내가 오빠를 잘 단장해 드릴게요, 네?」

그때 한자기가 남채에서 희자(囍字)를 쓴 종이뭉치를 들고 나오자 신월이는 소리쳤다.

「아빠, 제가 부칠게요!」

「그래, 고모보고 풀을 쑤어달라고 해라. 우리 문에 붙이자.」

한자기도 싱글싱글 웃으면서 말했다.

붉은 희자가 남채, 동서채, 추화문, 북채, 부엌 등 모든 문에 붙여졌다. 한자기는 문에 들어서면서 희자가 보이고 문을 나서면서도 희자가 보이게끔 하려고 박아댁을 온통 희자로 장식하였다. 마지막으로 대문 밖에 나가서 대문 양쪽에 커다란 희자를 붙였다. 그러고는 의자에 올라서서 문미에다 희자를 줄지어 붙여놓았다. 옛날부터 희자를 이렇게 붙이는 법은 없었다. 한자기가 일부러 그렇게 붙인 것이다. 그는 기쁜 일이 온 집안에 가득 차기를 바랐다. 그의 마음속에는 슬픔이 너무 많았다. 이제부터라도 슬픔이 기쁨으로 바뀌기를 그는 바라고 또 바랐다.

성직자를 모셔왔다. 성직자가 천막 안에서 리듬 있는 소리로 「평안경」을 읽었다. 혼례의 첫 의식이다. 양씨집을 위하여 망인들께 제를 지내고 온 가정의 평안을 비는 것이었다.

한씨 부인은 천막 아래 경건하게 꿇어앉았다. 그녀의 마음은 슬픔과 기쁨이 뒤섞였다. 한평생 고생하면서 옥을 위해 살고 옥을 위해 돌아가신 아버지가 생각났다. 어머니 백씨는 착하고 나약하며 가난과 병에 시달리다 일찍 돌아가셨다. 부모님은 생전에 하루라도 부귀영화를 누리지 못하셨으니 기진재가 후에 부흥하여 번성하리라고는 생각하지 못했을 것이다. 이제 기진재는 없어졌으나 옥기 양씨의 후손은 여전히 살아 있다. 부모님이 생전에 보지도 못했던 옥들이 방 하나 가득 소장되어 있다. 부모님이 가져보지 못한 박아댁에 감추어져 있다. 이제 옥기 양씨의 후손들이 성장했고 천성이도 장가를 들게 됐으니 자자손손 전해갈 것이다. 이건 큰 경사이다. 그녀는 부모님과 조상들에게 이 기쁨을 알리려 했다. 그녀는 삼십육 년 전 재난 중에 치렀던 자기의 혼례식이 생각났다. 혼수감도 없고 잔칫상도 없고 손님도 없는 혼례였다. 양씨집 딸은 아무것도 없이 한자기에게 시집갔고 빈털터리이던 한자기가 빈손으로 양씨댁 데릴사위가 되었다. 지나간 그 일을 한씨 부인은 누구에게도 말한 적이 없다. 천성이, 신월이, 고모에게도 알리지 않았다. 그만큼 그녀는 그 일을 영원히 잊지 않을 것이다. 그것은 그녀의 고통이고 치욕이었다. 그 때문에 몇십 년간 그녀는 누구 집 결혼잔치에도 선물이나 돈은 다른 사람을 시켜 가져가더라도 본인은 가지 않았다. 거지보다 못한 자신의 혼례식을 남의 혼례식과 비교하고 싶지 않았던 것이다.

쉰이 넘는 한씨 부인은 지금도 자기의 혼례식을 생각하면 젊었을 때처럼 격해져 눈물이 흘렀다. 몇십 년간 그녀는 그 유감을 보상하려는 강렬한 소원을 가지고 있었다. 아들에게 보상하려 한 것이다. 그날이 이제 끝내 왔다.

그러나 그 숙원을 푸는 것도 쉬운 일이 아니었다. 가난한 탓이 아니었다. 한씨 부인, 이 무산계급이 돈이 없어 아들의 경사를 잘 치르지 못하는 것이 아니었다. 바로 시대가 변했기 때문이었다. 한씨 부인의 소원대로 하자면 자기가 못 한 것, 이를테면 아들에게 제일 좋은 구식 새 가구를 사주고, 며느리 친정집에서 열둘 심지어 스물네 개 짐짝의 혼수감을 호호탕탕하게 메오고 며느리도 꽃가마를 타고 버젓하게 맞아오고 싶었다. 아들의 대사도 멋들어지게 치르고 자기 마음속의 유감도 보상하면 안심이 될 것 같았다.

그런데 중국은 이젠 20세기 60년대에 들어서서 삼십 년 전의 형식이나 습관을 지킬 수 없게 되었다. 우선 구식 새 가구를 살 수 없었다. 파는 곳이 없었던 것이다. 살 수 있다 해도 아들이 싫어했다. 지금 집에서 쓰고 있는 것도 천성이는 진저리나 했다. 그애의 뜻대로 하면 신식의 옷장, 더블 침대, 옷궤를 말쑥한 연황색으로 사려고 하였다. 그리고 꽃가마 같은 것도 얻을 데가 없었다. 얻을 수 있다 해도 아들, 며느리가 원하지 않을 것이었다. 그리고 신부 쪽의 혼수감도 이제는 세월이 변해서 없어졌다. 결혼할 때 모두 신랑 쪽에서 갖춘다. 신랑이 신부에게 손목시계, 자전거, 재봉틀, 심지어 돈을 준다고 했지 신부 쪽에서 들여오는 것이 없었다. 하물며 한씨 부인도 진숙언이 예쁘고 마음이 착하고 옥기세가 출신인 것을 마음에 들어하는 차라 그녀 집의 살림이 어렵고 성분이 나빠서 크게 떠벌리지 못하는 사정을 알면서 사돈들을 괴롭힐 수는 없었다.

이런 여러 가지 사정 때문에 한씨 부인도 한 가지 한 가지 양보를 하였다. 지금 유행되는 말처럼 새 일을 새롭게 한다는 것이었다. 그런데 아무리 새로운 것이 좋다고 하나 사탕이나 사서 나누어주고 그만둘 수는 없었다. 그것도 체면인지라. 체면을 지키는 것도 많은 돈이 들어야 했다. 곤란한 시기라 모든 것이 비쌌다. 한씨 부인은 돈이 드는 것이 무섭지 않았다. 써야 할 돈은 써야 한다고 생각한 한씨 부인의 양보도 한도가 있었다. 그녀는 형식상 약간의 변경을 하는 것은 동의했으나 원칙은 움직이지 않았다. 그녀는 뜨락에 천막을 쳤다. 옛날 천막을 치던 장인들은 이제 일감이 없어 그만둔 지가 오래되었는데 한씨 부인이 간절하게 청하니 왔다. 물론 그들도 다시 옛일을 하게 되어 기뻐했다. 그녀는 천막 밑에 잔칫상을 벌이고 혼례의식을 거행하려고 하였다. 몇십 상을 차리는데 고모 혼자서는 해낼 수 없었다. 남래순 식당의 요리사 두 분을 모셔왔다. 한자기가 남래순의 단골손님이기에 남편을 시켜 청해온 것이다. 요리사들은 말했다.

「걱정 마세요. 아주머니가 쇠고기, 양고기, 닭, 오리, 해물, 야채만 다 마련해 놓으면 저희들은 그날 열두시에 댁에 갈 겁니다.」

보수로 한 사람에게 20원이니 대단했다. 그 외에 그녀는 예식절차를 잘 알고 언변도 좋은 사람을 청해다가 심부름꾼 같기도 하고 주례자 비슷한 배역을 맡게 하였다. 그녀는 신부를 맞이하는 의장대를 그럴 듯하게 하려고 하였다. 꽃가마가 없으니 승용차 몇 대를 돈주고 세내 왔다. 며칠 전에 한씨 부인은 진숙언에게 집에 가 있게 하였다. 예쁘게 치장하고 격식대로 맞아들이려는 것이었다.

「평안경」을 다 읽고 난 한씨 부인은 만면에 희색을 띠고 일어났다. 그녀가 총지휘자가 된 전투가 시작되었다.

기쁨이 박아댁에 가득 찼다. 축하하러 오는 축하객들이 끊임없었다. 특수 공예품공사에 541공장 그리고 문물상점의 손님들이 있었고 한자기의 옥기업의 옛 친구들과 먼 친척들도 있었다. 한씨집은 북경에 아무 친척도 없어 모두 양씨집 친척들이었다. 모두 촌수가 멀어서 서로 내왕도 없었던 사람들이었다. 옛말에 가난하면 시내 중심거리에 있어도 찾는 사람이 없지만 잘살면 심산 속에 있어도 찾아가는 친척이 있다고 했다. 한씨집은 대문을 활짝 열고 모든 손님들을 맞아들였다. 여기에 온 것은 몇 푼 인사돈을 내고 먹는 것이 아니었다. 여기에 오면 체면이 세워지는 것이다.

축하객 중의 모슬렘들은 문에 들어서자 주인에게 우바리커라 말했고 교외의 사람들은 축하합니다 하고 말했다. 그 뜻은 같은 것이었다. 주인이 잔치객들을 정성스레 대접하고 있었다. 방마다 손님으로 꽉찼다. 모두들 이야기를 나누면서 차를 마시고 사탕을 녹이고 있었다. 곤란한 시기라 고급사탕 한 근에 5원씩 하였는데 한씨 부인은 오백 근이나 샀다. 손님들이 실컷 먹고 호주머니에도 넣어갈 수 있는 양이었다. 오직 술만 없었다. 조금 있다 있을 잔칫상에도 술을 쓰지 않는다. 그건 모슬렘의 규례였다. 손님들이 다 간 후 한인들이 썼던 수저와 그릇들은 모두 잿물에 푹 끓여야 한다.

천성이는 새 중산복 한 벌을 입었는데 노동복을 입을 때보다 어색해 보였다. 신월이가 웃옷을 벗도록 하였다. 엷은 다갈색 스웨터에 흰 셔츠 깃을 내놓은 것이 더 멋있어 보였다. 천성이는 얼굴을 붉히고 손님들을 접대하고 있었는데 무슨 말을 해야 할지 몰라서 우물쭈물하였다. 정말 귀찮아 죽을 지경이었다. 그래도 신월이가 의젓하고 활달하여 여자 손님들이 모두 부러워하였다. 모두들 그녀와 손을 잡아보려 하였고 말을 걸어왔다.

「아니, 이게 신월이 아니야? 십여 년이나 못 보았구나. 이젠 다 큰 처녀가 됐네. 보자, 어쩌면 이렇게 이쁘냐? 네 엄마 처녀 때와 똑같구나. 신월아, 넌 내가 기억나니? 네가 어렸을 때 나한테 이렇게 말했단다. 난 이모할머니가 준 아가위 얼음과자가 제일 좋아요,라고 말이야.」

또 한 사람은 말했다.

「신월아, 너 생각나니? 우리 집 셋째가 놀러오니 넌 그애 손에 쥔 장난감을 달라 떼를 썼지. 그애는 너보고 서양말 한마디 하면 주겠다고 하니 넌 하더구나.」

「모르겠어요, 생각이 안 나요.」

신월이는 미소를 지으면서 만나본 기억이 없는 친척들과 말하였다. 그녀는 자신이 어린시절의 일을 기억하지 못하는 것도 유감스러웠다. 노인네들께 미안하기도 하였다.

「이앤 그때 너무 어려 기억이 안 날 거예요.」

한씨 부인이 웃으면서 말했다.

「사탕을 드세요. 어서.」

「그럼…….」

손님은 사탕을 입에 넣고 우물거리면서 또 말했다.

「여자는 자라면서 열여덟 번 변한다더니 점점 더 예뻐지네…… 너 얼마 전에…….」

「네, 얘는 작년에 대학에 합격했지요.」

한씨 부인이 재빨리 말했다. 그녀는 손님이 신월이의 병에 관해 말하려는 것을 눈치채고 일부러 말을 돌려버렸다.

「오빠가 결혼하게 되니 휴가를 받았어요.」

그렇게 하여 그녀는 신월이가 싫어하는 말을 막아버렸다. 오늘 같은 경사에 한씨 부인은 불쾌한 말을 듣고 싶지 않았다.

「아니, 참 모두들 아직 우리 며느리를 못 보셨지요? 기다리세요. 이제 맞아들이면 모두 잘 보세요. 우리 며느리는 이 시누이처럼 예뻐요.」

화제의 중심이 오늘의 일에 돌려졌다. 손님들은 다투어가면서 한씨 부인을 치하했다. 모두들 한씨 부인은 팔자가 좋아 보배 같은 아들딸을 두었고 지금은 꽃 같은 며느리를 삼았으니 얼마나 좋겠는가고 부러워하였다.

이쪽에서는 이렇게 이야기 꽃이 한창일 때, 저쪽 부엌에서는 청해온 요리사들과 고모가 신이 나서 솜씨를 내고 있었다.

정오가 되니 천막 아래에 잔칫상이 푸짐하게 차려졌다. 모두가 남래순 식당의 유명한 음식들이었다. 옛날 옥왕의 위풍이 그래도 다소 남아 있고 한씨 부인이 죽으라고 고집을 피워 떠벌리며 잔치를 했기에 망정이지 이런 곤란한 시기에 어디 가서 이런 음식들을 먹어볼 수 있겠는가? 이렇게 식품이 부족한 세월에 한씨 부인은 어떻게 풍부한 음식 재료들을 사들였는지, 예를 들면 고모의 장가구에 있는 친척을 통해 양을 세 마리 사오고, 대외무역계통의 여러 갈래 관계를 통해 외국손님과 화교들에게만 공급하는 물건들을 사오는…… 등등에 대해서는 음식을 먹는 축하객들은 몰랐지만 알려고도 하지 않았다. 아무튼 보통 사람은 하기 힘든 것임에는 틀림없다. 만약 가난한 집 같으면 일반적으로 점심식사는 하지 않고 꽃가마가 들어오면 한끼 먹으면 그뿐이다. 그러나 오늘 잔치의 주인은 한씨 부인이다. 그녀는 돈을 아끼려고는 생각도 하지 않는다. 온종일 기분좋게 지내기만 바랐다. 마당 안에서는 먹느라고 야단이고 대문 밖에는 승용차와 자전거가 줄지어 서 있었다. 그 광경은 그해 옥전시회 때보다 더 요란스러웠다.

한씨 부인은 그렇게 분주한 중에서도 시간을 내서 점심예배를 드렸다. 오후 세시면 꽃가마를 보내서 신부를 맞아야 했다.

옛날 식대로 신랑 쪽에서 신부를 맞이하러 가는 사람들은 영친부인(迎親夫人)이 인솔하여 갔다. 그 부인은 보통 신랑의 어머니나 주례를 서는 여자가 담당하였다. 그 배역을 한씨 부인이 맡은 것은 의심할 바 없었다. 그녀는 이십육 년 동안 이 순간을 기다렸다. 그런데 그 절차에 대해 논쟁이 벌어졌다. 어떤 잔치객들은 지금은 꽃가마도 없으니 부인이 갈 필요가 없이 젊은 색시들이나 처녀들을 몇 명 보내서 신부를 맞아오는 게 좋겠다고 하였다. 그 말을 듣자 신월이는 자기가 숙언이를 데려오겠다고 자원하여 나섰다. 한씨 부인은 나무랐다.

「너, 조그만 계집애가 어떻게 그렇게 큰일을 해낸다구 그래?」

신월이는 웃으면서 말했다.

「나하고 숙언이가 제일 친하니 내가 가면 그애가 좋아할 거예요. 도리대로 말하면 난 그들의 중매쟁이예요.」

「이애 좀 봐, 부끄러운 줄도 모르고. 어디 시누이가 중매쟁이가 되는 법이 있어? 우린 정식으로 중매쟁이를 청했어.」

한씨 부인도 웃었다. 여자 손님들은 오히려 신월이가 가는 것이 합당하다고 하였다. 생기기도 환하게 생겼고 또 신랑의 여동생이니 더 좋겠다고 하였다. 이렇게 말이 나오니 한씨 부인의 자격이 좀 모자라는 듯하였다.

「엄마, 절 보내주세요, 네?」

신월이가 졸라댔다. 십팔 년 동안 신월이가 엄마 앞에서 응석을 부리는 건 이번이 처음이었다.

여자 손님들 중에 늙은 축들은 그래도 영친부인이 있어야 한다고 우겼다. 누가 따라가든지는 상관이 없다고 하였다. 한씨 부인은 할 수 없이 한걸음 양보를 하여 양쪽에서 다 접수할 수 있는 결정을 내렸다.

「그럼 우리 모녀가 함께 가자!」

「오! 참 좋아요!」

신월이는 좋아서 펄쩍펄쩍 뛰었다.

한씨 부인이 신월이와 신부 마중가는 사람들을 인솔하여 꽃가마 승용차에 올라탔다. 승용차는 붉은 비단을 매고 희자를 달았다. 승용차가 날쌔게 달리는 것이 꽃가마보다 못하지 않았다. 차는 경적을 세 번이나 길게 울리고는 떠났다. 승용차 몇 대가 연이어 달렸는데 상당히 위풍이 있었다.

진숙언의 집 앞에도 물론 크고 붉은 희자를 붙였다. 숱한 사람들이 모여 서서 승용차를 기다리고 있었는데 제일 앞에 선 사람은 송친부인(送親夫人)인 진숙언의 어머니였다. 진숙언의 어머니는 차가 채 서기도 전에 급히 한씨 부인에게 절로 인사를 올렸다. 한씨 부인이 절을 받은 후 차에서 내려와서 사돈들과 친척들에게 인사를 하였다. 신월이는 그런 예절들을 모르니 얼굴을 붉히고 뒤에서 따라걸으면서 속으로는 가만히 웃었다.

안사돈이 손님을 모시고 집에 들어갔다. 진숙언네는 여러 집이 같이 한 뜨락에 살았기에 천막을 치지 못했다. 손님들은 직접 집안으로 들어갔다. 진씨집은 모두 방이 두 개였는데 바깥방에 들어서니 진숙언이 안방에 앉아 있는 것이 보였다.

「숙언아!」

신월이는 기다리기 바쁘다는 듯이 불렀다.

「응…….」

진숙언이 머리를 들었다. 얼굴에는 웃음을 지었으나 눈에는 눈물이 어려 있었다.

「신월아, 조용히 날 따라와, 말 말구.」

한씨 부인이 조용히 당부했다. 이런 날은 평소에 친구집에 올 때와는 달리 무슨 말을 해야 하는지 모두 정해져 있었다. 때문에 신월이도 더 말을 하지 않고 문을 사이에 두고 숙언이를 바라보았다. 숙언이도 친정어머니 당부대로 얌전하게 앉아서 손님들께 인사도 하지 않았다.

안사돈이 한씨 부인 일행을 앉게 한 후 비단신 한 켤레를 꺼내서 한씨 부인에게 주었다. 그 비단신은 물론 진숙언에게 신기려는 것이 아니었다. 모양도 아주 고풍스러운 것이 그것도 하나의 예식이었다. 이때 함께 온 남자 손님들은 자리를 피해주고 여자 손님만 남게 되었다. 사돈이 두 아들에게 분부하여 반찬과 국을 올려와서 손님들을 대접한다. 한씨 부인은 겉치레 인사만 하고 정말 먹지는 않았다. 이것도 예식의 규정이었다.

그런 다음 한씨 부인이 신월이와 함께 진숙언의 규방에 들어갔다. 진숙언은 한씨댁에서 보내온 새 옷을 입고 고개를 약간 숙이고 앉아 있었다. 한씨 부인이 다가가서 숙언의 머리를 한 움큼 살짝 들고 오색실을 감아주었다. 그러고는 반지 하나를 꺼내서 숙언이의 오른손 무명지에 끼워주었다. 안사돈은 조용히 지켜보더니 눈물을 쏟았다. 그녀는 딸에게 말했다.

「숙언아, 넌 좋은 댁에 가게 되어 엄마는 한시름 놓는다.」

「엄마!」

눈물이 글썽한 진숙언이 머리를 들고 이제 곧 헤어져야 하는 친정어머니를 바라보았다. 그녀는 슬픔을 이기지 못해 어머니의 목을 끌어안고 울었다. 신월이는 이런 경사에는 어디 가나 웃음뿐이려니 여겼었기에 이런 광경을 보리라고는 생각하지 못했다. 모녀 두 사람이 슬프게 울고 헤어지기 아쉬워하는 것을 보고 그녀도 억제하기 힘든 감정을 느끼고 저도 모르게 눈물을 흘렸다. 왜 그런지는 알 수 없었다.

「네가 왜 울어?」

한씨 부인이 가볍게 딸을 꼬집었다. 오지 말랬는데 기어코 오더니 울기는! 숙언이야 자기 친정엄마를 떠나기 아쉬워서 그런다지만 자기가 울긴? 신월이는 눈물을 참았다. 그녀도 울고 싶진 않았다.

숙언이 어머니는 딸을 끌어안고 남들이 감탄하지 않을 수 없는 말을 하였다.

「숙언아! 엄마는 너한테 미안하다. 친정에 있은 이십일 년간 넌 부모를 돕고 동생들을 돌보느라고 하루도 편안하게 살지 못했다. 동생들을 다 키워놓으니 넌 가는구나. 엄마는 아무런 혼수감도 너한테 장만해주지 못했다. 엄마가 널 아끼지 않는 게 아니란다. 엄마에게 그럴 힘이 없구나. 숙언아, 엄마를 원망하지 말아라…… 엄마는 네가 그쪽에 가서 잘살기만…….」

「엄마 더 말씀하지 마세요. 네, 아무것도 말씀하지 마세요.」

진숙언이 어머니 얼굴의 눈물을 닦아주었는데 그녀의 눈물이 또 어머니의 목에 굴러떨어졌다.

「그만 하세요, 모녀간에 말이야 언제 다하겠어요. 이후에도 자주 드나들 텐데.」

한씨 부인이 웃으면서 말했다.

「사돈, 숙언이를 나한테 맡기고 아무 근심도 마세요. 나는 이애를 내 딸로 여기겠어요. 신월이와 같이 말이에요.」

「알라께서 도와주셔서 우리 숙언이가 이렇게 좋은 시어머니를 만나게 되었습니다.」

숙언이 어머니가 눈물을 닦으면서 말했다.

「숙언아, 지금부터는 시어머니를 친엄마처럼 여겨라. 애야 그래, 어머니라 불러라.」

「어머님.」

진숙언이 정답게 부르고 한씨 부인 품에 안겼다. 옆에 서 있던 신월이는 저도 모르게 뜨거운 눈물을 흘렸다. 이제부터 그녀에게는 마음을 알아주는 언니가 생기게 되었고 자기 집도 숙언이를 서럽게 하지 않을 것이라고 생각하였다.

신부가 꽃가마에 오를 때가 되었다. 옛날 법대로 하면 꽃가마를 규방 문 앞까지 메오고 신부의 아버지나 오빠가 신부를 가마에 안아서 놓든지 혹은 붉은 융단을 땅에 깔고 한 쌍의 젊은 색시나 처녀가 신부를 부축해서 융단을 밟고 가마에 오른다. 그런데 승용차가 뜨락문을 들어올 수 없기에 신월이와 여자 손님 한 사람이 숙언이를 부축하여 규방을 나서서 뜨락문을 걸어나왔다. 숙언이 어머니는 송친부인이어서 딸과 같이 차에 올랐다.

영친대오가 집에 들어온 후에도 숙언의 아버지는 줄곧 앞에 나서지 않았다. 마치 수행원처럼 사람들의 뒤에 서 있었다. 예의를 모르는 게 아니었고 이런 장면에 나설 수 없는 사람도 아니었다.

딸의 혼사를 그는 누구보다도 기뻐하였다. 하물며 사돈이 한자기여서 그는 자랑스러웠다. 그러나 전반생에는 발전하지 못하고 후반생은 재수가 나쁜 이 옥기 예인은 사돈과 비할 때 자신이 너무 초라한 감이 들었다. 여러 가지 조건에 한계가 있기에 그는 딸이 출가가는 데 마음뿐이지 잘해줄 수 없었다. 마음이 아픈 진씨는 한씨댁에 가지 않으려 했다. 그런데 한자기와 한씨 부인이 중매쟁이를 통해 말을 전해왔다. 이미 사돈을 맺었으니 서로 너나 할 것 없이 양쪽에서 돈을 쓰지 말고 모두 건너와 함께 잔치를 하자는 것이었다. 게다가 혼례식 때 그는 신부의 아버지로서 반드시 자리를 지켜야 했기에 감격하고 불안한 마음을 안고 승용차에 올랐다.

차들이 또 떠났다. 골목을 빠져나와 큰길로 달렸다. 하늘이 높고 푸르러 더 깨끗해 보였다. 가을 바람이 시원히 불어왔다. 붉은 비단이 나부끼고 웃음소리가 그칠 새 없었다. 차가 지나가는 곳마다 길가던 사람들이 부러운 눈길을 돌렸다. 차창들이 열려져 있어 바람이 얼굴을 스쳤다. 신월이는 선뜩한 느낌이 있었는데 마음은 아주 유쾌하였다. 옆에 앉은 숙언이를 보니 얼굴의 눈물자국이 바람에 다 말랐다.

진씨집과 한씨집은 가까운 곳에 있었으나 한씨 부인은 기사에게 일부러 사원을 한 바퀴 더 돌라고 부탁하였다.

아는 사람이든 모르는 사람이든 모두 구경하게 한 후에야 집으로 돌아갔다. 거의 집에 도착할 때가 되니 또 기사보고 다른 차들은 천천히 몰게 하고 자기가 탄 차만은 빨리 집에 대게 해달라고 부탁하였다. 그래야만 그녀가 신부를 영접해서 문으로 들어가는 예식을 지휘할 수 있었기 때문이다.

승용차들이 박아댁 앞에 도착하니 구경꾼이 많이 모여 있었다.

주례자가 높은 소리로 영접하라고 말하니 먼저 온 한씨 부인이 뭇 사람을 이끌고 나와서 송친부인에게 절을 하였다. 숙언이 어머니가 맞절을 한 후 차에서 내려서 한씨 부인의 안내를 받으며 뜰안에 들어갔다. 신랑측의 잔치손님들이 대문 안에서 영접하고 있었다. 그들은 송친부인을 둘러싸고 천막 안의 자리로 들어가서 앉았다. 신부는 신월이와 여자 손님들의 부축을 받으며 신방으로 들어갔다.

천막 아래서 남녀 잔치객들이 차례로 송친부인에게 인사를 하고 신랑도 인사를 하였다. 그런 후 송친부인은 신방에 들어갔다.

그때 신부측에서 온 손님들은 모두 인사를 하고 떠나간다. 그러나 정말 떠나는 게 아니라 이웃집에 가서 잠시 기다리다가 신랑측에서 가서 청하면 다시 신랑집에 간다.

번거로운 영송예의가 다 끝나면 혼례의 시작인 것이다. 성직자를 청해서 혼서를 쓰는데 모슬렘의 혼례가 진짜 시작되었다.

연로한 성직자가 머리에 흰 수건을 두르고 기다란 도포를 입고 은빛 수염을 나부끼면서 한자기의 안내를 받으면서 들어온다. 성직자가 중매쟁이와 손님들의 배동을 받으면서 윗좌석에 앉는데 그 앞에서는 향로를 놓고 향을 태운다.

상 위에 문방사보와 붉은 전첩, 그리고 예물을 담는 함과 과일 쟁반을 놓는데 과일 쟁반에는 계원, 대추, 땅콩, 맥과가 담겨져 있었다. 이것들을 희과(喜果)라 한다. 천막 밑에는 금빛이 번쩍였고 분위기는 장엄하고 엄숙하였다.

만사 준비가 끝났으니 혼례식이 시작되었다. 먼저 두 사돈이 인사를 하는 순서다. 한자기와 숙언이 아버지는 악수례를 하고 이슬람경을 읽었다. 운명이 완전히 다른 그 두 옥기 동업자가 두 손을 서로 잡았을 때 숙언이 아버지는 감개무량하여 눈물을 흘렸다. 사돈이 자기를 대우해주는 인정이 그로 하여금 깊은 감동을 받게 하였다. 한자기는 상 위에서 예물을 두 손으로 들고 사돈에게 드렸다. 그것은 『코란경』에 명확하게 규정되어 있는 없어서는 안 되는 예물이었다. 숙언이 아버지가 공손하게 받아서 주례자에게 넘겨주니 그것이 신방으로 전해졌다. 주례자가 높은 소리로 외쳤다.

「신랑 부친 한자기가 신부의 부친 진옥장께 사의를 표시했습니다!」

주례자는 심부름하는 사람들을 시켜서 신부 친정집에 회채를 보낸다. 그러고는 또 소리쳤다.

「본댁에서는 잔칫상을 차려놓고 신부 부친을 청합니다!」

두 사돈이 인사를 나눈 후 여자 쪽 손님들이 차례로 한자기에게 인사를 한다. 그 동안 성직자가 혼서를 다 써놓았다. 성직자가 높은 소리로 낭송하는데 신랑 한천성은 융단 위에 꿇어앉아 경문을 듣는다. 경문은 다음과 같다.

남녀결합은 천명이고 성스러운 행위이다. 이 성년 여인은 아름답고 현숙하니 너는 그녀를 받아들이고 잘 대해주어야 하느니라. 너희들의 혼인은 합법적이다. 동채 안에서 한씨 부인과 신월이 그리고 여자 손님들이 숙언이와 함께 앉아 있었는데 주례자가 사위를 모십니다!라고 외치니 한씨 부인은 혼서를 읽을 때가 되었음을 알고 신부를 부축하여 다시 의자에 앉혀 듣게 하였다. 성직자가 낭송하는 축사와 혼서의 여덟 가지 조항은 모두 아랍어여서 그 자리에 있던 사람들은 다 알아듣지는 못했지만 분위기는 장엄하였다. 아름다운 혼인은 알라께서 결정하고 양가 부모가 동의하고 부부 쌍방이 원하며 예물이 있고 증인이 있으며 친우들의 축하가 있음을 보여주는 것이었다. 알라께서 그들에게 축복을 주실 것이다!

성직자는 엄숙하게 신부 신랑에게 시집가기를 원하느냐 장가들기를 원하느냐고 물었다. 모두 아랍어여서 젊은 사람들과 그런 일을 겪어보지 못한 사람들은 어떻게 대답할지 몰랐다. 동채에서 한씨 부인이 진숙언에게 알려준다.

「말해라, 따단이라구!」

천막 아래서 어떤 사람이 천성이에게 알려준다.

「까이비얼루라 말하게!」

한 쌍의 신랑 신부는 얼굴을 붉히며 따단, 까이비얼루라 말했다. 신성한 혼서는 지금부터 효력이 발생되었다. 이전에 천성이와 숙언이는 이미 가두판사처에 혼인신고를 했다. 그러나 모슬렘들에게는 혼서도 없어서는 안 되는 것이다. 그들의 혼인은 정부의 법률보호도 받고 또 알라의 인정도 받아야 했다.

성직자가 혼서를 다 읽자 한자기와 숙언의 아버지가 다시 악수를 함으로써 사돈관계가 완전히 맺어졌음을 표시하였다. 신랑 옆에 기다리고 있던 주례자가 꿇어앉아 있던 천성이를 부축하여 일으키고 축하객들에게 감사를 표시한다. 주례자가 오늘은 간단하게 인사하고 내일 댁에 찾아가서 절을 하겠습니다!라고 말했다. 이것은 신부집 사람들에게 들으라고 하는 소리다. 혼례가 끝났음을 표시하고 내일 아침 신혼부부가 친정집에 인사하러 간다는 뜻을 알린 것이다. 그때 축하객들이 희과를 신랑한테 뿌린다. 신랑이 머리를 감싸쥐고 도망가니 혼례의 분위기는 고조에 오른다. 한씨 부인이 준비한 맛있는 음식들이 차례로 올라왔다. 사람들은 마침 배고프던 차여서 군침을 흘렸다. 모두들 맛있게 먹어댔다. 너무도 통쾌하였다!

밤이 깊고 사람들이 흩어지고 난 후 신혼부부는 신방으로 들어갔다.

온 하루를 분주히 보낸 한씨 부인은 지칠 대로 지쳤지만 마음은 아주 대단히 흡족하였다. 저녁예배 때 그녀는 알라 앞에 꿇어앉아 기쁜 눈물을 흘리면서 취한 사람처럼 부르짖었다.

「알라여!」

늙은 고모는 오늘 큰 공을 세웠다. 그릇을 치운 후 그녀는 너무도 피곤해서 침대에 쓰러지더니 다시 일어나지도 못했다. 코고는 소리가 우레소리처럼 울렸다.

한자기도 서채의 소파에 누웠다. 자식들에게 진 빚을 하나 갚은 셈이다. 그도 피곤했다. 오늘 하루가 그해에 옥기전시회를 여는 사흘보다도 더 힘들었다. 이젠 늙어서 그런지도 모른다.

서채에서 신월이는 아직 잠들지 않았다. 그녀는 오늘 난생 처음으로 남의 혼례에 참가하였으므로 너무 흥분된 하루를 보냈다. 이전에는 오로지 소설이나 영화 아니면 무대 위에서 보았을 뿐이고 그 예식도 다 달랐다. 지구에 살고 있는 수많은 종족들이 혼례를 위하여 얼마나 많은 궁리를 하였는지 그렇게도 다채롭다.

오늘 혼례는 그녀로 하여금 신성함을 느끼게 해주었고 흐뭇하게 하였다. 왜냐하면 자기도 그 아름다운 혼인을 맺어주는 데 참여하였기 때문이다. 신혼부부가 한 사람은 오빠이고 한 사람은 친자매와 같은 친구이다. 그들은 본래 한집 식구가 아니지만 지금부터는 튼튼하게 이어져 서로 사랑하고 함께 생활하게 되어 인생의 길에서 다시는 고독한 한 사람이 아닐 것이다. 이것은 하늘의 뜻이다. 조물주가 남녀를 만들고 그들에게 신성한 감정인 사랑을 주었다. 사랑은 한 남자와 한 여자가 서로 믿고 서로 이해하며 서로 의지하고 서로 부추겨주게 한다. 사랑은 사람으로 하여금 두 배의 혈육과 지혜와 힘을 가지게 한다. 때문에 사랑은 신성한 것이다. 그러나 신월이가 알지 못하는 것도 많았다. 그녀는 너무 젊고 아직 사랑을 겪어보지 않았기에 사랑이란 도대체 어떤 감정인지를 말하기 힘들었다. 그것은 바이올린 연주곡 「양축」처럼 심금을 울리는 선율인가? 아니면 시인 바이런이 쓴 맑은 샘물 같은 시구인가?

하이데에게는 걱정이 없었다.
하늘에 대고 맹세하는 것도 바라지 않았다.
그녀는 이제까지 들어본 적이 없기 때문이다.
그 누가 순결한 소녀를 속일 수 있다고
혹은
결합도 언약의 예식이 필요하다고
그녀는 마치 작은 새처럼 진지하고 무지하여
즐겁게 자기의 배우자에게로 날아갔다.
이제껏 중도에서 마음이 변하리라고는 생각도 하지 않았다.
때문에 충정이란 말이 필요없었다.

그녀는 또 자기가 알게 된 것 같기도 하였다. 사랑은 순결하고 진지하고 영원히 변치 않고 죽을 때까지 변함없는 것이기에 하늘에 대고 맹세할 필요도 언약의 예식도 필요하지 않으며 충정이란 말이 필요없다. 사랑이란 바로 사랑이다. 사랑은 사람의 마음속에서 자라나 영원히 사람의 마음속에 살아 있는 것이다.

조용히 귀기울여 들으니 창밖의 가을 밤은 죽은 듯이 고요하였다. 그녀는 동채의 오빠와 언니가 어떻게 이 밤을 지내며 어떻게 그 고상하고 순결하고 신성한 애정에 대해 이야기를 나누는지 몰랐다.

밤은 깊었으나 천진한 소녀는 잠을 이룰 수 없었다. 이제부터 진숙언은 서채에서 그녀를 벗해줄 수 없게 되었다. 진숙언은 오빠에게 속했다. 마치 오필리어의 노래처럼 들어갈 때 그녀는 아가씨였는데 나올 때는 부인이 되었다네. 신월이는 숙언이를 축복하면서도 왜 그런지 숙언이를 잃은 듯한 아쉬움도 느꼈다.

그 다음날 아침 진숙언의 남동생이 왔다. 옛날 법대로 첫 예물을 보내온 것이다. 그 예물은 원래 음식통에 넣어야 하고 한 틀이나 두 틀을 가져오는데 두 사람이 한 틀씩 들고 와야 하는데 진씨집은 모든 일을 간단하게 하기에 아들을 시켜서 들려 보낸 것이다. 문에 들어서자 우바리커라고 말했다. 축하합니다란 뜻이다. 한씨 부인이 온 식구를 거느리고 반갑게 접대하였다. 예물통은 고모가 부엌에 들고 갔다. 통 안에는 떡, 장수면, 대추 찻잎, 쇠고기, 양고기가 들어 있었다. 고모가 장수면을 끓여서 신방에 들여가 신혼부부가 먹게 하는데 실제로 먹는 것이 아니라 상 위에 놓는다. 진숙언은 단장을 하고 천막에 와서 시아버지, 시어머니, 고모와 시누이 신월에게 차를 올리고 친정에서 가지고 온 예물을 올린다. 시아버지에게는 만년필을, 시어머니에게는 양말 한 켤레를, 고모님께는 손수건을, 신월에게는 향긋한 세수비누를 주었다 …… 모두들 기뻐하였다. 이 예물은 많든 적든 없어서는 안 되는 것이었다.

천성이와 숙언이가 친정에 인사하러 가게 되었다.

한씨 부인은 그들을 위하여 선물을 준비해놓았다. 생선, 산 닭, 홍시, 대추, 밤, 튀긴 떡, 월병, 찻잎, 쇠고기, 양고기, 국수 등등 없는 것이 없었다. 선물들을 천성이에게 주니 천성이는 난처해 하면서 투덜댔다.

「아직도 안 끝났어요? 오늘도…….」

「그게 무슨 말이야?」

한씨 부인은 손가락으로 아들의 이마를 찌르며 말했다.

「경사에 무슨 놈의 끝났다는 말을 해. 이제 시작인데. 빨리 가. 네 장인 장모가 귀한 딸을 우리에게 주셨는데 가서 인사를 드려야지. 잊지 말고 아버지, 어머니라 불러야 해, 알았어?」

「네, 알겠어요.」

천성이는 고개를 숙이고 대답하였다. 진숙언은 모든 일에 겁을 먹는 남편을 가만히 쳐다보고는 얼굴을 붉히고 쓴웃음을 지었다.

「오빠, 오빠는 왜 그렇게 담이 약해요?」

신월이가 답답해서 말했다.

「부끄러워요? 괜찮아요. 내가 오빠와 함께 갈게. 숙언아…… 언니, 어때?」

「좋아.」

진숙언이 말했다.

「신월이가 같이 가면 길에서 심심하지 않겠네. 그런데 오늘은 차가 없어서 걸어가야 해. 너 괜찮겠지?」

「그럼요. 왜 안 되겠어?」

신월이가 흥분해서 말했다.

「내가 뭘 걸어보지 못했다구.」

「시끄러워, 이 계집애야!」

한씨 부인이 언짢은 듯 그들의 대화를 끊어버렸다.

「남이 친정 가는데 네가 왜 따라가? 거기가 너하고 무슨 상관이 있어?」

「네?」

신월이가 놀랐다. 고모가 재빨리 웃으면서 말했다.

「신월아, 넌 어제 신부를 맞아오지 않았니? 넌 오빠와 새언니를 위해서 할일을 다했어. 고생도 하고. 오늘은 집에서 푹 쉬려무나.」

고모는 신월이의 기색이 변한 것을 보고 일부러 우스갯말을 하였다.

「오늘은 숙언이의 일이야. 네가 시집가면 그때는 네가 친정에 가는 거야.」

신월이는 얼굴을 붉히고 고개를 숙였다. 한자기는 분명 남자였다. 그는 아내의 말이 딸의 마음을 상하게 한 것에 별로 주의하지 않았다.

「좋아, 두 사람 빨리 가라. 숙언아, 부모님을 만나면 인사 전해다오.」

「네!」

진숙언이 대답하였다. 그녀는 유감스럽다는 듯이 신월이를 쳐다보더니 동생과 남편을 따라 나갔다. 천성이는 중산복을 입었는데 얼굴의 표정을 읽을 수 없었다. 그는 고개를 푹 숙이고 선물을 들고 나갔는데 두 마리 산 닭이 푸드덕거렸다.

온 식구들이 그들을 대문 밖까지 배웅하고 그들이 멀어지니 천천히 뜰안으로 돌아왔다. 한자기는 서재에 가서 가방을 내왔다. 출근해야 했다. 가방 안에는 같은 공사에 있는 동료들에게 나누어줄 경사사탕이 들어 있었다. 신랑 신부를 보내고 나서 한씨 부인은 즐거운 듯이 다시 천막 밑에 들어가 앉아 고모가 따라준 차를 한모금 마시고 시원히 숨을 내쉬더니 말했다.

「알라 덕분에 이번 경사를 훌륭히 치렀습니다. 이제 저는 아무 걱정도 없어요.」

말하는 사람은 무심코 한 말이나 듣는 사람은 마음에 걸렸다. 신월이는 낭하를 따라 천천히 서채로 걸어갔다. 엄마의 너무도 만족해 하는 표정과 무심코 던진 말에 그녀는 놀라지 않을 수 없었다. 자기는 몇 달 동안 준비해온 오빠와 언니의 경사에서 어떤 배역이었던가? 구경꾼이란 말인가? 잔치를 다 치르고 난 지금 엄마의 마음속에 그녀는 어떤 자리를 차지하는가?

말없이 서채에 돌아온 그녀는 옷을 입은 채로 침대에 누웠다. 그녀는 피곤했고 졸렸다. 어제 하루 분주히 보냈고 밤에는 또 잠을 이루지 못했더니 이제 한순간에 피곤이 덮쳐왔다. 그녀는 아무것도 생각하지 않고 정신 잃은 사람처럼 잠에 빠졌다. 꿈속에서 그녀는 연원을 보았다. 거기에는 27재, 비재, 미명호가 있었다. 거기가 바로 그녀의 세계였다. 그녀는 동창들과 선생님을 만났다.

언제인지 고모가 그녀를 깨웠다. 깨어난 신월이는 너무도 허전하고 고독함을 느꼈다.

「신월아, 밥 먹어야지.」

「고모, 난 배고프지 않아요.」

「너 오늘 약을 먹었어?」

「아니.」

「이것 좀 봐, 숙언이가 없으니 자기 일도 다 잊어버렸구나.」

고모는 중얼거리면서 손으로 그녀의 얼굴을 쓰다듬었다.

「어머나, 너 왜 이렇게 뜨거워? 바람을 맞았니?」

「전…… 몰라요.」

신월이는 돌아눕더니 또 잠이 들었다.

고모는 황급히 밖으로 뛰어나가 남채로 달려갔다.

「신월이 엄마, 이리로 좀 와보세요. 신월이가 형편없이 뜨거워요. 어서…….」

「응?」

한씨 부인은 의자에 기대앉아 쉬고 있었는데 그 말을 듣자 하품을 하면서 일어나 고모를 따라 밖으로 나오면서 투덜거렸다.

「이것 좀 봐, 난 왜 하루도 속 편할 때가 없지? 서두르지 마세요. 괜찮겠지. 머리 좀 아프고 열나는 것쯤이야 누구라도 늘 있는 일인데 뭐.」

아마도 풍습성 심장병 환자에게 열이 나고 머리가 아픈 것이 무엇을 의미하는가는 그녀도 몰랐던 모양이다.

친정 나들이를 하고 돌아오는 신혼부부는 앞뒤로 서로 떨어져서 걷고 있었다. 점심을 먹고 나니 천성이가 말했다.

「집에 가지.」

숙언이는 곧 부모 형제들과 작별하고 남편을 따라 친정을 떠났다.

천성이는 앞서 걸었다. 그는 고개를 숙이고 별말이 없었다. 숙언이는 뒤에서 따랐는데 두 사람은 두세 걸음의 간격으로 걷고 있었다. 모르는 사람들이 본다면 어제 그렇게 많은 사람들이 모여서 경사를 치른 사람들이라고 보지 않을 것이다. 금방 중매쟁이의 소개를 받고 처음 만난 남녀간인가 하고 생각할 것이다. 두 사람이 길에서 말하기도 쑥스러워하니까 말이다.

숙언이는 걸으면서 어제의 성대한 혼례식과 첫날밤을 회상하여 보았다. 마치 꿈처럼 왔다가 꿈처럼 사라졌던 일들이다. 그녀의 부모, 형제 그리고 친척과 이웃들은 그녀의 혼사에 모두 만족해 하였다. 그럼 그녀도 응당 만족해야 할 것이다. 평생에 한번뿐인 대사가 원만하게 해결된 셈이다. 그녀의 조건으로 이렇게 훌륭한 집안에 시집오고 이러한 대접을 받으니 응당 황공스러워해야 한다. 그런데 그녀는 또 어리둥절해졌다. 그녀는 자기의 꿈을 찾고자 하였다. 어제 한바탕 성대하게 잔치를 한 후 그녀는 꿈속에서 기대하던 것을 얻은 것 같기도 하고 아직 얻지 못한 것 같기도 하였다. 그것은 무엇인가? 그녀도 똑똑하게 말할 수 없었다. 그녀는 그날 저녁 달빛이 몽롱할 때 신월이가 옆에 누워서 가볍게 외워주던 바이런의 시가 생각났다. 마치 밤바람이 그녀의 얼굴을 스쳐가고 샘물이 마음속에 스며드는 듯했던 일이 머리에 떠올랐다. 세상과 멀리 떨어진 어떤 아름다운 작은 섬에 서로 사랑하는 두 젊은이가 서로가 상대방의 거울이 되어 상대방의 마음을 비추어주고 있다. 깊은 사랑을 담고 있는 눈에는 보석 같은 빛이 반짝인다…… 아, 그것이 바로 애정이다. 그녀는 그런 동경심을 안고 한씨댁에 들어와서 자기의 귀착점을 찾으려 하였다. 그녀는 신월이가 입원해 있을 때 늘 외던 연극대사가 생각났다.

「거리에 오가는 사람들 중 누가 당신의 애인이세요? 애인절이 바로 내일인데 나는 일찍 일어나 단장하고 당신 창가에 가서 당신의 애인이 될 거예요. 그는 옷을 걸치고 침대에서 내려와 문을 열어주었지. 그녀는 들어갈 때는 아가씨였는데 나올 때는 부인이 되었다…….」

그렇다. 떠들썩한 잔치 후에 그녀는 부인이 되었다. 그녀의 동정, 그녀의 마음, 그녀의 운명, 그리고 모든 것을 천성이에게 주었다. 천성이가 바로 그녀의 애인이고 낭군이다. 오늘부터 그녀는 진심으로 그를 사랑하고 그와 함께 생활하며 아들 딸을 키우고 검은 머리가 백발이 될 때까지 함께 살 것이다. 그는 바로 그녀의 앞에서 걷고 있다. 그녀는 회상해 보았다. 동채 안에는 바이런이 묘사한 바다 가운데 작은 섬에서처럼 목가가 울리지도 않았고 한천성도 남자 주인공처럼 다정다감하지 않다. 그렇다고 이것이 사랑이 아니란 말인가? 현실은 천변만화한 것이어서 애정도 단 한 가지 규격이 아니겠지. 앞에서 걷고 있는

저 사내도 사랑스러운 데가 있었다. 신월이가 말했듯이 그가 너를 좋아하면 심장이라도 꺼내준다고. 그렇다, 숙언이는 믿고 있었다.

아내와 걸으면서도 부끄러워하는 모양을 보면 그가 그전에 연애도 해보지 못하고 여자와 접해 보지도 못한 사람임을 알 수 있다. 진숙언은 남편이 고개를 푹 숙이고 걷는 모양을 보고 참지 못하고 웃어버렸다.

「웃긴 왜?」

천성이는 고개를 돌리지도 않고 물었다.

「당신이 너무 바보 같아서요.」

진숙언이 말했다.

「그렇게 빨리 걸을 게 뭐예요. 누가 당신을 잡아먹어요?」

천성이는 속도를 늦추어서 그녀가 따라오도록 하였다. 그는 바보가 아니다. 아내의 말이 달콤한 것임을 알아들었다. 남처럼 멀리 떨어져 걷기가 싫고 가까이서 함께 천천히 걸으려고 하는 것임도 알았다. 그러나 천성이는 쑥스러웠다. 이 일대는 그가 다니는 공장과 가깝고 부근에 사는 동료도 더러 있어서 남들이 볼까 신경이 쓰였다. 물론 어제 잔치에 공장에서도 동료들이 많이 왔다. 정정당당하게 결혼한 부부이니 겁날 게 없겠지만 그는 그래도 두려웠다. 자기도 그 원인을 알 수 없었다.

「아니, 왜 아무 말도 안해요? 서로 모르는 사람처럼.」

진숙언이 그를 따라잡으며 우직한 남편을 쳐다보았다. 천성이는 어색하게 웃었다. 그는 아내를 못본 척하고 싶지는 않았다. 숙언이가 자기한테 잘 해주고 진심인 줄 다 알고는 있는데 입으로 표현하질 못하겠다.

「뭘…… 뭘 말할까? 네가 말해봐.」

진숙언은 이런 말을 들으니 어떤 달콤한 말도 하기 힘들어졌다. 그러나 그녀는 남편의 성미를 알기에 그와 고집을 피울 수도 없어서 먼저 말을 걸었다.

「여보, 당신은 보았어요?」

이렇게 말하고 나서 말을 끊어버렸다. 그녀는 본래 천성이에게 이렇게 물으려고 생각했었다. 당신은 바이런의 시를 읽어보았어요? 셰익스피어의 연극을 보았느냐구요? 그러나 다시 생각해보니 자기도 신월에게서 얻어들은 정도고 그것도 아직 알 듯 말 듯하니 천성이도 더 많이 알 것 같지 않아 내용을 바꾸어 말했다.

「당신은「양산백과 축영래」란 영화를 보았어요?」

천성이는 깜짝 놀랐다. 그는 평소에 영화를 별로 보지 않지만 그 영화만은 보았다. 용계방과 함께 보았다. 작년 여름 그들의 애정이 한창 무르익을 때였다. 용계방이 표를 사와서 함께 섬궁 영화관에서 보았다. 그들은 일부러 집이나 공장과 멀리 떨어진 곳에 가서 보았다. 영화를 보고 나서 용계방은 길에서 그에게 쉴새없이 지껄여댔었다.

「영화 안의 그 말이 기억나요? 양산백과 축영래는 전생에 맺은 인연이다라는. 우리도 바로 그런 거예요. 전생에 인연을 맺어두었기에 운명이 당신을 만나게 하였지요. 두 사람이 나비로 변해도 서로 헤어지지 않을 거예요…….」

그 말은 얼마나 달콤했던가? 그러나 사람의 마음은 얼마나 빨리 변하는가. 그가 고생스레 장가구에서 양을 사오고 그녀를 기다렸는데 그녀는 별안간 차가워졌고 오지도 않았다. 그리고 아무 이유도 없이 떠나버렸다. 옛날에 했던 말들은 다 잊어버리고……. 이제 한천성도 장가들고 색시를 얻어서 지난날 받았던 치욕도 씻어버렸으니 다시는 용계방을 생각하지 않으려 했다. 평소에 공장에서 만나도 서로 말도 하지 않는다. 마치 원래 몰랐던 사이처럼 지낸다. 천성이는 그녀에 대한 기억을 다 잊으려고 했다. 그런데 하필이면 진숙언이 그 영화에 대해

물어오니 이미 잊어버렸던 일들이 다시 생각나 그는 마음이 불편해졌다. 그는 진숙언이가 그에게 이 년 전에 용계방이 있었음을 아는 걸 원치 않았다. 그는 결혼 전에 다른 사람과 연애한 것이 아내에게 미안하다고 생각했다. 그러나 그건 지워버릴 수 없는 일이 아닌가. 순진한 천성이는 얼굴을 붉혔다.

「보았지, 그런데 왜?」

그는 물었다. 마치 아내가 그의 비밀을 간파할까봐 걱정이 되는 듯했다.

「왜긴? 뭐가 왜예요?」

숙언이가 웃으며 말했다. 그녀는 천성이가 무엇 때문에 얼굴을 붉히는지 몰랐다. 용계방에 대해서는 전혀 몰랐다. 숙언이는 남편이 너무 어리숙하다고 생각하였다.

「당신 좀 봐요, 마치 그 바보스런 양산백 같아요. 축영래가 그 멀리까지 배웅하면서 길에서 한 말을 전혀 알아듣지 못한 것처럼 말이에요.」

천성이가 너그럽게 웃으면서 말했다.

「별소릴 다하네, 참 한가하기도 하구나.」

「전 이십일 년을 바삐 보내다가 모처럼 이렇게 사흘 휴가를 받았으니 정말 한가하게 지내고 싶어요.」

진숙언이 말했다.

「함께 공원에 갈까요?」

「공원에?」

천성이가 주춤하며 서버렸다.

「그래요, 가서 좀 쉽시다. 배도 고프고.」

숙언이가 흥미있게 부추겼다.

「우린 안 지 그렇게 오래되었는데도 당신은 한번도 나를 공원에 데리고 가지 않았지요. 그러고는 멍청하게 결혼만 덜컥 했으니, 연애도 하지 않은 셈이지요. 여보, 늦었지만 보충해야지요, 네?」

천성이는 부끄러웠다. 아내가 한 말이 틀리지 않았다. 그가 그녀를 얻은 것은 너무도 쉬웠다. 열렬한 연애과정도 거치지 않고 아주 쉽게 아내로 맞아들였다. 그녀도 사람이고 여자이니 감정이 필요하고 사랑이 필요했다. 그런데 자기는 한 일이 너무 적었다. 결혼 전에 두 사람은 신월이 일 때문에 병원에 다닌 것 외에는 다른 내용이 없었다. 영화도 한번 보지 않았고 거리를 거닐어보지도 못했고 공원에 놀러가지도 않았으니 그는 응당 보충해주어야 했다.

「말해봐, 어디로 갈까?」

「도연정이 가까우니 도연정에 갑시다.」

진숙언은 너무도 기뻐했다. 그녀는 남편과 함께 공원에 가서 나무 그늘이나 꽃밭을 거닐어보고 싶었다. 그리고 호수에서 배를 타고 집이나 공장 등 복잡한 세상과는 아무런 관계가 없는 그들 두 사람만의 일을 말하고 싶었다. 그 고요하고 우아한 사랑의 정감과 사랑의 즐거움을 체험하고 싶었다. 마치 연인들처럼. 그녀는 서둘러 색시가 되었지만 잃어버린 소녀시절을 좇아가서 더 지내고 싶었다.

「도연정?」

천성이는 화들짝 놀랐다. 거기도 용계방과 갔던 곳이다. 공원의 버드나무 우거진 호숫가와 배를 생각하면 용계방의 얼굴이 재수없게 떠오른다. 참 운수 사납다. 그 그림자는 왜 따라다니지?

「가요!」

진숙언이 신이 나서 그의 팔을 잡고 길을 건너려 하였다. 10번 버스를 타고 5전짜리 표만 사면 곧 도착한다.

「그만두지. 오늘은 그만두고 후에 다시…….」

천성이가 혼잣말처럼 웅얼거렸다. 그의 기분은 용계방 때문에 다 깨졌다.

「후예요? 후에 언제 한가한 날이 있겠어요.」

숙언이는 아직도 그만두고 싶어하지 않았다.

「날이 아직 이르니 돌아가도 별일없잖아요?」

「별일은 없지.」

천성이 말했다. 그는 가고 싶지 않은 이유를 말할 수 없었다. 다른 핑계를 댔다.

「나는…… 신월이가 집에서 답답해 할 것 같아서 그래. 돌아가서 신월이의 말동무 해줘. 이담에 그애도 데리고 공원에 가서 놀지. 어때?」

「그럼…… 그래요, 좋아요.」

숙언이도 자기의 제안을 포기할 수밖에 없었다. 그녀는 잘 알고 있었다. 천성이는 언제나 동생을 잊지 않는다. 그녀도 물론 신월이가 걱정되었다. 요즘 신부가 될 준비에만 정신을 팔다보니 신월이의 간호원 일은 까맣게 잊어버렸다. 오히려 신월이가 혼사 때문에 바삐 보냈고 차에 오르고 내리면서 자기를 부축하여 돌보아주었다. 신월이는 자신이 환자이면서도 그렇게 하니 숙언이의 마음이 아팠다. 오늘 아침 신월이가 따라나서려 하는데 어머님이 막았다. 그때는 숙언이도 신월이가 너무 힘들 것 같아서 가만히 있었는데 신월이가 별로 좋아하지 않는 것을 보았다. 돌아가면 잘 위안해 주어야지.

신월이 말이 나오자 진숙언도 한가한 마음이 없어졌고 애정에 대한 시적인 생각도 사라져 버렸다. 두 사람은 집을 향해 걸었다. 천성이가 왼쪽에 서고 숙언이가 오른쪽에 서서 걸었다. 두 사람은 가깝게 서서 걸었는데 다시는 떨어져서 걷지 않았다.

나와서 문을 열어주는 사람은 한씨 부인이었다.

「아니, 이렇게 빨리 돌아왔어? 모두 무고하시겠지?」

한씨 부인은 웃음을 짓고 말했다.

천성이는 대번에 엄마의 웃음이 자연스럽지 못함을 읽었다. 그는 엄마의 물음에는 대답하지 않고 문에 들어서자마자 물었다.

「어머니, 집에 무슨 일이 생겼어요?」

「별일 아니야.」

한씨 부인이 말했다.

「신월이가 열이 좀 나.」

「뭐요?」

천성이 놀라면서 안으로 뛰어들어갔다. 진숙언도 재빨리 따라갔다. 서재 안에서는 고모가 신월의 침대가에 앉아서 찬 수건으로 신월이의 이마를 적셔주고 있었다. 고모는 눈물을 훔치면서 중얼거렸다.

「알라여! 우리 신월이를 고생시키지 마소서. 열이 내리게 해주소서.」

고모는 그들의 발소리를 듣고 돌아 보았다.

「너희들 돌아왔구나!」

진숙언이 총총히 뛰어와서 신월이의 이마를 짚어보았다.

「어머나! 뜨거워요.」

재빨리 서랍을 열고 온도계를 꺼내서 신월이의 겨드랑이 밑에 끼워주었다. 수은주가 빠르게 올라갔다.

천성이는 급하게 소릴 질렀다.

「왜 병원에 가지 않았어요?」

한씨 부인은 손을 비비면서 말했다.

「공교롭게 너희들도 집에 없지, 우리 두 노친네가 어쩌겠니?」

고모는 떨면서 말했다.

「사람도 없지. 차도 없지.」

「차?」

천성이가 소리를 지르니 이마의 푸른 힘줄이 불쑥 튀어나왔다.

「어제는 그렇게도 많은 차를 쓰더니 왜 써야 할 때는 안 써요? 왜!」

진숙언이 온도계를 꺼내보더니 질겁하듯이 소리를 질렀다.

「39도 7분이에요!」

「의사가 몇 번이나 당부했는데, 절대 감기에 걸려서는 안 되니까 주의하라구요…… 빨리빨리 갑시다!」

「가자, 내가 업고 가자!」

천성이가 말하면서 혼미상태에 있는 신월이를 들쳐 업었다. 천성이는 정신없이 밖으로 뛰었다. 숙언이가 그 옆에 서서 두 손으로 신월이를 붙잡아주고 있었다. 그들이 골목을 나와 북쪽으로 나가니 길목에 10번 버스가 있었다. 그걸 타고 동단까지 가면 동인병원이 멀지 않았다.

박아댁 문 앞에는 두 노인네가 당황하여 서 있었다. 모두 넋을 놓고 있었다. 그들의 머리 위와 대문 양쪽에는 커다랗고 붉은 희자가 석양에 비치어 빛나고 있었다. 경사의 기쁨을 채 누리기도 전에 재난이 내려온 것이다.

한씨 부인은 돌계단에 서서 넋을 놓고 있는데 옆에 섰던 고모가 갑자기 쓰러졌다.

「언니, 언니!」

한씨 부인이 놀라서 부축하려 했으나 고모는 이미 몸을 움츠리고 문 옆에 기대앉아 있었다. 얼굴은 벌개지고 두 눈은 꼭 감고 이를 악물고 있었다. 왼팔은 뻣뻣하게 뻗어 있고 오른팔은 가슴 앞에 구부리고 있는데 왼쪽 가슴을 꼭 붙들고 있었다.

한씨 부인이 고모를 끌어당기려 했으나 죽은 사람처럼 꼼짝달싹하지 않았다. 한씨 부인은 놀라서 얼굴색마저 변했다.

「알라여!」

미명호 가에 붉은 자주색 단풍잎이 바람에 가볍게 떨어져내렸다.

초안조의 작은 서재 창문에는 등불이 밝았다. 새 학기가 시작된 지도 이미 두 달이 지났다. 영문전업의 작년도 신입생들은 한신월을 제외하고는 모두 이학년에 올라왔다. 사추사가 신월이의 위치를 차지하여 동창들의 경쟁목표가 되었다. 나수죽도 이젠 그녀와 어깨를 겨루려고 하였다.

초안조는 여전히 그 반의 반주임 겸 영어선생이었다. 학과장과 엄교수가 그 반을 끝까지 책임지라고 희망하였기에 그도 책임을 밀어버리지 않았다. 그 학생들은 그가 교직을 맡은 후 처음 가르치는 학생들이었다. 지난 일년 동안 초안조는 그들과 깊은 신뢰의 정을 쌓았다. 그는 학생들을 잘 육성하여 오 년 후에 모두 우수한 성적으로 졸업하기를 희망하였다.

그의 유감은 오직 한 학생이 줄어든 것이었다. 그것도 가장 우수한 학생이었다. 만약 신월의 병이 순조롭게 치료된다 해도 내년 여름 후에야 공부를 시작할 수 있고 일학년부터 다시 다녀야 했다. 그때 다른 동창들은 삼학년 학생이 될 것이니 이 반에서는 영원히 신월이를 잃게 되는 것이다. 초안조는 그녀를 안심시키려고 실현될 수 없는 약속을 하였고 그것이 신월이로 하여금 휴학의 결심을 내리게 한 것 같다. 그래서 초안조의 마음은 매우 불안했다. 그건 뻔한 거짓말이다. 좋은 마음에서 그는 자기의 학생을 속였고 자기를 굳게 믿는 처녀애를 속인 것이다. 그는 자기와 신월이의 사제관계가 이미 끝났음을 알았다. 신월이가 회복된 후 우수한 성적으로 두 번이나 연속 월반하지 않고서는 불가능한 것이다. 그러나 그것은 북대의 역사에서도 드문 일이었다. 그러나 초안조는 신월이를 믿었다. 신월이가 잠재력을 발휘하고 기적을 창조하기를 초안조는 기다렸다. 그러나 그것은 신월이나 초안조에게 달린 것이 아니었다. 내년에, 내년의 모든 것은 미지수였다. 세상의 어떤 과학수단도 사람의 운명을 예측할 수는 없다. 사람들은 오직 희망을 안고 앞으로 나아가야 한다. 그 희망이 아무리 멀고 작더라도. 만약 희망이 앞에서 사람을 유혹하지 않으면 사람은 전진할 용기도 없을 것이다. 초안조의 가슴에 이렇게 뚜렷하면서도 아득한 희망이 있었기에 그는 교사가 해야 할 일들 심지어 교사직책을 벗어난 모든 것도 잘 해냈다. 짧을 때는 한 주일, 길 때는 두 주일마다 그는 신월이를 보러 갔다. 되도록이면 매달 있는 진찰에도 신월이를 데리고 가서 노의사와 이야기를 나누었다. 그는 정효경에게 숙소에 신월이의 침대자리를 남겨두게 하였다. 그것은 신월이 본인의 간청이었다. 신월이는 일용품 외의 짐은 모두 학교에 두고 자기 자리를 지켰다. 다시 학교에 다니게 되면 그 자리를 쓰고 싶어하였다. 한 반이 되지 않더라도 그녀는 동창들을 떠나고 싶지 않았다. 내년 가을이면 모든 것이 예상대로 될 수 있을지도 모른다.

책상등 아래서 「고사신편」의 번역이 또 중단되었다. 요즘 그는 아주 바쁜 생활을 하고 있었다. 중앙당의 조절, 공고, 보강, 제고의 방침을 배워야 했고 고등교육 60조도 관철해야 했으므로 여러 가지 회의에는 반드시 참가해야 했다. 날로 더 짙어지고 긴장되고 신성해지는 정치공기 속에서 정효경이 작년에 누설한 소문이 증명되고 있었다. 중국은 이미 소련과 딴 길을 걷게 되었고 모든 사람들은 반드시 허리띠로 굶주린 배를 졸라매고 시험을 겪어야 했다. 이외에도 그는 자신의 직책을 지켜야 했다. 이학년의 수업은 더 많은 시간을 들여서 준비를 해야 했다. 엄 교수의 건강이 날로 나빠지므로 그는 은사를 위해서 모든 것을 담당해야 했다. 그래서 번역에 쓸 그의 저녁시간은 시간이 더욱 적어졌다. 바쁜 것은 두렵지 않은데 무서운 것은 귀한 시간에도 늘 정신을 집중하고 마음을 차분히 가라앉히고 번역할 수 없다는 것이었다. 몸은 비재에 있지만 마음은 박아댁에 가 있었다. 멍하게 앉아 글자 한자 쓰지 못할 때가 태반이었다. 「주검」을 완성한 후 「출관(出關)」은 더욱 느려졌다. 외문출판사의 편집진은 아주 조급하게 재촉하였다. 그 책은 금년에 출판하려고 했으나 부득불 내년으로 미뤄지게 되었는데 만약 빨리 탈고하지 않으면 내년도 보장이 없다는 것이다. 때문에 그 보고 빨리, 빨리하라고 재촉하였다. 그나마 내년으로 연기된 것이 초안조에게 숨쉴 틈을 주었다. 그만하면 할 수 있겠지? 아직 끝나지 않은 것은 세 편뿐이었다. 그는 어떻게 해서라도 세 편을 빨리 번역하리라고 마음먹었다. 그렇지 않으면 편집진도 신월이도 대단히 실망할 것이다. 신월이를 보러 가면 그녀는 늘 번역에 대해 알고 싶어했다. 번역사업에 정신이 팔린 학생은 선생님의 사업을 자기 사업으로 간주하였다. 그녀는 그 역저를 자기의 희망과 감정의 의탁으로 삼았다. 역저에 대해 말하기만 하면 신월이의 기분은 아주 좋았다. 병으로 인해 휴학한 고통도 사라져버렸다. 마치 경기장을 떠나지 않은 채 선생님과 같이 앞으로 달리는 것 같았다. 초안조는 절대 이 사랑스러운 동행자를 버리고 가지 않을 것이다. 미래의 사업이 그들에게 빛나는 앞날을 보여주고 있었다. 그는 꼭 그녀를 데리고 달릴 것이다. 지금 앞을 가로막는 그 고비만 지나면 신월이도 탄탄대로에 들어서게 될 것이다. 초안조는 신월이가 자기보다 더 좋은 성적을 따내기를 바랐다.

……초안조는 시도 때도 없이 달아나버리는 사색을 거두고 「출관」을 번역하기 시작하였다. 역문이 처음 시작되는 단락에서 중단되었다. 공자가 스승인 노자를 만나러 왔다. 노자가 그에게 도에 대해 말하고 있었다.

「……성(性)은 고칠 수 없고 운명은 바꿀 수 없으며 시간은 머무르게 할 수 없고 도는 막히게 할 수 없다…….」

초안조는 뒤 부분을 번역하기 시작하였다. 오직 도를 얻어야만……. 그때 방문을 노크하는 소리가 났다. 그는 귀찮은 듯이 붓을 놓고 그날

온『인민일보』로 책상 위의 원고지를 덮고서 말했다.

「들어오시오!」

어떤 불청객이 찾아왔는지 알 수 없었다.

「초 선생님!」

정효경이 씩씩한 모습으로 들어왔다. 입은 군복은 빨아서 물이 바래 하얗게 되었는데도 다른 옷으로 갈아입지 않았다. 팔꿈치에는 천을 달아 기웠는데 마치 금방 전선에서 돌아온 사람 같았다. 그러나 손목에는 새 오메가 시계를 차고 있었다.

「오, 정효경 학생이군, 앉으세요!」

초안조는 일어나면서 습관적으로 의자를 손님에게 양보하였다.

정효경은 사양도 않고 의자에 앉아서 두 팔을 책상 위에 세워 두 손으로 아래턱을 고이고 선생님을 바라보았다. 그 모습은 마치 선생님의 교시를 들을 준비를 끝낸 것 같았지만 초안조는 그녀가 할 말이 있어 왔음을 알았다. 그는 그녀가 온 목적을 추측하고 있었다. 또 무슨 배역을 맡기려는 건가, 아니면 그한테 공작을 보고하려는 건가?

모두 아니었다. 정효경의 이번 걸음은 그가 생각하지도 못했던 것이었다.

「전 선생님과 그저 얘기나 해보려고요, 초 선생님.」

정효경이 입을 열었다. 그녀는 한 손으로『인민일보』를 만지작거렸다.

「워낙은 벌써 얘기하고 싶었는데 요즘 일이 너무 많아서요. 반의 일도 있고 학과 총지부에도 일이…….」

초안조는 공자와 노자의 회견으로부터 현실로 돌아왔다. 그는 정효경이 얼마 전에 학과 당총지부 선전위원으로 당선된 걸 알고 있었다. 금방 한 말은 그녀가 그저 얘기나 해보려고 온 것이 아니라 중국 북경대학 서방언어학과 총지부의 한 지도자로서 그를 찾은 것임을 말해준다. 이런 대화는 보통 아주 무겁다.

초안조는 즉시 속으로 사제지간의 습관적인 위치에서 탈바꿈하여 정색을 하고 앉아서 그녀의 다음 말을 기다렸다.

「어떻습니까?」

정효경이 미소를 지으며 물었다. 그 말은 듣는 사람으로 하여금 그녀가 묻는 것이 어떤 내용인지를 알 수 없게 하였다. 사실 그런 물음에 대답할 필요는 없다. 그 말은 얘기를 시작할 때 하는 입버릇 비슷한 것이고 실질적인 내용은 뒤에 있었다.

「요즘 우리 학과 선생님들의 사상정서는 어떻습니까? 당의 사업에 대하여 무슨 건의나 청구 같은 게 없습니까?」

「아.」

초안조는 할 말이 없었다.

「난…… 모릅니다. 남들과 그 방면의 문제를 별로 말하지 않으니.」

정효경은 너그럽게 그를 보더니 꼭 알아내려는 의도는 없이 계속해서 말했다.

「당조직에 적극 접근하는 동지들에 대하여 당은 양성에 주의를 돌리지요. 특히 선생님처럼 사업능력이 있는 청년교사들을 당조직에 흡수해 들인다면 더욱 큰 작용을 할 수 있지요. 선생님은 조직문제를 어떻게…….」

큰 돌이 고요한 호수에 떨어진 듯이 초안조는 마음이 뒤죽박죽이 되었다. 비록 정효경이 노련한 자세를 갖추려고 애를 썼지만 그래도 그녀는 너무 어렸다.

단도직입적인 사업방법과 너무도 뚜렷한 암시는 초안조로 하여금 모든 것을 눈치채게 하였다. 바로 당이 그를 부르는 것이다. 그것은 20세기 60년대에 살고 있는 중국 청년이 가장 희망하는 것이었고 뜨거운 피를 끓어넘치게 하는 소식이었다.

그러나 초안조의 마음은 곧 고요해졌다. 그는 의아스러운 듯이 정효경을 바라보면서 말했다.

「난…… 아직 입당신청서도 쓰지 않았습니다.」

「그래요?」

정효경에게도 약간 의외였다. 그녀가 접촉한 사람들 중에서 조직에서 찾아가서 대화할 때 본인이 그때까지 신청도 하지 않은 상황은 드문 예였다. 그러나 그녀는 아주 쉽게 자기의 의구심을 잊어버렸다.

「그건 괜찮아요. 아무 때나 쓸 수 있으니까요. 지금도 늦지 않았습니다. 신청서를 쓰고 지원등록을 하는 것은 모두 형식입니다. 중요한 것은 사상적으로 입당하는 것입니다. 노신은 조직에 들지 않았지만 그분은 진정한 공산주의자입니다. 모 주석의 선생인 서특립도 그의 학생보다 늦게 입당했습니다. 그러나 그는 혁명이 가장 곤란하던 때에 당에 가입하였지요. 그것이 가장 귀한 것입니다. 초 선생님, 지금 국내외 정세는 우리 각자에게는 엄준한 시련입니다. 우리는 진리를 위해 싸워야 합니다. 마음속의 신앙을 위하여 자기 모든 것을 바치는 걸 아쉬워하지 말아야지요!」

그 말을 하면서 정효경은 아주 격해졌다. 그녀의 그 말들은 내심에서 우러나온 경건한 것임을 의심할 수 없었다.

초안조는 그녀의 말에 감화를 받지 않을 수 없었다. 경건함은 감화력을 가지고 있다. 어떤 신도는 그가 어떤 교의를 신봉하든 그의 마음과 입이 일치되어 기도할 때 아무 상관도 없는 사람들을 감동시킨다. 하물며 정효경이 아낌없이 바치려는 신앙에 대하여 초안조는 구경꾼이 아니었다. 붉은 기가 상해에 꽂힌 그때부터 그는 자기 또래들과 같이 예외없이 이 모든 것을 접수했다. 그 후에 그는 북경에 와서 반우파투쟁, 강철대약진…… 등을 겪었다. 금방 청년기로 들어선 젊은이들이라 모든 것을 진정으로 이해하고 판단할 수는 없었으나 그는 믿으려고 했었다. 그 모든 것이 틀림없는 것이고, 의심할 바 없는 것이라고. 밥을 점점 배부르게 먹을 수 없고 혁명이 점점 힘들어지고 있는 지금까지도.

「그렇지요, 사람은 신앙이 없을 수 없고 추구하는 바가 없을 수 없으며 귀착점이 없어서는 안 되지요.」

그는 말했다. 목소리가 약간 떨렸다.

「공산당원은 숭고한 칭호지요. 나도 생각한 적은 여러 번 있지요…… 그러나.」

정효경은 진지하게 듣고 있었다. 그녀는 이 젊은 교원이 우물쭈물하지 않고 마음에 있는 말을 시원하게 털어놓기를, 마치 영어수업을 할 때처럼 유창하게 하기를 바랐다. 그러나 초안조는 주저하더니 말을 멈추었다. 그는 비록 당외 인사지만 당원을 발전시키는 것은 조직위원의 일임을 상식적으로 잘 알고 있었다. 정효경은 선전위원이고 학생이니 이런 장소에서 그녀에게 말할 필요가 있겠는가?

「내가 물어서는 안 되겠지만,」

초안조가 말했다.

「조직에서 학생에게 위탁하여…….」

정효경은 말문이 막혔다. 오늘 저녁의 유세는 완전히 그녀가 자발적으로 한 것이지 조직에서 파견한 것이 아니었다. 그러나 이것은 조직원칙과 어긋나지 않는다. 교원들과 학생 중에서 심중하고 적극적으로 당원을 발전시키는 것은 학교 당위와 학과 총지부에서 이미 명확하게 내린 임무였다. 각 당원들은 모두 발전대상을 양성할 의무와 소개인이 될 권리가 있다. 하물며 그녀 자신은 보통 당원이 아니다. 그녀의 초안조에 대한 관심은 맹목적인 충동이 아니었다. 그녀는 선생님을 존경하므로 자기가 나서서 당조직에 초안조를 들여놓아야겠다고 생각하였다. 그렇게 되면 학과나 반의 사업에 모두 유리할 것 같았다. 그런데 지금 초 선생님은 별로 탐탁해 하지 않고 있다. 정효경을 믿지 못하는가 아니면 더 큰 보증을 얻으려는가?

그녀는 정면으로 초안조의 질문에 대답하지 않았다. 그녀의 자존심이 발전대상을 양성하느라고 취한 행동이 사전에 조직에 보고도 하지 않은 것임을 승인하게 하지 않았다. 그녀는 내친김에 밑도 끝도 없이 꼬리도 잡히지 않을 약속을 하였다.

「초 선생님, 아무런 염려도 하지 마세요. 각 개인의 입당을 원하고 또 조건에 부합된 동지에 대하여 당의 문은 열려져 있습니다. 당은 우리의 어머니입니다.」

초안조는 또 한번 감동되었다. 그는 정효경이 당조직을 대표하여 당의 문 밖에서 배회하고 있는 자기에게 관심이 있다고 확신하였다. 그렇다면 지금 앞에 있는 이 사람은 자기의 학생이 아니라 어머니인 것이다. 아들이 어머니한테 무슨 말을 못 하겠는가? 그러나 그렇다 할지라도 여전히 마음속의 염려를 털어놓는 것은 힘들었다.

「조직에서…… 나의 역사를 심사했습니까?」

그는 물었다.

「역사요?」

정효경은 의아스럽다는 듯이 물었다.

「새 중국에서 자란 청년에게 무슨 복잡한 역사가 있겠어요?」

「아니, 내가 말하는것은…… 나의 가정을 말합니다.」

「당신의 가정은 아주 간단하지요. 직원 출신이고 당신의 어머님은 국민학교 선생님이고 또 누나 한분은…… 상점에서 회계로 있는 것 외에는 없지요.」

정효경의 대답은 아주 정확하였다. 보니 이 당원은 자기의 반주임에 대하여 미리 조사연구를 한 것 같았다. 그러나 그것은 모든 것이 아니었다. 초안조가 할 수 없이 말했다.

「그리고 나의 아버지…….」

정효경은 놀라면서 말했다.

「저의 인상에 당신은 아버지가 없는 것 같은데요?」

「사람이 어찌 아버지가 없을 수 있겠습니까!」

초안조는 부르짖었다. 어린시절부터 그는 이웃아이들이 자기를 아버지 없는 아이라고 놀려대는 모욕을 참을 수 없었다. 그런데 왜 그런지 지금 그의 목소리는 너무도 낮았다.

「나에게는 아버지가 있습니다. 그러나 그의 상황은…… 비교적 복잡합니다. 나는 이력서에 다 적어넣었습니다. 조직에서 알고 있지요?」

그의 얼굴은 벌개졌다. 그는 기대를 품고 당대표를 바라보았다. 그는 정효경이 자세히 기억하여 확실한 대답을 해주기를 바랐다. 만약 그런 상황을 조직에서는 다 파악하고 있습니다, 당신의 입당에는 장애가 되지 않습니다,라고 대답해준다면 그는 아무런 감춤도 없이 뜨거운 눈물을 흘릴 것이다. 최종적으로 공산당원이 되든 안 되든 무거운 정신부담을 덜게 되어 만족을 느끼게 될 것이다.

아주 유감스러웠다. 그는 1초, 2초…… 오랫동안 기다렸지만 희망하는 대답을 얻지 못했다. 권력이 별로 크지도 않지만 작지도 않은 정효경은 초안조의 개인기록을——어떤 사람들은 생사부라고 부르는——보지 못했다. 지금 그녀는 자신의 철저하지 못한 준비의 미숙 때문에 당황하고 있다. 강렬한 호기심에 그녀는 모르고 있는 일체를 알려고 하였다.

「당신의 아버지는,」

그녀는 별로 좋은 인물일 것 같지 않은 예감이 들었다. 때문에 나쁜 데로만 맞추어보았다.

「지주예요? 자본가?」

「아닙니다.」

초안조의 목소리는 너무 낮아서 잘 들리지도 않았다.

「우파분자죠?」

「아닙니다.」

「그럼, 도대체 뭐예요?」

정효경은 갑갑해 하였다. 초안조는 고통스럽게 머리를 숙였다. 이 사회에서 제일 나쁜 칭호만 쏟아져나오니 그는 견딜 수가 없었다. 이 '어머니'도 자기 아버지를 알지 못하고 있는 게 틀림없다. 그는 자신이 그 화제를 꺼낸 것이 후회되었다. 뒤로 물러서자니 그것도 불가능하게 되었다. 자신의 자존심을 지키기 위해서라도 그는 반드시 자기에 대한 정효경의 오해를 풀어주어야 했다. 하물며 그가 말하려는 것은 모두 명백하게 그의 개인기록에 기재되어 있는 것이니 당조직에게는 비밀도 아니었다.

그는 천천히 머리를 들었다. 얼굴색도 다시 원래 모양으로 회복되고 안경 뒤의 두 눈도 우려의 빛이 사라지고 평온해졌다. 지금 정효경은 여전히 영어수업을 할 때 같은 선생님을 보게 되었다. 그는 차분한 어조로 말했다.

그것은 이십칠 년 전 일이다. 1934년 가을, 중국은 국공 양단간에 토벌과 반토벌의 치열한 싸움 속에 처해 있었다. 상해는 문화면에서 두 개 정치세력이 싸우는 전쟁터가 되어 있었다.

그때 초안조는 어머니 뱃속에 있었다. 8월 31일 ── 그날은 어머니가 수십 번이나 외워서 초안조에게 영원히 잊을 수 없는 날이었다. 그날 저녁 어느 중학교에서 국어와 영어를 가르치는 아버지가 퇴근하여 채 장삼도 벗지 못했는데 아래층에서 어떤 사람이 초 선생! 하고 불렀다. 아버지는 아는 사람이 찾아왔는가 여기고 나갔다. 그때 어머니는 별 생각없이 아래층을 내려다보았는데 웬 체격이 우람한 두 사나이가 덮쳐들어 팔로 아버지의 목을 죄고 입 안에 수건을 틀어막고 있었다. 겁에 질린 어머니는 품안에 안고 있던 누나를 내려놓고 아래층으로 뛰어 내려갔다. 그런데 아버지는 언제 세워놓았는지도 모르는 차 안으로 끌려들어간 후였는데 눈깜박할 사이에 차가 떠나버렸다! 어머니는 소리를 지르면서 죽어라고 쫓아갔다. 그러나 자동차를 따라잡을 수 없었다.

그녀는 여기저기 울면서 찾아다녔다. 아무런 소식도 없었다. 교장에게 알아보아 달라고 애걸하였다. 그러자 교장은 냉정하게 말했다.

「학교에 이런 일이 생기리라고 누가 생각이나 했겠습니까? 이건 초선생 개인의 일이니 우리 학교와는 관계없습니다. 당신 남편한테 물어볼 일입니다.」

어디에 가서 알아본단 말인가? 아버지는 종적없이 사라져버렸다. 모든 것이 사전에 짜놓은 것처럼 되었다. 그는 별안간 이 세상에서 없어졌다. 영원히 없어져 버렸다.

이듬해 봄에 어머니는 절망 가운데서 유복자를 낳았다. 아버지가 일찍이 지어놓은 대로 이름을 안조(雁潮)라 불렀다. 그 누구도 어머니가 어떻게 그 힘든 상황에서 오누이를 키웠는가를 상상할 수 없을 것이다. 국민학교 교원의 노임으로는 세 식구를 먹여 살릴 수 없어 일요일에는 남의 집 삯빨래를 해주었고 남의 집 식모 노릇을 하였다. 누나는 국민학교만 다니고는 공부를 그만두었다. 그러나 어머니는 안조를 기어코 공부시키려 하였다. 안조가 이 집의 유일한 남자이기 때문이었다. 매일 저녁 어머니는 아들의 숙제를 자세히 검사하고 하나하나씩 틀린 것을 고쳐주었다. 그러고는 늘 이렇게 한탄하였다.

「만약 너희 아빠가 계셨더라면. 너희 아빠는 글을 아주 잘 지었고 영어를 아주 잘했지!」

그러나 아버지는 영원히 돌아오지 않았다. 어머니는 안조가 빨리 건강하고, 아버지처럼 글을 아주 잘 짓고 영어도 아주 잘하는 사내 대장부로 자라기를 바랐다. 초안조는 아버지를 보지 못했다. 집에는 아버지의 사진 한 장도 없었다. 왜냐하면 그는 자신이 그렇게 사라질 줄을 예측하지 못했기 때문이었다. 아들은 영원히 아버지를 알 수 없었다. 다만 수없는 상상 속에서 찾아헤맸을 뿐이다. 후에 그들은 집주인에게 쫓겨서 몇 번이나 이사를 다니느라고 연구가치가 있는 유물들을 남기지 못했다. 아버지의 유물은 어머니와 함께 쓰던 책들과 헌옷가지 그리고 낡은 우산 하나뿐이었다. 그 외에 『초씨족보』 한 권이 있었는데 어머니는 줄곧 보관하고 있었다. 거기에는 초씨의 혈맥이 기록되어 있었기 때문이었다. 아버지와 초안조의 이름은 아직 기록되지 못했으나 천고로 내려오면서 끊어지지 않은 혈맥이 그들에 의해 이어졌다. 어머니에게는 천만 가지 유감과 슬픔이 있었지만 오직 하나 남편에게 미안하지 않은 것은 그에게 아들을 낳아준 것이었다.

아버지는 돌아가셨을 것이다. 붙잡혀 간 그날 저녁에 바로 돌아가셨을지도 모른다. 누가 아버지를 살해했는지 모른다. 이십여 년간 어머니와 누나 그리고 초안조는 아무것도 알아내지 못했다. 아버지는 도대체 어떤 사람인가? 모른다. 그가 혁명가여서 반혁명가에게 피살되었거나 아니면 반혁명가여서 혁명가의 응징을 받았든간에 어떤 흔적도 남기지 않았다. 아버지의 지위가 너무 낮아서 어느 축에 들지도 못하기에 혁명가이든 반혁명가이든 모두 그를 기억하지 못하고 있는지도 모른다. 단 몇 글자의 기록도 남기지 않았다.

초안조는 이 수수께기를 풀려고 몇 년 동안 고생했지만 답안을 찾지 못했다.

1949년 5월 상해가 해방되었다. 그때 초안조는 열네 살이어서 새 중국의 첫번째 소년선봉대에 가입할 나이를 놓쳐버렸다. 고등학교에 들어간 후 그와 많은 순결한 동창들은 함께 경건한 마음으로 공산주의 청년단에 가입하려고 신청서를 바쳤다. 한 번, 두 번, 세 번…… 졸업

할 때까지 그는 비준을 받지 못했다. 어떤 면에서 그가 남보다 못한가? 아니었다. 교장으로부터 학생들까지 모두 그를 가장 우수한 학생이라고 인정하였다. 원인은 바로 그 신분을 알 수 없는 아버지 때문이었다. 네가 누구의 후손인지 알 게 무어야? 너의 아버지는 죄가 많아 죽어도 싼 역사적 반혁명가일 수도 있고 혹시 혁명가였다 하여도 체포된 후 변절하였을지도 모르지. 이 모든 것을 그 누구도 증명할 수 없었다. 한 고등학교 학생이 이렇게 수십 번 심사를 당했지만 매번 물음표로 시작하여 물음표로 끝났다. 그러한 일들은 그 청백한 청년에게 미혹의 안개를 씌웠고 뜨거운 피를 지닌 가슴에 숱한 상처를 입혔다.

그는 정말 알 수 없었다. 아버지는 아버지고 나는 난데 왜 이러는지 모를 일이다. 나는 아버지를 보지도 못했고 그가 좋든 나쁘든 나와 무슨 관계가 있는가? 그가 공신일지라도 나는 그의 영예를 나누어 가지고 싶지 않다. 그가 죄인이면 그래 아들이 그 죄를 떠맡아야 하는가? 나는 무엇 때문에 자기의 길을 걸을 수 없는가?

그 누구도 그에게 납득할 만한 설명을 해주지 못했다. 보이지 않는 커다란 힘이 마치 반석처럼 그의 마음을 짓눌렀다. 그는 숨도 제대로 쉬지 못할 것 같았다. 어머니는 언제나 눈물을 흘리면서 그를 위로해 주었다. 정치할 자격이 없으면 정치를 하지 말고 공부나 잘해 정직하게 사는 것이 가장 중요하다. 그는 이런 어머니의 교육을 받으면서 자기의 재능으로 북경대학에 합격했다. 그는 북경대학이 자기를 받아준 것을 고맙게 생각하였다. 그는 북대에 대해 아들이 어머니에게 갖는 그런 감정으로 늘 감격해 하였다. 그러나 그는 여태까지 당 어머니가 그의 부친에 대해 어떤 시각으로 보는지를 몰랐다. 북대에서 그를 잡아 교직을 맡긴 것은 그의 전업수준을 보았을 것이다. 학교에 남아 교편을 잡는 것은 입당하고는 다른 것이다. 그는 여태까지 정치적인 일에 쓸데없는 시도를 할 용기가 없었다. 그건 아무 소용도 없는 노력이기 때문이었다. 오히려 마음에 상처나 더 입을 수 있기 때문이었다. 상해에서 직장생활을 하고 있는 누나는 그보다는 고집스러웠다. 동요없이 당조직을 따르고 매번 당과마다 가서 열심히 듣고 당원발전회의마다 참석하였으며 신청서와 사상회보는 얼마나 썼는지 모른다. 그러나 지금까지도 아무런 결과가 없다. 서른이 다 된 사람이 매일 눈물을 흘리며 지도자들을 찾아가서 자신의 진정한 신앙을 고백하지만 그 누가 그녀를 이해할 수 있겠는가?

초안조는 그렇게 하고 싶지 않았다. 오 년의 공부기간과 일년간의 견습기간, 그리고 일년간의 강의기간 동안 그는 묵묵히 자기가 해야 할 일을 다했지만 당의 문 밖에서 배회하였고 거기서 한걸음도 더 내딛지 못했다.

초안조가 말하려던 것은 이젠 다 했다. 가슴속에 들어찼던 우울한 것을 털어놓았으니 마땅히 속이 시원해야 할 텐데 그렇지 않았다. 그에게 남아 있는 것은 여전히 답안이 없는 물음표로 그를 누르고 있었다. 너무도 오래 눌렸던 탓인지 그에게는 이미 습관처럼 되었다. 별로 특별히 무거운 느낌이 없었다. 그런데 오늘만큼은 특별히 무거움을 느꼈다. 그는 조용히 정효경을 바라보며 그녀의 반응를 기다렸다. 기왕 정효경이 당에서 파견되어 온 이상 그는 조직의 심사를 거절할 수 없었다. 기왕 그가 당을 어머니로 여긴 이상 여러 번 중복된 결과를 겁낼 필요가 없다. 그러나 마음이 옛날처럼 고요하게 되기란 쉬운 일이 아니었다. 정효경의 평판을 기다리는 그의 마음에는 희망의 작은 파도가 약간씩 일어났다.

정효경의 입은 약간 벌려졌고 두 눈은 망연해졌다. 초안조의 기이한 감정역사는 그녀가 예상하지도 못했던 일들이다. 심지어 그와 비슷한 예를 들어 참조할 수도 없었다. 너무도 간단했고 또 너무도 복잡하였다. 젊은 볼셰비키는 아직 이렇게 시끄러운 일을 당해 보지 못했다.

침묵이 흘렀다. 초안조는 운명이 또다시 무정하게 중복되는 것을 예감하였다. 정효경이 별안간 말했다.

「당신의 아버지는…… 평소의 표현이 어땠습니까?」

「모르지요.」

초안조는 그런 유치한 문제를 다시 들추고 싶지 않았다.

「그때는 지금과 완전히 다른 시대인데 어떻게 표현을 말할 수 있습니까. 인품의 좋고 나쁨, 학문의 높고 낮음도 무슨 문제를 설명할 수 없지요. 송나라의 채경은 개인생활은 검소하고 서예에도 뛰어난 재주가 있었지만 정치적으로 나쁜 배역을 담당했지요.」

그는 아버지를 위한 변호를 하고 싶지 않은 듯이 그런 예를 들었다.

「제가 말하는 것은 그의 정치편향입니다.」

정효경은 의연하고 진지하게 물었다.

「당신의 어머니가 그와 오랫동안 생활하셨을 테니 어떤 것이든 보아온 것이 있겠지요?」

「그것도 말하기 힘든 일이지요. 만약 그가 정치적인 인물이 아니라면 정치적인 색채는 나타내지 않았을 테지요. 만약 그가 정말 정치적인 인물이라면 그런 환경 속에서 식구들에게 폭로하지 않았을지도 모르구요.」

초안조의 대답은 불투명하였다.

「어머니는 기억에 아버지가 노신의 책을 많이 읽었다고 하였습니다.」

정효경의 눈빛이 반짝였다.

「그것이 바로 편향성이지요. 당시의 아버지는 노신 주위에 뭉쳤던 혁명 문학청년이었을지도 모르지요. 유석, 백망, 호야빈처럼…….」

그녀는 끝내 초안조에게 유리한 점을 찾았다. 초 선생님에게도 응당 혁명을 위하여 피를 흘린 아버지가 있어야 한다!

「물론 그런 가설도 해볼 수 있지요.」

초안조는 말했다. 이 일은 그의 흥분을 자아내지 못했다.

「가설은 끝내 가설이지요. 어떤 근거도 찾을 수 없으니까. 아버지는 글도 발표한 적이 없고 단지 중학교 선생이었을 뿐이지요. 노신의 일기도 찾아보았고 노신에 대한 회고록도 찾을 수 있는 것은 다 찾았지요. 어디에도 그를 언급하지 않았지요. 그는 노신과 안면이 없을 수도 있지요. 노신의 책은 그 누구도 읽을 수 있었지요. 당시의 지식계층도 노선이 그렇게 분명하지 않았으니까요.」

정효경도 머뭇거렸다.

「글쎄요. 노신 주위에 있던 사람들도 상황이 복잡하지요. 호풍이나 풍설봉, 소군, 정령…… 등 그들은 후에 모두 혁명의 적이 되었지요.」

그의 눈에 타올랐던 희망의 불꽃이 다시 암담해졌다. 그녀는 아무런 근거도 없고 상당히 위험하기까지 한 가설을 포기하고 말았다. 열사로부터 적이 되어서 초안조의 아버지는 순식간에 백팔십도로 곤두박질하여 천당으로부터 지옥으로 들어갔다.

초안조는 그녀의 감정변화를 눈치챌 수 있었기에 그의 마음속에 일어났던 희망의 파도도 가라앉았다. 만약 노신이 오늘까지 살았더라면 노신의 결과가 어떠했겠는가는 누구도 장담하지 못할 것이다. 하물며 이름도 없던 초안조의 아버지야 말할 것도 없지만, 죽은 사람에 대하여 사람들은 깨끗하거나 깨끗하지 못한 가설들을 마음대로 그에게 씌우지만 죽은 사람은 그것을 받아들여야 한다. 만약 사람이 죽어 영혼이 있다면 세상에 얼마나 많은 원혼들이 있을지 모른다. 아버지도 다른 세상에서 고통스럽게 부르짖고 있을지도 모른다. 나의 영혼에는 이렇게 많은 사람들이 남긴 상처가 있다. 난 이젠 나 자신을 증오한다!

정효경은 말이 없었다. 그녀의 머리는 온통 뒤죽박죽이 되었다. 이렇게 좋은 초 선생님이 왜 하필이면 그런 가정에서 태어나고 그런 아버지가 있을까? 아쉽다. 이런 사람을 당에 소개할 수 있을까? 당이 그를 받아줄까? 만일 어느 날 그의 아버지에게 엄중한 문제가 있음을 밝혀낸다면…… 어떤 엄중한 문제도 모두 가능한 것이다. 그렇게 된다면 이미 명확한 결론이 나 있는 사람들보다 더 골치 아프게 된다. 그녀의 마음은 무거워졌다. 경솔하게 당의 문을 여는 것이 아닌데, 지금은 닫기도 난처하고 더 열고 있기도 난처하게 되었다. 만약 초 선생님이 자기의 약속을 당조직의 뜻으로 여기고 당조직을 찾아가면 어쩌겠는가? 그녀로서는 참 시끄럽게 될 것이다. 그러나 그는 그렇게 하지 못할 것이다. 그의 지금 감정상태로 보아 그럴 용기가 나지 않을 것이다. 그녀는 다시 입당에 대한 동원을 하지 않았다. 지금은 철회하는 길밖에 없다. 신나게 왔다가 기가 죽어 가야 했다.

「아!」

그녀는 할 수 없이 탄식을 하였다. 그것으로 초 선생님의 나쁜 출신에 대한 동정과 도와줄 수 없는 안타까움을 표시하였다. 그러고는 적당한 말을 찾았다.

「어쨌든 선생님은 당을 믿어야 합니다. 출신은 선택할 수 없지만 여전히 혁명의 길은 선택할 수 있습니다!」

초안조는 그런 동정을 받기 싫었다. 그리고 이렇게 교훈조로 말하는 위안도 참을 수 없었다. 그는 알아차렸다. 정효경의 마음속에 지금 자기는 어떤 대열에 끼여 있는지를.

「그건 나도 압니다.」

그는 끝내 참지 못하고 말했다.

「학생은 백수례나 사추사에게도 늘 그렇게 말하더군요.」

정효경은 의아스럽게 그를 보았다. 그 말 속에 숨어 있는 뜻을 알아들을 수 있었다. 그녀는 그전에 백수례나 사추사에게서도 약간씩 이런 감정을 느낀 적이 있었다. 그렇다면 초 선생님도 사상 속에 그들과 같은 점이 있단 말인가? 그러길래……. 이미 떠나려고 몸을 일으키던 정효경이 다시 앉았다.

「초 선생님! 당의 계급노선은 아주 명확하고 견고한 것입니다. 우리는 마땅히 정확하게 이해하여야 합니다. 어떤 가정의 출신이든 오직 당을 따라 꿋꿋이 가면 좋은 전도가 있을 겁니다. 당신은 우리의 선생님입니다. 저는 여태까지 줄곧 선생님을 존경해왔습니다. 선생님께서 우리 반을 잘 이끌 수 있기를 바라고 우리의 좋은 본보기가 되기를 바랍니다. 우리 각자는 자각적으로 자산계급과 소자산계급 사상의식의 침입을 막아내야 합니다. 모든 면에서 자신을 엄격히 단속하고 학생들에 대한 영향을 주의해야지요.」

초안조는 부아가 나서 손님을 내쫓고 싶었다. 이런 설교는 이미 십여 년간 되풀이하면서 들어왔다. 지금까지 그는 자기의 가정이 어떤 계급에 속하는지 모르고 자신도 어떤 계급인지 모르는 채 많은 침입을 받아 왔다. 그러나 그 마지막 한마디는 이때까지 들어온 설교와 달리 마치 그가 이미 학생들에게 영향을 주었음을 암시하는 것 같았다.

「네? 내가 학생들을 잘못 가르쳤습니까? 만약 내가 합당한 반주임이 아니라면 조직에서 나를…….」

「초 선생님, 흥분하지 마십시오. 있으면 고치고 없으면 주의하면 되지요. 제가 이렇게 일깨워주는 것은 제가 선생님을 존경하고 선생님의 위신을 지켜주기 위해서입니다.」

분위기가 갑자기 긴장되었으나 정효경은 당황하지 않았다. 그녀가 방금 전에 말한 일깨운다는 것은 빈말이 아니었다. 하나의 물음표가 그녀의 머릿속에서 맴돌았다. 그녀가 초 선생님의 서재에 들어설 때는 그 물음표가 별로 중요하지 않았지만 지금은 중요해졌다. 답안도 거의 만져지는 듯싶었다.

「초 선생님, 한 가지 할 말이 있습니다. 본래는 하지 않으려 했고 믿지도 않았는데 이미 반에서 논란이 있는 이상 주의하는 게 좋을 것 같습니다.」

과연 목표 있는 화살을 쏘았구나! 초안조는 그녀가 빙빙 돌리면서 하는 말이 무엇을 가리키는지 알 수는 없었으나 두렵지는 않았다. 북대에서의 칠 년 동안 그는 공부 잘하고 정직하게 살아야 한다는 어머니의 교시를 지키는 외에 지금은 글을 잘 가르치는 것을 더불어 지키고 있었다. 그는 남에게 공격받을 구실이 될 만한 일을 하지 않았으므로 자신이 있었다.

「할 말이 있으면 말하시오!」

그는 정효경의 말을 잘랐다. 기껏해야 반주임을 맡지 않으면 그만이지. 서재로 돌아와 안심하며 번역이나 하는 것이 더 좋을 것 같았다.

그런데 일은 그렇게 간단하지 않았다.

「동창들 가운데서 이런 말이 오가고 있습니다.」

정효경도 서슴지 않고 말했다. 그녀는 입술을 깨물었다. 어느 영화에서 나오는 정치위원의 모습을 모방하는 것 같았다. 잠깐 끊었다가 그녀는 초안조를 뚫어져라 바라보면서 말했다.

「선생님이 학생과 연애를 한다구 말입니다.」

초안조는 아연해졌다. 화살이 그가 방어도 하지 않은 전혀 엉뚱한 방향에서 날아온 것이다!

그의 얼굴은 저도 모르게 약간 붉어졌다. 스물여섯 살 되는 미혼 청년이 그의 연애에 대해 남들이 거리낌없이 말하는 것을 그 내용이 사실이든 거짓이든 태연자약하게 들을 수만은 없는 것이다. 세계의 어떤 청년이든 애정을 생각해보지 않은 사람은 없을 것이다. 사람들의 마음에는 모두 사랑의 종자가 있다. 그것은 짧은 순간에 성숙할 수도 있고 길고 긴 세월의 시달림을 받고 마지막에는 질 수도 있다. 애정은 신성한 것이어서 합당한 시기를 만나지 않으면 뚜렷한 형태로 나타나지 않기에 본인도 그것이 긴가민가 느껴질 때가 있다. 그러나 본인이 똑똑하게 애정의 존재를 의식했을 때는 이미 성숙되어 있는 것이다. 그 순간 초안조는 지난 일년을 돌이켜보았다. 그는 자신의 언행을 곰곰이 생각해보았다. 마치 그가 마주 대하고 있는 사람은 정효경 한 사람뿐이 아니고 그를 알고 있는 모든 사람인 듯한 느낌을 받았다. 마치 많은 눈들이 그의 마음속을 들여다보는 것 같았다. 그는 마음이 떨렸다. 그것은 별안간 법정에 끌려간 사람이 표정이 엄숙한 판사와 방청석의 뭇사람의 눈길에 질려 얼마 동안은 자기에게 죄가 있는지 없는지도 모르고 본능적으로 자신을 먼저 의심해보는 것과 같았다. 젊은 반주임은 정효경 앞에서 안절부절못하였다.

정효경은 재미있다는 듯이 선생님을 관찰하고 있었다. 만약 그가 버럭 화를 내면서 야단을 쳤다면 그녀도 곧 그 마음속의 물음표를 지워버렸을 것이다. 그런데 상황은 그렇지 않았다. 초안조의 난감해 하는 표정과 망설이면서 대답을 하지 않는 것은 그녀가 그의 핵심을 찔렀음을 증명해주고 있다. 유언비어는 원인이 있는 것이다. 평지에 돌연 풍파가 일어날 수 없듯이…….

「초 선생님, 군중들의 여론을 직시해야 합니다.」

그녀는 끝내 주도권을 잡았다. 그렇지만 승리자의 자부심을 드러내 보이지 않고 조심스러운 듯 선생님을 훈계하고 있었다.

「물론, 애정은 인생의 중요한 부분이지요. 사람마다 사랑할 권리가 있고 사랑의 자유가 있습니다. 그렇지만 원칙도 있어야지요. 청년들은 반드시 먼저 혁명에 투신해야지 애정에 빠져서야 안 되지요. 학생들의 지하상태에 가까운 연애도 이미 우리를 골치 아프게 하는데 만일 선생님까지 거기에 말려든다면 우리의 사상공작은 어떻게 하겠습니까? 학교 당위에서는 그 방면에서 좋은 풍기를 세우려고 노력하고 있습니다. 반주임으로서 반드시 솔선수범해야지요.」

「내가…… 솔선수범하지 못했는가? 내가…… 연애를 하고 있는가?」

초안조는 혼자서 중얼거렸다. 항상 자신감이 있었던 그는 자기에 대한 판단력을 잃었다. 그는 이때 정효경이 제삼자의 신분으로 자기를 도와 분석해주기를 바랐다. 그의 몽롱한 의식을 분별해주기를 희망했다. 그렇지만 또 너무 명석한 결론도 자신이 받아들일 수 있을지 걱정되었다.

「그럼…….」

정효경은 물론 할 말이 있었다. 그런데 그때 서재의 문을 누가 가볍게 노크하였다. 불청객이 오는 바람에 난처하지만 계속되어야 할 대화가 끊어지게 되었다. 초안조는 순간 그 노크소리를 내는 것은 한신월인 듯 느껴졌다. 아니지, 한신월이 올 수 없지? 호리호리한 몸매가 문 안으로 들어서더니 부드럽게 초 선생님 하고 불렀다.

사추사였다. 한신월이 반을 떠난 후 사추사는 자연스럽게 한신월의 위치를 차지하였고 선생님의 숙소도 자주 오게 되었다.

「아니, Monitor도 여기 있어?」

사추사는 미소를 지으며 정효경을 바라보더니 몸을 돌려 반주임에게로 걸어갔다. 손에는 영문판『적과 흑』을 들고 있었다. 그녀는 자기와 초안조가 공통으로 쓸 수 있는 고향 사투리로 말했다.

「초 선생님, 이 책의 문장들이 좀 까다롭거든요. 해석해줄 수 있겠습니까?」

그녀는 그곳에 있던 사람들이 얼마나 중요한 일을 이야기하고 있었는지는 아랑곳하지 않고 끼여들어와 아무런 주저도 없이 말하기 시작하였다. 초 선생은 자기가 붉은지 검은지도 아직 판명되지도 않았는데 어떻게 해석해줄 수 있겠는가? 정효경은 눈살을 찌푸리고 일어섰다.

「초 선생님, 그럼 나중에 다시 말합시다. 저의 의견은 참고로 하십시오.」

그녀는 엄숙한 표정을 짓고 떠나가버렸다. 사추사는 마치 아무것도 알아차리지 못한 듯이 금방 자리가 빈 의자에 앉더니 두꺼운 『적과 흑』을 펼쳤다. 초안조는 속이 삼단같이 흩어져서 도무지 자기의 사색을 책에 집중시킬 수 없었다.

「학생이 제기한 문제는 내일 오전 영어시간에 말하지요. 지금은 날도 저물어서 분석을 다할 수 없습니다. 그리고 나도…… 다른 일이 있습니다.」

「좋아요, 그러세요.」

사추사는 유순하게 책을 덮었다. 그녀도 꼭 책을 분석하려고 온 것이 아닐지도 모른다.

「초 선생님은 아주 바쁘시네요.」

말은 그렇게 하면서도 떠나려 하지 않았다. 그녀는 책상 위에 있는 그 『인민일보』를 집어서 별로 탐탁하지 않다는 듯한 눈길로 대충 훑어보고 있었다. 이 학생은 별일도 없으면서 왜 와서 남을 방해하는지 모르겠다.

그녀 자신도 무엇을 하고 싶은지 몰랐다. 그녀는 신문을 손에 몇 초간 들고 있더니 원래 자리도 아닌 곳에 놓아버렸다. 그녀는 신문이 책상에 펼쳐져 있는 이유를 몰랐다. 신문이 덮여 있지 않으니 원고지가 훤하게 드러났다. 그녀는 흘깃 보더니 별로 관심없이 한 장을 들고 보았다.

「초 선생님 글을 쓰세요? 영어로 쓴 글을 중국에서 발표할 데가 있습니까?」

초안조는 원고를 빼앗을 수는 없었다.

「그건 나의 글이 아니고 내가 번역한 것이야.」

「누구 거예요?」

사추사는 곧 흥미를 느꼈다. 그녀는 원고를 손에 들고 다 읽지 않고는 가지 않으려는 듯하였다. 그러고는 감탄사를 연발하였다.

「대단하네요, 초 선생님. 번역가이시네요…….」

겨우 열정적인 독자를 보내고 나서 초안조는 방문을 닫아 걸었다. 그는 맥없이 옷을 입은 채로 침대에 드러누웠다. 한숨을 길게 쉬었다. 그는 그의 서재가 답답한 감옥 같음을 느꼈다. 뛰쳐나가고 싶었다. 그렇지만 어디로 뛰쳐나가야 할지는 모르고 있었다. 그는 조용하게 생활하려고 하였다. 그런데 생활은 그로 하여금 조용할 수 없게 만든다. 그는 두 눈을 멍하니 뜨고 잠을 이루지 못했다. 창밖에는 쏴쏴 하는 소리가 들렸다. 비가 세차게 쏟아지고 있었다.

이튿날은 비바람이 몰아쳤다. 그는 집에서 가져온, 아버지가 쓴 적이 있다는 갈색 유지우산을 들고 영어수업을 하러 갔다.

강의실로 들어서는 순간 별안간 정효경의 말이 생각났다. 그는 정효경의 자기를 탐색하는 듯한 눈과 자기 일을 수군거린다는 학생들을 바라볼 용기가 없었다. 그러나 정효경이나 학생들도 평소와 같이 조용히 그를 바라보고 있었다. 직업적인 자존심이 그로 하여금 진정할 수 있게 하였다. 선생은 학생들의 존중하는 눈빛이 필요한 것이다.

그는 수업을 시작하였다. 이미 정한 대로 학생들이 정독 중 부딪친 문제들을 분석하게 하였다. 사추사가 손을 들고 질문하였다. 남들과 마찬가지로 그녀도 물론 『적과 흑』을 몽땅 수업시간에 내놓고 토론할 수 없었다. 몇 개 전형적인 문장을 예로 들어 선생의 구체적인 분석을 들으려 하였다. 그녀는 책을 자세히 읽었기에 문제의 제기도 아주 대표적인 것이었다. 그래서 선생님의 해석도 보편성을 가지게 되었다. 익숙한 강의실에서 초안조는 완전히 자연스러워졌다.

그는 강의를 하다 별안간 멈추었다. 뒷줄에 앉은 몇몇 남학생들이 강의는 집중하지 않고 다른 일에 관심을 가지는 것을 발견하였던 것이다. 그는 이전에 이렇게 말했다. 학습의 성공은 강제가 아닌 흥미에 있다. 그러나 지금 학생들의 흥미를 강의로 끌어오지 못하자 그는 불안스러웠다. 잠깐 중단하는 것으로 그들을 일깨워주려 하였다. 그런데 그것이 오히려 강의실의 질서를 혼란에 빠뜨렸다. 학생들이 분분이 고개를 뒤로 돌려 무엇이 선생님의 정서에 영향을 주었는가를 알고 싶어했다.

학생들의 눈길이 마지막에는 모두 당춘생에게 쏠렸다. 일의 처음 시작은 옆에 앉은 학생이 당춘생의 교과서에서 떨어진 편지지 몇 장을 주워서 옆에 있는 학생들끼리 호기심이 나서 읽으면서였는데 뭇 사람의 눈길이 쏠리니 재빨리 그것을 당춘생의 손에 다시 돌려주었기 때문이었다.

정효경은 참을 수 없었다. 그녀는 불쑥 일어나더니 말했다.

「당춘생, 무슨 짓을 하고 있어?」

당춘생은 입술을 깨물더니 머리를 숙이고 말했다.

「무슨 짓은 아무 짓도 안 했지.」

태도가 이렇게 졸렬하였다. 근본적으로 반장인 자신은 안중에도 없었다. 정효경은 자기 자리를 떠나서 편지지를 빼앗았다.

「돌리고 본 것이 무엇이었어?」

당춘생은 기왕에 빼앗긴 바에는 두려운 것이 없었다.

「볼 테면 보라지.」

초안조는 아무 말도 하지 않았다. 그는 정효경의 행동을 찬성할 수 없었다. 모두 대학생인데 수업시간에 아이들처럼 이렇게 장난을 할 필요가 있겠는가. 그런데 일이 이 지경으로 되었으니 그로서도 어찌할 수 없었다. 정효경이 부아가 나서 편지지를 펼쳐보니 영어로 쓴 시였다.

그녀는 학생들 앞에서 읽기 시작하였다. 그녀는 모두에게 당준생이 어떤 엉터리 글을 썼는가 알게 하고 싶었다.

「나의 사랑…….」

서두를 떼고는 화가 나서 당준생에게 던져주면서 말했다.

「쓴 것이 이게 뭐야? 네가 읽어!」

「읽으라면 못 읽을까봐?」

당준생은 아무렇지도 않은 듯이 편지지를 받아들고 읽기 시작하였다. 그것은 영문으로 쓴 운율이 강한 시였다.

나의 사랑은 산허리에 있다.
그녀를 찾으려니 산이 너무 높아서
할 수 없이 고개 숙여 눈물로 옷자락 적셨네
애인은 나에게 백접수건을 선사했는데
그녀에게 준 것은 부엉이였지
이때부터 토라져서 못 본 척하니
무슨 까닭인지 모르니 내 마음이 떨리네.

나의 사랑은 번화한 거리에 있다.
그녀를 찾으려니 사람에게 밀치어서
할 수 없이 고개 들고 눈물로 옷자락 적셨네
애인은 나에게 쌍제비그림을 선사했는데
그녀에게 준 것은 아가위 얼음과자였지
이때부터 토라져서 못 본 척하니
무슨 까닭인지 모르니 나는 멍청해지네.

나의 사랑은 강가에 있다.

그녀를 찾으려니 강물이 너무 깊어서
할 수 없이 고개 돌려 눈물로 옷자락 적셨네
애인은 나에게 금시계줄을 선사했는데
그녀에게 준 것은 땀내는 약이었지
이때부터 토라져서 못 본 척하니
무슨 까닭인지 모르니 신경쇠약이 되었네.

나의 사랑은 부잣집에 있다.
그녀를 찾으려니 승용차가 없어서
할 수 없이 머리 흔들며 눈물이 삼단 같았네
애인은 나에게 장미꽃을 선사했는데
그녀에게 준 것은 율모기였지
이때부터 토라져서 못 본 척하니
무슨 까닭인지 모르니——아이구 난 죽고 말 거야.

당준생은 유창하고 재미있게 읽었다. 학생들이 모두 웃음을 터뜨렸다.

「당준생!」

이미 자기 자리로 돌아간 정효경이 무서운 목소리로 말했다.

「장난이 너무 심했어!」

앞줄에 앉았던 사추사도 손을 들고 일어서더니 자기의 고향친구에 대하여 아주 큰 불만을 표시하였다.

「초 선생님, 당준생이 이런 저속한 것을 교실에 가지고 오다니, 너무 유치합니다!」

두 상해사람이 공개적으로 맞서니 모두들 흥분하였다. 특히 사추사한테 촌사람이라고 멸시당하는 나수죽은 비록 당준생의 낭송을 다 알아듣지는 못했어도 그들의 내전에 고소해 하였다.

「누구야? 누구?」

당준생도 만만치 않었다.

「뭐 저속하다구? 유치하다구? 그런 말을 하면 반혁명 모자를 쓸지도 몰라. 내 알려줄까, 이건 노신의 시야! 누가 감히 반대해?」

학생들은 모두 그 말에 멍해졌다——노신?

「그럴 리 없어!」

정효경이 먼저 반응을 보였다.

「노신은 문화거장이고 혁명전사야. 어찌 그런 글을 쓸 수 있겠어?」

「그렇게 더러운 걸 노신이 썼을 리가 없어!」

사추사도 말했다. 나수죽도 싸움을 구경하던 것을 잊고 말했다.

「노신을 모욕하지 마. 그는 내가 가장 숭배하는 작가야!」

강의실 안은 장터 같았다. 초안조가 할 수 없이 말했다.

「그건 확실히 노신의 시입니다. 제목이 「나의 실연」이지요?」

그 한마디의 말에 강의실은 물을 뿌린 듯 조용해졌다. 놀랐거나 낙심했거나간에 모두들 선생님이 우스갯소리를 한 것이 아님을 믿고 있었다. 그는 계속해서 말했다.

「혁명작가라 해서 애정에 대한 작품을 쓰지 않는다고 여기지 마십시오. 노신도 사람이기에 정욕이 있습니다. 그러나 그 시는 자기의 애정생활을 직접 쓴 것이 아니라 그 당시 유행되고 있던 맥빠진 실연시들을 풍자한 것입니다. 그가 쓴 것은 아주 유머러스하지만 내재적인 뜻은 아주 엄숙합니다. 뜻이 같고 포부가 같은 기초가 없으면 애정도 없는 것입니다. 마지막에 아이구 난 죽고 말 거야, 부분은 그렇게 번역하지 말고 에라, 마음대로 하라지라고 하는 게 더 낫습니다. 시에 나타난 몇 가지 특이한 선물이 여러분도 이상해 보일 겁니다. 사실은 노신의 자기의 생활 중에서 찾은 것입니다. 부엉이와 율모기는 그가 좋아하는 동물이고 아가위 얼음과자는 그가 좋아하는 음식이고 땀내는 약은 그에게 폐병이 있기에 늘 먹는 약이지요.」

견해가 완전히 다르던 학생들이 모두 그의 확신에 찬 분석에 끌렸다.

「또 노신의 이 시는 중문으로 쓴 것입니다. 당준생 학생이 그것을 영문으로 번역했는데 번역이 상당히 잘되었습니다. 칭찬할 만합니다. 개별적인 시구들을 예를 들면 할 수 없이 고개 숙여……, 할 수 없이 고개 들고…… 등 네 개의 완전히 같은 문장은 영어로 번역할 때 원작품의 맛도 보여주고 또 영문의 운율습관에도 맞아야 합니다. 이것은 더 다듬을 필요가 있습니다. 그럼 우리는 이것을 예로 들어 문장분석을 할 수 있습니다.」

생각 밖의 내용이 추가되는 통에 수업은 연장되었다. 강의가 끝나니 이미 열두시 반이 되었다. 초안조는 서둘러 계단을 내려가서 우산을 펼쳐들고 교원식당으로 걸어갔다.

「초 선생님!」

정효경은 초록색 군용 비옷을 입고 쫓아왔다. 그는 발걸음을 멈추었다.

「초 선생님.」

정효경이 이미 그의 앞에 서 있었다.

「오늘 오후 생활회는…….」

「아.」

초안조는 오늘 오후에 반모임이 있는 것이 생각났다. 매주 토요일 오후 남학생 숙소에 모여 비평과 자아비평을 한다. 이런 회의는 여태까지 정효경이 사회를 보았다. 반주임은 참가해도 되고 참가하지 않아도 되었다. 정효경이 와서 그에게 회의통지를 하는 것으로 보아서는 그가 참가하기를 희망하는 것이 뻔했다.

「무슨 내용이지요?」

「반의 풍기를 정돈하자는 거지요.」

정효경은 한 손으로 얼굴의 빗물을 훔치면서 말했다.

「반이 지금 얼마나 문란합니까? 정돈하지 않고 되겠습니까?」

「오늘 강의시간의 규율 때문에 그러지요?」

초안조는 아무렇지도 않다는 듯이 말했다.

「그건 문제가 아닙니다. 대학생들에게 그렇게 제한할 필요는…….」

「선생님은 규율문제뿐이라고 봅니까? 아주 건강하지 않은 사상의식이 지금 반에 퍼지고 있습니다. 원래는 뒤에서 쑥덕거리더니 이제는 교실에서 공개화되고 있습니다. 저는 선생님 때문에 걱정됩니다, 초선생님!」

「나 때문에……?」

초안조는 흠칫 놀랐다. 어제 저녁 정효경이 그로 하여금 놀라게 한 말이 또 귓가에서 울렸다…… '선생님이 학생과 연애를 한답니다!' 오늘 강의시간에 발생한 일은 그런 의논의 반영이란 말인가?

그는 어리둥절해지고 자신도 모르게 긴장되었다. 수업시간 외에 정효경은 그의 학생이 아니라 지도자이고 자기를 심사할 수 있는 직책이 있음을 곧 의식하게 되었다. 그녀의 눈은 그의 모든 것을 꿰뚫어보고 있었다. 이력서에 쓴 가정역사로부터 그의 마음속의 감정세계까지도 말이다.

「선생님은 정말 느끼지 못했습니까?」

정효경은 그의 이런 무딘 반응이 불만스러웠다.

「반의 동창들은 모두 선생님과 사추사의 관계에 대해 뒷공론을 하고 있습니다.」

「무엇이? 사추사?」

초안조는 멍해졌다. 정말 모를 일이었다. 이것이 바로 정효경이 어제 저녁 내놓지 않은 답안이란 말인가? 밤새 잠을 이루지 못한 것이 이런 우스운 결과일 줄은 몰랐다. 초안조는 가벼운 한숨을 내쉬었다. 마치 피고가 법정에서 무죄석방이란 말을 들었을 때처럼 마음이 편해졌다. 그는 웃으면서 말했다.

「너무 이상하지 않습니까? 어떻게 그런 말이 다 있지요?」

그의 태연한 태도는 정효경으로 하여금 우길 수 없게 하였다.

「글쎄요, 저도 이상하다고 느꼈습니다. 그런데 학생들이 왈가왈부하며 의논하는 게 너무도 그럴 듯했습니다.」

「네?」

초안조는 자신이 주인공이 된 연애 이야기가 그렇게 그럴 듯하다고 상상할 수가 없었다.

「그들은 사추사가 선생님과 접촉이 비교적 많다고 말했어요. 어제 저도 비재에서 그녀를 보았지요.」

「나는 교원이니 어떤 학생도 찾아올 수 있습니다. 어제 학생도 왔었지요.」

「전…….」

정효경도 부인할 수 없었다. 그렇지만 자기를 어떻게 사추사와 같이 평가할 수 있는가? 사추사가 비재에 간 목적이 무엇인지 누가 알겠는가?

「선생님과 사추사가 한 고향 사람이니 감정도 다른 사람보다 더 가까워서 그럴지도…….」

초안조는 눈썹을 약간 찡그리더니 말했다.

「같은 고향 사람? 같은 고향이란 게 무엇을 설명할 수 있습니까? 사람의 감정을 구역으로 구분할 수 있습니까?」

그건 참 그렇다. 정효경은 속으로 생각했다. 레닌의 교도대로 말하면 사람은 계급으로 구분된다고, 사추사와 초 선생님은…… 그래 그

방면으로 증거를 찾을 수 있지!

「사추사는 자산계급의 아주 강한 허영심을 갖고 있습니다. 온갖 방법으로 자기를 치장합니다. 학생들은 그녀가 그렇게 하는 것은 선생님께 잘 보이려고 그런다고 합니다. 영어수업이 있을 때 그녀는 평소보다 더 예쁜 옷차림을 합니다. 이것이 바로 여자는 좋아하는 사람을 위해 단장한다는 것입니다.」

초안조는 픽 웃고 말았다.

「강의할 때 나는 본래 학생들의 복장을 주의해 본 적이 없습니다.」

「그래요?」

정효경은 중얼거렸다.

「그리고 또 말하기를…….」

「정효경 학생!」

초안조는 그녀의 끝도 없을 말을 중단시켰다.

「나는 학생들이 모두 그렇게 말한다고 믿지 않습니다.」

「물론 모든 사람들이 그런 것은 아니지요.」

정효경도 부자연스러워졌다. 가만히 따져보면 그녀가 금방 한 말들은 저도 모르게 문학의 과장적인 수법을 쓴 것이다. 그녀도 약간 수그러들었다.

「사실은 몇몇 남학생들간에 오가는 말인데요. 소문을 날조한 것이 당준생일지도 모르지요.」

정효경은 살살 후퇴하고 있었다. 이제는 의논을 소문날조라고 고쳐서 말했다.

「당준생이 사추사한테 채이니 도처에서 소문을 퍼뜨리지요. 사추사가 자기와 맹세까지 했는데 선생님께 반하면서 자기를 배반했다구요. 선생님이 자기보다 키도 더 크고 풍채도 있고 또 반주임이니 장래 사추사의 졸업 배치에도…… 이 모든 것이 그는 선생님의 적수가 아니지요. 그는 또 말하기를…….」

「더 말할 필요도 없습니다!」

초안조가 화를 냈다.

「그런 무례한 말들은 나나 사추사 학생한테 모두 모욕입니다!」

「글쎄요, 저도 그런 말은 믿지 않습니다.」

정효경은 발뺌을 하려 하였다. 선생님이 소문을 날조하고 퍼뜨린 사람들을 자기와 한통속으로 볼까봐 걱정이 되었다. 그녀는 자신이 지도자의 위치에 있음을 강조하고 싶었다.

「상황을 파악하기 위해서 저는 사추사를 찾아 얘기를 했지요. 그런데 그녀는 그런 소문에 대하여 아무런 변명도 하지 않고 내가 누굴 사랑하는 건 나의 권리이고 자유야, 라고만 말했어요. 마치 묵인하듯이 말입니다.」

초안조는 눈살을 찌푸렸다. 어제 저녁 사추사가 찾아왔을 때 정신상태가 안정되어 있지 않던 일이 생각났다. 그녀가 무슨 궁리를 하고 있는지 모를 일이다. 그는 유감스러웠다. 그가 반에서 제일 이해하지 못하겠는 사람은 바로 그 사추사였다.

「그녀의 그런 정서가 물론 연쇄반응을 일으키지요.」

정효경은 또다시 정치위원의 모습을 회복하였다.

「오늘 당준생이 강의시간에 감히 떠들어대고 공개적으로 그 시를 읊은 것은 바로 선생님께 자기 힘을 과시하는 것입니다. 그런데 선생님은 그를 칭찬하셨으니. 제가 보기로는 마땅히 엄숙하게 비평을 하여야 합니다. 오늘 오후 생활회의에서는 사상투쟁을 벌이려고…….」

「내가 칭찬한 것은 그의 역문입니다. 그리고 무슨 과시도 아니라고 봅니다.」

초안조는 또다시 그녀의 말을 중단시켰다.

「학생은 어떻게 사상투쟁을 하려고 합니까?」

「그가 퍼뜨린 소문을 반박하지요.」

정효경은 분해서 말했다.

「그가 한 말이 사실이 아닌 이상 우리는 마땅히 선생님의 명예를 지켜야지요. 사제관계도 올바르게 잡고요. 당준생의 사악한 풍기를 타격해야지요. 그리고 사추사도 교육해서 정확한 인생관을 수립하게 하여야 합니다. 전체 학생들도 여기서 교훈을 배우게 해야지요.」

「그럴 필요 없습니다.」

초안조가 말했다.

「그렇게 자그마한 일을 가지고 시끄럽게 할 필요 없습니다. 그런 일은 스스로 사라질 테니까. 사실은 이미 명백하니 다시 설명할 필요가 없습니다. 오직 거짓말을 죽어라고 불어댈 겁니다. 남들이 믿지 않을까봐서요. 나는 나 때문에 사추사와 당준생 두 학생이 여러 사람들 앞에서 얼굴을 못 들게 할 수 없습니다. 그렇지요?」

「네…….」

정효경의 앙양되었던 투지도 무너져버렸다. 그녀가 설계한 사상성도 있고 희극성도 있는 투쟁은 이렇게 묵살되고 만단 말인가? 그녀는 아주 아쉬운 듯이 말했다.

「그럼 오후의 회의는…….」

「내용을 바꾸는 게 어떻습니까?」

초안조가 말했다.

「뜻깊은 토론을 벌일 수 있습니다. 예를 들어 단결, 우정…… 애정도 토론할 수 있습니다. 그러나 다른 사람을 빗대어 말해서는 안 됩니다. 그 누구도 타격할 수 없습니다. 그건 학생이 잘 장악하시오.」

그는 시계를 보더니 말했다.

「나는 참가하지 않겠습니다. 학생한테 휴가를 얻을까 합니다.」

「네.」

정효경은 하는 수 없이 한숨을 쉬더니 또 물었다.

「오후에 선생님은 더 중요한 회의가 있습니까?」

「난 다른 일이 있습니다.」

초안조는 명확한 대답을 하지 않고 돌아서서 가버렸다.

정효경은 멍하니 서서 빗속에서 사라지는 선생님을 바라보았다. 반주임에 대해서 그녀는 아직도 잘 알 수 없었다.

초안조는 우산을 들고 성큼성큼 걸었다. 차가운 빗방울이 바람에 날려 그의 얼굴에 떨어졌다. 그는 약간 상쾌한 느낌이 들었다.

오래된 숭문문(崇文門) 성루가 빗속에서 희미하게 윤곽을 드러내보였다.

성루 아래의 동단남거리는 마치 강남의 강물 같았다. 오가는 차들은 강 위에서 떠다니는 쪽배들과 흡사하였다. 대낮에 라이트를 켜서 알록달록한 그림자를 드리웠다. 동인병원 정문 앞에는 구급차, 지프차, 승용차와 비닐막을 친 차들이, 그리고 밀짚모자를 쓰거나 우산을 든 사람들이 모두 급히 그곳으로 달려들어왔다. 그곳에 오는 사람들은 모두 비바람도 두려워하지 않는다. 병원 뜰안에는 비바람에 떨어진 마른 잎들이 길 위에 고인 빗물들을 따라 하수도로 흘러들어가고 있었다.

노의사는 금방 이첨판 분리수술을 마치고 피곤한 다리를 이끌고 수술실을 나왔다. 그녀는 복도의 긴 의자를 붙들고 서서 숨을 돌리려다가 초안조가 문 앞에서 자기를 기다리고 있는 것을 보았다.

초안조는 점심을 먹고 박아댁에 갔는데 뜻밖에 신월이가 또 입원했다는 소식을 듣고 상황이 긴박해졌음을 느끼고 급히 병원으로 왔다. 그는 직접 신월이한테 가지 않고 우선 노의사를 찾아왔다. 먼저 노의사한테서 상황을 듣지 않고서는 신월이를 보는 게 두려웠다. 그녀에게 무엇이라고 해야 할지 몰랐다.

「아, 초 선생님.」

노의사는 채 앉지도 않고 그냥 서 있었다.

「의사 선생님!」

초안조는 다급하게 부르더니 그녀의 피곤한 표정을 보고 망설였다.

「미안합니다…… 지금 와서 폐를 끼치니. 지금 올 게 아닌데.」

「아닙니다. 마침 잘 왔습니다.」

노의사가 정신을 가다듬고 말했다.

「선생님에게 신월이의 상황을 말하고 싶었습니다.」

「신월이가 어떻습니까?」

초안조가 급히 물었다.

「이번에…….」

「이번에는 새로운 상황이 벌어졌습니다.」

노의사는 복도에 있는 환자들과 가족들을 보더니 초안조에게 말했다.

「다른 데 가서 말합시다. 제 방으로 갑시다.」

긴 복도를 지나서 이층으로 올라갔다. 초안조는 노의사를 따라 사무실로 들어가면서 불안스럽게 물었다.

「그 집 식구들 하는 말이 편도선에 염증이 났다던데요. 만약 편도선에…….」

「그렇습니다. 문제는 편도선에만 있지 않습니다. 편도선에 염증이 생기는 것은 아주 흔한 병입니다.」

노의사는 문을 밀고 들어가서 초안조에게 자리를 권했다.

「골치 아프게 된 것은 편도선이 아주 쉽게 그녀의 풍습열을 재발하게 한다는 것입니다. 재발하면 심장이 위험하지요.」

「편도선은 수술해 버리면 되지 않습니까? 그러면 풍습열의 재발을 철저히 피할 수 있을 테니.」

초안조는 자기가 알고 있는 미약한 의학지식을 동원해서 말했다.

「떼버릴 수 있다면 저도 벌써 그렇게 했을 겁니다.」

노의사는 한숨을 쉬고 심각한 얼굴로 말했다.

「심한 심장병이 있는 사람은 편도선 수술을 할 수 없습니다. 때문에 그녀의 몸에는 영원히 화근이 잠복해 있는 셈이지요. 찬바람을 맞거나 혹은 너무 피로하거나 하면 아주 쉽게 감염되어 급성편도선염에 걸립니다. 그렇게 되면 일련의 연쇄반응이 일어납니다. 풍습열, 관절염, 그리고 심장판막까지…….」

「네.」

초안조도 알아들을 듯하였다.

「그럼 다시 풍습활동에 들어갔단 말이지요? 내년 봄에 한다는 수술도 연기해야 합니까?」

「연기하는 문제뿐이 아닙니다.」

노의사는 흐려진 표정으로 그를 바라보면서 말했다.

「지금 같아서는 그 수술을 할 수 없게 되었습니다.」

「네?」

초안조는 자신의 심장이 치명적인 상처를 입은 듯한 느낌을 받았다.

「왜요?」

「왜냐하면,」

노의사는 초안조의 시선을 피하고 유리창에 흐르는 빗물을 바라보면서 말했다.

「풍습에 쓰는 약은 오직 열을 내리고 소염하고 진통하는 작용만 있습니다. 풍습활동은 통제할 수 있으나 심장판막의 병변은 방지할 수 없지요. 이번에 발작하면서 그녀의 심장은 더 큰 상처를 받았습니다. 원래는 가벼운 이첨판 폐쇄불완전이었는데 지금은 심각해졌습니다. 좌심실이 뚜렷하게 확장되어 있습니다. 이첨판 협소증이 이런 증상을 함께 가지고 있으면 분리수술은 할 수 없게 됩니다.」

「그럼 이제 어떻게 해야 합니까?」

초안조는 낮은 목소리로 중얼거렸다. 그의 심장은 무섭게 뛰었다.

「보수적인 치료에 의지할 수밖에 없습니다. 우리는 환자의 심장대리보상공능을 개선시켜서 심장의 부담을 경감시키려 합니다. 그리고 병균의 반복적인 감염도 되도록이면 피하게 하고 말입니다. 조건이 허락된다면 그녀가 여기서 장기 입원하여 치료하기를 희망합니다.」

「그렇게 되면 내년 여름방학 후에 다시 학교에 갈 수 있겠습니까?」

초안조가 근심이 되어 물었다.

「그건 보증할 수 없습니다. 누구도 그런 약속은 할 수 없습니다.」

노의사가 강조하여 말했다.

「다시 그 일을 거론하지 마십시오. 그애는 다시 학교에 돌아가기가 힘들 겁니다.」

「예? 그럴 수 있어요? 안 됩니다!」

초안조는 몹시 홍분하여 벌떡 일어나서 황망히 노의사의 손을 잡고 말했다.

「그애는 학교를 떠날 수 없습니다. 그애는 배운 전업을 버릴 수도 없습니다. 아십니까? 대학입시 때 그애는 두번째 지원도 쓰지 않았습니다. 그애는 외국어 전업을 위해 태어났습니다. 사업은 그녀의 생명입니다. 의사 선생님, 그애를 구해주십시오. 네! 부탁합니다!」

「너무 흥분하지 마십시오. 냉정해야 합니다.」

노의사는 살며시 자기의 손을 빼고 일어서더니 창밖에 억수로 쏟아지는 비를 바라보면서 말했다.

「선생님의 심정을 저는 이해하고 있습니다. 저도 그애가 건강하게 다시 공부하러 갈 수 있기를 바랍니다. 그러나 감정은 과학을 바꾸어 놓을 수 없습니다. 병마는 어떤 특수한 인재도 아끼지 않고 짓밟습니다. 의학계도 아직까지는 더 강력한 수단으로 병마를 누르지 못하고 있습니다. 저는 최선을 다하여 신월이의 생명을 연장시킬 뿐입니다.」

「그런 지경에까지 이르렀습니까?」

초안조는 온몸에 소름이 돋았다.

「네. 듣기 좋은 말은 믿을 수 없고 믿을 수 있는 말은 듣기 나쁘다고, 저는 반드시 진실한 상황을 선생님께 알려드리는 겁니다. 그녀의 심장이 수술치료를 받지 못하는 이상 그 병은 영원히 뿌리뽑히지 못하고 유지될 수밖에 없습니다. 나날이 더 심해질 것입니다. 마치 파손된 기계가 겨우 돌아가는 것처럼 수시로 치명적인 고장이 생길 겁니다. 만약 지난번처럼 다시 급성심장쇠약이 생겼을 때 제때에 구급하지 못하면 그 결과는 끔찍한 것이지요.」

초안조는 멍청하게 서 있었다. 그는 온몸이 얼음처럼 차디차졌다. 신월이란 생명력이 넘치고 사업심이 강한 처녀애는 이미 사형선고를 받았다. 그녀가 그렇게 동경하는 사업도 그녀와는 인연이 없게 되었고 그녀가 열애하는 인생도 이젠 얼마 남지 않았다. 운명은 그녀에게 너무 잔혹하다. 그녀의 연약한 마음이 어떻게 이런 타격을 받을 수 있겠는가! 아, 그녀를 구해주소서. 구해주소서! 누가 그녀를 구할 수 있는가? 누가? 심장병 전문의사도 별 방법이 없다는데 누가 그녀를 구하겠는가?

창밖에는 큰 비가 쏟아지고 있었다. 빗물이 유리창을 치면서 폭포처럼 흘러내렸다. 문이 열리더니 나이든 간호원이 도시락통을 들고 들어오면서 말했다.

「의사 선생님, 밥이 다 식었습니다.」

「네, 고맙습니다. 거기에 놓아두세요. 난 아직 일이 남았습니다.」

나이든 간호원이 도시락을 놓고 가볍게 걸어나갔다. 나가면서 문을 닫지 않고 나무라듯이 초안조를 흘깃 쳐다보았다. 초안조는 이제 가야겠다고 느꼈다.

「식사하세요. 정말 죄송합니다.」

그는 노의사에게 절을 꾸벅 하고는 천천히 돌아서서 문을 향해 걸었다. 쇳덩어리를 매달아놓은 듯이 두 다리가 무거웠다.

「초 선생님.」

노의사가 따라나오면서 불렀다.

「제가 방금 말한 것은 환자에게 비밀…….」

「저도 압니다.」

초안조가 낮은 소리로 대답하였다.

「이번에 입원한 그녀의 정신상태가 좀 이상합니다. 무슨 심리적 부담을 안고 있는 것 같습니다. 집에서 불쾌한 일이 있었는지도 모르겠습니다. 저는 그녀의 가정을 이해하지 못합니다.」

「저는 압니다.」

초안조는 그저 기계적으로 대답을 하면서 앞으로 걸어갔다. 사실 박 아댁의 모든 것을 그도 몰랐다. 그는 묵묵히 복도를 걸었다. 머리는 텅 빈 것 같고 눈앞의 모든 것은 다 흐릿했다.

계단을 내려와서 내과 병실로 걸어갔다. 비바람이 그에게 덮쳐들었다. 그는 마치 항해하던 사람이 배가 뒤집어지는 바람에 물에 빠진 것처럼 하마터면 넘어질 뻔하였다. 그제서야 그는 우산을 써야겠다는 생각이 들었다. 갈색 유지우산이 비바람 속에서 흔들거렸다. 마치 늪 위에 떠있는 마른 연꽃잎처럼 처량하였다.

빗물이 줄줄 흐르는 초안조가 병실 복도에 들어서니 당직 간호원은 마치 귀신을 본 것처럼 깜짝 놀랐다. 이런 날씨에 그곳을 찾아온 것은 이 사람뿐이었기 때문이다. 신월이 병실의 문은 활짝 열려져 있었다. 기압이 너무 낮아 간호원은 환자들의 가슴이 갑갑해 할까봐 문을 열어 놓았다.

그 병실은 사람이 많지 않았다. 모두 세 사람인데 한 사람은 중년 부인이고 다른 한 사람은 열 몇 살 되는 소녀였다. 그들의 병은 그다지 중하지 않은지 트럼프를 치고 있었다. 사람이 들어오니 좋아하며 내다보다가 실망한 듯이 고개를 숙이고 트럼프를 계속 치고 있었다.

신월이는 조용히 누워 있었다. 머리 쪽의 침대가 약간 들려 있었고 두툼한 베개를 베고 있었다. 절반 앉는 자세로 누워 있는 것이 그녀에게 가장 좋은 자세였다. 흰 침대보에 흰 이불, 푸른 줄이 간 흰 환자복에 백옥 같은 얼굴을 드러내놓고 있었다. 병으로 양볼은 발그스레했다. 이것이 전형적인 이첨판얼굴이라 한다. 머리태는 땋지 않아 자연스럽게 풀어져 있었다. 부드러운 검은 머리가 가슴까지 내려왔다. 이렇게 아름다운 처녀가 이 세상을 머지않아 떠난다고 누가 믿겠는가? 이렇게 젊은 생명을 빼앗아가는 것은 무슨 죄악인가?

그녀는 꼼짝하지 않고 천장을 올려다보고 있었다. 천장에는 아무것도 없었다. 그녀는 아무것도 보지 않고 망연히 사색에 잠겨 있는 것 같았다. 두 눈은 움직이지 않았고 눈썹 사이에는 애수가 잠겨 있었다. 그녀는 무엇을 생각하고 있을까?

초안조는 멍하니 문 옆에 서 있었다. 우산과 바짓가랑이의 물이 소리없이 떨어져 내렸다. 그는 조용히 신월이를 바라보았다. 목구멍에 무엇이 막힌 듯 말이 나오지 않았다. 노의사의 무서운 예언이 그의 머릿속에서 뱅뱅 돌고 있었다. 초안조는 그것이 마귀의 악독한 저주같이 느껴졌다. 어쨌든 그것이 신월이의 머리에 떨어지지 않게 하여야 한다. 인간세상의 모든 불행은 신월이에게 속하지 말아야 한다. 그는 소리치고 싶었고 울고 싶었다. 가슴속에 가득한 답답함을 털어놓고 싶었다…… 그러나 그는 그렇게 하지 않았다. 몇 초 후에 그는 자기를 강하게 다스려 냉정해졌다. 그는 자신의 충동이 무서워졌다. 노의사를 원망하지 말아야 한다. 그분은 마귀가 아니라 천사다. 그분은 온갖 힘을 다하여 사신과 싸우고 있다. 신월에게 속하는 시간을 빼앗아오고 있다. 신월이에 대한 그분의 사랑은 의학을 모르는 영어선생보다 못하지 않았다. 그분이 신월의 생명을 지키고 있다. 신월이에게는 조금이라도 털어놓을 수 없다. 이 열여덟 살짜리 소녀는 자기 앞에 보이는 죽음을 직시할 용기가 없다. 어찌 신월이뿐이랴. 스물여섯의 초안조나 심지어 칠십이 되는 엄 교수님이라 해도 차분한 마음으로 생명의 종점을 향해 걸어갈 수 없을 것이다. 엄 교수도 늘 긴 끈으로 시간을 매어놓지 못함을 한탄하지 않았던가.

초안조는 순간 자기가 잘못을 저질렀음을 느꼈다. 이전에 그는 신월에게 높은 수준으로 교육하였다. 잔혹하게 그녀에게 자신을 알고 자기의 단점, 약점을 정시하라고 요구하였다. 용맹한 투사를 격려하는 방법으로 나약한 소녀를 대하였고 그녀한테 자기의 운명을 장악하라고 하였다. 그런데 지금 그녀는 자기의 운명을 장악할 수 있겠는가? 언어와 문학을 연구하는 초안조는 응당 언어의 오묘한 비밀과 문학의 정수인 사람을 알아야 한다. 사람의 사상, 사람의 감정을 알아야 한다. 사람은 얼마나 복잡한 생물인가? 사람은 언어와 문학의 창조자이고 언어와 문학의 영원한 주인공이다. 몇천 년 동안 사람은 문자로 자기의 운명을 썼지만 지금까지도 다 쓰지 못했다. 운명의 수수께끼는 영원히 풀 수 없을지도 모른다. 대대로 그 어떤 사람도 진정 투철히 자기의 운명을 이해하고 장악한 적이 없다. 오로지 같지 않은 방식으로 알 수 없는 운명과 겨루어 보았을 뿐이다. 혹은 오는 대로 받아들이고 혹은 일어나 싸워보는 것이다. 싸우려는 힘은 자신을 아는 것이 아니라 환상에서 온다…… 아름다운 환상은 종종 빛나는 인생의 출발점이기도 하고 궁극의 목표이기도 하다. 아, 그렇다. 사람에게는 환상이 필요하다. 환상은 인생을 더욱 아름답게 한다. 유한한 생명을 무한한 것으로 확대시킬 수도 있다.

초안조의 마비되고 처량했던 마음은 따스한 정감에 녹았다. 그는 빗물로 이마에 붙었던 머리를 손으로 훔치고 얼굴에 미소를 지으면서 침대 옆으로 걸어갔다. 낮은 소리로 불렀다.

「신월 학생!」

깊은 사색에 잠겼던 신월이가 놀랐다. 그녀는 얼굴을 약간 돌리더니 두 눈에 흥분된 빛을 뿜으면서 소리쳤다.

「아, 초 선생님!」

초안조는 가볍게 손을 저어 그녀의 움직임을 저지하였다. 그러고는 의자를 옮겨다 놓고 그녀의 침대 옆에 앉았다.

「초 선생님, 오늘 오실 줄 몰랐습니다. 밖에 비가 이렇게 오니 식구들도 모두 오지 못했는데…….」

신월이는 그를 올려다보면서 말했다. 눈에는 눈물이 글썽이고 말도 절반밖에 하지 못했다.

「벌써 왔어야 되는데.」

초안조는 그녀의 표정에 고독과 비애가 서려 있는 것을 보고 곧 말을 받았다.

「학생의 휴식을 방해하지 않으려고 일부러 요즘 집에 가지 않았습니다. 또 아픈 줄도 모르고…….」

「편지로 알려드리려 했습니다. 그런데 선생님의 사업에 지장을 줄 것 같아서 그만두었지요. 선생님은 그렇게 바쁘시니…….」

신월이의 눈길에는 복잡한 감정이 드러났다. 선생님과 만나기를 갈망하면서도 지장을 줄까봐 두려워하는 미안한 마음이 있었다. 그녀는 약간 숨을 헐떡이며 말했다.

「그래서 쓰지…… 아니 썼는데 부치지 않았어요.」

「진작 부쳤어야 하는데.」

초안조는 유감스러웠다.

「내가 일찍 알 수 있게 말입니다.」

「저는 선생님이 아는 게 두려웠습니다. 선생님이 저 때문에 근심할 것 같아서요. 그래서 편지를 두 번이나 다시 썼는데 부치지 않았지요.」

신월이는 멋쩍은 듯이 미소를 지었다. 양볼이 더 붉어졌다.

「아무튼 전 이번에 별로 심하지 않습니다. 감기에 걸렸을 뿐입니다.」

초안조는 마치 몽둥이로 한 대 맞은 듯하였다! 신월이는 자기가 감기에 걸렸다고 알고 있다. 심장이 새로운 위협을 받고 있을 때에도 그녀는 자신의 몸을 걱정하지 않고 선생님을 놀라게 할까봐 걱정하였다. 지금 자기는 선생님으로 와서 그녀의 침대가에 앉아 있으나 아무것도 말해줄 수 없다.

「어떻게 감기에 걸렸지요?」

초안조는 이렇게 말할 수밖에 없었다.

「날이 차니 늘상 자기 몸에 주의를 기울여야지요. 의사가 학생에게 감기 예방약을 주지 않았습니까? 집에 있을 때 제때에 먹지 않았습니까?」

「응, 바빠서 잊어버렸어요.」

신월이가 부끄러운 듯이 입을 오므리고 웃었다. 마치 숙제를 해오지 않은 학생이 선생님에게 야단을 맞을 때와 같았다. 그녀는 이때까지 숙제를 빠뜨린 적이 없었다. 그런데 숙제보다 더 중요한 일을 소홀히 했던 것이다.

「바쁘다니요? 집에 무슨 바쁜 일이 있었나요?」

초안조는 너무도 의아스러웠다.

「얼마 전에 오빠가 결혼을 했어요.」

신월이가 약간 웃으면서 말했다.

「오빠는 숙언이와 결혼했지요.」

「신월이의 동창생 말이지요. 나이도 별로 많아 보이지 않던데. 학생과는…….」

「아니예요, 저보다 두 살 위예요. 금년에 스물한 살이에요. 전 어렸을 때 일찍 학교에 입학했지요. 그애보다 이 년이나 일찍…….」

신월이는 별안간 슬퍼졌다.

「그런데 지금은 병 때문에 늦어졌지요. 이것도 운명이겠지요. 우리 고모가 늘 하시는 말처럼 일찍 일어나서 늦은 장을 본다고 말이에요.」

초안조는 금방 그녀의 나이를 말한 것이 후회되었다. 그래서 곧 말머리를 돌려서 경사에 대해 말했다.

「오빠와 새언니의 일을 기뻐해야지요. 학생의 가정에 즐거움이 많아졌으니.」

「즐겁지요. 오빠와 숙언이는 모두 아주 좋은 사람들입니다. 저는 그들이 영원히 즐겁고 행복하기를 진심으로 바라고 있어요.」

신월이의 얼굴에는 웃음이 떠올랐다.

「그날 잔치는 너무도 굉장했습니다. 제가 친히 가서 신부를 맞아왔거든요!」

「오!」

초안조의 마음을 검은 구름이 짓누르는 것 같았다. 이 불행한 처녀는 세상의 아름다운 일들에 이렇게 호기심이 많고 열정적이고 깊은 정감을 가지고 있다. 남들의 결합을 위하여 자기도 돌보지 않고 바쁘게 보냈다. 그러나 그녀는 그 모든 것이 자신과는 아무런 관계도 없고 게다가 인생의 황금시간을 자신은 맞지 못할 것임을 모르고 있다.

「신월이 학생은 몸도 약한데 왜 그런 힘든 일을 했습니까. 이번……감기도 힘들어서 걸렸겠습니다.」

초안조는 나무라는 말투로 계속했다.

「다음 번에 다시 그래서는…….」

「다음 번이요? 다음 번은 없어요. 전 오빠가 한 분뿐이에요. 집에서 어쩌다가 그렇게 경사를 치렀는데요. 후에 제가 누구를 위해서 바삐 돌겠습니까?」

신월이는 낮은 소리로 혼잣말처럼 중얼거렸다.

「사실 저는 한 일도 없습니다. 모든 일은 엄마가 했고 힘들었지요.」

여기까지 말하고 그녀는 눈을 감았다. 금방 일어났던 흥분이 또 사라졌다. 그녀의 귓가에는 어머니가 한 말이 울렸다. '거기가 너하고 무슨 상관이 있어?' 그렇다. 그녀하고는 아무런 상관이 없다. 오빠의 잔치가 끝나니 엄마는 아무 걱정도 없어졌다. 그러나 그녀는 병원에 누워 있어야 했다. 보름 동안에 오빠와 새언니는 늘 보러 왔고 고모와 아버지도 몇 번 왔었다. 유독 엄마만은 한 번도 오지 않았다. 정말 어머니는 아무 걱정도 없을까? 딸이 아플 때 어머니의 사랑이 필요하다는 것을 모를까?

초안조는 그녀가 지금 생각하고 있는 것을 추측해 보려 했으나 힘들었다.

「집 걱정은 하지 말고 여기서 안심하고 병을 치료해야 합니다.」

그가 말했다.

「저도 알고 있습니다.」

신월이 말했다.

「전 이제 감기가 다 나았습니다. 그런데 의사가 저를 퇴원시키지 않는 것은 제가 다시 무슨 방해를 받을까봐 걱정이 되어서 그렇겠지요. 전…… 말을 듣겠습니다. 전…… 아무것도 생각하고 싶지 않습니다.」

맑은 눈물이 꼭 감고 있는 그녀의 눈에서 새어나와 긴 속눈썹 사이에서 굴러떨어졌다.

눈물은 마치 초안조의 마음에 떨어져 부서지면서 얼음이 깨지는 듯한 소리를 내는 것 같았다. 그는 신월이의 고독한 마음의 감염을 받았다. 그러나 신월이가 왜 그렇게 고독한지 알 수 없었다. 그리고 그녀가 왜 그렇게 고독함을 달갑게 받아들이는지 알 수 없었다. 그녀는 아직 자기의 병을 완전히 알지 못하므로 그 때문에 이렇게 비관할 이유가 없다. 정말 노의사가 말한 것처럼 그녀에게 다른 심적 부담이 있는데, 그 부담이 그녀의 가정에서 온 것이란 말인가? 초안조가 몇 번이나 그녀의 집에 가서 받은 인상은 화목하고 평안하였다. 그는 그 가정의 모든 성원들을 알았고 신월이 부모나 오빠 그리고 고모님에게 어떤 모순이 있는 것을 느끼지 못했다. 그의 이해가 너무 얕고 내용이 없어서 그럴 수도 있다.

「신월이, 무슨 근심이 있는 것 같은데 집에서 무슨…….」

그는 조심스럽게 물었다. 더 구체적으로 묻기가 어려웠다.

「아니, 아니예요.」

신월이는 눈물을 닦고 억지로 그에게 웃어보였다. 무의식중에 나타낸 감정을 감추려고 애쓴다는 것을 금방 알았다.

「식구들은 저한테 잘해주어요. 매번 문병시간이 되면 번갈아 보러 오곤 해요. 그러니 저도 만족해야죠. 오늘은 비가 너무 많이 와서 그들이…… 그런데 선생님이 오셔서 저는 얼마나 기쁜지 모르겠습니다. 초선생님, 전 이제 아무런 걱정도 없습니다.」

초안조는 더 물어볼 수도 없었다. 그가 와서 신월이에게 기쁨을 주었다니 마음이 놓였다. 신월이가 이제부터라도 걱정이 없기를 바랐다.

「이후에 문병시간마다 신월이를 보러 오겠습니다. 어때요?」

「정말이세요?」

신월이의 큰 눈에 흥분의 빛이 반짝였다.

「물론 정말이지!」

초안조가 말했다.

「내가 언제 신월이를 속였던가요?」

「속였지요.」
신월이가 말했다.
「전 기억하고 있어요.」
「오? 언제?」
초안조는 불안했다. 그와 노의사가 신월이에게 감춘 사실을 신월이가 알아낸 것은 아닐까 걱정되었다.
「처음 만났을 때 말입니다. 선생님은 자기 신분을 속이셨지요.」
신월이가 웃으면서 말했다.
「아, 그건 내가 일부러 속인 게 아니고 신월이 먼저 오해했지요.」
초안조도 웃었다. 일년 전의 그 일을 생각하니 그의 마음속에는 회고의 정이 생겨났다. 그때 신월이는 건강하고 그렇게도 생기가 넘칠 수가 없었다. 또 그렇게도 근심걱정없는 행복한 소녀였다. 그와 그녀가 오늘과 같은 일이 있을 줄 어찌 짐작이나 했겠는가. 초안조는 다시 한번 신월이를 도와 짐을 들고 27재로 데려다 주고 싶었다. 아, 정말 불가능할 것이다! 그는 마음의 슬픔을 억제하고 가벼운 농담이나 하듯이 말하려고 애썼다.
「그 한번은 양해할 수 있지요. 이후에 우리 사이에는 오해가 없기를 바랍니다. 어때요?」
「좋습니다.」
신월이가 낮은 소리로 대답하더니 선생님을 마주 쳐다보았다. 그녀의 맑고 큰 두 눈은 마치 맑고 투명한 호수 같아 티없이 맑은 거울처럼 마음속의 믿음을 비춰주었다.
「그럼, 난 신월이가,」
초안조는 간절한 마음을 눈길에 담아 신월이를 바라보았다.
「……마음속의 모든 근심걱정과 번뇌를 나에게 말해 주기를 바랍니다. 우리가 함께 그 번뇌를 나누어 부담한다면 그 무게도 가벼워질 겁니다.」

「저…… 저에게는 아무런 번뇌도 없습니다.」

신월이는 정말 유감스러웠다. 금방 한 약속을 완전히 지킬 수 없게 되었으나 말이다. 사람에는 언제나 자기만이 아는 은밀한 비밀이 있다. 신월이에게도 언뜻언뜻 스치는 생각이 있어서 늘 그녀의 마음을 괴롭힌다. 그러나 그것은 신월이 자신도 찾아내기 힘들었고 파악하기 힘든 문제였다. 마치 풀 수 없는 수수께끼 같았다. 깊은 밤중에 그녀의 머리에 맴돌면서 그 답안을 찾을 수 없어서 잠을 이루지 못할 때가 많았다. 그것이 그녀로 하여금 번뇌하게 하고 고통스럽게 한다. 그 일은 누구의 도움도 받을 수 없는 일이다. 그녀와 단짝인 진숙언마저 모른다. 그녀는 이 알 듯 말 듯한 추측을 마음속에 담아 영원히 그 답안을 얻지 않고 증명하지 않으려 하였다. 왜냐하면 일단 증명된다면 그녀 자신도 받아들이기 힘들고 가정도 평안하지 못할 것 같아서였다. 지금 그녀는 오로지 마음속으로 선생님이 그녀가 속이는 것을 양해하기를 바라는 마음이었다. 그녀는 더욱 중요한 일로 자기 마음속의 번뇌를 내리누르려 하였다.

「선생님, 제가 급해 하고 걱정하는 것은 오직 한 가지뿐입니다.」

「학교가는 일이지요? 너무 급하게 생각하지 말아요. 내년 여름방학 후에나 갈 수 있으니까요. 그때면 학생의 신체도 건강해지고 좋아질 테니!」

초안조는 환상 같은 앞날을 그려주었다. 그런데 정말 그런 것 같기도 하였다. 정말 신월이에게도 그런 날이 있을 것 같았다.

「그때 내가 데리러 오겠습니다.」

「고맙습니다, 선생님. 전 참을성 있게 기다리겠습니다.」

신월이의 입가에는 웃음이 떠올랐다.

「지금 제가 걱정하는 것은 선생님의 역문입니다.」

「네? 역문이요?」

초안조는 병상에 누워 있는 신월이가 자기의 일을 걱정하리라고는 생각하지도 못했다. 그는 일부러 홀가분한 듯이 말했다.

「출판사에서는 내년으로 연기하여 책을 내겠다고 했습니다. 그러니 나도 서두르지 않아도 되지요. 아무튼 시간이 넉넉하니까.」

「연기요? 연기하지 않으면 좋겠습니다. 저는 하루라도 빨리 그 책을 보고 싶은데요. 그건 선생님의 첫번째 책이니!」

신월이는 간절한 눈길로 그를 바라보았다.

「오늘 원고를 가져왔습니까? 어디까지 번역했습니까?」

「가지고 오지 않았지요.」

초안조는 잔등에 채찍을 한 대 맞은 듯한 감을 느꼈다. 신월이는 그보고 진도를 늦추지 말라고 한다. 신월이를 위해서라도 온 힘을 다해 앞당겨야 될 텐데 그는…… 그는 신월에게 사업이 너무 바빠 시간이 없다고 말할 수 없었다. 그녀의 병 때문에 번역할 마음이 없다는 것은 더욱 말할 수 없다. 하는 수 없이 그는 이렇게 말했다.

「다음 번에 가져오지요. 역문을 더 잘 다듬으려다가 속도가 늦어졌습니다. 지금은 「출관」을 번역하고 있지요.」

「네? 「출관」 말이에요?」

신월이는 그전에 읽어본 원저를 회상했다.

「노신은 그 단편소설에서 두 위대한 사상가에 대해 썼지요. 그리도 심각한 문제를 아주 가볍고 재미있게 썼지요. 제 기억에는 노자께서 위에서 도덕경을 강의하는데 아래서 듣는 사람들은 졸고 있었지요. 한 마디도 알아들을 수 없어서요.」

「노자의 도는 알기가 쉽지 않지요. 모두들 그가 연애 이야기를 하겠지 여기고 들으러 갔으니 글쎄 얼마나 실망했겠습니까. 거기에 앉아 있기가 괴롭기만 했지요.」

초안조도 웃으면서 말했다. 그는 노신의 유머로 신월이의 기분을 풀어주고 싶었다.

「강의를 끝내면 또 교과서를 쓰게 했는데 고생스레 두 틀의 목판을 다 쓰고나야 떡 다섯 개 살 원고료만 주었답니다!」

신월이가 참지 못하고 웃어버렸다.

「……그래도 공자님이 시원스럽지요. 노자님을 만날 때 한 번에 큰 거위 한 마리를 드렸답니다.」

초안조가 이렇게 말하다가 별안간 무엇이 생각났는지 신월이에게 물었다.

「참, 뭘 먹고 싶지요? 다음 번 방문 때 가져올게요.」

트럼프를 치고 있던 두 환자들은 부러운 듯이 이쪽을 쳐다보았다. 그들은 이 방문자가 신월이와 어떤 관계인지는 알지 못했으나 이런 날씨에도 찾아와서 친절히 대해주니 얼마나 좋을까 하고 생각하였다. 그리고 매번 방문일마다 오겠다하니.

「없어요. 오빠가 늘 먹을 것을 가져다줍니다. 고모가 만든 것이지요. 선생님은 아무것도 사지 마세요. 원고만 가져오시면 됩니다. 그것이 제일 중요합니다. 저는 비록 선생님을 도울 수 없지만 번역에 대해 말할 때면 여기의 생활도 풍부한 것으로 생각됩니다. 세월을 허송하지 않는 것 같아요.」

「좋습니다, 참 다행이군요.」

초안조는 신월이의 허약한 신체 안에 사업을 사랑하는 마음이 강하게 들어 있음을 느꼈다. 그날 오후 둘은 오랫동안 이야기를 했다. 노의사가 회진하러 오고 간호원이 약을 주러 와서도 초안조는 좇으려 하지 않았다. 마치 초안조가 온 것은 그들의 약물치료보다 신월이에게 더 큰 작용을 한다고 여기는 것 같았다. 신월이가 약을 먹으니 그들은 조용히 나가버렸다.

전등을 켜야 할 시간이 되어도 밖의 비는 그치지 않았고 초안조는 갈 생각을 하지 않았다.

「초 선생님, 돌아가세요.」

신월이는 어두워지는 창문을 바라보면서 불안스레 말했다.

「길도 멀고 날씨도 나쁜데…….」

초안조는 할 수 없이 일어나 벽에 세워 둔 우산을 들고 주의를 잊지 않았다.

「기억하시오. 마음을 차분히 갖고 정신을 안정시켜야 합니다. 기다리시오, 다음에 다시 만납시다!」

「네.」

신월이는 진지하게 대답하면서 그가 떠나는 것을 눈으로 배웅하였다. 초안조는 병실을 나와서 우산을 펴들고 걸어갔다. 어두운 밤이 비바람 속에서 흔들리는 마른 연꽃잎을 삼켜버렸다.

그 시간 초안조는 생각하지도 못한 일이 북대 남학생 숙소에서 벌어지고 있었다. 반모임은 그때까지도 끝나지 않았다. 정효경은 초안조의 건의를 듣지 않은 채 폭풍우 같은 사상투쟁을 벌여놓고 당준생과 사추사를 여지없이 몰아붙이고 있었다.

오래지 않아 한밤중이 되었는데 비는 여전히 내리고 있었다. 뜨락에는 빗물이 가득 고였다. 박아댁의 북채에는 고모가 아직 잠들지 않고 입원한 신월이와 아직도 집에 오지 않은 천성이를 걱정하고 있었다.

그날, 천성이가 신월이를 업고 병원으로 뛰어간 후 고모는 가슴이 아파 하마터면 죽을 뻔했다. 그러나 깨어난 뒤에도 그녀는 아무렇지도 않은 듯이 계속 남을 위해 바삐 돌았다. 식구 중 그 누구도 그녀가 몸에 병을 지니고 있는 것에 주의하지 않았다.

서재 안은 전등도 켜 있지 않았다. 한자기는 소파에 기대 있었는데 앉을 수도 없고 누울 수도 없었다. 이렇게 춥고 습기찬 가을 저녁에는 부러져서 다시 이은 갈비뼈가 은근히 아파오면서 그를 괴롭혔다. 반 년 동안 이 집은 얼마나 많은 일을 겪었는가? 슬픔 뒤에 기쁨이 그리고 또다시 슬픔이 닥쳤다. 마치 운명이 마음은 하늘보다 높으나 운명은 종잇장보다 얇은 이 노인을 놀리고 있는 것 같았다. 경사로 화를 막으려 하니 정반대가 되었다. 아들의 경사에 도취되어 있을 때 딸이 넘어가버렸다! 눈만 감으면 딸이 병원의 침대에 누워 있는 모습이 떠올랐다. 딸의 헐떡거리는 숨소리가 그의 마음을 쥐어뜯는 것 같았다. 딸이 집을 떠난 지 보름이 되었는데 언제 돌아올지 알 수도 없다.

그는 자신이 사온『내과개론』을 이미 닳도록 읽어보았다. 어떤 곳은 여러 번 반복하여 줄도 그으며 읽었다. 그러나 그는 전문의가 아니고 한평생 옥만 연구해왔기에 심장을 잘 알 수 없었다. 그는 신월이 몰래 노의사를 찾아가서 묻기도 하였다. 그러나 그는 노의사가 아주 조심하고 있음을 느꼈다. 노의사는 신월이가 병세를 완전히 알지 못하도록 하라고 당부하기도 하고 또 아주 완곡하게 집에서 신월이에게 정서파동을 일으키게 할 만한 것이 없었느냐고 물었다. 그 점에 아주 민감한 한자기는 곧 많은 것이 생각되었다. 그러나 그는 남에게 모든 것을 말할 수 없었다.

「아닙니다, 없습니다. 그애는 막내이기 때문에 부모가 모두 귀여워하고…….」

하는 수 없이 그렇게 말하면서 그는 이미 딸애 병의 원인을 짚어냈다. 그는 노의사의 예리한 눈이 이미 그의 마음을 들여다본 것 같은 공포를 느꼈다. 웅변을 잘하는 옥왕도 감정분야에서는 약자였다. 그는 입을 씰룩이면서 눈을 아래로 내리깔았다. 노의사는 물론 그의 가정일을 캐묻지 않았다.

「그럼 좋습니다. 가족들이 의사와 호흡이 맞아 치료와 휴양중에 환자의 기분을 좋게 하는 것은 아주 유리한 조건입니다. 그런데 지금은 풍습감염이 많이 생기는 계절이니 신월이가 더 완전한 치료를 받기를 권합니다. 먼저 퇴원하지 않는 것이 좋겠습니다.」

「알겠습니다.」

그는 대답했다. 딸의 병이 재발될까봐 걱정되었다.

보름 동안 그는 몇 번 신월이를 보러 갔다. 딸은 눕고 그는 앉아 한참이나 마주보면서도 아무 말을 하지 않았다. 딸과 무슨 말을 할 수 있겠는가? 심장병은 말할 수 없고 옥에 대해 말하자니 딸이 알아듣지 못할 뿐만 아니라 그도 말할 기분이 아니었다. 영어에 대해 말하자니 딸에게는 이미 훌륭한 선생이 있어서 계몽선생인 자기는 이젠 말할 자격이 없어졌다. 말하지 않는 것이 제일 좋은 것 같았다. 그의 마음은 너무도 복잡해서 딸을 감염시킬 수도 있었다. 그는 그저 잘 있어, 여기서 잘 휴식해, 하는 아무런 내용도 없는 말만 되풀이하였다. 이런 텅빈 말은 부서지는 것 같은 늙은 아버지의 아픈 마음을 표현할 수 없었다.

「아빠, 자꾸 오지 마세요. 저는 괜찮아요…… 아빠나 몸을 주의하세요. 저를 위해서라도. 그리고…… 이후에는 엄마와 싸우지 마세요. 엄마도 고생이 많아요. 집을 위하여 서로 이해하고.」

딸은 그렇게 말했다. 그렇게도 온화하고 성실하게 말했다. 그는 거기서 딸의 약한 심장이 얼마나 큰 부담을 안고 있는가를 알았다. 딸을 위안할 말을 찾을 수 없었다. 찾을 수 없었다…… 아버지 노릇을 하지 못한 자신이 부끄러웠다.

뜨락은 번갯불에 환해졌고 창문 커튼에도 눈부신 푸른빛이 서렸다가 곧 사라졌다. 뒤따라 무서운 천둥소리가 머리 위에서 울리더니 우르르대면서 멀리 굴러갔다. 한자기의 마음은 조여드는 듯하였다. 마치 이십 년 전 런던 폭격의 날로 되돌아간 듯하였다. 머리에는 온통 파멸과 붕괴라는 불길한 단어들이 떠올랐다.

그는 삑 하는 문소리를 들었다.

「누구요?」

그는 공포어린 목소리로 물었다.

「저예요.」

아내의 소리였다.

「저 좀 보자구요.」

한자기의 말투도 좀 누그러졌다.

「보기는, 비도 아직 그치지 않았는데.」

「천성이가 아직도 돌아오지 않았어요.」

아내는 불안해 하였다.

「내가 말했지, 그앤 병원에 갔을 거라구. 오늘이 방문하는 날이니.」

「방문? 무슨 방문을 지금까지 하겠어요? 한밤중인데.」

「비가 많이 오니 안 돌아왔겠지.」

그는 이렇게 추측하였다. 그러고는 아내를 위안하였다.

「병원 복도에 긴 의자들이 있어 누울 수도 있으니까 날이 새면 오겠지. 조급해 마오.」

「내가 왜 조급하지 않겠어요? 내 몸에서 떨어진 새낀데 한평생 마음이 쓰이지.」

아내는 한숨을 쉬면서 말했다. 그녀의 목소리는 낭하에서 들려왔다.

「어이구, 이런 날에 병문안은 왜 갔을까? 한 사람이 입원하여 온 식구를 못살게 구니.」

아무런 숨김 없는 아내의 솔직한 말은 소리도 높지 않았고 말도 많지 않았으나 한자기의 마음을 아프게 찔렀다. 그의 가슴에서 분노가 끓어올랐다. 그는 벌떡 일어나서 신을 찾아 신고 가서 그런 말을 하는 게 과연 엄마다운 것인가 따지고 싶었다. 천성이와 신월이는 모두 같은 자식인데 당신은 어떻게 대했는가? 십 몇 년 동안 한자기는 참고 또 참았다. 그런데 참은 결과는 어떤가? 자신은 골절되고 딸은 심장이 잘못되고. 언제까지 참아야 하는가? 이 집에서 딸은 이미 부담거리가 되었고 필요없는 사람이 되었다. 그는 더 이상 참고 싶지 않았다. 딸이 집에 없을 때 가슴속에 쌓였던 울분을 다 털어놓고 싶었다. 하늘땅이 뒤엎어져도 아까울 것이 없을 것 같았다.

그는 어둠 속에서 더듬으며 서재의 문 쪽으로 걸어나갔다. 그런데 다리가 의자에 부딪치면서 소리를 내더니 의자가 넘어졌다.

「당신, 괜찮아요?」

아내가 걱정스레 물으면서 당황하여 이쪽으로 걸어왔다. 또 한번 번개가 번쩍하는 바람에 한자기는 아내가 서재 문을 밀고 들어오는 것을 보았다. 창백한 낯에 공포가 어려 있었다. 반 년 전 그가 넘어져 다쳤으므로 아내는 지금도 겁을 내고 있다. 그에게 또 무슨 일이라도 생길까봐 걱정하였다.

번갯불이 꺼졌다. 무거운 천둥소리가 울렸다. 아내를 한바탕 꾸짖으려던 한자기도 천둥소리에 놀랐다. 아내의 그 걱정어린 눈을 보자 목구멍까지 나왔던 말이 쏙 들어가버렸다. 그는 순간 동채에 금방 시집온 며느리가 자고 있다는 것이 기억되었다. 그리고 딸의 간곡한 당부도 떠올랐다. 엄마와 싸우지 마세요. 그는 분을 겨우 참아냈다.

「아무 일도 아니야. 잠이 오지 않아서 좀 앉고 싶었어.」

그는 속에도 없는 말을 하면서 의자를 세워놓고 맥없이 앉았다.

방안은 어두컴컴해졌다. 그는 아내가 한숨을 쉬고는 천천히 나가는 소리를 들었다. 그녀는 또 낭하에 가서 서서 한탄하였다.

「어이구, 이 천성이는 어째 어른들이 걱정하는 걸 모를까?」

동채에서 숙언이도 옷을 입은 채로 침대에 누워 있었다. 그녀도 아직 잠이 들지 않았다. 그녀는 신월이를 걱정하고 있었고 남편이 늦도록 돌아오지 않아서 불안스러웠다. 시어머니가 남채에서 한숨을 쉬며 걱정하니 창문에 대고 말했다.

「어머니, 제가 기다릴게요. 앞에 고모님이 계시니 문을 두드리면 들릴 거예요. 그만 주무세요, 그이 걱정 마시고. 이젠 스물 몇 살 되는 사람이 무엇이 무서워요? 괜찮을 거예요.」

입으로는 그렇게 말했지만 마음은 불안했다. 그녀도 천성이가 어디를 갔는지 몰랐다.

。

그때 천성이는 비바람 속에서 큰 길을 걷고 있었다. 흔들흔들 걷다가 멍하니 한참 동안 서 있기도 하고 비척비척 혼자서 걷는 모습은 마치 정신병에 걸린 사람 같았다. 그는 미치지 않았다. 머리는 너무나 맑았다. 너무도 맑아 쉽게 미칠지도 모르지.

오늘 아침 출근 때 그는 오후에 병원에 가는 일을 잊지 않고 있었다. 그런데 집을 나설 때 숙언이와 어머니에게 말하는 것을 잊어버렸다. 퇴근하고 병원에 갈 테니 좀 늦어질 것이라고 말이다. 말을 하지 않아도 괜찮을 거다. 그들도 오늘이 병문안 가는 날인 줄 아니까. 직장에서 일하면서 비가 내리는 것을 보고 괜찮아, 비옷이 있으니까 칼이 떨어진대도 신월이에게 가봐야지, 신월이를 실망시키지 말아야지 하고 혼자 생각을 하고 있었다. 신월이가 생각나서 그는 일하면서도 자주 시계를 들여다보았다.

점심때에 그는 공장의 모슬렘 식당에 가서 밥을 먹었다.

문에 들어설 때 밥그릇을 들고 나오는 용계방을 보았다. 그는 마음이 언짢아서 머리를 숙이고 지나버렸다.

한창 음식을 팔고 있던 젊은 주방장이 그가 들어오는 것을 보자 멀리서부터 히죽히죽 웃으면서 말했다.

「아니, 한씨는 결혼휴가를 오래도 쉬었네요. 오늘에야 얼굴을 볼 수 있으니. 결혼사탕은 가져왔겠지요?」

천성이는 순간 결혼 후 오늘 처음으로 식당에 온 것이 상기되었다. 그즈음 집에 음식이 많아서 고모가 매일 도시락을 싸주었던 것이다. 오늘은 고모가 싸지 않았는지 아니면 자기가 황망히 나오면서 가지고 오지 않았는지 아무튼 도시락이 없고 배가 고프니 식당으로 왔는데 식당의 주방에서 일하는 아저씨들에게 결혼사탕을 가져다드릴 일을 까맣게 잊고 있었다. 사실 천성이는 결혼 후 사흘을 쉬고 공장에 출근했을 때 여동생의 입원으로 마음이 좀 우울했었다. 같은 공단의 동료들은 잔치 때 와주어 사탕을 다시 돌리지 않았다. 그런데 이슬람 식당의 아저씨들을 잊다니 너무도 실례가 되는 일이다. 그들은 모두 모슬렘들이어서 다른 사람들보다 더 깊은 정이 있었다.

「아이쿠, 이거 참.」

진심으로 남을 대하는 천성이는 부끄러워 얼굴을 붉히면서 마치 큰 죄를 지은 사람처럼 머리를 숙였다.

「저…… 제가 내일 가져올게요.」

그런데 주방 안에서 채를 볶고 있던 나이 많은 주방장이 주걱으로 가마를 치면서 이렇게 말했다.

「내일도 가져올 필요없어. 그런 사탕은 먹고 싶지 않으니까!」

천성이는 깜짝 놀랐다. 모욕을 당한 기분이었다. 그는 여태껏 이런 소리를 들어보지 못했다. 동료들간에도 예의를 지켜왔다. 결혼사탕을 나누어주는 것은 성의였다. 돌리지 않아도 별일은 없다. 하루 정도 늦어졌다고 먹고 싶지 않을 정도로 기분이 나쁜 일도 아니었다. 그렇게 체면을 깎을 일도 아니었다. 그는 부아가 나서 말했다

「아저씨, 그건 무슨 말씀입니까?」

주방장은 그를 흘겨보더니 느릿느릿 말했다.

「왜? 아직도 알아듣지 못했어? 그 사탕은 맛이 변했어. 그래서 먹을 사람이 없어. 먹었다 해도 토해야 하니까!」

천성이는 따귀를 맞은 듯했다. 얼굴이 벌개지고 목에는 푸른 힘줄이 튀어나왔다. 그는 나이든 주방장의 말 속에 무언가 뼈가 들어 있음을 알았다.

「아저씨, 말씀 좀 알아듣게 하세요. 제가 무슨 일로 아저씨를 노엽게 했지요?」

「흥, 무슨 일로 나를 노엽게? 난 자네와 연애도 안 했는데!」

주방장은 주걱을 놓더니 팔짱을 끼고 차가운 눈길로 노려보면서 말했다.

「자네는 못됐어! 용계방이 자네보다 못한 게 뭐가 있다고 무정하게 차버린 거야!」

식당 안에서 밥을 먹던 사람, 밥을 팔던 사람들이 모두 놀랐다. 신랑에게 옛날 정사를 말하다니 얼마나 난처한 일인가. 모두들 모여 서서 구경하는 이도 있고 말리는 사람도 있었다. 이 우직한 젊은이가 늙은 이를 한대 먹일까봐 두려워했다.

천성의 가슴이 덜컥 내려앉았다. 그는 자기와 용계방의 일을 아무도 모르는 줄 알았다. 그런데 지금 많은 사람 앞에서 털어놓은 것이다. 이 노인이 만일 다른 일로 자기를 꾸짖었다면 모슬렘의 어른이니 참을 수 있었겠는데 용계방과의 일을 꺼내니 분노가 불길처럼 솟았다. 그는 주먹을 불끈 쥐고 말했다.

「영감, 말 좀 똑똑히 하시오! 누가 누구를 찼는가?」

「참 별꼴 다 보겠네! 그럼 자네가 말해봐!」

주방장도 만만치 않았다.

「흥, 너 이 자식 시루떡 용씨를 깔봐서 그녀를 차버리고 옥기 진씨의 처녀한테 장가들었지? 너는 잘되었지만 용계방은 어쩌란 말이야! 너희는 경사를 치르느라고 흥청댔지만 계방이는 하루 종일 눈물만 흘렸어. 누군들 가슴이 아프지 않겠어? 물어보아도 대답도 안 하지.」

늙은 주방장은 감정을 섞어 말했다. 옆에서 듣는 사람들도 모두 늙은이의 감염을 받아서인지 조용해졌다. 늙은 주방장의 감정은 아주 격해졌다. 그런데 목소리는 점점 낮아졌다. 그도 본래는 천성이를 망신주려고 시작한 말 같지는 않았다. 그는 앞으로 몇 걸음 나오더니 말했다.

「자네도 뒤스티이기 때문에 내가 오늘 말하는 거야. 천성이, 회회들끼리 서로 깔보면 못써! 너희 옥기 한씨도 별로 대단한 게 아니야, 시루떡 파는 사람도 너희들보단 못하지 않아. 우리 같은 사람들은 손재간과 힘으로 밥을 먹어. 이것도 부끄러운 일이 아니야. 내가 보기에 용계방은 자네한테 그토록 극진했는데 자네가 그렇게 매정하게 착한 처녀를 업신여기는 게 너무도 한심했어!」

천성이는 멍해졌다. 쥐었던 주먹이 저도 모르게 풀렸다. 늙은이의 얼굴에는 정의감이 흘러넘쳤고 주위의 사람들도 그에게 못마땅해 하는 표정이었다. 오늘 그는 정말 운나쁘게 뭇사람 앞에서 치욕을 당한 것이다. 그의 목 안에는 숱한 말이 있었지만 나오지 않았다. 그는 자신을 변명하고 싶었고 이 치욕을 씻고 싶었다. 그러나 그렇다고 자기가 장가구에 가서 양을 사오고 그의 어머니가 용계방을 위하여 음식을 장만했는데 용계방이 갑자기 변했다는 말은 차마 할 수가 없었다. 그 말은 용계방에게 해야 한다. 바로 그녀가 자기를 배반했고 직장에서 소문을 날조하였다. 그녀는 너무 비겁하다.

천성이는 밥도 사지 않고 몸을 돌이켜 식당을 나와서 공단 쪽으로 뛰어갔다.

공단 안에는 기계가 돌고 있었다. 사람들은 윤번으로 식사하기 때문에 기계는 쉬지 않는다. 용계방은 기계를 보고 있었다. 천성이는 분해서 씩씩거리며 그녀에게로 뛰어가서 말했다.

「용계방, 할 말이 있어!」

용계방의 얼굴에는 아무런 표정도 없었다. 그녀는 눈도 한번 깜박이지 않고 차가운 목소리로 말했다.

「남의 일에 지장 주지 마세요!」

천성이는 그녀의 꼴보기 싫은 태도를 보고 따귀라도 한대 갈기고 싶었다. 그러나 차마 그렇게 할 수 없었다. 사내 대장부가 여자 노동자와 싸울 수는 없었던 것이다. 그는 훌륭한 노동자였다. 그런 그가 어찌 공단의 규칙들을 지키지 않겠는가? 근무시간에는 돈 찍는 것과 상관없는 일은 일절 금지되어 있었다. 그는 얼굴을 붉히고 계면쩍어하며 자기 자리에 돌아왔다. 그의 옆에서 일하던 젊은이는 그를 쳐다보더니 아무 말도 하지 않았다. 그러나 그의 표정에는 비웃음이 서려 있었다. 마치 이렇게 말하는 것 같았다. 너 이 자식, 아내를 금방 얻고도 또 용계방한테 추근거려?

그때의 천성이는 마치 사지를 묶인 황소 같았다. 그는 기계가 서기를 눈빠지게 기다리고 있었다. 겨우 퇴근시간이 되자 그는 목욕도 하지 않고 옷도 갈아입지 않고 공장 정문 앞에 가서 기다렸다.

비가 한창 쏟아지고 있었다. 천성이는 공장 정문 밖 50미터쯤 밖에 있는 늙은 홰나무 밑에 서서 대문 안에서 나오는 사람들을 지켜보고 있었다. 갓 결혼한 사람이 옛날 애인을 만나다니 얼마나 한심한 일인가? 그러나 옛정이 되살아난 것이 아니라 장부를 결산하려는 것뿐이었다.

마침내 용계방이 나왔다. 연초록색 비닐 비옷에 모자는 얼굴까지 푹 내려쓰고 큰 두 눈만 드러내놓고 있었다. 공장문을 나서자 그녀는 비바람을 피하며 큰길로 올라섰다. 그녀는 생각지도 않고 늙은 홰나무 옆을 지나려는데 웬 사나이의 무서운 목소리가 들려왔다.

「용계방, 거기 서!」

그녀는 깜짝 놀랐으나 곧 알아차렸다. 천성이였다. 서서 고개를 돌려 보니 홰나무 밑에 빗물에 푹 젖은 천성이가 서 있는 게 보였다. 그녀는 순간 움찔했다. 눈에 온정의 빛이 약간 보이더니 곧 꺼져버렸다. 그는 눈을 내리깔고 있었다. 속눈썹에 방울방울 달린 것은 빗방울인지 눈물방울인지 알 수 없었다. 그녀는 조용한 목소리로 말했다.

「우린 이제 할 말이 없어요. 가서 살림이나 잘하세요.」

「안 돼!」

천성이의 눈에서는 불길이 솟았다. 여기서 힘들게 기다렸으므로 그리 쉽게 그녀를 놓아줄 수 없었다.

「용계방, 사람을 잘못 보지 말아! 나 한천성은 다른 사람을 업신여기지도 않고 남의 업신여김도 받지 않아. 옛날에도 그랬고 지금도 그래. 난 이젠 가정이 있는 사람이니 계방에게 매달리지 않을 거야. 피하지 말아. 한 가지만 묻겠어, 내가 계방이와 무슨 원수가 졌어? 계방이가 싫으면 그만이지 앞에서 한 번 찌르고 또 위에 가서 한 대 때리는 건 뭐야. 우리 둘 중 도대체 누가 누구를 차버렸는지 남들은 모르지만 계방이 자신도 몰라?」

용계방은 슬픈 웃음을 짓고 나서 말했다.

「한천성 씨, 그만두세요. 지나간 일을 왜 또 끄집어내요? 모두 내 탓이에요. 내가 눈이 멀었지요. 정말 내가 그렇게 앞뒤에서 사람을 잡는 재간이 있었더라면 오늘 이 지경이 되진 않았을 거예요!」

그녀는 얼굴을 돌리더니 천성이를 쳐다보지도 않고 싸늘한 목소리로 말했다.

「한천성 씨, 사람의 일생은 길어요. 후에라도 사람의 본분을 지켜야 해요. 적어도 도덕은 지켜야지요!」

「무엇이? 내가 도덕을 지키지 않았어?」

천성이는 젖은 손으로 그녀의 손목을 덥석 잡더니 소리쳤다.

「내가 도덕을 지키지 않았냐구?」

「그래 당신이 아니면 나란 말이에요?」

용계방은 그의 손을 뿌리치며 말했다.

「내가 도덕을 지키지 않았어요? 흥, 내가 싫으면 시원히 말할 거지. 그만두면 되잖아요. 상해에서 외사촌 여동생을 끌어다가 사람을 속일 것까지 없었잖아요!」

천성이는 멍청해졌다. 도대체 용계방의 말을 알아들을 수 없었다.

「무슨 외사촌 여동생이야?」

그는 의아스러워 물었다.

「제가 어떻게 누가 당신의 외사촌 여동생인지 알겠어요?」

용계방이 쌀쌀하게 말했다.

「그런데 나중에 보니까 글쎄 옥기 진씨네 처녀애가 아니겠어요!」

「그건 무슨 얼토당토 않은 소리야?」

천성이는 완전히 오리무중에 빠졌다. 그는 어렴풋이 그와 용계방 사이에 누군가 끼여들어서 일을 뒤틀리게 하였음을 느꼈다. 용계방과 헤어질 때 그는 아직 숙언이를 외눈으로도 보지 않을 때이고 그리고 들어도 보지 못한 외사촌 여동생이었다. 이건 도대체 어찌된 일인가? 그의 가슴은 널 뛰듯 뛰었다.

「날조야! 어디서 그런 소문을 들었어?」

「날조라구요?」

용계방은 냉소를 지으면서 말했다.

「그래 당신의 어머니가 소문을 날조할 수 있어요?」

「우리 엄마가?」

천성이는 깜짝 놀랐다. 별안간 차디찬 바람이 그의 얼굴에 빗물을 끼얹었다. 눈앞이 컴컴해진 그는 휘청하더니 머리를 나무에 들이박았다. 그는 나무를 잡고 겨우 바로 섰다. 소매로 얼굴의 빗물을 훔치고 보니 용계방은 이미 가버린 후였다. 비바람 속에서 그는 초록색이 멀리 사라지는 것을 보았다.

천성이는 쫓아가지 않았다. 그저 멍하니 서서 그녀의 뒷모습을 바라보고만 있었다. 용계방은 언제 엄마를 만났고 엄마는 무엇 때문에 그녀에게 외사촌 여동생이란 거짓말을 했을까? 아, 그렇다면 엄마는 일부러 그들을 떼어놓았단 말인가? 무엇 때문에? 무엇 때문에!

그는 젖은 나무를 안고서 흔들었다. 늙은 나무가 그에게 대답을 해줄 리가 없다. 나뭇가지의 물방울들만 그의 얼굴을 내리쳤다. 아, 이 나무는 전에 그가 용계방을 기다리던 곳이다. 오늘도 그는 자신도 모르게 여기서 그녀를 기다렸다. 그런데 오늘은 어떤 데이트였는가? 마음속의 수수께끼는 풀렸지만 마음은 산산이 부서져 버렸다. 잊어버렸던 용계방을 찾았지만 그녀는 영원히 그에게 속하지 않고, 심지어 그녀보고 자기를 이해하라고 할 수조차 없게 되었다. 내일, 아니 이후의 기나긴 나날 동안 자기 때문에 상처받은 용계방을 어떻게 만날 것이며, 자신을 언짢게 보는 동료들을 어떻게 상대하겠는가? 한천성은 공장에서 사람 구실을 할 수 없게 되었다. 자기를 해친 것은 다른 사람도 아닌 바로 자신의 어머니였다!

억제할 수 없는 분노로 그는 마구 뛰었다. 집에 가야지, 집에 가서 어머니와 결판을 내야지! 그는 길에 고인 물을 덤벙덤벙 밟으면서 비바람을 맞으며 뛰고 있었다. 비옷이나 자전거도 공장에 두고 나온 채였다.

폭우가 이 미친 사람의 몸과 머리와 얼굴을 덮치고 있었다. 그는 정신이 약간 들었다. 정월 초이튿날 그가 용계방 때문에 고통스러워하고 있을 때 어머니는 그렇게도 신이 나서 진숙언을 초대하였던 일이 갑자기 생각났다. 그리고 지난 봄에 그가 실연의 고통에 빠져 있을 때 어머니는 흐뭇해 하면서 진숙언이 자기를 좋아한다고 알려준 일도 기억해냈다. 그때 그는 망연하게 어머니를 바라보면서 오히려 어머니의 관심을 고마워했다. 지금 생각해 보니 그때 어머니는 벌써 타산이 있었다. 그리고 여름에 그들에게 혼인신고 수속을 재촉하였고 가을에는 성대하게 결혼잔치를 벌였다…… 이 모든 것이 이제는 분명해졌다. 진숙언은 어머니가 일찍부터 점찍은 며느리감이었고 이를 위해서는 반드시 용계방이란 걸림돌을 치워버려야 했다. 때문에 어떤 수단도 다 썼을 것이다. 그런데 자기는 처음부터 마지막까지 조금도 눈치채지 못하고 코가 꿰인 소처럼 끌려만 다녔다. 그는 너무 바보였다. 아니다. 그는 너무 어머니를 사랑하였다. 아들이 어떻게 자기의 어머니를 의심할 수 있겠는가? 그러나 바로 그 어머니가 그를 망쳐버렸다! 그렇지 않았더라면 그의 혼인은 이렇지 않았을 것이다. 그와 용계방은 영원히 함께 했을 것이다. 죽을 때까지 변함없이. 무엇 때문에 어머니는 자기가 선택한 애인을 그렇게도 싫어했을까? 무엇 때문에 한 사람은 자기가 사랑하는 사람을 사랑할 수 없는가? 무엇 때문에 그는 반드시 남이 정해준 길을 받아들였고 무엇 때문에 어머니는 억지로 그에게 진숙언을 주었을까?

그는 비바람 속에서 어디로 가는지도 모르고 길가의 표지판도 보지 않고 그냥 뛰기만 하였다. 뛰어가던 그의 발걸음이 느려졌다. 온몸의 힘을 다 써버려서가 아니다. 그의 눈앞에는 용계방과 대립되는 여인 진숙언의 얼굴이 점점 뚜렷하게 떠올랐다. 아, 진숙언은 누구인가? 바로 그의 아내이다. 아내가 집에서 그를 기다리고 있다. 집에 가서 뭐라고 말할 수 있겠는가? 아내는 어머니가 억지로 그에게 준 것이라고 말할 수 있을까? 아니다, 어머니는 강요하지 않았다. 그도 머리를 끄덕였었다. 그와 진숙언은 비록 용계방처럼 그렇게 깊은 교제도 없었고 그렇게 사랑에 빠지지는 못했어도 숙언이를 나쁘다고 말할 수는 없다. 그가 가령 용계방 때문에 어머니와 싸운다면 아내에게 너무 미안한 일일 것이다. 그는 바보가 아니다. 그는 잘 알고 있었다. 결혼 전의 별로 많지 않은 접촉과 결혼 후 보름 동안의 생활 속에서 그는 숙언의 순결하고 온순하고 선량함을 느낄 수 있었다. 그녀는 마음을 모두 남편에게 주었고 그의 집에 헌신했다. 그러니 어찌 아내를 괴롭힐 수 있겠는가. 아내를 괴롭힌다면 한천성은 공장에서도 사람축에 못 들고 집에서도 사람축에 못 들게 된다.

굳센 사나이가 감정에 휩쓸려 볼품없이 되었다. 마치 거미줄에 걸린 벌레처럼 꼼짝달싹 못하게 되었다. 그는 길거리에서 바보처럼 서성대면서 어디로 가야 할지 몰랐다. 날은 캄캄하게 어두워졌고 검은 구름이 무겁게 짓누르고 있었다. 폭우는 억수로 쏟아져내렸고 번개가 그의 가슴을 찢는 듯하였다. 포탄 같은 천둥소리에 그의 머리는 멍해졌다. 그는 초점 잃은 눈으로 하늘을 쳐다보았다. 하늘에는 만물을 관장하는 알라가 계시지 않은가? 알라여, 알려주소서! 사람은 왜 이런 고생을 해야 합니까? 알라여, 구해주소서! 당신께서 기왕 저를 사람으로 만든 이상 저에게 사람이 걸어야 하는 길을 가르쳐 주소서!

밤이 깊었다. 거리에는 이미 행인들도 없었다. 버스도 이젠 보이지 않았다. 비바람 속에서 하늘도 땅도 어두컴컴하였다. 가로등 불빛만이 어두운 장막을 헤치면서 유령 같은 한천성을 비추고 있었다. 혼자서 비틀거리며 걸어다니는 그 모습이 음침한 무대 위에 서 있는 것 같았다.

인생의 무대 위에는 비극, 희극 또 희극, 비극이 엇갈리면서 공연되고 있다. 밤낮을 가리지 않고 끊임없이.

11
애수의 크리스마스

1937년 7월 29일, 북평이 함락되었다. 같은 해 8월 13일, 일본 군대가 상해를 진격하여 항일전쟁이 전면적으로 폭발하였다.

1938년 10월, 무한, 장주도 함락되었다.

그와 동시에 전쟁의 불길이 지구의 다른 한쪽에서도 급속히 타올랐다. 1938년 3월, 독일이 중유럽의 심장부인 오스트리아를 삼켜버렸다.

1939년 3월, 독일 군대가 체코슬로바키아를 점령하였다. 같은 해인 9월 1일, 독일은 자위를 핑계로 돌연히 폴란드를 습격하였는데 폴란드의 동맹국인 영국, 프랑스, 이탈리아는 자국의 이익을 위하여 독일에 선전포고를 내렸다. 이로써 제2차 세계대전이 전면적으로 개시되었다.

1940년 5월, 독일은 350만의 군대와 2500대의 탱크, 그리고 3800대의 비행기와 7천 문의 대포를 출동하여 북해로부터 스위스 변경에 이르는 800킬로에 달하는 서부전선에서 전에 없던 대규모의 공세를 발동하였다. 그리하여 신속하게 네덜란드, 벨기에, 룩셈부르크를 정복하고 아든산맥을 넘어서 프랑스로 쳐들어갔으며, 영국 해협을 덮쳐오고 있었다.

1940년 6월, 프랑스가 독일에 투항하니 영국은 고립되어 위급한 상태에 빠졌다. 의기양양해진 히틀러는 공중우세를 믿고 영국에 대하여 공중전을 벌였다. 600만 톤의 폭탄이 영국땅에 쏟아졌다.

1940년 9월 7일 토요일, 재난이 런던에 떨어졌다.

이른 아침 그리니치 천문대의 종소리가 여느 때와 같이 울렸다. 헌트 부인은 식탁 위에 평소와 마찬가지로 보리죽, 빵, 우유와 계란을 차려놓았다. 올리브는 어디 갔는지 보이지 않았다. 그는 늘 집에서 아침을 먹지 않는다. 옥스포드 대학에서 공부하는 양빙옥은 토요일 저녁에만 집에 돌아오기에 지금 식탁에는 헌트 부부와 한자기 세 사람만 둘러앉아 있었다. 한자기는 입맛이 조금도 없었다. 그는 앞에 놓인『타임스』를 멍하니 바라보고 있었다. 신문을 보는 것은 그가 삼 년 동안 빠뜨리지 않은 아침의 첫일과였다. 그는 신문의 글자란 글자는 하나도 빼놓지 않고 훑어보았다. 그 중에서도 특히 중국에서 온 소식을 궁금해 했다. 노구교사건, 8·13사건, 남경대학살은 그로 하여금 통분을 금할 수 없게 하였고, 평형관전투, 대아장전투는 그로 하여금 희망의 불꽃이 타오르게 하였다. 그러나 후에 들려오는 소식들은 점점 더 나빠졌다. 외적도 아직 물리치지 않았는데 정부는 급급히 공비토벌을 하고 있었다. 집안식구들까지 싸우고 있으니 중국은 언제나 평안해지겠는가?

「한 선생님, 왜 드시지 않지요?」

헌트 부인이 낮은 소리로 물었다. 그녀는 얼굴에 늘 자애로운 웃음을 짓고 있었다.

「한 선생님은 많이 수척해졌습니다. 꽤 걱정됩니다. 제가 잘 보살펴드리지 못해서 그런 건 아닌지 모르겠습니다.」

「아닙니다, 헌트 부인. 전 너무 만족합니다. 미안합니다.」

한자기는 미안해서 헌트 부인을 바라보았다.

「그렇지만 제 이 마음에…… 어떻게 먹을 수가 있겠습니까? 전쟁이 이렇게 오래갈 줄은 생각도 못했습니다. 한 일년 정도 머물면 돌아갈 수 있으려니 했었지요. 그런데 이젠 삼 년이나 지났습니다. 북경은 봉쇄되었고 온 중국이 세상과 동떨어지게 되었습니다. 저의 아내와 아이에게서는 아무 소식도 없습니다. 저는…… 저는 그들을 떠난 것이 후회됩니다.」

「그때 함께 와야 했는데 지금은 힘들게 되었지요. 그들을 데려오려 해도 힘들게 되었지요.」

헌트 부인은 품에 안은 흰 고양이를 어루만지면서 말했다.

「듣자니까 중국의 전쟁은 공산당이 먼저 일으켰대요. 도처에서 사람을 죽이고 불을 지르고 하니 일본은 중국의 부녀자와 아이들을 구하려고…….」

「신문에서도 그렇게 말하더군요.」

한자기는 짜증이 나서 신문을 접어 식탁에 놓았다.

「그런데 알 수 없는 것은 일본사람이 왜 우리 땅에 와서 대포와 비행기로 중국사람을 구하는 건가요? 우리 집의 누님 한 분은 동북에서 북평으로 도망쳐 왔습니다. 그분의 남편과 아기는 일본사람에게 살해되었습니다. 그런데 그분은 지금도 식구들을 기다리고 있습니다. 매일같이 기다리지요.」

한자기의 마음은 북평으로 날아갔다. 거기에는 그의 집이 있고 아내와 아들이 있다. 그는 자기의 행동을 후회하였다. 아내의 말을 들었어야 했는데 듣지 않고 이 먼 곳에 와서 이젠 돌아갈 수도 없게 되었다. 그는 기진재와 그의 집이 아직도 남아 있는지 생각할 용기가 없었다. 고락을 같이한 아내와 아들은 아직 살아 있는지? 그런 것들을 생각하면 그의 마음은 우울해진다. 삼 년 동안 영국 전국을 돌아다니며 옥기 전시를 해서 얻은 큰 성공도 그의 슬픈 마음을 달래주진 못했다.

「낙심하지 마시오, 친구.」

사이먼 헌트는 손에 작은 숟가락을 들고 참을성있게 삶은 계란껍질을 톡톡 쳐서 까고 있었다. 마치 예술품을 조각하듯이 차근차근 하고 있었다.

「중국 속담에 노력은 사람에게 달렸지만 성사되는 것은 하늘에 달렸다는 말이 있지요. 제가 보기에 당신은 당신의 사업을 위하여 이미 할 일을 다했습니다. 중국 옥왕의 이름이 이미 온 영국과 유럽에 퍼졌고 당신이 소장한 진품들도 안전하게 중국 전쟁터로부터 멀리 떠나왔습니다. 그것은 큰 위안거리가 되지요. 전쟁은 당신이나 제가 마음대로 할 수 없는 일입니다. 나는 전세계가 평화로운 세상이기를 얼마나 바라는지 모릅니다. 온 세상 사람들이 자기의 운명을 걱정할 필요가 없이 매일 크리스마스를 지내고 매일 중국의 음력설을 쇠고 사람마다 반짝이는 보석을 달고 집집마다 아름다운 옥기 조각품을 진열해놓는 그런 세상 말입니다. 그러나 그것은 꿈에 불과합니다. 전쟁의 포화 속에서 진주 보석은 흙과 구별이 없습니다. 얼마 지나지 않아 우리가 지금 아침식사를 하고 있는 이곳도 폐허가 될 수 있습니다. 런던이 지도 위에서 사라질지도 모르지요. 그때가 되면 저도 한 선생처럼 오갈 데가 없게 되겠지요.」

사이먼 헌트는 무서운 미래를 그려보이는데도 마치 먼 옛날의 동화를 이야기하듯이 차분하고 유머러스했다.

「아, 하나님!」

헌트 부인은 가슴에 십자가를 그으면서 말했다.

「그러기까지야 하겠어요? 독일사람이 그렇게 잔혹할 수 있겠어요. 이렇게 아름답고 오래된 런던을 부수지는 않겠지요?」

「왜 그러지 않겠소?」

사이먼 헌트는 냉소를 지으면서 천천히 식사를 하고 있었다.

「히틀러의 야심은 아주 크오. 그는 온 세상을 다 삼키려 하오. 우리의 이웃나라들이 하나하나 그에게 먹히지 않았소. 그렇게도 쉽게 말이오. 우리의 동맹국인 프랑스도 끝장냈지. 매국정부는 독일사람에게 자기 땅을 바치면서도 조금도 아쉬운 줄 몰라 했지. 마치 자기의 장식품을 되는 대로 남에게 주듯이 말이오.」

「후유!」

한자기는 한탄하였다. 그는 자기의 조국을 생각하였다. 중국도 한 걸음 한 걸음 일본에게 먹히지 않았던가?

「더욱 재미있는 것은 프랑스가 투항협정에 사인한 곳이 바로 제1차 세계대전 때 전패한 독일이 투항협정에 사인하던 그곳이었소. 역사는 정말 반복을 잘한단 말이오.」

사이먼 헌트는 처량한 미소를 짓더니 그의 동료에게 말했다.

「이것은 마치 우리가 하는 장사와 같습니다.」

「네?」

한자기는 곧 그 말의 뜻을 알아차리지 못했다.

사이먼 헌트가 계속해서 말했다.

「안 그렇습니까, 친구? 값진 주보와 미옥도 오늘은 이 사람에게 속했다가 내일이면 다른 사람에게 속하게 되지요. 천여 년간 이렇게 사람들의 손에서 오갔지요. 소장자마다 모두 자기가 마지막 주인이기를 바랐지요. 그래서 그 권리를 지키려고 서로 쟁탈을 하였지요. 그런데 사실은 누구도 그들의 영원한 주인이 아니지요. 모두가 잠시 지켜주는 사람일 뿐이지요. 옥의 수명이 천년이라면 인생은 얼마나 길겠어요? 높은 가격으로 사들여서 정성껏 소장하여도 마지막에는 누구 손에 들어갈지 어떻게 알겠습니까?」

한자기는 침묵을 지켰다. 정치에 대해서 그는 아는 것이 너무 적었다. 정치가가 아니고 상인인 사이먼 헌트보다도 아는 것이 적었다. 그러나 미옥진보에 대한 그의 집념은 사이먼 헌트보다 더 강했다. 사이먼 헌트는 지구를 하나의 주보에 비기고 지금 세계 도처에서 일어나는 침략과 약탈을 형상화하였다. 헌트의 인생에 대한 한탄으로 모든 쟁탈은 아무런 의미가 없게 되었다.

「그렇습니다.」

한자기도 동감이었다.

「조맹덕이 말한 것처럼 신귀(神龜)가 아무리 장수해도 죽을 때가 있다고, 죽은 다음 나도 한 무더기 해골이 되겠지요. 모든 것과 인연을 끊게 되고요. 그런데 그날이 되기 전까지는 사람들은 정신을 차리지 않지요. 나는 내가 죽을 때 어떻게 저 옥들과 작별해야 될지 상상도 못하겠습니다.」

「그래도 작별해야지요, 친구.」

사이먼 헌트는 이런 불유쾌한 말을 할 때도 여전히 홀가분한 기분으로 한다.

「나의 증조부님은 옥을 목숨보다 더 아끼는 사람이었지요. 그분은 돌아가실 때 몇 번이나 눈을 감았다가 다시 떴지요. 그 옥들이 마음이 놓이지 않아서였겠지요. 그러나 그는 끝내 가셨지요. 임종시 손에 쥐고 있던 옥벽이 땅에 떨어지면서 부서졌지만 그는 꼼짝없이 누워 계셨지요. 이젠 돌볼 수 없게 되었으니까요. 그때부터 그의 계승자인 조부님은 소장하는 취미를 끊고 관심을 상품의 판매에 돌렸지요. 그는 후손들에게 이렇게 훈시했습니다. 만약 상품이 너의 손에서 더욱 큰 가치를 창조하지 못한다면 그건 가치가 없는 것이다. 나의 아버지도 나도 모두 그것을 계승했습니다. 그 때문에 헌트주보상점이 존재하고 발전할 수 있었던 것이고, 저도 전세계를 여행하며 더욱 편안하고 유쾌하게 살면서 자기가 창조한 모든 것을 누릴 수 있었던 것 같습니다. 그런데 당신은 바로 저의 증조부의 그 길을 걷고 있는 것 같습니다. 그럴 필요가 있습니까? 가령 내가 당신이라면 그 다섯 상자의 물건을 다 팔아버리겠습니다.」

「팔다니요?」

한자기는 깜짝 놀랐다.

「그렇지요, 팔아버리는 게 좋지요. 대영박물관과 삭스비 경매점에서는 벌써부터 당신의 물건을 욕심내고 있습니다. 그들은 높은 가격을 쳐줄 겁니다. 대전이 눈앞에 닥쳐왔는데 지금 팔지 않고 언제까지 기다리겠습니까? 일단 훼손된 다음엔 후회해도 소용없지요.」

한자기는 망연해졌다. 사이먼 헌트의 말은 그가 북평을 떠날 때 자신을 격려하던 말과 비슷한 느낌이 들었다.

「아닙니다.」

그는 말했다.

「헌트 선생님, 그래 제가 그 숱한 고생을 하면서 이것들을 싣고 나온 것이 고작 팔기 위해서였겠습니까? 당신이 저를 도와 영국에 온 것도 그 소장품들을 팔게 하려고 한 것이었습니까?」

십여 년의 친분과 삼 년 동안 조석을 같이 한 옛친구들 사이에 그림자가 드리워졌다. 헌트 부인이 불안해 하였다. 그녀는 남편을 나무랐다.

「사이먼, 당신 정말 그런 생각을 했어요? 우리 중국사람들은 신의를 지키고 사람을 도우려면 끝까지 도와야 한다고 알고 있는데요!」

「아,」

헌트는 웃음을 거두더니 한자기에게 말했다.

「친구, 오해하셨군요. 나는 당신한테 권고를 했을 뿐 강요한 건 아닙니다. 만약 제가 당신의 소장품을 욕심낸다면 무엇 때문에 저의 소장품을 당신에게 넘겨주었겠습니까? 또 무엇 때문에 당신을 영국에까지 청해 왔겠습니까? 가령 내가 귀국의 포수창 선생처럼 자기 타산만 하고 의리를 모른다면 우리 두 사람간에는 오늘 같은 우정이 있을 수 없지요?」

「그렇습니다, 그렇습니다.」

한자기는 자신의 당돌한 태도에 미안함을 느꼈다. 지나간 십여 년의 일들이 머릿속에 떠올랐다. 그의 헌트에 대한 의심도 얼음처럼 녹아버렸다.

「무지한 사람의 일에는 노여워할 필요가 없습니다. 금방 제가 말을 잘못했습니다. 당신은 환난 속에서 제가 유일하게 믿을 수 있는 친굽니다.」

「당신을 돕는다는 것이 오히려 해친 것 같아서 그렇습니다.」

사이먼 헌트가 말했다.

「내가 당신보고 북평을 떠나라고 권고할 때는 영국이 이렇게 전쟁난을 겪으리라고는 생각도 못했습니다. 이제 런던이 위급하게 되니 만일 일이라도 생기면 친구한테 미안해서…….」

「만일 그렇게 된다면 그것도 운명입니다. 하늘도 사람도 원망할 것이 없습니다. 환난 중에서 우리는 일심전력할 수밖에 없습니다.」

한자기는 어쩔 수 없다는 듯이 탄식하였다.

「그렇지만 그 물건들은 절대 팔지 않겠습니다. 그것은 저의 심혈이고 생명이며 저의 일체입니다. 아무 때고 꼭 그것들을 북평으로 가지고 가겠습니다. 제가 이곳에서 죽지만 않는다면…….」

「오, 하나님! 오늘은 어찌된 일이죠? 당신들은 계속 불길한 말만 하고 있으니!」

헌트 부인은 기분이 나빠 중얼거렸다.

「전쟁? 전쟁이 어디에 있어요? 런던하고는 멀어요. 독일 비행기는 여기까지 못올 거예요. 제가 점을 쳐보았거든요.」

「또 그 찻잎으로 보는 점이오? 글쎄 당신의 점술이 신통했으면 좋겠소. 우리와 우리의 친구를 지켜주면 좋겠구먼!」

사이먼 헌트가 시원하게 웃었다.

「한 선생, 당신 물건은 안전하게 당신의 이층 침실에 있지 않습니까? 이 집안에서는 누구도 다치게 하지 못할 겁니다. 우리는 그저 하늘의 뜻에 맡깁시다. 자, 이제 가게에 가봅시다. 전쟁이 이곳까지 오지 않는 한 하루라도 더 우린 장사를 해야지요. 올리브가 그러는데 요즘 장사가 괜찮답니다. 약혼반지를 사는 사람이 많이 늘어났대요. 애정과 죽음이 시합을 하나 봅니다. 총각들과 처녀들이 전쟁 전에 그들의 애정을 누리려고 서두르는 모양이지요?」

올리브 헌트는 가게에 없었다. 지금 그는 양빙옥과 함께 하이드 공원을 산책하는 중이었다.

거리 중심가에 있는 하이드 공원은 시원하고 조용하였다. 푸른 잔디는 마치 아주 큰 융단 같았다. 그 위로 새하얀 양들이 떠다니는 구름처럼 움직이고 있었다. 양들이 연한 풀잎을 뜯어먹는 것을 바라보고 있노라면 그곳이 세계의 대도시 런던임을 잊게 된다. 마치 오랄리아의 초원에 있는 듯한 느낌을 가지게 된다. 서남쪽 구석에 뱀같이 꼬불꼬불한 강물이 흐르고 있는데 왜가리, 백조가 한가롭게 떠 있었다. 백이십 년 전 셸리의 애인이 바로 그 뱀처럼 생긴 강물에 투신하여 자살하였다. 지금은 붉은 꽃들이 강가에서 조용히 피고 있는데 마치 애정의 불길 같았다. 가을의 하이드 공원은 마치 꿈속처럼 아늑하였다. 전쟁의 악마가 지금 이곳으로 다가오고 있음을 믿기 어렵게 한다. 강 언덕의 의자에 앉아 있는 유럽과 대륙의 난민들, 또 나무숲 위로 바라보이는 은빛의 커다란 풍선이 아니라면 누구도 전쟁을 상기할 수 없을 것이다. 그 큰 풍선들은 독일군의 비행기가 낮게 뜨지 못하게 하려고 띄운 것이었다.

날씨는 이젠 싸늘해졌다. 양빙옥의 모자에 달린 흰 깃이 가을바람에 떨고 있었고 그녀의 얼굴도 오늘따라 더욱 창백해 보였다. 낙엽을 밟으면서 걸으니 마른 잎사귀와 그녀의 치마 주름에서 사르륵거리는 소리가 났다. 그녀 자신도 왜 이 공원에 산책하러 왔는지 몰랐다. 마치 그녀가 요즘 늘 아무런 목적도 없이 많은 일을 하는 것과 같았다. 책들을 땅바닥에 쭉 늘어놓았다가 하나씩 주워들기도 하고 옷들을 이것저것 모두 입어보고는 처음에 입었던 옷을 입기도 하였다. 아무런 목적도 없었다. 오로지 마음이 복잡하기 때문이었다. 옥스포드 캠퍼스 안에는 이미 모래주머니들이 쌓여 있었고 학생들은 방공호에 들어가는 연습을 장시간 해야 했다. 밤에는 고사포부대들이 방선으로 가는 소리가 똑똑히 들려왔다. 강의시간에 영문학 교수는 초서의 시 「착한 여인의 이야기」를 분석하는데 학생들은 아래에서 히틀러와 무솔리니의 음모에 대해 이야기하고 있었다. 수업을 하기도 힘들었다. 양빙옥은 그녀의 연경대학이 생각났다. 그 당시 동창들의 한탄도 되살아났다. 이 큰 화북땅에 책상 하나 제대로 놓을 수 없다니.

아침에 올리브 헌트가 전화를 걸어와서 그녀는 나왔다. 마치 아무런 의탁도 없는 유령처럼 하이드 공원으로 날아들어갔다.

그들은 시인 바이런의 동상 옆에서 천천히 거닐었다. 그 동상은 그리스 정부에서 증송한 것이다. 그리스 사람들은 자유를 위해 싸운 그리스 국민에게 시와 뜨거운 피를 바친 이 영국 시인을 기념하기 위해서 동상을 만들었다. 숱이 짙은 곱슬머리에 오똑한 코, 지혜와 격정이 넘치는 두 눈, 청동으로 만들어진 바이런은 젊고 영준하였다. 그는 죽어서야 돌아올 수 있었던 조국을 바라보고 있었다. 마치 잘 쓰지 못하는 한쪽 다리를 끌면서 힘들게 걸어온 자신의 삼십육 년의 생애를 회상하고 있는 것 같았고 또 마지막 생일을 지내면서 쓴 시를 묵송하고 있는 것 같았다.

나의 나날들은 모두 누런 잎들에 떨어져 있고
사랑의 꽃과 과일들은 모두 사라져버렸다.
상처와 후회와 비애만이 나에게 남아 있다…….

양빙옥은 말없이 바이런 옆을 지나쳤다.

공원 안의 청소부가 끈기있게 낙엽을 쓸어서 한 무더기씩 만들어놓고 태우고 있었다. 흰 연기가 적막한 숲속에 서서히 피어올랐다. 그녀는 만리장성 위의 봉화대가 생각났다. 아주 먼 옛날 봉화대의 연기는 침략자에게 대항하자는 신호였다. 지금 그 연기는 또 타오르고 있을까? 은색 방공풍선이 줄지어 하늘에 둥둥 떠 있다. 가을바람이 지나가니 풍선을 맨 철사들이 찌렁찌렁 소리를 울렸다. 양빙옥은 발걸음을 멈추고 멍하니 하늘을 바라보았다.

「미스 양은 풍선들을 구경합니까?」

올리브가 그녀 옆에 서면서 자기도 얼굴을 들고 하늘을 올려다보았다.

「하, 아주 큰 진주목걸이 같군요.」

「아니예요, 저것들은 북평의 제비연을 생각나게 하는군요.」

양빙옥이 혼잣말처럼 했다.

「무슨 새입니까?」

「새가 아니라 연이에요. 제가 어렸을 때 제일 좋아했고 잘 가지고 놀았던 연이지요.」

양빙옥은 눈도 깜박이지 않고 풍선들을 올려다보면서 마음은 벌써 고향으로 날아갔다.

「연?」

올리브는 알 수 없다는 듯이 되풀이하였다. 양빙옥의 상상력은 그를 놀라게 하였다.

「여기서는 그런 연들을 볼 수 없지요. 연의 고향은 중국이고 북평입니다. 봄이 되면 북평의 하늘에는 연들이 날아다니지요. 그 연들은 별의별 것이 다 있어요. 쌍쌍이 나는 제비도 있고 나비, 잠자리, 까치, 손오공…… 어떤 것이든 있지요. 제일 큰 연은 한장 두 자나 되지요. 하늘에서 날면 찌렁찌렁 소리를 내지요. 마치 저 풍선에 맨 철사가 내는 소리처럼 말예요.」

「아, 알 수 없는 나라로군요!」

올리브는 그녀의 묘사에 마음이 끌렸다.

「미스 양도 연 띄울 줄 알아요?」

「아니오. 그건 누구나 할 수 있는 것이 아니예요. 더구나 여자아이들은 힘들지요.」

양빙옥은 씁쓸하게 웃었다.

「연을 띄우려 해도 재간이 있어야 합니다. 바람의 방향을 볼 줄 알고 평형을 유지할 줄 알아야 하지요. 먼저 연이 바람을 안게 하고 한쪽으로 줄을 풀면서 흔들어야 되지요. 그러자면 여기저기 뛰어다녀야 하는데 참 힘이 들어요. 저는 늘 따라다니면서 구경만 했지요. 얼마나 재미있는지 모릅니다. 창전(廠甸)의 연이 가장 이름이 있지요. 조설근(曹雪芹)이 기재한 옛날 법대로 만들었답니다. 큰 제비연은 아주 비쌌고 우리가 어렸을 때 흔히 가지고 논 것은 작은 제비연이었습니다. 오빠가 사다가 저한테 가르쳐주었지요. 오빠가 먼저 띄우다가 줄을 저에게 쥐어주었는데 줄을 쥐고 어디로 뛰어야 할지 몰라서 우물쭈물하다 보면 연이 툭 하고 떨어졌지요.」

양빙옥은 말하다가 저도 모르게 웃었다. 눈에서는 눈물방울이 굴러

떨어졌다.

「미스 양의 어린시절이 참 부럽습니다. 기회가 있으면 나도 중국에 가서 온 하늘에 날아다니는 제비연을 구경하고 나도 연을 띄워보고 싶습니다.」

올리브는 마음이 쏠렸다.

「없어요, 아름다운 시절은 영원히 없어졌지요!」

양빙옥은 고개를 숙였다. 흰 모자의 그늘이 그녀의 우수에 잠긴 두 눈을 가려버렸다. 그녀는 몸을 돌려 손수건으로 눈물을 닦았다.

「지금 북평의 상공에는 일본 비행기만 날고 있을 겁니다.」

「금방까지 좋아하더니 왜 울고 있습니까?」

올리브는 아름다운 상상 속에 잠겨 있었는데 그녀의 그 모습을 보고 어찌해야 좋을지를 몰랐다.

「미스 양, 이젠 불쾌한 일들을 다시 생각하지 마십시오. 여기는 북평이 아닙니다. 일본의 비행기도 여기까지 날아오지 못할 것이고 독일 비행기도 날아오지 못할 겁니다. 우리는 지금 잘 지내고 있지 않습니까?」

「우리?」

양빙옥은 마음속에 그 두 글자를 되풀이하면서 그 속에 담긴 뜻을 곰곰이 생각해보았다. 삼 년 전의 그 봄날 아침 그녀가 처음으로 이 검은 머리에 검은 눈을 가진 영국 청년을 만났을 때부터 그 청년의 눈에는 특별한 감정이 어려 있음을 은은히 느꼈다. 청춘의 처녀들은 여기에 아주 민감하다. 그러나 그녀는 그걸 정시하고 싶지 않았다. 아무런 느낌도 없는 듯이 가장하고 냉정하게 멀리 하는 것이 그녀가 취할 수 있는 유일한 태도였다.

올리브가 옥스포드 대학에 대해 떠벌리고 자랑한 것이 그녀의 반감을 일으켰다. 자존심 면에서 상대방을 이기고 또 이후의 더 많은 접촉을 피하기 위하여 그녀는 용감히 옥스포드에 지망할 결심을 내렸다. 그녀는 유랑생활 중 공부하는 기회를 얻게 된 것이다. 그리고 많은 시간을 학교에서 보내면서 올리브의 그 검은 눈길의 추격을 피할 수 있게 되었다. 그러나 완전히 피한다는 것은 불가능하였다. 주말마다 그녀는 헌트 댁에 돌아와서 헌트 부인의 열정적인 초대를 받아야 했고 올리브의 갖가지 정성을 받아주어야 했다. 그녀는 독립적인 사람이 아니었다. 생활비와 학습비용은 한자기에게 의뢰해야 했고, 그러니 반드시 헌트 댁에 신세져야 하는 것이다. 그들은 비록 존경을 받는 손님이지만 남의 집에 얹혀 사는 신세였다. 그녀는 주인들을 노엽게 할 수도 없었다. 그렇게 되면 그녀는 헌트 부부의 눈에 은공도 모르는 배은망덕한 사람으로 비칠 것이었다. 때문에 그녀는 감정을 봉쇄해버리고 자기의 언행이 약간이라도 원칙에 어긋나지 않게 하려고 조심하였다. 그녀는 옥스포드를 졸업하는 그날까지 참을성있게 해외에서 조용히 살다가 고향으로 돌아갈 수 있을 것이라고 생각했다. 삼 년이 흐르면서 올리브의 그녀에 대한 정성과 관심은 날로 늘어갔다. 주말이 되면 늘 관광이나 가극을 구경하자고 제의하였다. 그런 열정을 그녀는 차마 거절할 수 없었다. 그 외에도 올리브는 늘 핑계를 만들어가지고 학교로 와서 그녀를 찾았다. 올 때마다 음식이나 장난감을 사다주었는데 그녀는 화도 나고 우습기도 하였다. 그녀는 다시는 이러지 말라고 말하려다가 그만두었다. 왜냐하면 올리브가 그녀에게 표시한 것은 단지 우의였을 뿐이다. 우의까지 거절할 수는 없었다. 삼 년 동안의 접촉을 통하여 그녀는 자신이 처음에 올리브에 대해 가졌던 인상을 바꾸게 되었다.

그녀는 그 청년이 사업상으로는 아주 빈틈없이 능란하지만 생활태도는 아주 정숙하고 부잣집 도련님들의 풍류적이고 방탕한 행위가 절대 없으며 다른 여자들과도 내왕이 없음을 알 수 있었다. 그것은 그가 절반은 중국혈통이고 자애로운 중국 어머니의 영향을 받았기 때문일 것이다. 양빙옥이 온 후부터 그의 마음이 동방 처녀에게 사로잡혀서 그럴지도 모른다. 아무튼 그녀는 차츰차츰 올리브가 그렇게 싫지만은 않았다. 그들 사이에는 자신들도 모르는 사이에 형제자매 같은 감정이 생겼다. 지금 올리브가 급한 김에 그녀를 위안하기 위하여 세심한 선택 없이 한 말이 그녀의 민감한 신경을 건드린 것이다. 그러나 그녀가 무엇이라고 말할 수 있으랴? 올리브가 마음속으로는 어떻게 생각하든 오직 그가 그들 사이의 그 미묘한 경계선을 허무는 말만 하지 않는다면 그녀는 영원히 모르는 척하면 된다. 삼 년 동안 그녀는 바로 그렇게 조심스레 살아왔다.

「여기가 아무리 좋아도 오래 있을 집이 아니지요. 나는 언제든 돌아가야겠어요!」

그녀는 말했다. 올리브에게 현실성 없는 생각을 하지 말라는 암시였다.

「미스 양은 중국에 그렇게도 깊은 감정을 지니고 있군요.」

올리브는 감개무량한 듯 말하면서 어깨를 으쓱해 보였다. 유감인지 동정인지 알아들을 수 없었다.

「점심때 우리 중국식당의 음식을 먹는 게 어때요? 상해루의 채가 우리 엄마가 한 것보다 더 맛이 있지요.」

점심 후 그들은 나란히 세계극장의 관람석에 앉아서 「뇌암(Thunder Rock)」의 공연을 기다리고 있었다. 표는 올리브가 사전에 사놓은 것이었다. 양빙옥과 같이 있기 위해서 그는 그날 하루를 빈틈없이 짜놓았다. 양빙옥은 극을 구경할 마음이 조금도 없었다. 그런데도 올리브가 어찌나 좋다고 권하는지 할 수 없이 따라온 것이다. 몇 시간 보내면 될 테니 보는 것도 괜찮다고 생각했다. 어차피 그녀의 머릿속은 텅 비어 있고 더 중요한 일도 없었다. 연극은 아직 시작되지 않았다. 그녀는 멍하니 막을 쳐다보고 있었다. 올리브는 또 말을 만들어서 하기 시작하였다. 그는 금방 상해루에서 먹은 음식을 놓고 운을 뗐다.

「미스 양의 고향생각이 위안을 좀 받았지요? 런던 안에서 중국에 갔다온 셈이지요.」

「아닙니다, 전 집생각이 더 났습니다.」

양빙옥은 그렇게 말했다.

「여기의 중국식당은 고유맛이 별로 없습니다. 이름뿐이지요. 당신과 같은 외국사람이나 속지요. 우리 북평의 동래순이나 남래순과는 비할 수 없습니다…… 심지어 우리 집에서 평소에 먹는 음식보다도 못합니다.」

「아!」

올리브는 그녀가 말한 모든 것을 부러워하였다.

「아쉽게도 저에게는 그런 먹을 복이 없군요. 만약 인생에 정말 내세가 있다면 저는 다음에는 중국에서 태어나겠습니다.」

「그때까지 기다릴 필요가 있습니까? 전쟁이 끝나면 당신은 중국으로 갈 수 있지요. 그때 저는 당신을 저의 집에 손님으로 모시겠습니다.」

양빙옥의 표정은 마치 자신이 북평에서 주인 자격으로 올리브를 초청하는 것 같았다. 그녀는 일부러 저의 집이라는 말에 억양을 두었다. 그녀는 이것으로 교묘하게 올리브에게 그들간에는 무시할 수 없고 넘을 수도 없는 경계선이 있음을 암시하였다. 그런데 사랑에 빠진 올리브는 눈치가 없었다. 그는 양빙옥의 암시를 그가 희망하는 방향으로 이해하고 얼굴은 행복감으로 약간 붉어졌다.

「아, 참 좋습니다. 그건 제가 평생 동안 잊을 수 없는 여행이 될 것입니다.」

양빙옥은 어처구니없어서 마음속으로 탄식하였다. 이 사람은 왜 이렇게도 우둔할까? 그들은 영어나 한어로 자유롭게 대화는 할 수 있었으나 청년은 상대방이 무엇을 생각하고 있는지는 몰랐다.

막이 서서히 올랐다. 극이 시작되었다. 관람석은 쥐죽은 듯 고요하였다. 사람들은 오래 전부터 이름을 들어온 그 공연에 현혹돼 있었고 올리브도 이젠 더 말을 하지 않고 열심히 구경만 하고 있었다. 극의 주인공은 등대를 지키는 두 미국 청년이었다. 극은 두 사람의 인생추구와 고민을 묘사하고 있었는데 한 사람은 소극적이며 타락한 자였고, 다른 한 사람은 분발력과 진취심이 강했다. 서로 모순된 성격은 충돌을 일으키며 불꽃을 튀겼다. 올리브는 마치 계발을 받은 듯 격동하였다. 그런데 양빙옥에게는 무대 위에서 하는 말이 하나도 귀에 들어오지 않았다. 그녀는 멍하니 무대를 쳐다보기만 하였다. 미국사람의 생활이 자기와 무슨 상관이 있는가? 그녀의 머릿속에 맴돌고 있는 것은 오로지 제비연과 동래순, 북평, 전쟁뿐이었다.

별안간 극의 줄거리에 이상한 변화가 생겼다. 그 진취심이 강한 청년은 평범한 생활에 만족하지 않고 멀고 먼 중국으로 가서 반침략전쟁에 투신하려고 하였다.

「목숨, 중국에 가야 목숨이 있습니다. 선과 악의 박투가 거기에 있기 때문입니다.」

무대 위의 그 외침이 양빙옥을 정신차리게 하였다. 그녀는 그곳이 런던의 세계극장인 것을 잊었다. 그녀는 마치 자신이 끓어오르던 연대로 돌아간 듯싶었다…….

그때 그녀와 한 반의 동창인 양침은 연애중이었다. 애정의 화살이 처음 소녀의 마음을 습격했을 때 그녀는 아무런 저항능력도 없었다. 풍채가 늠름하고 인품이나 학업이 모두 출중한 양침이 그녀의 고요한 생활 속으로 뛰어들었다. 그녀는 그 일을 오빠나 언니에게 알릴 용기가 없었다. 그리고 동창들의 눈도 피할 수 없었다. 그녀는 그때까지 많은 남학생들의 눈길을 끌어왔다. 그녀의 냉정하고 오만한 태도에 남학생들은 감히 접근도 하지 못했다. 그러던 어느 날 그녀가 양침과 연애를 한다는 것을 누군가 눈치채자 이 소식은 재빨리 퍼져갔다. 그녀는 당황하고 수줍어 남들의 눈길을 피하면서도 행복에 도취되었다.

「나는 왜 사랑할 수 없겠어?」

그녀는 마음속으로 이런 질문을 던졌다. 만일 나중에 발생한 일이 없었다면 그녀는 양침과 결혼하였을 것이다. 마치 세상의 많은 사람들처럼 첫사랑의 애인을 반려자로 맞았을 것이다. 그런데 전쟁이 북평에 덮쳐오면서 미명호는 들끓기 시작하였다. 선과 악이 박투를 하였다. 사람마다 인생의 무대 위에서 자기의 원래 모습을 드러내놓았다. 어느 하루 선두에 서서 가두시위를 벌이고 항일 삐라를 뿌렸던 학생이 체포되었다. 분노한 학생들이 경비사령부에 가서 청원을 하고 항의를 하였는데 뜻밖에 거기서 양침을 발견했다. 원래는 평소에 말이 적고 정치에 무관심하던 양침이 자기의 동포를 팔아먹은 것이다. 굴욕과 후회가 양빙옥의 유치한 꿈을 깨버렸다. 소녀의 가장 진귀했던 첫사랑도 산산이 부서진 것이다. 그녀는 감히 여러 사람들의 분노에 찬 눈들을 쳐다볼 수 없었다. 그리고 누구에게도 자기의 억울함을 하소연할 데가 없었다. 그녀는 미명호에 뛰어들어 일생을 매듭지으려고 하였다. 그러나 맑은 호수도 그녀가 받은 치욕을 다 씻어버릴 수 없었다. 모든 것을 끝내자. 지나간 모든 것을 잊어버리자. 그녀는 사랑에 대한 후회와 삶에 대한 공포심을 안고 망연한 목표를 향하여 한자기를 따라나섰던 것이다.

그런데 그녀는 천애지각까지 와서도 마음속의 상처를 피할 수 없을 줄은 생각도 못했다. 그렇게 짓궂게 쫓아다니며 그녀의 부서진 싸늘한 마음을 괴롭힐 줄은 몰랐다. 지금, 그 일로 체포된 후 참혹하게 처형당한 동창이 다시 살아나서 세계극장의 무대 위에서 그녀에게 부르짖는 것만 같았다. 마치 그 죄악으로 가득 찬 영혼, 바로 그녀가 사랑했던 사람을 규탄하는 것 같았다. 그녀의 유치한 사랑, 몽매한 사랑, 그릇된 사랑, 자신을 망친 사랑…… 고통과 후회가 그녀의 마음을 찢는 듯하였다. 그녀는 자신이 런던에 있는지 북평에 있는지 살았는지 죽었는지조차 알 수 없었다. 그녀는 무의식중에 올리브의 손목을 꽉 틀어쥐었다. 마치 높은 낭떠러지에서 굴러떨어지는 사람이 죽을 힘을 다해 나뭇가지를 붙잡는 것처럼.

「미스 양…….」

올리브는 그 의외의 행동에 무척 흥분해 낮은 소리로 그녀를 부르며 자기 손을 그녀의 차가운 손 위에 올려놓고 가볍게 쓰다듬어주었다. 양빙옥은 순간 정신을 차렸다. 그녀는 자기의 실수를 알아차리고 허겁지겁 손을 빼내면서 말했다.

「올리브, 이러지 마세요.」

「연극이 너무 사람을 흥분시킵니다.」

올리브가 계면쩍은 듯이 말하면서 감히 그녀를 돌아다보지도 못했다. 그의 가슴도 무섭게 뛰었다.

「극이 너무 비참합니다. 참을 수 없게 하는군요.」

「비참하다구요? 저는 왜 비참하게 느껴지지 않지요?」

두 사람이 그 시각에 생각한 것은 완전히 달랐다.

연극이 계속되고 있었다. 중국에 간 청년은 다시 돌아오지 않았고 남아 있는 청년은 끝없는 번뇌 속에 빠져 있었다. 그는 스스로 자신의 영혼을 괴롭히고 있었다. 그런 시달림과 괴로움을 당하는 사람이 어찌 그 한 사람뿐이겠는가? 양빙옥은 속으로 생각하였다. 그녀는 심지어 극이 그녀를 위해 일부러 쓰인 것이 아닌가 하는 의심마저 들었다. 그녀가 연경대학을 떠난 지금까지도 마음속을 짓누르는 압력에서 벗어나지 못하게 하고 거의 감각이 없었던 상처에서 다시 피가 흐르게 하는 내용이었다.

아름다운 처녀가 무대에 나타났다. 구십 년 전 비엔나의 어느 일가족이 탄 배가 바다에서 침몰하였다. 그들의 딸은 물귀신이 되었다. 무대 위의 처녀가 바로 그 유령이었다. 그녀가 만약 살았다면 백 살도 넘었을 텐데 유령은 여전히 호리호리하고 어여쁜 소녀였다. 그녀는 너무 일찍 비참하게 죽어서 진정한 인생도 누려보지 못했고 응당 받아야 할 사랑도 받지 못했다. 그녀는 인간세상에 슬금슬금 내려와서 사랑을 받아내려 하였다. 마치 중국의 『요재지이(聊齋志異)』에서 나오는 많은 유령 이야기처럼 여자 유령은 사람이 되어 등대를 지키는 타락한 청년에게 매달려서 그로 하여금 열정을 바치고 사랑으로 인생을 포옹하라고 핍박하였다.

알라여! 양빙옥은 마음속으로 한탄하였다. 무엇 때문에 이 하늘 끝에도 유령 이야기가 있는가? 그리고 사랑에 주린 원혼이 있는가? 물속에서 요절한 처녀는 그 영원한 세계에서 순결한 정절을 지키지 않고 하필이면 산사람도 싫증을 느끼는 인간세상을 그리워하는가? 아, 처녀여, 아직도 사랑의 쓴맛과 무서움을 맛보지 못했구나. 사랑이 죽음보다 더 무서운 절망의 낭떠러지인 것을 모르고 있구나.

귀청을 찢는 듯한 경보소리가 극장 밖에서 들려왔다. 유령에게 마음을 빼앗긴 관중들은 잠시 바깥 세계를 잊어버린 듯 아무런 반응도 없었다. 그런데 막이 별안간 내렸다. 관람객들은 극중의 이야기에서 쫓겨나와 무슨 영문인지 어리둥절해 하였다. 막 안에서 극장 경리가 나와서 미소를 짓고 관람객들에게 인사를 하더니 말했다.

「신사 숙녀 여러분, 미안하지만 저는 정부의 방침대로 여러분께 부득이 알릴 수밖에 없습니다. 지금 밖에서 공습경보가 울리고 있습니다. 관람객들 중 방공호에 들어갈 분이 계시면 즉각 퇴장해 주십시오.」

관람객들은 누구도 떠나지 않았고 유쾌한 웃음을 터뜨렸다. 극장 경리는 미소를 지으며 들어갔다. 막이 다시 올랐다. 여자 유령과 등대를 지키는 청년이 또 무대에 올랐다. 죽은 지 구십여 년이 되는 유령이 살아 있는 사람들로 하여금 죽음의 위협도 잊어버리게 하는 것이 기적이 아닐 수 없었다. 유령이 하는 한마디 한마디가 모두 양빙옥에게 하는 것처럼 그녀를 괴롭혔다.

사랑은 정말 힘든 것이었다. 유령은 끝내 동경하는 모든 것을 얻지 못하고 아쉬운 마음을 안고 인간세상을 떠나갔다. 또 그 차갑고 어두운 영원한 유령세계로 돌아갔다. 떠나기 전에 그녀는 사랑하는 그 청년을 다정다감하게 포옹하면서 이렇게 말했다.

「나는 살아 있는 당신을 얼마나 흠모하는지 몰라요. 당신은 살아갈 권리가 있고 사랑할 권리가 있어요.」

막이 무겁게 내렸다. 관람석은 쥐죽은 듯이 조용했다. 모두들 그 종막의 엄숙한 기분 속에 빠져 있었다. 막이 다시 열리며 극장 안의 불이 환하게 켜지자 유령과 그 애인이 미소를 지으며 무대 위에서 인사를 할 때에야 관람객들은 현실세계로 돌아와 열렬하고 끊임없는 박수갈채를 보냈다.

극장을 나오니 해가 아직 지지 않았다. 런던의 서쪽에 걸려 있던 해는 마치 따스한 계란 노른자처럼 천천히 아래로 미끄러져 내려가고 있었다. 저녁노을이 진 인도 옆의 밤나무에서는 낙엽이 하나 둘 가볍게 떨어져 양빙옥의 발 밑에서 바스락거렸다. 공습경보는 이미 해제되었다. 마치 그 세계는 아무런 놀람도 받지 않은 것처럼 런던은 그렇게도 평온하였다. 이층 버스가 전처럼 달리고 있었고 가방을 옆구리에 낀 남자들은 같은 길을 따라 퇴근하고 있었으며 유모차를 미는 부인들은 낙엽을 밟으며 산책하고 있었다. 모르는 사람들끼리 스쳐지나가면서 한가하게 우스갯소리를 하고 있었다.

「금방 그 경보소리는 너무 길었어. 그런 소음은 건강에 해로울 거야.」

「맞아요. 괜히 그러지요.」

그들은 마치 정부가 자신들을 못살게 구는 것이 원망스러운 듯이 말했다.

양빙옥은 아직도 그녀의 주위에서 맴돌고 있는 그 유령을 생각하고 있었다. 극장 안에서의 세 시간이 그녀는 마치 일생을 산 것 같았다. 인생은 무엇 때문에 이렇게 힘들고 고통스러운가?

올리브도 금방 본 연극 때문에 흥분해 있었다. 그러나 그가 받은 감명은 이별의 비애가 아니라 사랑의 격정이었다.

「경보가 울렸을 때,」

그는 말했다.

「가령 극장이 무너져 제가 참혹한 죽음을 맞았더라도 행복했을 겁니다.」

「네? 왜요?」

「왜냐하면 미스 양이…… 저하고 같이 있었기 때문이죠.」

「아, 아니, 올리브. 그렇게 말하지 마세요. 부탁합니다.」

양빙옥은 순간 놀라서 멍해졌다.

「왜요? 저는 살아 있는 사람입니다. 살아갈 권리가 있고 사랑할 권리가 있습니다.」

올리브의 검은 두 눈은 타오르는 불길을 내뿜었다. 가슴에서 삼 년 동안이나 쌓였던 감정이 일단 입 밖으로 나오니 다시는 막을 길이 없었다.

「빙옥 씨, 알고 있습니까? 저는 당신을 사랑합니다. 당신이 처음 제 앞에 나타난 그때부터 저는 당신에게 정복되었습니다. 저는 당신에게만 속합니다. 그날부터 저의 생활은 의미가 있었고 즐거움이 있었으며 희망이 생기게 되었지요. 지난 이십여 년간 무엇 때문에 금발의 아가씨들이 제 눈에 들어오지 않았는지 알았습니다. 운명이 저에게 당신을 기다리라고 해놓고 지구의 동쪽에서 당신을 데려온 것입니다. 하나님이든 알라든 하여튼 이건 하늘의 뜻입니다.」

이 젊은이를 보라. 그에게는 동양 사람의 내성적인 면도 있고 서양 사람의 개방적인 면도 있었다. 그 유령이 그에게 붙었는지 그는 내성적인 것을 다 물리치고 대담하게 자기가 미치도록 사랑하는 처녀에게 이렇게 많은 말을 단숨에 하였다. 석양이 그의 온몸을 금황색으로 물들여서 마치 타오르는 불길 같았다. 한 쌍의 늙은 부부가 서로를 부축하면서 천천히 지나갔다. 그들은 미소를 지으며 이쪽을 보았다. 그들은 비록 중국말은 알아듣지 못했지만 이 두 젊은이 사이에 무슨 일이 일어났는지는 알고 있었다. 남자의 눈길은 마치 이렇게 말하는 것 같았다. 이봐 총각, 너무 서두르지 말게. 우리에게도 그런 때가 있었지.

서쪽에서 비쳐오는 햇빛을 막아서자 올리브의 우람한 체격이 기다란 그림자를 드리웠다. 가늘고 약한 양빙옥은 그 그림자 속에 파묻혔다. 그녀의 담청색 치마와 블라우스 그리고 흰 모자와 흰 피부는 얼음같이 차가워 보였다. 별안간 쏟아진 감정의 폭풍우는 그녀를 공포에 떨게 하였다. 그녀는 겁에 질린 큰 눈으로 올리브를 보면서 말했다.

「아니예요, 올리브. 아니예요…….」

올리브는 힘 있는 두 손을 내밀어 그녀의 어깨를 흔들었다.

「무엇 때문에 아니예요? 왜? 헌트주보상점이 기진재와 어울리지 않습니까? 아니면 제가 미스 양에게 맞지 않습니까?」

「아닙니다. 아닙니다.」

「그렇다면 저의 혈통 때문입니까? 미스 양은 서양 사람들처럼 썩어빠진 편견이 없겠지요. 어떤 서양 사람들은 흑인과 황인종을 멸시하고 유럽인과 아시아인의 혼혈아도 멸시하지요. 그 때문에 저의 동창 중하나는 저의 주먹맛을 보았지요. 그런데 미스 양은 중국사람입니다. 저의 어머니와 같은 중국사람입니다. 저의 몸에도 중국사람의 피가 흐르고 있습니다. 중국도 저의 조국입니다.」

「올리브, 저는 그런 뜻이 아니예요.」

「그럼 아가씨는 무슨 이유로 저를 거절합니까? 여기가 아가씨의 집이 아니어서 그렇습니까? 황인종의 영국사람이 되기 싫어 그렇습니까? 그렇다면 우리가 함께 중국으로 갈 수도 있지요.」

양빙옥은 온몸이 나른해지고 피가 굳어지는 것 같았다. 심장도 감각이 없어지고 영혼도 날아가버린 듯하였다. 마치 마른 나뭇잎이 되어서 아무런 저항도 없이 공중에서 떠다니다가 약한 바람만 불어와도 깊은 낭떠러지로 곤두박질할 것 같았다. 올리브는 그녀에게 두 팔을 벌리고 있었다. 그의 달아오른 얼굴은 사내의 열기를 뿜고 있었고 검은 보석 같은 눈에서는 애정의 불길이 타오르고 있었다. 자신을 위해서 모든 것을 바치려는 남자를 거절하자면 어떤 힘이 필요한가?

「그럼, 제 말에 수긍하는 거지요?」

올리브는 눈 한번 깜박이지 않고 그녀를 뚫어지게 보았다.

「전 알아냈습니다. 아가씨는 동의하고 있습니다. 그것은 중국사람들이 사랑을 표시하는 방식이지요. 말없는 것이 바로 대답이지요.」

올리브는 미친 듯이 기뻐하며 두 팔로 나른한 양빙옥을 끌어안았다. 그러고는 머리를 숙이고 뜨거운 입술을 그녀에게 보내왔다.

양빙옥은 순간 가까이 다가오는 얼굴이 양침이란 느낌이 번쩍 들었다. 맞다, 바로 이렇게 타오르는 눈길이었고 이렇게 열광적인 말들을 하였다. 그래서 막아낼 힘이 없고 피할 곳이 없었던 소녀는 망연히 그의 포로가 되었다. 아, 그가 또 왔다. 영국까지 쫓아온 것이다. 이 사랑의 마귀 그림자가 온 것이다. 양빙옥은 부들부들 떨었다. 재난이 또 덮쳐들어 그녀를 삼켜버리려 한다.

「안 돼요!」

그녀는 나약한 두 팔로 죽을 힘을 다해 반항하였다. 눈앞에 있는 악마를 밀쳐보려고 하였다. 아무런 방어도 없던 올리브가 휘청거리면서 하마터면 넘어질 뻔하였다. 그는 비척거리며 바로 서더니 눈에서는 놀라움과 슬픔이 쏟아졌다.

「양…… 양.」

「아, 올리브!」

양빙옥은 힘없이 옆에 있는 밤나무에 기대섰다. 마치 줄이 끊어져 별안간 땅에 떨어진 연과 같았다. 그녀가 밀어버린 것은 양침이 아니라 올리브였다. 죄없고 불쌍한 올리브였다. 그렇지만 어쩌겠는가? 양빙옥의 상처입은 마음은 이미 사랑의 문을 영원히 닫아버렸다. 누구를 막론하고 다시 열기 힘들었다.

「제발 부탁해요, 올리브. 저를 괴롭히지 마세요. 우리는 제일 친한 친구는 될 수 있지만 연인은 될 수 없어요.」

「왜요? 왜?」

올리브는 마치 패전을 달가워하지 않는 씨름꾼처럼 씩씩거리며 다시 공격하기 시작하였다.

글쎄, 왜 그래야 하는가? 양빙옥도 대답할 수 없었다. 양침의 위선이 그와 무슨 관계가 있는가? 올리브는 자기의 동포를 팔아먹지도 않았고 누구도 해치지 않았다. 그리고 양빙옥을 속인 적도 없다. 사랑뿐이었다. 삼 년 동안 그는 말없이 그녀를 사랑하였고 관심을 가져주었고 보살펴주었다. 그녀가 주말에 헌트 댁의 자기 방에 돌아가면 늘 올리브가 보내준 생화 한 묶음을 볼 수 있었다. 삼 년을 하루같이 그녀의 창가에는 꽃이 꽂혀 있었다. 지금 올리브가 마침내 용감하게 그녀에게 사랑을 고백하였다. 그것도 죄가 되는가? 그에겐 사랑의 권리도 없단 말인가? 정말 유감스럽다. 올리브, 당신은 왜 이 진지한 사랑을 다른 처녀에게 바치지 않고 하필이면 그녀에게 바치려 하는가? 당신은 달콤한 보상을 얻지 못하고 거절만 당할 것이다. 당신은 이 중국 처녀를 이해하지 못하고 있다. 실패한 첫사랑이 남긴 상처는 그녀로 하여금 사랑을 죄악으로 여기게 만들었다. 그녀는 마음속에 원한의 벽을 쌓고서 애정과 영원히 결별하였다.

「왜냐하면…….」

올리브가 캐물으니 어떻게 대답해야 하는가?

「왜냐하면 저는 중국사람일 뿐만 아니라 모슬렘이지요. 알라를 신봉하는 회회예요. 우리들 사이에는 넘을 수 없는 경계선이 있습니다.」

그녀는 끝내 최후의 방어선까지 물러났다. 이것만이 올리브의 진격을 막을 수 있을지 모른다. 바로 그때 그녀의 마음은 또 한번 타격을 받았다. 똑같은 말을 양침에게도 했었다. 그러나 효과를 보지 못했다. 양침은 이렇게 맹세했다.

「저도 알라를 믿을 수 있어요.」

그녀는 타협하였다. 그녀의 다정다감한 기질과 연약함이 그녀로 하여금 신뢰할 수 없는 사람을 믿게 해 알라의 징벌을 받았는지도 모른다.

「올리브, 그 경계선을 넘지 말아요. 절대…….」

올리브는 멍해졌다. 그 신성한 포고문에 그는 소름이 끼쳤다. 마치 열화 속에 있다가 얼음 강물로 뛰어든 것 같았다. 한순간의 정적이 흐른 후 그는 마치 분노한 수사자처럼 외쳤다.

「그건 누가 한 말입니까? 우리는 모두 같은 사람입니다. 무엇 때문에 다른 민족과 다른 종교로 인해 헤어져야 합니까? 종교는 모두 사람이 만들어낸 것입니다. 이 세상에는 하나님도 없고 알라도 없습니다. 없어요, 없어요! 오직 애정만 있지요!」

「올리브, 알라께서 벌을 내릴 거예요!」

양빙옥이 가느다랗게 외치더니 두 팔이 나무에서 미끌어 떨어졌다. 하늘과 땅이 그녀의 눈앞에서 빙빙 돌았다.

「미스 양!」

올리브가 놀라면서 달려가 그녀를 부축하였다.

그들 옆에서 나무열매를 쪼아먹던 비둘기들이 놀라 날아가버렸다.

그들이 집에 돌아왔을 때 헌트 부인은 저녁식사 준비를 하고 있었다.

「안녕하세요, 헌트 부인.」

「안녕, 미스 양. 그런데 안색이 왜 그리 좋지 않지요?」

「아니예요, 전 좋아요. 고맙습니다.」

양빙옥은 미소를 지어보였다.

「엄마, 오후에 미스 양과 같이 연극을 보았는데 중국에 관한 것이어서 너무 흥분한 것 같아요. 감정이 자극을 받은 것 같아요.」

올리브가 설명하였다.

「그래? 그럼 쉬어야지. 공부하는 것만도 힘드는데 무슨 연극을 보기는? 올리브, 그런 제의는 하지 않는 게 좋아.」

「네, 엄마. 다 제 탓이에요.」

올리브가 후회하듯이 말했다. 그는 오후에 생긴 불쾌한 장면을 엄마에게 말하지 않겠다고 양빙옥에게 약속했다. 그러나 자신의 고통을 감출 수는 없었다.

「전 다시는 그러지 않을 겁니다, 다시는…….」

「죄송해요, 헌트 부인.」

양빙옥이 쓴웃음을 지으면서 말했다.

「함께 저녁을 먹을 수 없게 되었습니다.」

「가서 푹 쉬어요. 조금 있다 내가 미스 양이 좋아하는 닭고기 국수를 해줄게.」

「고맙습니다만 전 조금도 배고프지 않아요.」

양빙옥은 피곤한 몸을 끌고 계단을 올라갔다. 올리브는 그녀를 부축해주려다가 그만두었다. 한자기가 양빙옥의 발걸음소리를 듣자 곧 방안에서 나왔다.

「옥아야, 돌아왔니?」

양빙옥은 힘없이 그를 보더니 자기의 방으로 들어가서 문을 닫았다.

심상치 않은 예감이 한자기의 얼굴에 그림자를 드리워놓았다.

그는 다급히 걸어가서 문을 두드렸다.

「옥아야, 옥아!」

「들어오세요, 오빠.」

양빙옥이 안에서 말했다.

한자기가 문을 밀고 들어가보니 양빙옥은 옷을 입은 채로 침대에 누워 있었는데 그 창백한 얼굴과 초점을 잃은 두 눈은 한자기를 깜짝 놀라게 하였다.

「왜 어디 아파?」

「아니…… 아니예요.」

「학교에서 무슨 불쾌한 일이라도 생겼어?」

「그것도 아니예요…… 묻지 마세요.」

양빙옥은 얼굴을 돌려버렸다. 그런 일을 어떻게 말할 수 있겠는가?

「아니야, 넌 분명 무슨 일이 생긴 거야.」

한자기는 더욱 걱정이 되었다.

「누가 널 괴롭혔니?」

「오빠…….」

양빙옥은 당황했다. 마치 한자기가 자기 마음의 비밀을 다 들여다보는 것 같았다. 그녀는 머리도 돌리지 않고 말했다.

「전…… 시끄럽게 되었어요. 올리브가…… 저한테 청혼을 했어요!」
입에 담기 힘든 말을 하고 나니 그녀는 얼굴이 뜨거워졌다.
「그래?」
한자기는 갑자기 발생한 사태에 놀랐다. 그는 옥아가 이젠 아이가 아님을 그제서야 의식하였다. 세 살 때부터 그의 보살핌을 받으며 자라난 동생이 이제는 어른이 다 되었다. 인생의 길에서 피할 수 없는 일이 닥친 것이다. 올리브가 그녀에게 손을 내밀었다. 이 꽃송이를 꺾으려 한다. 여기까지 생각하자 한자기의 마음속에는 말할 수 없는 고독감과 무엇을 잃은 듯한 허전함이 밀려들었다. 마치 옥아가 자기와 작별하고 이제부터 다른 남자의 보호를 받게 되는 것 같았다. 다시는 한 식구가 아닌 것 같았다. 십여 년간 조석으로 같이 지내고 삼 년간 서로 의지하던 생활이 이젠 끝났다. 지금 그에게 유일한 가족이 그를 떠나려 한다.
창가에는 붉은 석류화가 조용히 피고 있었다. 그것은 올리브가 가져다 놓은 것이었다. 삼 년 동안 옥아가 집에 있든 없든 그녀의 창가에는 늘상 올리브가 사온 생화가 놓여 있었다. 그것은 방안을 장식하기 위한 것만이 아니었다. 거기에는 올리브의 감정이 실려 있었다. 그것이 사랑이다. 그런데 한자기는 무엇 때문에 한번도 그 생각을 못 했을까? 아, 그것도 그럴 만한 원인이 있었다. 어려서부터 떠돌아다녔던 그는 일찍부터 세상의 쓴맛을 다 보았다. 양씨 댁에 들어온 후부터 그의 마음을 덥혀준 것은 사제간의 정과 오누이의 정이었으며 옥에 대한 미련이었다. 사부님의 참사는 그로 하여금 강렬한 복수심을 불러일으켜 굴욕과 오해를 참아가면서 다시 기진재를 일으켜 세우는 힘든 사명을 완수하게 하였다. 수난 속에서 가족들이 단란하게 다시 상봉하게 된 슬픔과 기쁨의 와중에서 그는 벽아의 남편이 되었다. 오누이가 부부가 되는 일은 그렇게 급하게 벌어졌지만 그것도 환난 속에서 가정을 다시 세우게 되는 필연적인 결과이기도 하였고 기진재를 다시 진흥시키는 유일한 길이기도 하였다. 그와 벽아에게는 다른 선택을 할 여지가 없었다. 이전에 한자기는 심지어 꿈에서라도 생각하지 못했다. 고난의 세월이 그와 벽아를 한데 묶어주리라고는. 그리고 그때부터 힘든 창업이 시작되었다. 그들이 언제 달빛 아래서 사랑을 속삭여 보았는가? 그들에게는 힘든 추구도 열렬한 사랑의 고백도 없었다. 그는 혼인은 바로 가정이고 책임이고 의무이며 사업이라고 보았지 꽃다발 속에 애정이 있으리라고는 생각도 하지 못했다. 중국의 옥왕은 그가 관심을 가지고 있는 분야를 제외하고는 아는 것이 너무 적었다. 그의 감정은 너무 단순하고 거칠었다.

지금 올리브가 그의 가정의 중요한 구성원이고 그의 보호하에 있는 고아에게 사랑의 촉각을 세우고 있다. 한자기는 그제야 놀랐다. 응당 일찍이 눈치를 챘어야 했는데.

「넌 대답했어?」

그는 결과를 급히 알고 싶었다.

「아니, 난…… 거절했어요.」

양빙옥이 당황해 하였다. 그녀는 오빠한테서 위안을 받게 될지 아니면 꾸지람을 당할지 몰랐다.

「음!」

한자기는 위안해 주지도 않고 책망하지도 않았다. 그저 가볍게 한숨을 쉬더니 침대 곁의 의자에 앉았다. 그의 일그러졌던 얼굴빛이 약간 안정되었다. 올리브는 성공하지 못했고 옥아를 빼앗아가지 못했다. 그러나 일이 그렇게 간단한 것 같지 않았다.

「왜? 너 그 사람 싫어해?」

「모르겠어요.」

양빙옥의 대답이 흐릿하였다. 그녀의 마음은 지금 격렬한 폭풍의 습격을 받고 있다. 올리브와 양침의 두 얼굴이 동시에 눈앞에 나타나서 겹쳐지기도 하고 갈라지기도 하면서 그녀를 유혹하기도 하고 위협하기도 하였다. 그녀는 이 모든 것을 잊으려 하였으나 그렇게 되지 않았다. 양빙옥은 가장 믿는 오빠에게 마음속의 고민과 비애를 모두 털어놓고 싶었다. 그러나 한자기의 맑은 두 눈을 바라보니 무서웠고 부끄러웠다. 죄책감 때문에 그녀는 한자기에게 옛날의 상처와 오늘의 방황을 말할 수 없게 되었다. 그 일들은 모두 내 속에서 삭여야지 오빠까지 속태우게 할 순 없다.

「저는…… 시집갈 생각을 아직 해보지 않았어요. 전 아직 학교에 다니니 고려하고 싶지 않아요.」

그녀는 이런 충분하지 않은 이유밖에 생각해내지 못했다.

「그것도 긴 앞날의 설계가 아니야. 너도 컸어. 이런 일은 한번은 꼭 있는 거야. 넌 한평생 오빠 옆에 있을 수도 없어.」

한자기가 힘없이 말했다. 그는 부득이 이렇게 생각하지 않을 수 없었다. 꽃은 피어야 하고 사람은 살아나가야 한다. 남자가 자라면 장가들고 여자는 크면 시집가게 마련이다. 그도 옥아를 위하여 장래계획을 세워주어야 한다. 그는 돌아서서 어둠이 내린 창밖을 내다보았다. 올리브의 모습이 그의 눈앞에 나타났다. 그는 부득불 생각의 각도를 바꾸어서 매부를 고르는 안광으로 먼저 뛰어들어온 그 젊은이를 가늠해보았다.

「올리브는 괜찮은 젊은이지…….」

양빙옥은 고통스럽게 눈을 감았다. 그녀는 이런 말이 나오는 것이 두려웠다. 그녀는 오빠가 올리브를 나쁘다고 나무랐으면 했다. 그렇게 되면 자기는 모든 욕심을 버리고 사랑의 불꽃도 영원히 꺼버릴 수 있을 것 같았다. 그녀는 오빠의 보호 밑에서 조심스럽게 이 험악한 인생을 보내고 영원히 다시 사랑의 불감옥에 발을 들여놓지 않으려 했다.

그런데 오빠는 올리브를 대신해서 말하고 있지 않은가.

「오빠, 말하지 마세요! 전 이미 거절했어요. 저를 위안해 주세요. 저는…… 알라의 시키심대로 하겠어요. 올리브는 우리 모슬렘이 아니예요!」

「모슬렘!」

한자기는 탄식하였다. 옥아의 말은 고독한 그의 마음을 위안해 주었다. 그 반박할 수 없는 이유는 그의 마음을 든든하게 하였다. 만약 필요하다면 그는 옥아를 대신해서 올리브나 헌트 부부에게 완곡한 말로 거절할 수 있다. 그런데 그와 동시에 옥아는 그에게 어려운 문제를 내놓은 셈이다.

「이런 데서 어떻게 너에게 모슬렘을 찾아주겠니?」

「누가 오빠보고 찾으라 했어요?」

양빙옥이 어설픈 웃음을 지으면서 말했다.

「전 모든 사람들을 피하려 해요. 영원히 고독하게 오빠를 따라다니겠어요.」

이런 말은 수줍은 소녀가 애정이나 혼인의 시끄러움을 당할 때 흔히 대는 핑계였다. 천하에 평생 시집 안가고 친정오라버니와 함께 사는 처녀가 몇이나 되겠는가? 그러나 양빙옥은 자신의 진실을 믿었다. 여자는 왜 꼭 시집가야 하는가? 여자가 너무 연약하여 남자의 보호를 받아야 하기 때문인가? 양침이 자기를 보호했었는가? 올리브가 자기를 보호할 수 있는가? 아니다. 아니다. 연경대학에서 있었던 악몽은 그녀로 하여금 저도 모르게 모든 남자들을 경계하도록 만들었다. 남자들이란 보호자란 허울을 쓰고 여인에 대한 수탈과 점유의 사욕을 감추고 있는지도 모른다. 올리브와 작별하고 나니 그녀는 마치 위험한 함정을 빠져나온 듯한 느낌이 들었다. 오빠의 옆에 오니 불안하던 마음이 좀 안정되었다. 오빠는 그의 보호자였다. 절반은 오빠고 절반은 형부였다. 이 사내는 친동생을 대하듯이 그녀를 보호하여 평생토록 누구의 괴로움도 상처도 받지 않게 할 수 있다. 그녀가 유일하게 믿을 수 있는 사람이었다.

한자기가 한참 동안 잠자코 있다가 말했다.

「그럴 수는 없어. 네가 그렇게 한평생을 지내는 것을 보고 있을 수 없지. 너도 여전히 고독을 느낄 거야. 우리는 남에게 얹혀 사는 신세인데 이후부터는 헌트 댁과도 함께 지내기 어렵게 되었구나!」

익숙한 발걸음소리가 나더니 헌트 부인이 이층으로 올라와 양빙옥 방문 앞에 서서 친절하게 불렀다.

「아가씨, 내려와서 좀 먹어야지. 아가씨가 좋아하는 걸 만들었으니까.」

한자기가 문을 열면서 말했다.

「헌트 부인, 저애는 몸이 좀 안 좋은 것 같습니다.」

「아니, 이젠 좀 나았어요.」

양빙옥이 일어나 앉으면서 말했다.

「곧 갈게요!」

「그럼 됐어요. 닭고기 국수, 아가씨는 잘 먹을 거예요.」

헌트 부인의 얼굴에는 자애로운 웃음이 떠올랐다.

「한 선생, 저녁 식사하러 갑시다.」

헌트 부인이 그들과 같이 아래층으로 내려왔다. 사이먼 헌트가 객실에서 미소를 짓고 그들을 기다리고 있었다. 그 옆에 앉아 있던 올리브는 양빙옥의 모습이 눈에 띄자 곧 눈을 내리깔았다. 이 젊은이는 지금 퍽 속상할 거야. 한자기는 그렇게 생각했다. 그의 부모들은 아직 두 집 사이에 균열이 생긴 것을 모르는 것 같았다.

모두들 서로 다른 근심과 걱정을 안고 식탁에 모여 앉았다.

「천주께서 우리들에게 복을 내리시고 이 자리에서 당신께서 주신 음식을…….」

헌트 부인이 앞가슴에 십자를 그으면서 식사기도를 채 끝내지도 않았을 때 귀청을 찢는 듯한 경보소리가 울렸다.

「아이쿠, 하나님! 독일 비행기가 정말 온 게 아니예요?」

「그런 것 같아. 그것들이 전 유럽을 다 휩쓸더니 끝내 우리 머리 위까지 왔구나.」

사이먼 헌트는 쇠고기구이를 집으면서 말했다.

「드시지요, 신사 숙녀 여러분. 식사를 해야지요.」

「전등불 끄세요, 빨리!」

올리브가 별안간 실연의 침묵 속에서 깨어나 소리를 질렀다. 제1차 세계대전을 겪어본 그의 아버지보다는 침착하지 못했다. 그는 벽으로 뛰어가서 전등불을 껐다. 객실 안은 대번에 칠흑 같아졌다.

경보소리는 멀리서부터 가까이로 오면서 점점 더 세게 들렸다. 먼저는 거리 중심부에서 울리더니 그 다음은 사방에서 소리가 났다. 온 런던시가 귀를 찢는 듯한 소음 속에 덮여 있었다. 창밖에 뭇별처럼 반짝이던 등불들이 같은 시간에 사라졌다. 마치 인간세상에서 지옥으로 걸어들어간 것 같았다. 갑자기 암흑 속에서 탐조등이 켜지면서 푸른 빛이 밤하늘을 찔렀다. 조명탄도 솟아올랐다. 런던을 지키고 있는 고사포에 목표를 찾아주기 위해서였다.

쿵! 쿵! 쿵!

고사포가 고함을 질렀다. 분홍색 불길이 하늘로 솟더니 공중에서 터질 때는 오렌지색의 꽃으로 피었다. 적기에서 쏟아진 폭탄이 터지는 소리는 천둥소리같이 끊임없이 울렸고 땅 위에는 시뻘건 불빛이 일어났다. 공기는 타고 있었고 대지는 흔들리고 있었다. 그들이 살고 있는 건물은 마치 말라리아에 걸린 사람처럼 끊임없이 떨고 있었다. 식탁 위의 접시가 퉁기면서 땅바닥에 떨어져 산산조각이 났다. 머리 위를 감돌던 악몽이 끝내 찾아온 것이다. 이전에 사람들이 얼마만큼 전쟁을 이야기하였는가는 상관없이 모두 전쟁이란 악마의 돌연한 출연에 놀라서 멍해졌다. 전쟁은 그렇게 무정하였다. 어디가 녹지인지 어디에 생화가 피었는지 어디에 혈육의 생명이 있는지 어디에 인류문명의 정수가 있는지 어디에 달콤한 꿈과 아름다운 환상이 있는지는 전혀 아랑곳하지 않았다…… 마치 지구가 별안간 돌지 않게 되고 세계의 종말이 다가온 것 같았다. 삶과 죽음은 종이로 바른 벽을 사이에 두게 되었다.

양빙옥이 앉은 의자가 넘어졌다. 그녀는 마룻바닥에 꿇어앉아 한자기 옆에 바싹 다가가서 그의 팔을 꼭 잡았다. 일 초 후에 폭탄이 그들의 머리 위에 떨어져서 그들은 이렇게 죽어버릴지도 모른다. 이것이 바로 그들이 갖은 고생을 다하면서 먼길을 떠나온 귀착점인가? 죽음은 고통으로부터의 해방이고 고난의 종결일지도 모른다. 그러나 사람들은 무엇 때문에 그렇게도 죽음을 두려워하고 삶에 미련을 가지는가? 사람은 얼마나 보잘것없고 불쌍하며 스스로를 기만하고 남을 속이는 존재인가! 격렬한 폭탄소리가 모든 것을 삼켜버렸다. 화약냄새를 풍기는 화약연기가 창문으로 새어들어와 온 방안에 꽉 찼다. 그녀는 질식할 것 같았다. 머릿속은 텅텅 비었고 온몸은 사시나무처럼 떨렸다. 죽음을 기다리고 있던 그녀는 속으로 아, 알라여! 하고 외쳤다. 어둠 속에서 그녀는 헌트 부인의 경건한 기도소리를 들었다.

「주여, 당신의 불쌍한 자식들을 구해주소서…….」

신앙이 같지 않은 사람들이 각자의 신을 부르짖었다. 저 하늘에 계신 알라와 하나님은 어떻게 함께 이 인간의 마귀를 처단하실지?

강철과 화약으로 만들어진 천둥소리가 밤새도록 울렸다. 아침 햇빛이 런던 상공의 검은 막을 걷자 죽음의 귀신이 흉물스런 웃음을 짓고 히틀러의 비행기를 따라 잠시 퇴각하였다. 온몸이 상처투성이인 런던은 희미한 여명 속에서 신음하고 있었다.

객실의 마루 위에 헌트 부자가 거꾸로 누워 있었다. 아들은 아버지의 다리를 베고 있었고 아버지는 아들의 팔을 붙들고 있었다. 그들은 요란하게 코를 골면서 자고 있었다. 밤의 포소리가 그들에게는 자장가가 된 듯싶었다. 헌트 부인이 뒤뚱거리며 부엌에서 뛰어나와서 근심어린 얼굴로 투덜거렸다.

「가스가 끊어졌어요. 어떻게 아침을 짓겠어요, 하나님 맙소사.」

비행기 대포와 폭탄의 굉음이 모두 들리지 않았다. 어쩌다 살아남은 집들의 지붕이 아침 햇빛에 반짝였다. 거리에는 자동차 경적소리가 들렸고 우유배달하는 마차소리도 들렸다. 런던은 지난 밤에 죽지 않고 아픔의 혼미 속에서 다시 깨어났다.

「오빠, 우리 아직 살아 있어요?」

양빙옥이 중얼거렸다. 그녀는 지금 자신이 꿈속에 있는 건지 귀신이 되었는지 알 수 없었다.

「그래, 우린 아직 살아 있어.」

한자기는 그녀를 부축하여 일어섰다. 진동 때문에 마비된 다리를 움직여보면서 말했다.

「난 또 타향에서 죽어서 집에도 못 가는 줄 알았지.」

「집? 집이 어디에 있어요?」

양빙옥은 초점을 잃은 눈으로 창가에 비친 하늘을 쳐다보았다.

님에게는 애수가 얼마나 있나요? 동으로 흐르는 봄물 같지요! 세계의 동쪽에서 독일, 이탈리아의 동맹국인 일본이 호응하고 나서서 우등민족이 열등민족을 통치한다고 떠벌렸다. 비좁은 땅에서 출발한 황군의 구둣발이 중국대륙을 유린하고 태평양의 크고 작은 섬에까지 미쳤다. 그들은 대동아공영권을 세우기 위하여 미친 듯이 성전을 벌였다. 그들은 아시아 대륙에 죽음을 심었고 원한을 심었다. 중국의 시골과

도시에서 그들은 잔인무도하게 모조리 태우고 모조리 죽이고 모조리 빼앗는, 이 세상에 아직 유례가 없었던 잔혹한 만행을 저질렀다. 비옥한 땅이 초토가 되고 집이 타서 폐허가 되었고 수천 수만의 목숨들이, 그 중 부녀자, 어린이, 심지어는 어머니 뱃속의 태아까지도 일본놈들의 칼에 죽었다. 미친 듯한 폭격도 런던에 못지않았다. 북평은 성을 두고 도망간 군인들이 천년고도를 고스란히 강도의 손에 놓아주어 일본놈들이 마음대로 유린하고 약탈하게 하였다.

박아댁의 무거운 대문은 꼭 닫혀 있었다. 소슬한 바람에 나부끼는 낙엽이 대문짝에 쓴 수주화벽, 명월청풍이란 글씨들을 스쳐 지나갔다. 몇 달 전의 폭풍우 때 문 앞의 그 늙은 홰나무가 벼락을 맞아서 절반이나 떨어져 나갔다.

어두운 그림자가 박아댁을 뒤덮고 있었다. 뜰안의 해당나무, 석류나무가 삭풍 속에서 앙상한 가지를 흔들고 있었다. 시커먼 지붕 위의 하늘에는 별들이 빛을 잃고 있었다. 오 년 전 하늘에서 내려온 별은 지금 동채에서 잠이 들었다. 그러나 그의 어머니는 긴긴 밤을 속을 태우고 있었다. 남편이 집을 떠난 후 한씨 부인은 매일 밤을 지새우다시피 하고 있다. 그녀는 그때 자신이 남편을 만류하지 못한 것을 후회하였다. 서로 자기 의견을 고집하여 다투었지만 누구도 상대방을 설득하지 못하였고 멀쩡한 집이 절반으로 갈라지고 천애지각에 떨어져 살게 되었다. 전쟁의 수탈을 피하려고 한자기는 목숨처럼 아끼는 소장품은 모두 가지고 갔으나 의지할 데 없는 아내와 두 살도 못된 아들은 두고 떠났다. 사내 대장부가 그렇게까지 무정할 수가 있는가? 그는 가면서 집과 기진재 옥기점을 모두 한씨 부인에게 맡겼다. 그때부터 그는 자신이 어깨에 메어야 할 짐을 모두 벗어버린 셈이다. 그는 왜 생각해보지 않았을까. 여인의 어깨가 어찌 이 모든 것을 걸머질 수 있겠는가를?

남편이 그녀에게 남겨놓은 것은 원망밖에 없었다. 부부가 된 십여 년간을 곰곰이 생각해보니 부부간의 사랑과 애틋한 정이 별로 기억되는 것이 없다. 그는 밤낮없이 바삐 지내면서 날로 발전하는 기진재를 세우고 박아댁을 옥으로 채웠다. 그것이 그의 전부였다. 이별할 때 부부의 정분은 한 장의 종잇장처럼 무게가 없었다. 그렇지 않고서야 어떻게 간다 하더니 정말 훌쩍 떠날 수 있었겠는가? 십여 년간 한자기는 집을 위하여 재무를 창조해 옥기 양씨집 세세대대 내려오던 가난한 장인의 지위를 바꾸어놓았다. 부영처귀(夫榮妻貴)가 한씨 부인을 흐뭇하게 했었으나 그것만이 여인이 남편에게 바라는 전부는 아니었다. 그녀는 한자기가 집을 떠난 후 소식 한 장 없으리라고는 생각도 하지 못했다. 1937년 봄에 한자기가 보낸 편지가 바다를 건너서 중국땅에 도착했을 때는 노구교에 총소리가 난 뒤였다. 편지 한 통이 만금 간다는데 문에도 들어오지 못하고 오간 데 없이 종적을 감추었다.

한씨 부인은 남편이 떠난 사흘 후에야 종이 한 장을 보게 되었다. 고모가 천성이의 옷을 갈아입힐 때 발견한 것이다. 일자무식인 두 여인은 그것이 장부를 적은 글인지 약처방을 적은 글이지 알 수 없어서 기진재의 회계 후 선생에게 보였다. 그제서야 그것이 옥아의 작별인사인 줄 알았다.

'언니, 화내지 마세요. 저는 언니의 말을 듣지 않고 오빠를 따라가겠어요.'

한씨 부인은 화가 나서 눈앞이 캄캄해졌다. 이젠 이 집에서 그녀의 말이 권위도 없다. 자기가 키운 동생까지도 듣지 않으니. 계집애가 아직 출가도 하지 않았는데 외국에 가서 뭘하겠다는 거야? 정말 미쳤지! 후 선생도 이상하다는 듯이 말했다.

「제가 선생을 역에까지 배웅했는데 왜 아가씨를 보지 못했을까요? 내가 너무 무심했지요.」

한씨 부인은 울다가 욕하고, 욕하다가 또 울었다. 고모가 이렇게 위안하였다.

「이미 갔으니 아무리 그래도 소용없어요. 내가 보기엔 오빠와 같이 있으니 그것도 괜찮아. 천성이 아버지가 밖에서 식사하고 옷 빨아입는 일을 거들 수 있지 않겠어요?」

그렇게 말하니 한씨 부인의 속이 좀 풀렸다. 가라지, 알라께서 보호해서 그들을 무사히 영국에까지 가게 해주겠지. 길에서 별탈없이 무사해야 할 텐데. 남편은 그녀에게 그리움을 남겨놓았다. 그녀는 낮이나 밤이나 안절부절못하였다. 한자기가 오늘은 어디까지 갔는지 내일은 또 어디까지 갈 건지 하면서 걱정하였다. 비록 그녀는 영국의 위치를 모르지만 꿈을 꾸듯이 한자기를 따라다녔다. 그녀는 그 헌트라는 서양사람이 한자기를 속여 보물들을 빼앗아가서 한자기가 돈 한푼 없는 거지가 되어 집이 있어도 돌아올 수 없게 될까 걱정도 하였다.

그녀는 후 선생에게 부탁하여 헌트의 주소로 편지를 쓰게 하였다. 남편의 안부를 묻고 나서 몸을 잘 돌보고 만사에 조심하여 일찍이 돌아오라, 등등이었다. 편지를 보낸 후에도 감감무소식이어서 그녀는 더욱 당황해 하였다. 북평이 함락된 후 공포감은 점점 더해졌다. 그녀는 한자기가 길에서 일본사람에게 잡히지 않았는지, 만약 잡혔다면 고모의 남편과 같은 운명은 되지 않았는지 하고 추측도 해보았다. 그러나 고모에게는 이 생각을 말하지 않았다. 마음속에 그런 생각이 지나가는 것도 너무나 불길하였다.

고모는 오히려 여태까지 남편과 아이가 아직 살아 있다고 굳게 믿고 있었다. 자기가 죽지 않는 한은 그들을 기다리려고 하였다. 사람은 운명을 고칠 수 없으나 운명은 무정하게 사람을 변화시킨다. 빈부 차이가 크고 가정형편이 완전히 다르던 두 여인들은 지금은 똑같은 처지가 되어 눈이 빠지게 기다리면서 하루를 한 해처럼 보내게 되었다. 일본군이 성에 들어오자 고모는 거의 미치다시피 하였다. 그녀는 죽을 둥 살 둥 모르고 거리로 뛰어나가 일본사람을 찾아서 남편과 아이를 내놓으라 하겠다고 악을 썼다. 후 선생이 그녀를 잡아서 겨우 집에 끌어들였다. 후 선생은 그녀에게 알려주었다. 아침에 일어나 성문을 열기 바쁘게 일본 군대가 승냥이처럼 밀려들어왔는데 어떤 야채장수가 길에서 일본 군대 칼에 찔려 창자가 온 거리에 흘렀다는데 그런 짐승 같은 놈들과 무슨 도리를 따지겠는가. 이슬람 사원까지도 일본 군대가 차지했는데 뜨락에 솥을 걸고 돼지고기를 삶고 있다고 한다! 알라여…….

만일의 일이 걱정된 한씨 부인은 후 선생의 일가족에게 박아댁에 들어와 살게 하였다. 후 선생에게는 아이 다섯이 주렁주렁 달려 있었다. 아이들은 천성이의 동무가 되었고 후씨 아내는 고모를 도와 밥을 짓고 옷을 빨면서 집안일을 하였다. 후 선생은 대낮에는 기진재에 가서 장사를 돌보고 저녁에는 집을 지켰다. 바로 한자기가 떠나기 전에 약속한 대로였다.

「마음 놓으세요. 저는 선생의 집을 지킬 겁니다.」

시국이 험난해도 세월은 흘러갔다. 이삼 년 동안 기진재의 장사는 근근히 지탱하고 있었는데 마치 폐결핵 후기 환자와 같았다. 박아댁은 마치 여러 집이 함께 사는 뜰안처럼 복잡하고 떠들썩하였다.

지금 천성이는 자고 있었다. 후씨네 개구쟁이 세 아들과 두 딸도 북채에서 자고 있었다. 뜨락 안은 어두컴컴하였다. 남채 객실에는 희미한 등불이 켜져 있는데 검은 커튼이 빛을 가려버렸다. 후씨 아내가 한씨 부인에게 차를 따라주고 나서 등잔불 밑에서 바느질을 하였다. 한씨 부인은 탁자 옆에 앉아 눈을 약간 감고 후 선생으로부터 장부 이야기를 듣고 있었다.

후 선생이 주산을 퉁기더니 말했다.

「마님, 이번 달은 수입이 적습니다. 일꾼들의 품삯, 밥값, 전기세, 물세, 영업세를 제하고 나면 한푼도 장부에 들어오지 못합니다. 그뿐만 아니라 오히려 1267원 50전을 더 내야 합니다.」

「쯧,」

한씨 부인은 시끄럽다는 듯이 눈을 떴다.

「난 이런 세금 저런 세금은 잘 몰라요. 간단하게 말하자면 달마다 밑지는 장사만 한다 그거죠? 장부상 방법을 좀 강구해놓으라고 하지 않았어요?」

「마님이 말하지 않아도 그렇게 하고 있습니다.」

후 선생이 웃으면서 말했다.

「한 선생이 집에 있을 때부터 우리는 장부가 두 개 있었지요. 하나는 제대로 적어서 두는 것이고 하나는 세무국에 보이기 위한 거지요. 그것도 이미 절반이나 속이고 있는 겁니다. 제대로 한다면 이 숫자가 아니지요.」

「아이구!」

한씨 부인이 한숨을 쉬었다. 이쑤시개로 이빨을 쑤시면서 말했다.

「그것도 모두 가게의 것이고 집에서 쓰는 것은 아직 계산에 넣지도 않았지요. 먹는 것, 마시는 것, 입는 것, 쓰는 것이 얼마라구요. 고모는 돈 달라고 손 내밀 줄밖에 모르지. 나가는 돈이 점점 많아지니…….」

「정말이에요.」

후씨 아내가 말했다.

「제대로 먹지도 못하지만 물건값만 껑충껑충 뛰지요. 고기도 먹을 수 없고 야채장수도 시내에 들어오지 않지, 무얼 먹고 살아요. 지금 먹는 그 혼합면인지 뭔지 하는 가루는 아이들이 똥도 누지 못하고 고생하지요. 밀가루 값보다 더 비싸게 받으면서 옷을 빨자면 비누가 없지.」

후 선생이 그녀의 말을 가로챘다.

「무슨 소리야? 마님과 지금 중요한 일을 상의하고 있는데!」

한씨 부인이 찻잔을 들면서 말했다.

「아주머니 말씀이 맞아요. 살림을 하지 않으면 쌀값이 얼마나 비싼지 모른다고, 집안 살림은 가게가 장사를 어떻게 하느냐에 목줄이 메어 있지요. 후 선생, 그런데 우리처럼 이렇게 나가기만 하고 들어오지는 못하면 어쩌겠어요?」

「마님, 우리 가게만 그런 게 아닙니다. 일본사람이 온 후부터 무슨 장사나 다 이 꼴입니다. 동래순 식당이며 천의순장원이며, 전취덕 오리구이집, 동인당 약방 등이 모두 그래요. 심지어 왕곰보 가위가게까지도 하루하루 못해져서 이제 곧 문을 닫을 것 같습니다.」

후 선생은 장부를 덮고서 하나하나 헤아리면서 말했다.

「우리 옥기업도 마찬가지예요. 보진재, 덕보재, 부윤재, 영홍재……등도 모두 장사가 안 되어 어떤 가게는 문을 닫았대요. 일본사람은 무엇이든지 다 봉쇄해서 옥재료가 들어오지 못해요. 그러니 있는 것을 써버리니 며칠이나 가겠어요? 유럽과 미국의 서양인들이 다 달아나버렸으니 서양 장사도 손님이 없지요. 중국사람들은 목숨도 지키기 힘들게 되었는데 누가 주보옥기를 사겠습니까? 제가 보기에는 이 항업도 끝장날 것 같아요.」

「끝장은 무슨 끝장이에요!」

한씨 부인은 이처럼 맥빠지는 소리를 제일 싫어하였다. 그녀가 찻잔을 상 위에 소리나게 내려놓으니 후 선생은 더 말을 하지 않았다. 한씨 부인은 힘없이 일어나서 하품을 하더니 가서 자려고 하였다. 답답한 일들은 더 생각하고 싶지 않았다. 그런데 누워도 잠이 올 것 같지 않아서 상아마작을 내리더니 말했다.

「오세요. 자, 우리 마작이나 놉시다.」

후 선생은 웃으면서 말했다.

「마님, 그건 정말 고생 중의 낙이군요.」

한씨 부인은 다시 앉았다.

「스스로 재미를 붙여야지. 후 선생의 장부만 들으면 속이 뒤집혀요. 후씨 아줌마, 고모도 불러오세요. 누가 지면 한턱내야죠.」

「아이구, 그럼 우린 지지도 못하고 이기지도 못하겠어요.」

후씨 아내는 바느질하던 실을 끊고 일어나서 낭하 밑으로 가서 고모를 불렀다.

「고모, 빨리 오세요. 마님이 한턱 내게 해봅시다. 사람이 모자라요. 빨리 오세요. 모두들 기다리는데.」

고모는 아직 자지 않고 있었다.

「그게 무슨 말이오? 우리 회회들은 도박을 하지 않는데.」

눈을 비비며 들어왔다.

「무슨 도박이겠어요?」

한씨 부인이 쓴웃음을 지으며 말했다.

「이걸로 밤을 지내는 거지요. 흉한 꿈만 꾸니 자는 것도 겁나요.」

마작소리가 와르륵거리며 났다. 모두들 흥미진진하게 놀아댔다.

그러나 한씨 부인은 놀음에 집중할 수 없었다. 그녀는 여전히 장사가 걱정되었다.

「후 선생, 금방 어느 가게가 문을 닫았다고 했지요?」

「네, 포옥현이에요. 그 가게 주인이 중병에 걸려 다 죽게 되었어요. 이젠 뒷일을 준비하고 있는데 돈이 없대요. 가게는 장사가 안 되고 하니 주인 아주머니가 가게를 팔았대요.」

「그 아낙네는 집안 살림을 다 망쳐버렸군.」

한씨 부인이 한탄하며 물었다.

「누구에게 팔았대요?」

「회원재예요.」

「포수창?」

그 이름만 들어도 한씨 부인은 이가 갈렸다.

「그 작자는 본래 남이 위급할 때를 틈타서 한몫보는 사람이니까. 그런데 그걸 사서 부담이나 되지 별수 있겠어? 다른 사람들의 장사도 안 되는데.」

「그 작자는 남들과는 다르죠.」

후 선생이 말했다.

「서양 장사가 안 되니 이젠 동양 장사를 시작했다는데, 일본 통역관과 무슨 사돈인가 맺고서 무슨 주식회사인지 하는 것을 만들어놓고 물건을 판대요. 그 물건이 이젠 홍콩, 싱가포르까지 간대요. 포옥현을 사서 물건을 모두 회원재로 옮겨가고 포옥현의 간판을 바꾸고 일본 밀가루를 판대요.」

「쯧쯧! 망할 자식같으니라구. 아까운 포옥현이 그 자식의 손에서 망했구만!」

「무슨 방법이 있어요? 지금은 모두 제 살 길을 찾아 헤매는 판인데. 누구도 어떻게 될지 모르지요. 우리 기진재도 이대로 간다면 큰일인데요.」

「큰일이면 어때?」

한씨 부인은 그를 흘겨보았다.

「후 선생도 이 기진재를 팔아버리려고?」

「그건 안 돼죠, 마님.」

후 선생은 재빨리 말했다.

「저는 심부름이나 하고 있을 뿐이에요. 마님의 분부대로 하겠습니다. 유지할 수 있을 때까지 최선을 다해야지요.」

「한 선생이 떠나갈 때 후 선생께 맡긴 것은 온 집안 재산이에요. 그분이 돌아오셨을 때 기진재가 성이 바뀌어 있게 하지는 말아야지요.」

「마님!」

후 선생은 그 말을 듣자 심각해졌다.

「걱정 마세요. 나 이 후가는 살아서도 기진재 사람이고 죽어도 기진재의 귀신입니다.」

「어이구, 그런 말씀은 그만두세요. 한집 식구끼리.」

한씨 부인은 또다시 마작을 시작했다.

「자, 또 한판 합시다.」

그들은 계속 마작을 치기 시작하였다. 밤이 깊어 졸려서 뭐가 뭔지 모를 때까지 놀았다.

이튿날, 후 선생은 가게를 나갔다. 고모와 후씨 아내는 한씨 부인과 함께 집안 살림을 돌보고 있었다. 저녁에 후 선생이 옥기장사와는 연관이 없는 소식들을 들려주었다. 노이유당(老二酉堂)에 보존하고 있던 옛날 황친귀족들이 족보를 쓰던 종이를 일본사람들이 숱하게 빼앗아갔다는 것이다. 그 종이는 한 장에 4원씩 하던 것이어서 노이유당은 아주 크게 밑졌다는 것이다. 그리고 내일구 경찰서의 어떤 서원이 동래순에 와서 식사를 하는데 잘 대접하지 못했다고 탈을 잡아 경리가 경찰에 잡혀가 몹시 맞았다는 소식이었다. 그리고 또 일본 헌병대가 보문당에 와서 항일도서나 그림을 수색해서 주인이 잡혀갔다는 등의 나쁜 소식들뿐이었다. 모두들 기분이 잡쳐서 마작만 하고 놀았다. 사람은 스스로를 마취시킬 필요가 있다.

후에 마작은 집으로부터 가게로 옮겨갔다. 한씨 부인은 가게의 장사가 걱정되자 하루가 멀다 하고 가게에 나갔다. 기진재는 장사가 되지 않아 드나드는 사람이 없었고 진열장에는 먼지만 쌓였다. 일꾼들은 주인 마나님이 오시면 기쁘게 할 다른 수가 없으니 마작을 놀아주었다. 한씨 부인은 일꾼들과는 별로 할 말이 없으니, 집에서 할 일이 없고 돈 쓸 데가 없어서 무료한 부인네들을 청해와서 가게의 회계실에서 해바라기를 까면서 마작을 놀았다. 그들은 한씨 부인이 들려주는 이야기를 재미나게 들었다. 한자기가 어떻게 그 경비대장 손에서 박아댁을 샀으며 하늘에서 밤중에 야광주가 뜨락에 떨어졌다는 등의 이야기를 듣는 것이 마치 옛이야기를 듣는 것처럼 재미있었다. 사실이든 아니든 아무튼 심심풀이가 되었다. 그들은 수다를 떨면서 마작을 했다. 처음에는 그저 장난삼아 했는데 후에는 돈따는 데 재미를 붙였다. 처음에는 조금씩 했는데 차차 몇십 몇백이 더 늘어났다. 그 부인들은 모두 부잣집 마나님들이라 지든 이기든 모두 현금을 냈다. 한씨 부인에게 묘안이 떠올랐다. 한씨 부인은 그들이 돈을 가지고 돌아가게 하고 싶지 않았다.

「마님, 그 팔찌가 좀 그런데요. 그래도 비취팔찌가 좋지요?」

「그 댁의 구슬목걸이는 어디서 샀지요? 품위가 너무 없군요. 우리 가게에는 내놓기도 어렵겠네요.」

귀부인들은 한씨 부인의 식견에 감탄하면서 그녀의 충고를 잘 들어주었다. 한씨 부인은 어떤 것을 걸고 꽂고 달아야 하는지 잘 알고 있었다. 귀부인들이 들으면 사지 않고는 견딜 수 없게 되었다. 그런 것들이 기진재에 다 있어 그들은 기진재에서 마음에 드는 장신구들을 골라 사고는 한씨 부인에게 고맙다고 인사를 하고는 떠나갔다. 내일 또 오겠다는 약속까지 하였다. 그들이 가버리자 후 선생은 웃음을 지었고 한씨 부인도 안도의 숨을 내쉬면서 일꾼들을 나무랐다.

「모두들 어떻게 배운 거야? 여자인 나보다 못하니. 사실 이것도 재간이 아니지. 장사란 늘 음식상이나 마작판에서 하는 것이니까.」

기진재의 장사는 마치 거의 꺼져가는 촛불처럼 희미하였는데 한씨 부인이 그 불꽃을 몇 번이나 키워놓았다. 혹시 그로부터 불길이 다시 타오를지도 모르겠다.

해가 뒤늦게야 떠올랐다. 엷은 구름 뒤에 숨은 해는 달처럼 희미하였다. 가림벽 옆의 등나무는 잎은 다 떨어지고 바싹 마른 넝쿨만 얼어

죽은 뱀처럼 드러누워 있었다.

추화문 안에서 아이들 한 무리가 뛰어나왔다. 후씨네 열두 살짜리 사내애가 허리를 굽히고 손발로 땅을 기고 있었다. 천성이는 그를 타고 앉아서 말타기놀이를 하고 있었다. 나머지 작은 아이들이 그 뒤를 따르면서 웃고 떠들었다. 오랫동안 같이 놀아오던 친구들이라 피차간에 귀천의 차이가 없었다. 말타는 아이나 말이 된 아이나 모두 신나게 놀고 있었다. 큰 사내애는 말처럼 기어다니면서도 입으로는 「뒤바뀜 노래」를 홍이 나서 불렀다. 노래가사는 모두가 뒤바뀐 것이었다.

동서거리를 남북으로 가보니
문 밖에서 사람이 개 무는 소리가 들리네
문을 들고 손을 열어
개를 주워서 돌을 쳤더니
돌한테 손이 물렸네.

천성이는 너무 우스워서 깔깔 웃어댔다.

「거짓말, 돌이 어떻게 손을 물어?」

이때 박아댁 대문을 누군가 급하게 두드렸다. 아이들은 놀음에 열중하여 못 들은 척하였다. 계속 소리가 나자 천성이가 외쳤다.

「왜 그래요?」

밖에서 말했다.

「빨리, 나야, 문 열어!」

큰 사내아이가 노래를 그치고 말했다.

「아, 우리 아빠야!」

둘째 사내애가 문을 여니 후 선생이 부랴부랴 들어왔다. 땅에 엎드려 놀던 큰 사내아이가 물었다.

「아빠, 금방 가시더니 벌써 오세요?」

후 선생은 땀투성이인 아들을 흘끗 보더니 급히 안으로 들어가면서 외쳤다.

「마님, 마님!」

한씨 부인은 남채에서 차를 마시고 있었는데 자기를 부르는 소리가 갑자기 들려오니 의아했다. 후 선생은 헐떡이면서 계단에 올라서더니 직접 남채로 뛰어들어갔다.

「마님, 가게에 일이 났어요!」

「무슨 일인데?」

한씨 부인의 손이 떨리더니 찻잔이 땅에 떨어져 깨졌다.

「물건이…… 없어졌어요!」

「무슨 물건이?」

「그…… 3캐럿짜리 남보석을 끼운 반지가요!」

「아?!」

한씨 부인도 아주 놀랐다. 그녀의 기억에 가게에 반지는 많아도 남보석을 끼운 반지는 하나뿐이었다.

「언제 없어졌어요?」

「몰…… 몰라요.」

후 선생은 부들부들 떨면서 말했다.

「오늘 아침에 발견했지요. 원래는 서쪽 진열장 제일 끝에 두었는데요. 그 옆에 벽새팔찌와 마노목걸이가 놓여 있었지요. 그런데 다른 것은 다 있는데 그 반지만 없어졌어요!」

「장부는 찾아보았어요?」

「보았지요. 재고품 장부에는 똑똑히 적혀 있어요. 그런데 가게 소매 장부에는 없어요. 팔리지는 않았어요. 제가 똑똑히 기억해요.」

「그렇게 똑똑히 기억한다면서 물건이 어디 간 줄 몰라요? 말해봐요,

네!」

남채에서 이렇게 떠들어대니 뜨락에 있던 아이들도 잠자코 있었다. 솜옷을 뜯어빨던 고모와 후씨 아내도 황망히 뛰어왔다가 그 말을 듣자 얼굴색이 새파래졌다.

「당신,」

후씨 아내가 남편의 옷자락을 당기면서 물었다.

「왜 이리 덤벼요? 일꾼들에게 물어보았어요?」

「물었지, 물었지!」

후 선생은 참을 수 없어 아내를 밀치고 말했다.

「모두 모른다 했어. 안 그러면 왜 마님한테 물으러 왔겠어?」

「나한테 물어?」

한씨 부인의 얼굴색이 어두워졌다.

「난 지금 당신에게 따지고 싶어요. 도대체 당신은 무엇하는 사람이에요? 그렇게 값진 물건이 눈앞에서 없어졌는데, 그래 귀머거리요? 장님이요? 아니면 바보요, 응?」

「글쎄요, 글쎄요.」

후 선생은 애가 타서 머리만 쳤다.

「글쎄 제가 소홀했어요. 이게 어찌된 셈이죠? 어제 아침에도 있었던 것 같아요. 어제 오전…… 오전에 부인도 거기서 마작을 놀았지요.」

「마작을 놀았는데 어쨌단 말이오? 나는 거기서 장사까지 했는데. 판 물건이 다 장부에 적혀 있지 않아요?」

「그건 그렇지요. 어제 그 부인들이 옥향로 하나 백옥팔찌 하나…… 그런데 모르지요.」

「무엇을 모른단 말이오? 그 부인들은 모두 신분이 있는 사람들이라 나의 얼굴을 보고 온 사람들이오. 당신 같은 사람은 청할 수도 없었을 텐데 그래, 그 사람들보고 물건을 훔쳤다고? 흥! 사내가 여편네들처럼 시시한 소리는 잘하네. 좋은 사람을 억울하게 감투 씌웠다가 큰일나려고!」

「저도…… 저도 그렇게는 말하지 않았어요!」

후 선생은 머리가 멍해서 무슨 말을 해야 할지 몰랐다.

「나는 사람이 많다 보면 깨끗하지 않은 사람도…….」

「뭐라구요? 다시 한번 말해보시오!」

한씨 부인이 노발대발하였다.

「내가 가니 사람이 많아졌어? 그래 한다는 말이 그거야? 이제 보니 내가 가는 것을 꺼려 했구먼?」

고모가 다급히 말렸다.

「천성이 엄마, 이렇게 떠들지 말아요. 후 선생이 그럴 리 없어요.」

「저이는 감히 못 그래요, 마님!」

후씨 아내는 겁에 질려 두 손으로 한씨 부인을 붙잡으면서 소리쳤다.

「감히 못 그래요!」

「못 그러기는? 이건 나를 손가락질하는 것이 아니구 뭐요? 응? 그래 내가 훔쳤단 말인가!」

한씨 부인은 성이 나서 입술이 다 하얗게 질렸다.

「이제 보니까 집에 와서 도둑을 잡으려 하는구먼?」

후 선생은 무서워서 어찌할 바를 몰랐다.

「마님, 마님…… 제가 어떻게 그런 생각이나 했겠습니까? 물건은 당신 것이고 기진재도 당신 것인데!」

「그래 알기는 아는구먼?」

한씨 부인은 고모와 후씨 아내의 팔을 뿌리치고 후 선생 얼굴을 손가락질하면서 떠들어댔다.

「당신 눈에 여기 주인이 있어? 기진재는 아직 성이 후씨로 바뀌지 않았겠지? 며칠 전에 이리저리 떠보면서 나보고 기진재를 팔라구 하더니. 내가 무슨 바보인 줄 알아? 무슨 꿍꿍이를 하고 있는지 다 알아. 내가 속임수에 넘어가지 않을 것 같으니 또 이런 짓을 해? 더러운 바가지를 나한테 씌우려고? 그래 양심 있으면 말해봐! 한자기가 어떻게 대해주었는가? 말끝마다 집지키는 개가 된다더니 그분이 가시고 나니 이 개보다 못한 것이 이런 짓을 하는구먼. 우리 모자가 깔보였어?」

「알라여!」

후 선생의 얼굴은 죽은 사람 얼굴같이 변했다. 그의 목에는 힘줄이 솟았다. 부들부들 떨더니 말했다.

「마님, 전 숭고한 신앙으로 맹세합니다.」

「걷어치워, 너 따위한테 무슨 숭고한 신앙이 있어? 입으로만 인의도덕이고 뱃속에는 승냥이 같은 야심을 품고 있으면서. 재물이 탐나서 그런 짓을 하다니, 너무 악독해!」

「마님, 당신은…… 그럼 그 반지를…… 제가 치웠다고 생각하세요?」

「알게 뭐야? 옛말에도 도둑이 도둑이야 한다는 말이 있지!」

후 선생은 펄쩍 뛰었다.

「제가 도둑이란 말예요?」

후씨 아내는 펄쩍 땅에 주저앉더니 눈물 콧물 흘리며 손바닥으로 바닥을 치면서 말했다.

「마님! 너무 억울해요. 저이는 마님을 극진히 모시고 있어요. 우리 집 식솔 일곱이 당신댁에서 먹고 마시는데 어찌 당신 물건을 훔치겠어요…… 여기 살면서 반지를 어디에 감추겠어요.」

「그건 모르지.」

한씨 부인은 부부가 이렇게 말하자 더욱 의심이 나는 듯했다.

「그럴 마음만 있다면 어딘들 못 치우겠어? 반지 하나가 무슨 차에

싣거나 배에 싣는 것도 아니니.」

「뒤지세요! 뒤지세요!」

후 선생이 미친 듯이 북채로 뛰어가 상자며 옷장이며 보따리며 이불을 모두 밖으로 던졌다.

「뒤지세요! 뒤지세요!」

후 선생 아이 다섯은 무서워서 찍 소리도 못하고 있었는데 아버지가 물건을 던지니 달려가서 소리쳤다.

「아빠 왜 이래요? 왜 이래요?」

「안 살겠어! 안 살겠어!」

후 선생은 던지면서 소리쳤다.

「나 이 후가는 청백하게 살아왔어. 이런 바가지를 쓸 수 있어?」

고모가 당황하며 뛰어와 말렸다.

「후 선생님, 성질나는 대로 그러지 마세요. 할 말이 있으면 마님과 천천히 하세요, 네?」

「무슨 말을 해요? 한 선생을 십여 년간 따르면서 내가 공로는 없어도 고생은 했겠지요? 장부상이라도 조금도 잘못이 나본 적이 없었어요. 마지막에 이렇게 될 줄을 누가 알았겠어요?」

후 선생은 손에 들었던 물건을 던지고 하늘을 향해 탄식했다.

「한 선생님, 이 후가는 당신께 미안한 것이 없어요. 제가 당신을 기다리지 않았다고 나무라지 마시오!」

「어쩌구 어째?」

한씨 부인이 안에서 쫓아나와서 소리쳤다.

「나는 쫓겠단 말은 하지 않았어! 가겠다면 말리지는 않지만 장부는 똑똑히 계산하란 말이야!」

「계산하지요!」

후 선생의 목소리가 쉰 듯하였다. 마치 목구멍에 피가 터진 듯이 그는 말했다.

「반지를 누가 훔쳤든 제가 배상할 겁니다. 값만큼 물어주겠습니다. 나 이 후가는 가난하지만 곧은 뼈가 있습니다. 돈이 모자라면 빚은 적어두고 솥을 두드려 팔아서라도 제가 갚을 겁니다. 소나 말처럼 일해서라도 평생 갚을 겁니다.」

후씨 아내가 통곡하며 한씨 부인 앞에 꿇어앉아서 말했다.

「마님, 덕을 좀 베푸세요. 우리 아이들을 불쌍히 여겨주세요. 우리가 어디 가서 살겠어요!」

후 선생이 성을 버럭 내며 아내를 발로 찼다.

「바보야, 일어나. 가자, 가자!」

아이 다섯은 발을 구르며 울부짖었다.

「안 가, 우린 안 가!」

반나절이나 누구도 주의하지 않은 천성이가 등나무 덩굴 옆에서 한씨 부인 옆으로 뛰어와 엄마의 옷자락을 당기면서 말했다.

「엄마, 형하고 누나들을 가게 하지 말아, 응…….」

한씨 부인은 천성이를 안더니 얼굴로 아들의 볼을 비볐다.

「얘야, 엄마는 네가 빨리 자라서 이 집을 돌볼 수 있는 사나이가 되기를 바라고 있어. 그땐 누가 감히 우리를 깔보겠어!」

「간다! 간다!」

후 선생은 쉰소리로 외쳤다. 자기의 아내와 아이들을 부르는 건지 아니면 하늘 끝에 있는 한자기에게 작별을 하는 건지 알 수 없었다.

고모는 부들부들 떨면서 후 선생을 막았다.

「안 돼요. 어찌 이렇게 갈 수 있어요? 함께 이야기를 해서 해결을 하면 되는 거지. 가게의 장사는 후 선생을 믿고 있는데!」

한씨 부인이 쌀쌀하게 말했다.

「언니, 왜 그러세요? 가게 놔두어요. 그 사람이 없으면 못 할 것 같아요?」

후 선생은 끝내 떠나갔다. 그는 반평생의 저금과 아내의 결혼 장신구를 꺼내서 빚을 물었는데도 다 물지 못한 장부를 한씨 부인에게 남기고 기진재를 떠났다. 그 집 일곱 식구도 박아댁을 떠났다. 한씨 부인은 마음속의 근심거리를 던 듯했고 속도 시원해졌다. 후씨 아내가 꿇어앉아 사정할 때나 천성이에게 말이 되어 놀던 애가 울면서 떠날 때 그녀도 약간 측은한 마음이 들었지만 이미 뱉은 말은 절대 거두어들이지 않았다. 그녀는 반드시 한 사람을 죽여서 여러 사람을 경계하는 수단으로 다른 일꾼들을 혼내야 했다. 기진재의 주인이 도대체 누구인가를 알게 해야 했다.

그런데 한씨 부인이 조금도 예상하지 못했던 일이 벌어졌다. 후 선생이 떠나니 기진재의 뿌리가 흔들렸다. 후 선생과 함께 한자기를 따라서 창업한 일꾼들이 모두 분노하였다. 후 선생처럼 기진재를 위해서 큰 공을 세우고 충성을 다한 사람도 마님이 이렇게 대하니 우리가 여기서 무엇을 볼 게 있겠는가? 그들은 후 선생이 나가자마자 모두 한씨 부인에게 사직을 요구하고 일을 그만두었다. 가루를 다 빻으니 당나귀를 죽이는 주인 마누라가 해보라지. 여편네들을 끌어다가 마작을 놀아서 기진재를 얼마나 지탱하나 보자. 재간이 있으면 혼자 실컷 해!

남보석! 자애롭고 성실하며 덕망이 높음을 상징하는 남보석이 사라지니 기진재가 망하고 말았다.

무정한 폭격이 계속되고 있었다. 런던 상공의 두꺼운 겨울 안개와 웨스트민스터 사원의 기도도 독일에서 보내온 비행 강도들을 막지 못했다. 그놈들은 낮에는 틀어박혀 있다가 밤이면 나타나서 매일같이 옛 도시에 상처를 입혔다.

또 하나의 여명이 찾아왔다. 황량한 거리에 소방차들이 물기둥을 뿜으면서 폐허 속에서 생존한 사람들을 구하고 있었다. 버스들은 마치 더듬으면서 걷는 장님들처럼 폭탄구덩이를 피하면서 겨우 전진하고 있었다. 버스 노선은 매일매일 바뀌었다. 몇천 명의 파이프 노동자들이 허리를 굽히고 파손된 가스와 수도 파이프를 고치고 있었다. 산부인과 병원의 지하실에는 임산부들이 마치 포병들처럼 철갑모를 쓰고 조금도 참지 못하고 이 세상을 찾아온 전쟁 속의 아기들을 맞고 있었다. 지하철역은 시민들의 피난처가 되었다. 밤마다 사람들이 까맣게 모여들어 죄수들처럼 땅바닥에 누워 자곤 날만 새면 담요를 둘둘 말아서 들고 굶주림을 해결하러 나갔다. 우유 배달하는 노인은 직무에 충실하였다. 지난 밤에 다행히도 죽지 않은 말을 몰고 또 길에 나섰다. 우체부들도 출동하였다. 편지쓰는 데 특별한 흥미가 있는 영국사람들은 폭격이 있다 해서 적게 쓰지는 않았다. 오히려 친우들이 서로 만날 수 없고 게다가 크리스마스까지 다가오니 우편물이 많아졌다. 많은 우체부들은 하는 수 없이 아내의 도움을 받아야 했다.

폭격은 상품의 유통을 막지 못했다. 아침 일찍부터 상점의 문 앞에는 줄이 길게 생겼다. 점원들은 상점 문 앞의 깨진 유리와 깨진 벽돌기와를 쓸어내고는 손님들을 맞았다. 많은 사람들은 10월 1일에 소비세를 실시하기 전에 필수품을 잔뜩 사지 않은 것을 후회하고 아쉬워하였다. 지금은 물건 하나를 살 때마다 상품가격의 삼분의 일이나 되는 세금을 내야 했다. 거리에는 노점상들이 숱하게 생겨났다. 파는 물건은 모두 피난시에 가장 중요한 손전등, 밧데리, 방독면 등이었다.

은기 장인이 거리에서 장사를 하고 있었는데 은으로 만든 장신구가 아니라 개목걸이 비슷한 목에 거는 것이었다. 거기다가는 고객의 이름을 새겼다. 한쪽에서 만들어 팔았는데 장사가 잘 되고 있었다. 사가는 사람들은 모두 자기가 폭격에 죽으면 친척들이 시체를 찾아갈 수 있게 하려는 것이었다. 그 외에도 본전을 쓰지 않는 장사도 있었다. 말 잘하는 집시여자가 사람들의 손금을 보아주고 있었다. 언제 죽을지 몰라 마음이 뒤숭숭한 사람들이 와서 미래를 알아보려 하였다. 거지도 물론 많았다. 어떤 맹인 바이올리니스트가 파가니니의 변주곡 「커마니오라」를 힘있게 연주하고 있었다. 단두대에서 폭정에 반대하고 자유를 쟁취한 명곡을 슬프게 켰다. 연주기교는 그다지 뛰어나지 않았으나 감정은 진지하였다.

헌트 댁의 그 붉은 벽돌기와로 된 이층 양옥은 아침에 다시 깨어났다. 몇 달 동안 연속된 폭격에 런던은 많은 건물이 파괴되었고 숱한 사람들이 죽음을 당했다. 자동차가 지붕 위로 날아간 일도 있었다. 폭탄이 구층짜리 건물을 단숨에 아래층까지 구멍을 뚫어놓았다. 대들보 밑에 깔린 어떤 부인은 가슴에 안은 아이를 보호하려고 몇 십 시간 동안 움직이지 못하고 구원을 기다렸고, 또 금방 결혼식을 올리고 교회를 나오던 어떤 신혼부부는 문을 나서자마자 폭격에 함께 숨졌다.

……이런 뉴스들은 그다지 신기하지 않았다. 신기한 것은 헌트의 백세 고령의 양옥에 폭탄 하나도 떨어지지 않은 것이었다. 단지 몇십 차례의 진동에 기와가 좀 떨어지고 건물 허리에 금이 좀 갔을 뿐이었다. 올리브는 몇 번이나 온 식구들을 동원하여 지하철역에 가서 밤을 지내려고 했으나 사이먼 헌트는 가기 싫어하였다. 그는 반농담조로 이 집이 신통하다면서 지난 대전 때에도 넘어가지 않았으니 이번에도 견딜 거라고 말했다. 사실 헌트는 도피하는 것도 맹목적이라고 생각하였다. 많은 사람들은 피난길에서 목숨을 잃는다. 그러니 그는 하늘의 뜻에 맡기고 운명을 따르는 게 더 낫다고 보았다.

한자기도 가지 않으려 했다. 이 집안에 그가 중국에서 가져온 소중한 소장품이 있다. 중국사람들은 습관적으로 보물들은 신변에 지니고 있지 은행보험궤에 넣지 않는다. 하물며 지금은 어디나 안전하지 않다. 한자기는 이 물건들을 지키려 하였다. 그것들을 끌고서 매일 지하철역을 오갈 수도 없고 그렇다고 생명보다 더 귀중한 물건들을 두고 혼자 피난갈 수도 없었다. 마침내 여러 사람들은 한자기의 소장품이나 가정의 일용품들을 모두 지하실로 옮기고 저녁이면 모두들 지하실에 있다가 대낮에는 바람을 쐬러 나오자는 데 의견을 모았다. 희망을 운명에 거는 수밖에 없었다. 올리브는 참을성있게 지하실을 잘 정돈하였다. 그는 철침대 몇 개를 얻어왔다. 이층으로 된 것도 있고 단층으로 된 것도 있었다. 어떤 사람들은 전문적으로 그 장사만 하였다. 무너진 집에서 철근들을 뽑아다가 간단한 침대를 만들어서 사람들이 방공호에서 쓸 수 있게 하였다. 침대에 자리를 깔고 침대보를 덮고 사람들의 일용품을 다 옮겨오자 지하실도 꽤 편안하였다. 평소에는 여럿이 이렇게 한 곳에 모일 기회가 많지 않았는데 임시 피난의 단체숙소가 사람들을 더 친하게 하였다.

헌트는 예나 다름없이 침대에 누우면 코를 골면서 잤다.

한자기는 늘 잠이 오지 않아서 양빙옥과 함께 중국에 대해 이야기했다. 북평, 고향의 모든 것을 잊을 수 없었다. 이야기를 시작하면 잠은 더 오지 않았다. 헌트 부인과 올리브도 그 이야기에 끌려서 마치 천일야화를 듣는 듯하였다. 그들은 마음을 끄는 낯선 나라를 상상해보면서 조상들의 고향땅에 깊은 정이 들었다. 올리브는 아주 빨리 은거생활에 습관이 들고 재미를 붙였다. 만약 폭격의 위협이 없었더라면 어떻게 미스 양과 이렇게 가까운 거리에 누워서 이야기 할 수 있겠는가? 처음에 그는 조용히 듣고만 있더니 차차 같이 이야기를 하였다. 그들의 대화는 점차 화제가 확대되어 서로 의견을 발표하는 토론이 되었다. 올리브는 그들에게 헌트주보상점의 백 년 역사를 들려주었고 장사 때문에 유럽 각국을 다녀온 견문을 이야기하였다. 로마, 스위스, 파리…… 양빙옥도 이야기에 마음이 쏠렸다. 마치 전쟁이 존재하지 않는것 같았다. 그녀는 모든 번뇌를 잊고 세계를 돌아다녔다…… 그들은 그렇게 긴 밤을 보냈다.

그들은 뭐든 얘기했으나 애정이란 화제만은 조심스레 피했다. 몇 달 전에 올리브는 사랑을 고백하고 그녀에게 거절당한 후 다시는 그 일을 꺼내지 않았다. 그의 부모도 눈치채지 못했다. 그녀는 올리브가 자신의 감정을 억제하고 있음을 느낄 수 있었다. 올리브가 옆에 있을 때는 여전히 짓눌린 애정의 뜨거운 김이 자신을 덮고 있음을 느낄 수 있었다. 그러나 올리브는 말하지 않았다. 그는 여전히 그전처럼 밖에서 생화를 사다가 양빙옥 침대가의 꽃병에 꽂아주었다. 양빙옥은 올리브에게 경계의 심리를 가지지 않을 수 없었다. 그녀는 올리브가 다시 진격할까봐 조심하였는데 그런 일은 다시 일어나지 않았다. 그녀는 올리브가 그녀로 하여금 안정을 가질 수 있게 하리라고는 생각도 못했다. 안정은 그녀에게 올리브에 대해 마음속 깊이 미안함 비슷한 감정을 가지게 하였다. 그녀는 그것이 어떤 감정인지 알 수 없었다.

날이 밝았다. 지하실 철침대에서 자고 있던 다섯 사람은 모두 일어났다. 잠이 덜깬 눈으로 서로 마주보니 운좋게도 또 하루를 살았다는 행복감이 들었다. 전쟁중에도 깍듯이 인사하는 예절은 여전히 지키고 있었다.

「안녕하세요, 미스 양, 한 선생!」

「안녕하세요, 헌트 부인, 헌트 선생!」

「안녕하세요, 올리브!」

마치 금방 사방에서 모여온 듯하였다. 위층에 올라가 세수를 해야 했다. 지하실에서 세상으로 올라오니 더 추운 것 같았다. 난간을 붙잡고 이층으로 올라가던 양빙옥이 계단에서 무엇인가 발에 걸리기에 내려다보니 고양이였다. 헌트 댁의 흰 고양이뿐만 아니라 크고 작은 것들이 대여섯 마리나 되었다. 계단에 몰려서 단잠이 든 것 같았다. 야옹거리며 떠들어대더니 가련한 눈초리로 사람을 올려다보았다.

「어디서 이렇게 많은 고양이가 왔지요?」

그녀가 말했다. 헌트 부인이 찬찬히 들여다보았다.

「아니, 모두 이웃집 고양이들이로구나! 주인을 잃고 모두 우리 집에 피난왔구나. 하나님, 이 불쌍한 목숨들을 보세요.」

양빙옥은 문득 자기도 이 고양이들과 같은 신세라는 생각이 들었다. 집에도 갈 수 없어 남의 보호를 구하고 있지 않은가? 고양이도 이렇게 강한 삶의 욕망이 있구나!

「모두 이리 와. 불쌍한 것들아.」

헌트 부인은 자기의 흰 고양이를 안고 다른 고양이들을 불렀다.

「날 따라와, 너희를 굶길 수는 없어.」

고양이들은 모두 헌트 부인을 따라 부엌으로 뛰어갔다. 헌트 부인의 자애로운 목소리와 그녀 몸에서 나는 주부의 특유한 냄새가 고양이들의 굶주린 창자를 자극하였다.

식구들이 세수를 다하고 객실에 모여서 아침식사를 하였다. 헌트 부인은 미안한 표정을 짓고 양해를 바랐다. 그녀는 아무것도 만들 수 없었다. 계란이나 쇠고기를 살 수 없었기 때문이다. 누구도 그녀를 나무라지 않았다. 다섯 식구를 먹이기 위해 그녀는 이미 최선을 다했다. 그녀는 크리스마스 땐 꼭 잘 차리겠다고 약속하였다. 방법을 내서 칠면조 두 마리를 사오겠으니 크리스마스 때 구워 먹자고 하였다. 이제 며칠 안 남았다. 사이먼 헌트는 이런 전쟁판에 무슨 크리스마스냐고 말하니 부인이 대답했다.

「웬걸요. 크리스마스를 어찌 지내지 않겠어요. 마귀 같은 히틀러도 명절은 지낼 테니.」

아침을 서둘러 먹고 나자 올리브는 외출하려 하였다. 그의 헌트주보상점은 이젠 영업은 안 하고 귀중한 물건들을 지하창고로 옮겼으나 올리브는 여전히 매일 상점에 나갔다. 그곳에 남아 지키고 있는 점원들을 보살펴야 했고 긴급한 일이 있으면 처리해야 했다.

양빙옥은 고양이에게 먹을 것을 주고 있었다. 올리브가 그녀 옆을 지나다가 말했다.

「미스 양, 나가서 명절 전의 거리 모습을 구경 안 하겠습니까?」

양빙옥은 어설프게 웃으면서 말했다.

「전 도저히 못 보겠어요. 폐허 위에 오는 명절은 세계의 종말이 다 가오는 느낌만 줄 텐데요?」

「겁쟁이! 종말은 우리에게 속하지 않아요. 사람들은 모두 명절을 지낼 준비를 하고 있답니다. 웨스트민스터 사원에서도 성단을 만들고 있고 극장에서도 극을 하고 있습니다.」

올리브는 외투를 입고 모자를 쓰더니 빙옥에게 더 권하지 않았다. 밖으로 나가려다 다시 돌아서서 말했다.

「우린 집에서 크리스마스를 지냅시다. 엄마, 제가 뭘 좀 사올까요?」

「아무것도 사지 마, 그건 내가 할 일이야.」

헌트 부인은 식탁을 거두면서 말했다.

「저녁에 일찍 돌아와.」

「그럼요, 저녁에 만납시다. 미스 양, 뭘 먹고 싶지요? 과일 좀 사올까요?」

「과일? 이 계절에 무슨 과일이 있겠어요.」

양빙옥은 별로 큰 관심이 없었다.

「북평 같으면 이맘때 설탕 바른 구운 밤이 있을 텐데.」

「밤? 여기도 있어요. 그런데 설탕 바른 것이 아니고 맛도 당신네 것보다는 못할 거예요.」

올리브는 장난하듯이 흰 이빨을 드러내고 웃었다.

「어쨌든 사다가 맛을 봅시다. 없는 것보다 낫겠지요. 저녁에 밤을 까먹으면서 이야기를 합시다. 맞았어, 그리고 꽃도 사와야지.」

「어디서 꽃을 산다구 그래요?」

「찾아보지요. 살 수 있을 거예요. 겨울에도 장미꽃이 피니까요.」

한자기는 신문을 들여다보면서 두 젊은이의 대화를 듣더니 머리도 들지 않고 말했다.

「너희들은 너무도 우둔하구나. 전쟁이 무정한 줄도 모르니?」

「바로 그 점을 알고 있기에 더욱 생활을 아껴야지요!」

올리브는 「양치기가 밤에 양을 지키네」라는 노래를 흥얼거리며 나갔다. 힘있는 두 다리로 성큼성큼 걸으니 마룻바닥이 쿵쿵 울렸다.

헌트 부인은 물건사러 나갔다 오더니 아주 흥분해 있었다. 그녀는 숱하게 걷고 많은 고생 끝에 칠면조 두 마리와 계란 한 바구니 그리고 쇠고기, 감자, 오이를 사왔고 그 외에도 샴페인 한 병과 중국술 한 병을 사왔다.

「이만하면 크리스마스를 대충 지내게 되었어요.」

그녀의 표정은 특별 전공을 세운 영웅 같았다. 사이먼 헌트는 중국술이 먹고 싶어서 코에 갖다대고 냄새를 맡아보았다. 그는 한자기보고 말했다.

「참 오래간만이네요. 이건 중국술이란 말입니다. 한 선생, 어때요, 한번 실컷 취해볼까요?」

「잊었습니까? 전 술을 입에 대지 않습니다.」

한자기는 미안한 듯이 웃었다.

「아참, 미안합니다. 그럼 저 혼자 독차지하게 됐네요.」

헌트는 술을 놓고 아내에게 소리쳤다.

「여보, 친애하는 노친네, 당신이 사온 좋은 물건들을 좀 내놓지. 오늘 저녁은 푸짐하게 먹어봅시다.」

「오늘이요? 크리스마스가 아직 사흘이나 남았는데.」

「무슨 크리스마스요? 앞당겨 지내도 마찬가지지요.」

「아이구, 당신도 참!」
헌트 부인도 양보하였다.
「그럼, 일부만 남기고 오늘 실컷 먹읍시다.」
그녀는 열심히 계산해 보았다.
「칠면조는 바삭바삭하게 튀기고 쇠고기는…….」
「제가 중국식으로 쇠고기 요리를 하면 어때요?」
부엌에 한번도 들어가지 않은 빙옥이도 흥미가 생겼다.
「아가씨도 음식할 줄 알아요?」
헌트 부인이 못 미더워했다.
「내가 보기엔 공부밖에 모르는 것 같던데.」
「나도 저애가 한 음식을 한 번도 먹어보지 못했는데요.」
한자기가 말했다.
「집에 있을 때도 저애는 그런 일을 하지 않았지요.」
양빙옥이 웃으면서 말했다.
「제가 좀 하게 해주세요. 이곳에서 저보다 나은 중국 요리사를 찾자 해도 힘들 텐데요.」
그녀는 아주 자신만만해 했다. 그러고는 신바람이 나서 헌트 부인을 따라 부엌에 들어갔다. 헌트 부인의 부엌에는 아주 큰 나무판이 있었다. 그 옆에는 칼이며 주걱이며 국자들이 걸려 있었고 한쪽에는 둥그런 중국식 도마가 있었다. 양빙옥은 쇠고기를 나무판에 놓고 쓸 만큼 골라냈다.
「쇠고기곰은 이슬람 식당에서 연회석에 나오는 요리거든요. 고기를 잘 골라야지요.」
그녀는 고기를 깨끗이 씻은 후 도마에 놓고 한 치 두께로 토막을 내었다.
「양념들이 다 있어요?」

「어떤 양념 말이에요?」

「파, 생강, 계피, 회향, 술, 얼음사탕, 간장이면 되겠어요.」

「계피와 회향은 없는데. 얼음사탕도 없고 설탕은 있지.」

「그래도 괜찮아요. 파를 짤막하게 썰고 생강은 잔잔하게 썰어주실 수 있겠지요?」

헌트 부인이 빙옥이의 조수가 되어서 그녀가 시키는 대로 바삐 돌았다. 양빙옥은 썰어놓은 쇠고기를 데워진 식용유에 담가 황금색으로 변하니까 꺼내서 솥에 넣고 물을 부었다. 고기가 물에 잠기자 불 위에 올려놓고 소리를 질렀다.

「양념, 빨리요!」

헌트 부인이 재빨리 썰어놓은 양념들을 가져오니 양빙옥은 그것들을 술, 설탕, 간장과 같이 솥에 붓고 뚜껑을 닫았다. 센 불로 끓여야겠는데 불이 세지 않았다.

「불이 왜 이래요? 우리 북평집의 연탄불보다 못하네요.」

「무슨 수가 있어야지? 가스 파이프가 여기저기 폭격에 터지니 가스 회사에서 매일 그걸 고치기도 힘들지. 그래도 우린 밥이라도 지을 수 있으니 다행이야. 이 몇 달 동안 그냥 이꼴이야.」

「불이 약하면 좀 오래 끓겠지요. 그럼 천천히 고아야지요. 그럼 또 다른 것 하나 합시다…… 쇠고기 스튜를 하지요.」

양빙옥은 살코기 쪽으로 골라내서 힘줄을 꺼낸 후 고기를 칼로 치더니 다시 칼등으로 약간 두드렸다. 거기에다 술을 좀 치고 한 치 정도 길이로 썰었다. 썬 고기를 접시에 담고 후춧가루를 뿌려 약한 불에 냄비를 올려놓고 구웠다. 그녀는 헌트 부인에게 말했다.

「양파를 가늘게 썰어주세요.」

헌트 부인이 양파 껍질을 재빨리 벗기고 가늘게 썰어주면서 말했다.

「미스 양, 음식 만드는 솜씨가 상당한데요. 어디서 배운 것이지요?」

「이까짓 게 무슨 재주예요.」

양빙옥은 쇠고기곰을 저으면서 말했다.

「언제 제대로 배웠겠어요? 모두 눈으로 본 것뿐이에요. 우리 집에서 밥을 짓는 언니는 원래 식당하던 분이었는데 정말 솜씨가 있어요. 그 분은 일할 때 말해주는 습관이 있어요. 마치 다른 사람은 모두 자기에게서 배우는 제자들처럼 말이에요. 그때 저는 웃었지요. 지금 하려고 보니 아는 것이 너무 적어서 속상해요. 한쪽으로 하면서 잘 생각해보아야 해요. 그나마 약간 기억이 나요. 우리 집에서는 쇠고기만으로도 몇 가지 요리를 할 수 있었어요.」

「그래요, 참 좋군. 아가씨가 이런 재주가 있는 줄 몰랐어. 우린 참 복이 있어. 우리 집 올리브는 쇠고기를 제일 잘 먹어요.」

「돌아오면 제가 한 음식을 맛보게 해야겠어요.」

양빙옥이 말했다. 그녀도 은근히 자신이 오늘 요리할 흥미가 생긴 것도 올리브를 기쁘게 하고 싶어서였음을 느꼈다. 올리브한테 미안한 느낌이 들었다. 아마 감정의 빚을 진 탓이겠지? 지금 그를 위하여 맛있는 음식을 만드니 마음이 좀 편했다.

두 여인이 함께 삼 년간 살았어도 오늘에서야 처음으로 부엌에서 손을 맞추어 음식을 만들었다. 손이 너무도 잘 맞았다. 수다를 떨며 웃어대면서 정성껏 음식을 만드는 그들의 마음은 아주 흐뭇했다. 복잡다사한 요리는 많은 시간을 허비하였다. 네시에 오후 차를 마실 때까지도 일을 끝내지 못했다. 그들은 황혼이 될 때까지 요리를 하였다.

저녁음식이 식탁에 올라왔다. 헌트 부인이 만든 칠면조 튀김과 감자와 계란으로 만든 샐러드가 있었다. 중요한 요리는 양빙옥이 만든 쇠고기곰이다. 색깔은 금황색이고 투명하였으며 즙이 풀기있고 빛이 났다. 쇠고기 스튜는 붉은 자줏빛이 났는데 연하고 매끌거렸다. 그 외에도 쇠고기 파볶음 등이 있었다. 음식들이 헌트 댁 식탁을 채웠다. 대폭격이 시작된 후에는 이런 푸짐한 음식이 없었다. 그리고 미스 양이 손수 음식을 만든 것도 처음이어서 한자기도 놀랐다. 옥아에게 이런 재간이 있을 줄은 몰랐다.

「음, 마치 중국에 돌아간 것 같은 기분인데.」

사이먼 헌트는 빛깔이나 냄새나 다 훌륭한 그 음식들을 보자 군침이 돌았다.

「오늘은 참 먹을 복이 있구먼.」

그는 맛을 보려 했다.

「아니.」

헌트 부인이 말렸다.

「올리브가 아직 돌아오지 않았는데. 미스 양 말이 오늘은 올리브를 위해 만들었다는데.」

「그래?」

사이먼 헌트는 어깨를 으쓱해 보였다.

「오늘은 올리브가 귀빈이 되었고 우리는 모두 수행한 손님인가?」

양빙옥은 얼굴에 얕은 홍조를 띠고 말했다.

「오늘은 당신들이 모두 손님이고 저와 오빠가 주인이 되어보렵니다. 오빠, 어때요?」

「어이구, 손님이 주인 노릇하네.」

한자기는 감개무량하여 말했다.

「좋지요. 이 기회를 빌어 헌트 선생님 가족에게 감사를 드립니다. 여러분 사양마시고 드세요. 준비한 것이 변변친 않지만.」
하고 말하면서 젓가락을 들었다.

「인사말을 하기에 너무 일러요. 중요한 손님이 아직 오지 않았는데요.」

양빙옥이 귀띔해 주었다.

「그애가 그렇게 중요합니까?」

사이먼 헌트는 미소를 지으면서 양빙옥을 바라보았다. 마치 그녀가 올리브한테 특별한 감정을 지니고 있음을 알아챈 듯싶었다.

「기다릴 필요가 없지 않아요?」

양빙옥은 얼굴을 돌려 그의 시선을 피하였다. 한자기가 말을 받았다.

「물론 기다려야지요. 단란하게 모여서 먹어야지요?」

짙은 안개에 싸였던 해가 조용히 서쪽으로 넘어가니 날이 점점 어두워졌다. 그런데 올리브는 아직도 돌아오지 않았다. 식구들은 모두 애타게 기다리고 있는데 그는 어디에 갔는지 알 수 없다.

「이 자식, 어느 방공호에 들어가 음악을 듣고 있는지도 모르지. 젊은 사람들은 이럴 때에도 음악을 잊지 않으니까.」

사이먼 헌트는 기다리기가 갑갑했던지 재촉하였다.

「우리 먹으면서 기다립시다. 밥 먹고 나서는 또 유치장에 갇혀야 하는데…….」

그의 말이 채 끝나지 않았을 때 밖에서는 경보소리가 요란스럽게 울렸다. 히틀러는 남들이 저녁을 먹었든 말았든 아랑곳하지 않는다. 한상 푸짐히 음식을 먹을 수 없게 되었다. 모두들 당황하여 지하실로 뛰어갔다. 사이먼 헌트는 아쉬운 듯이 말했다.

「그것 봐, 기다리지 말자니까. 모두들 배를 곯게 되었으니!」

그는 잊지 않고 중국술을 들고서 내려갔다. 양빙옥은 식탁 위에서 접시 두 개를 들고서 그들을 따라 지하실로 뛰었다. 경보도 참 때없이 울렸다. 이렇게 맛있는 걸 올리브는 아직 못 먹었는데, 가지고 갔다가 줘야지.

대포소리가 울리고 폭탄이 굉음을 내며 터졌다. 무서운 천둥소리 같은 것이 모든 것을 덮어버렸다. 헌트 댁 지하실에서는 누구도 잠에 들지 못하고 모여앉아 마음을 조이면서 머리 위에서 나는 폭발소리를 들었다. 모두들 아직 돌아오지 않은 올리브 때문에 애를 태웠다.

「올리브…… 무슨 일이 없을까요?」

양빙옥이 한자기의 팔을 붙잡고 자꾸자꾸 물었다. 마치 한자기가 미리 점을 칠 줄 알아 다른 사람의 운명을 아는 것처럼 그녀는 캐물었다.

「일은 없을 거야.」

한자기는 마음이 불안했지만 입으로는 그녀를 위안하였다.

「발이 빠른 젊은이니 꼭 어디 안전한 곳을 찾아 피해 있겠지…….」

「거리에는 어디나 방공호가 있으니까.」

사이먼 헌트가 말했다.

「하나님, 저의 아이를 지켜주소서!」

헌트 부인은 끊임없이 십자를 그었다.

폭발소리가 점점 희미해졌다. 경보가 아직 해제되지도 않았는데 헌트 부인은 이미 지하실에서 뛰어나갔다. 늦게까지 돌아오지 않는 아이보다 더 어머니의 마음을 애태우게 하는 것이 없을 것이다. 네 사람도 뒤따라 뛰어나갔다. 그들의 이층 양옥은 이미 지붕이 날아갔고 뜨락에는 깨진 벽돌과 기와들이 널려 있었다.

올리브, 올리브는 어디에 있는가?

그들은 정처없이 주택을 나와서 여지없이 파괴된 거리로 뛰었다. 지하철역? 올리브가 거기서 자고 있을지도 모르지.

지하철 출입구는 이미 절반이 무너졌고 그 옆에 있던 과일가게도 폐허가 되었다. 소방차들이 아직 꺼지지 않은 불에 물을 뿌리고 있었다. 구호대원들이 삽이나 곡괭이로 무너진 건축물 밑에서 생존자들을 찾아내고 있었다. 어떤 사람들은 들것에 사람을 들고 뛰고 있었다. 들것 위에 피투성이가 된 사람이 몸부림치면서 신음하고 있었다…… 올리브는 없었다. 물론 있을 수 없지.

그는 절대 저렇게 되지 않았을 것이다.

헌트 부인이 무엇에 걸려서 넘어졌다. 차갑고 부드러운 것이 그녀의 얼굴을 스쳤다. 푸른 잎의 냄새가 풍겼다. 오, 길에 넘어진 작은 소나무였다. 지금이 어느 때라고 명절을 지낼 걱정을 했구나. 크리스마스 트리를 사가지고 집으로 가다가 경보가 울리니 여기다 버렸구나. 그녀는 나무를 찬찬히 구경할 경황이 없었다. 그녀는 올리브를 찾으러 가야 했다.

헌트 부인은 싫은 듯이 나뭇가지를 밀치며 일어나려고 하다가 순간 나뭇가지 밑에서 창백한 얼굴을 보았다. 아, 죽은 사람이었다. 그녀는 깜짝 놀라서 후닥닥 일어났다.

「하나님!」

부들부들 떨면서 피하려다가 그런데…… 그런데…… 그 얼굴은 너무도 낯익은 얼굴이었다.

「올리브!」

가슴이 터지는 듯한 처참한 소리를 지르더니 헌트 부인은 아들의 가슴 위에 쓰러져 졸도하고 말았다.

올리브는 다시는 엄마의 부름소리를 들을 수 없었고 무엇 때문에 저녁에 돌아오지 못했는지 설명할 수 없었다. 세상의 누구도 그가 생명의 마지막 시각을 어떻게 보냈는지 알 수 없었다. 그러나 그의 두 손이 마치 이 모든 것을 말하고 있는 것 같았다. 그는 죽었다. 손에는 크리스마스 트리와 함께 아름다운 장미꽃이 쥐어 있었다. 그의 팔 안에는 쏟아진 종이봉지가 있었는데 밤알이 여기저기 널려 있었다. 그는 바로 이것들을 사느라고 저녁식사 전에 제대로 집에 도착하지 못했을까? 그는 자신이 경보가 울리기 전에 집에 도착한다고 믿었을까? 총총히 집으로 돌아오는 길은 기쁨과 행복에 들떠 있었고 고통이 없었을 것이다. 한 걸음만 더 일찍 왔어도 온 가정에 큰 기쁨을 가져왔을 것인데.

경보가 울릴 때 왜 피하지 않았을까? 과일가게에서 밤을 샀을지도 모른다. 별안간 경보가 울리니 그는 잠시 주저하였을 것이다. 지하철역에 돌아갈까 아니면 집으로 뛰어갈까? 의심할 바 없이 그는 후자를 선택하였다. 그도 어떤 사람들처럼 경보에 대해 이젠 느슨해져서 독일 폭탄이 꼭 자기한테 떨어지리라 믿지 않았을 것이다. 그는 자기의 긴 두 다리를 너무 믿었다. 그는 폭격이 있기 전에 만나고 싶은 사람들을 빨리 만나고 싶어서 모든 것을 다 잊어버렸다. 그의 옆에는 폭탄구덩이도 없었고 폭탄도 그의 머리에 떨어지지 않았다. 그랬더라면 그는 머리가 빠개졌을 것이다. 그의 생명을 앗아간 것은 자그마한 파편일지도 모른다.

「올리브, 올리브!」

사이먼 헌트는 미친 듯이 펄펄 뛰면서 소리를 질렀다. 큰소리로 하늘을 향해 부르짖으며 사랑하는 아들의 혼을 불렀다.

그때, 바로 그때에야 한자기는 비로소 문득 깨달았다. 사이먼 헌트가 반평생 동분서주하며 온갖 고생을 다하는 그 뜻이 어디에 있는가를 알았다. 아들, 후계자! 그것이 사업을 이어가는 명분이었다. 그런데 헌트에게는 이 모든 것이 다 없어졌다. 눈 깜박할 사이에 사라져버렸다.

「올리브!」

양빙옥은 올리브의 차디찬 몸 위에 쓰러졌다. 그녀는 자신이 미웠다. 올리브의 이 몸에 피와 열이 있을 때, 웃고 말할 수 있을 때, 사랑의 격정이 끓어오를 때 그녀는 무엇 때문에 차갑고 쌀쌀하게 대했던가? 무엇 때문에 자기의 고통을 그에게 덮어씌우려 했던가? 무엇 때문에 무고한 올리브로 하여금 이미 영혼이 죽은 양침을 대신해서 감정의 시달림을 받게 했던가? 아, 그것은…… 사랑에 대한 공포심 때문이다. 그녀는 해치지 말아야 할 사람을 해쳤다. 이 사람은 죽을 때까지 그녀를 사랑했지만 그녀는 영원히 사랑을 갚을 수 없었다. 사랑이 그녀를 징벌하게 하라!

올리브는 사랑을 바쳤지만 아무것도 얻지 못하고 희망 속에서 죽었다. 그는 아쉬움을 남겨놓고 자신은 고통도 없이 죽었다. 그는 손에 푸른 소나무와 붉은 장미꽃을 들었다. 그는 사랑을 향해 걸어갔다.

「나는 생활할 권리가 있고, 사랑할 권리가 있다!」

그녀는 마치 올리브가 이렇게 외치고 있는 것 같은 느낌이 들었다.

크리스마스는 끝내 왔다. 런던의 유사 이래 가장 암담하고 가장 빈곤하며 가장 혼란스런 크리스마스였다. 하늘에서는 눈꽃이 휘날리면서 인간세상에 길하고 행복한 흰 크리스마스를 주었다. 하나님은 전쟁의 악마를 누르지 못하고 청결한 흰 눈으로 폐허와 피묻은 주검들을 덮으려 하시는가?

〈3권에 계속〉

모슬렘의 장례식 ❷

지은이 / 곽　달
옮긴이 / 김주영
펴낸이 / 양계봉
만든이 / 김진홍

펴낸곳 / 도서출판 전예원
주　소 / 서울특별시 서초구 우면동 476-2 · 우편번호 / 137-140
대표전화 / 571-1929 · FAX / 571-1928 · 등록 / 1977. 5. 7 제 16-37호

2001년 10월 20일 초판 인쇄
2001년 10월 25일 초판 발행

값 7,000원

ISBN 89-7924-099-6 04820 〔전3권〕
89-7924-101-1 04820